KB274182

시의 운명과 혼의 형식

시 작 비 평 선 0 0 9

김경복 평론집
시의 운명과 혼의 형식

1판 1쇄 인쇄 | 2010년 2월 22일
1판 1쇄 발행 | 2010년 2월 28일

지은이 | 김경복
펴낸이 | 김태석
펴낸곳 | (주)천년의시작
등록번호 | 제300-2006-9호
등록일자 | 2006년 1월 10일

주소 | (우110-034) 서울시 종로구 창성동 158-2 2층
전화 | 02-723-8668
팩스 | 02-723-8630
홈페이지 | www.poempoem.com
전자우편 | poemsijak@hanmail.net

ⓒ김경복, 2010. printed in Seoul, Korea

ISBN 978-89-6021-120-9 03810

값 18,000원

＊이 책 내용의 전부 또는 일부를 재사용하려면
  반드시 저작권자와 (주)천년의시작 양측의 동의를 받아야 합니다.

＊이 책은 경남대학교 2010년 학술연구장려금 지원을 받았습니다.

시 작 비 평 선 0 0 9

시의 운명과 혼의 형식

김경복 평론집

　아직까지 내게 시는 그 무엇이라 이름붙일 수 없는 매혹이다. 나이 불혹을 훌쩍 넘어 지천명을 곧 바라보는 이 시점까지 시가 매혹의 대상이 되고 있는 이 사실은 다행인가, 불행인가? 새삼 삶의 쓸쓸함을 알아가는 이즈음에 와서 생각한다면 그것은 깨우침과 위안이 된다는 점에서 축복이지 않은가 싶다.

　그렇다, 시는 내게 원체험에 가깝다. 시를 보는 순간 유년의 산과 들이 떠오르고, 지나간 일들 중 잊혀지지 않는 일들이 떠오른다. 특히 청년 시절 미친 듯이 시를 생각하며 쏘다니던 기억들이 생생하다. 그 순간에 다시 감전되는 전율은 무어라 설명할 수 없는 감동을 주는 것으로서 살아있음의 표지 아니겠는가. 그래서 시를 사랑하게 된 사실이 기껍고 생의 한 비의(秘義)를 가진 것 같아 뿌듯한 마음을 감출 수 없다.

　이번 평론집은 그 점에서 시의 본질에 대한 탐색을 많이 했다. 마흔을 넘기면서부터 시와 삶, 혹은 시와 존재의 문제에 관심이 많이 가기 시작한 것이다. 어느 순간부터 시의 본질은 인간이 자신의 운명을 파악하는 일에 있다라는 생각이 들었다. 그래서 시에는 이 우주를 넘나드는 혼의 숨결이 배여 있고, 좋은 시는 혼의 울림이 커서 내 삶의 비의를 건드리고 밝혀준다고 보았다. 서정시와 영혼, 혹은 영성과의 관계를 많이 쓰게 된 이면에는 그러한 배경이 놓여있다.

생각해보면 인간은 누구나 자신의 삶이 의미 있는 그 무엇이 되기를 갈망한다. 이번 평론에서 자주 언급하고 있는 '존재의 성화(聖化)'라는 코드는 바로 이것을 달성하기 위한 말과 행위라는 점에서 내 비평의 버리로 작용하지 않았나 싶다. 시가 그러한 것을 지향하고 있다면 비평도 그러한 것을 지향하지 못할 까닭이 어디에 있겠는가? 나의 비평 또한 내 존재의 성화를 위한 탐색의 행위인 것이다. 그 점에서 시의 본질이 성스러운 세계로의 모험이자 탐색이라면 비평은 그러한 모험을 확인하고 추인하여 타성에 물든 일상의 존재들을 깨우치는 일이다.

그렇지만 오늘 후기자본주의사회의 현실은 그렇게 우호적이거나 낭만적이지 않다. 비판적 지성을 가진 이라면 이 세계의 타락에 진절머리치고 그것의 극복 방법에 관심을 쏟으리라. 문제는 극복의 방법이 너무 힘들거나 아리송해 의지를 품는 것 자체가 피로하고 대다수 사람들로부터 별종 취급을 받게 된다는 사실이다. 그때 의식 있는 시인이 취할 수 있는 태도는 환멸과 조롱이다. 그 점 무턱대고 칭찬할 수 없지만 그러한 심리가 어떤 형식으로 표출되는지, 그 형식이 갖는 긴장과 반미학의 특성이 오늘의 타락한 현실에 어떻게 대응하고 있는지는 내게 많은 관심을 샀다. 그 점에서 이번 평론집에서 강조하고 있는 풍자와 환멸의 시적 형식에 대한 해명은 오늘의 현실을 그나마 건강하게 살아가려는 시인의 고뇌에 대한 내 나름대로의 응원이자 동시대에 대한 비평가로서의 성찰이다.

글이라는 측면에서 시도, 비평도 홀로 생각하고, 홀로 나아가는 고독을 본질로 갖고 있다고 여겨진다. 살아 생각하고 있다는 점에서 '혼자 타오르는 존재', 그것이 시인이나 비평가의 본질일 것이다. 남이 나를 알아주기를 목표로 하는 것이 아니라 이 지상에 살아있음을 보여주는 것으로서 '불꽃'. 의식의 불꽃이 섬광처럼 명멸했다 사라져도 그 불꽃은 저 우주의 끝까지 퍼져갈 것이 아니겠는가. 내가 본 시들이 그와 같기를 희망하고, 내 비평들 또한 그와 같기를 희망한다.

7년 만에 평론집을 낸다. 조금 지쳐 있었다는 생각도 든다. 여러 잡무로 사색이 깊지 못하고 끊어지는 감이 많아 책을 쉬이 낼 수 없었다. 이제 다시 생활을 정돈하자. 돌아보면 내가 이런 글이나마 쓸 수 있게 되기까지 참 고마운 사람들이 많은 것 같다. 부산대 국문과 은사님들, 경남대 국어교육과 교수님들, 내가 편집위원으로 있는 시전문지 『신생』 식구들, 그리고 무엇보다 무료한 일상을 같이하며 내게 힘을 북돋아주는 가족들. 내가 쓴 글을 읽어보고 조언을 아끼지 않는 아내 김영희와 이제 고2 올라가는 딸 주연, 그리고 정말 이제 다 커서 중학생이 되는 아들 준현이에게 이 살아있음의 진정과 신비로움을 전하고 싶다. 딸아, 아들아! 커서 이 아버지가 잠시 힘을 내 밝힌 이 의식의 불꽃들을 꼭 살펴보렴. 원고를 일찍 건네고도 1년 이상 끌면

6

서 늦게 교정보고 책을 출간해도 아무 타박 없는, 든든한 문학의 뿌리 〈천년
의시작〉 출판사에도 감사의 말을 올린다. 경인년 한 해 내가 알던 모든 사
람들이 스스로 깊어져 행복해지기를 기원한다.

2010년 2월
무학산 자락에서 김 경 복

차 례

존재의 멀미,
혹은
환멸의 형식
제3부

제 4 부

제1부 서정시와 혼의 형식

시와 영혼

인간은 왜 시를 쓸까? 이 물음은 시는 어떻게 태어났으며 앞으로 어떻게 될 것이며, 인간에게 어떤 의미가 있는 것인가 하는 여타 질문을 다 내포하고 있다. 결국 그 물음은 시의 운명을 묻는 것이자 인간의 운명을 묻는, 근원적이고 본질적인 질문이란 뜻이겠다. 본질에 목말라하는 우리로선 이 질문을 통해 인간의 운명을 알 수 있다면 얼마나 좋을까. 정말 시는 인간에게 무슨 의미가 있는가?

사변적인 글의 폐단은 시작은 거창하나 끝이 미미하게 끝나거나 무슨 말을 하는지 도통 알 수 없는 논조로 일관하는 경우에 발생한다. 전자에 대해서는 글쓰기의 능력에 의해 어쩔 수 없이 발생할지 모르겠지만 최소한 후자에 대해서라도 경계할 필요가 있다. 시의 본질과 인간의 운명을 묻는다 해서 글이 추상적일 필요는 없기 때문이다. 우리는 역사 속의 일화나 선인들의 말 또는 작품을 인용하여 인간과 시의 관계, 그리고 시가 갖고 있는 본질적 성격을 규명해 볼 것이다. 추상의 바다를 건너 구체의 언덕에 시와 인간의 모습을 그려볼 것이다.

그럴 때 시의 본질과 시작(詩作)의 의미를 알려 주는 두 개의 이야기부터 시작해 보는 것이 좋겠다. 하나는 그리스 신화에 나오는 최초의 시인이랄 수 있는 오르페우스 이야기고 다른 하나는 우리 선조 이규보의 이야기다. 다소 긴 듯해 보이지만 인용해 보겠다.

오르페우스는 음악의 신 아폴론과 예술을 담당하는 뮤즈의 여신 9자매 중 막내 칼리오페(현악과 서사시 담당) 사이에서 태어난다. 그는 아버지 아폴론으로부터 현악기의 일종인 뤼라(Lyra), 즉 수금 한 대와 연주하는 기술을 물려받는다. 오르페우스의 수금 커는 솜씨는 참으로 훌륭해 매혹당하지 않는 사람이 없다. 심지어 짐승까지도 오르페우스의 가락을 들으면 그 거친 성질을 죽이고 다가와 귀를 기울이고, 나무나 바위도 가락의 매력에 감응하여 나무는 그가 있는 쪽으로 가지를 휘고, 바위는 그 단단한 성질을 잠시 누그러뜨리고 말랑말랑한 상태로 머문다. 이런 오르페우스가 나이 들어 에우리디케라는 처녀와 결혼하는데 얼마 안돼 그만 아내가 독사에 물려 죽고 만다. 졸지에 색시를 잃은 오르페우스는 신과 인간은 물론이고 숨 쉬는 모든 것에게 수금 소리와 함께 노래로 슬픔을 전한다. 그 슬픔이 너무 지극하여 대지의 여신 데메테르를 감동하게 하여 저승 가는 길을 알아내 저승으로 자신의 아내를 찾아 '산 자'의 모습으로 들어가게 된다. 오르페우스는 깊은 땅속으로 들어가 죽은 영혼만이 건널 수 있는 저승 아케론 강의 뱃사공 카론을 수금으로 감동시켜 건너가고, 불의 강 플레케톤의 불길도 노래의 힘으로 잠재우는 등 노래가 만드는 기적의 힘에 의지하여 마침내 저승을 다스리는 하데스 왕 앞에 이르게 된다. 인간의 소청을 거부하는 하데스도 노래로 감동시켜 아내 에우리디케를 데려갈 수 있게 되는데, 다만 저승 굴 밖으로 나갈 때까지 뒤돌아보지 말 것을 금기로 받게 된다. 오르페우스는 그의 아내를 데리고 이승으로 빠져나오지만 먼저 입구에 이른 그가 궁금증을 참지 못해 뒤돌아봄으로써 그의 아내는 다시 저승의 굴로 빨려들어 가고 만다. 다시 저승으로 돌아가려 하나 이제는 갈 수 없게 되고, 그리하여 반미치광이가 되어 헤매다 죽게 된다. 제우스는 불쌍한 이 오르페우스의 수금을 거두어 별자리로 박아둔다.

— 오르페우스 이야기(이윤기의 『그리스 로마 신화』 참고)

네가 오고부터 모든 일이 기구하기만 하다. 흐릿하게 잊어버리고 멍청하게 바보가 되며, 주림과 목마름이 몸에 닥치는 줄도 모르고, 추위와 더위가 몸에 파고드는 줄도 깨닫지 못하며, 계집종이 게으름을 부려도 꾸중할 줄 모르고 사내종이 미련스러운 짓을 하더라도 타이를 줄 모르며, 동산에 잡초가 우거져도 깎아낼 줄 모르고, 집이 쓰러져 가도 고칠 줄을 모른다. 재산이 많고 벼슬이 높은 삶을 업수이 보며, 방자하고 거만하게 언성을 높여 겸손치 못하며, 면박하여 남의 비위를 맞추지 못하며, 여색에게 쉬이 혹하며, 술을 만나면 행동이 더욱 거칠어지니, 이것이 다 네가 그렇게 시킨 것이다.

— 이규보, 「구시마문(驅詩魔文)」(정민, 『한시미학 산책』 참고)

이 두 편의 예화에서 우리는 시의 본질이 무엇인지 암시를 받게 된다. 먼저 오르페우스의 이야기부터 보자면 시는 음악에 얹혀져 불리는 노래였다. 그 점에서 서정시 Lyric이 수금 Lyra에서 그 어원이 유래됨을 알 수 있는 것이다. 그런데 문제는 오르페우스가 부른 노래는 신과 인간, 심지어 짐승과 나무, 돌 등과도 감응하여 모든 존재들을 융화시킨다는 점이다. 이는 서정시의 본질을 보여주는 것에 해당한다. 일반적으로 서정시의 본질을 에밀 슈타이거는 회감(回感), 볼프강 카이저는 대상의 내면화, 조동일은 세계의 자아화, 김준오는 자아와 세계의 동일성 등으로 규정하고 있는데 이는 모두 오르페우스가 사물과 교감하는 노래의 현상을 제 나름대로 정리한 것이다. 이들 정의의 공통점은 대상과 자아의 교감이다. 때문에 서정시는 대상과 자아 사이에 거리가 없다. 서정시의 본질은 '동화'인 것이다.

그 다음 볼 수 있는 것이 노래로 아내의 혼을 되찾아 오는 부분이다. 그것은 사물과 동화되는 시의 특성과 관련돼 있다. 동화는 같은 인격, 같은 존재일 때 가능하다. 즉 신과 인간, 짐승, 나무, 돌 등 모든 대상들을 인간과 같은 영적 존재로 받아들인다는 말이다. 그 점에서 서정시는 본질적으로 의인관적 세계관을 갖는다. 즉 대상을 사람으로, 영혼으로 여긴다는 점이다. 이 점 달리 물활론적(物活論的) 세계관이라 부를 수 있고, 애니미즘(Animism)이라 부를 수 있다. 때문에 노래, 즉 시는 정령숭배의 관점에서 혼과의 소통을 본질로 한다. 혼을 부르는 것이 노래의 본질이자 기능인 것이다. 혼이 사물들 사이에 넘나들며 어떤 하나의 정조로 물들 때 사물들은 같은 상태가 된다.

이 점에서 서정시는 혼의 형식이다. 혼은 본질적으로 음악에 더 민감하지만 슈타이거가 그의 『시학의 근본 개념』에서 말하고 있듯 "음악은 모두 서정적이"고, "언어의 음악성도 서정적이"기 때문에 서정시도 혼에 민감한 형식이 된다. 이는 시인이면 혼의 소리에 민감하지 않으면 안 된다는 점을 가리키는 말이기도 하다. 좋은 시인일수록 혼의 부름과 혼의 터짐에, 즉 혼의 형식에 충실해야 한다는 뜻이기도 하다.

이러한 점은 고려 최고 문인인 이규보의 글에서 엿볼 수 있다. 그는 특이하게 시를 짓지 않고는 못 배기게 하는 혼의 힘을 '시마(詩魔)'라고 칭하고 저와 같은 글을 남기고 있다. '시마'가 찾아들면 일상적 생활을 영위할 수 없는 상태가 된다. 오직 시를 짓는 일에만 골몰해야 하고 시를 최상의 가치로 여기게 되는 것이다. 이는 혼, 특히 시혼에 붙잡힌 것이고 혼을 통해 이루어지는 일만이 가장 가치 있는 것임을 본능적으로 느끼고 있다는 말이 되겠다.

이 이끌림이 얼마나 강렬한 것이기에 옛 사람들은 그것을 '기양(技癢)'에 비유하고 있다. 아무짝에도 쓸모없는 것임을 알면서도 쓰지 않고는 견딜 수 없는 표현 욕구를 '기양(技癢)'이라 한다. 여기서 '양'이란 가려움증을 말한다. 아무리 긁어도 긁어지지 않는 가려움이 있다. 이런 가려움은 어떤 현실적 약으로 치료할 수 없다. 긁고 긁고 하여 피를 흘릴 뿐이다. 기양에 사로잡힌 자는 쓰고 쓰고 또 써서 목전의 가려움만을 달랠 뿐이다. 그것은 바로 시마에 붙잡히고 시혼의 부름에 감응한 자의 행동인 것이다. 그런 점에서 시인은 그러한 상태에 쉬이 물들게 되고, 거기에 기꺼이 몸을 내맡기는 자로서의 독특성을 갖고 있다.

이규보는 그것을 다음과 같은 시로 직접 표현한다.

나이 이미 칠십을 지나 보냈고　　　　　　年已涉縱心

지위 또한 삼공에 올라보았네   位亦登台司

이제는 시 짓는 일 놓을 만도 하건만   始可放雕篆

어찌하여 능히 그만두지 못하는가.   胡爲不能辭

아침엔 귀뚜라미처럼 읊조려대고   朝吟類蜻蜓

저녁에도 올빼미인 양 노래 부르네.   暮嘯如鳶鴟

어찌할 수 없는 시마란 놈이   無奈有魔者

아침저녁 남몰래 따라와서는,   夙夜潛相隨

한번 붙어 잠시도 놓아두지 않아   一着不暫捨

나를 이 지경에 이르게 했네.   使我至於斯

날이면 날마다 심간을 도려내   日日剝心肝

몇 편의 시를 쥐어짜내지.   汁出幾篇詩

내 몸의 기름기와 진액일랑은   滋膏與脂液

다 빠져 살에는 남아 있질 않다고.   不復留膚肌

뼈만 남아 괴롭게 읊조리나니   骨立苦吟哦

이 모습 정말 우스웁구나.   此狀良可嗤

그렇다고 놀랄 만한 시를 지어서   亦無驚人語

천년 뒤에 남길 만한 것도 없다네.   足爲千載貽

손바닥을 부비며 홀로 크게 웃다가   撫掌自大笑

웃음을 그치고는 다시 읊조려본다.   笑罷復吟之

살고 죽는 것이 필시 시 때문일 터이니   生死必由是

이 병은 의원도 고치기 어렵도다.   此病醫難醫

— 이규보, 「시벽(詩癖)」 전문(정민, 『한시 미학 산책』 번역 참조)

    '시마'는 시인의 기름기와 진액마저 다 빼버릴 만큼 시인의 정신에 달라붙어 삶을 지배하고 있다. 다른 모든 일은 그만 둘 수 있을지언정 시 짓는 일은 나이 들어도 그만둘 수 없다고 고백하고 있는 것은 시마가 그만큼 강렬하게 그의 혼을 붙잡고 있음을 보여주는 것이다. 때문에 겉으로는 고통을 호소하고 있으나 그의 생애를 결정짓고 의미 있게 하는 것이 시마에 의한 것, 즉 시혼에 붙잡혀 시 쓰는 일임을 은연중 드러내고 있다. 따라서 이 시는 자신의 존재성을 찾은 사람의 행복한 엄살이다.

그렇다면 왜 시인은 혼에 민감하고 그것을 생의 전부로 추구하는 것일까? 그것은 오르페우스의 이야기에서 어렴풋이 암시돼 있다. 그것은 바로 인간 존재의 유한성의 문제를 혼의 역사(役事)로 초월하는 것. 혼으로 이 세계와 통합돼 가는 것. 그리하여 범아일여(梵我一如)의 깊은 철학적 진리를 은연중 달성하는 것. 본능으로 존재의 진리를 추구하는 것.

다시 말이 어려워지고 있다. 이 점을 알기 쉽게 말하기란 소경이 길을 설명하는 것과 같다. 구체적 해명은 잡히지 않지만 소월의 말과 시는 이 경우 적절한 예가 된다. 소월은 그의 유일한 시론 「詩魂」에서 다음과 같이 말한다.

1) 우리는 우리의 몸이나 맘으로는 日常에 보지도 못하며 늣기지도 못하는 것을, 또는 그들로는 볼 수도 업스며 늣길 수도 없는 밝음을 지어바린 어둠의 골방에서며, 사름에서는 좀더 도라안즌 죽음의 새벽빗츨 밧는 바라지 우혜서야, 비로소 보기도 하며 늣기기도 한다는 말입니다.

(…중략…)

2) 가장 놉피 늣길 수도 잇고 가장 놉히 깨달을 수도 잇는 힘, 또는 가장 强하게 振動의 맑지게 울니어오는, 反響과 共鳴을 항상 니저버리지 않는 樂器……

(…중략…)

3) 우리의 영혼이 우리의 가장 이상적 美의 옷을 닙고, 완전이 韻律의 발거름으로 미묘한 節操의 풍경만흔 길우흘, 情調의 불붓는 山마루로 향하여, 혹

은 말의 아름답은 샘물에 心想의 적은 배를 젓기도 하며, 잇기도든 관습의 기묘한 돌무덕이 새로 追憶의 수레를 몰기도 하야 (…중략…) 움물 속에 즉흥의 드레박을 드놋키도 할 때에는 이곳, 니르는 바 시혼으로 그 순간에 우리에게 현현되는 것입니다.

이 글은 시를 잘 짓기 위해서 시혼을 가져야 한다는 요지의 내용인데, 편의상 그의 글을 세 부분으로 나누어 보았다. 1)은 영혼의 상태나 거처를 말한다. 영혼은 일상에서 볼 수도 느낄 수도 없다. 오직 '밝음을 지워버린 골방' 이나 '죽음의 새벽빛을 받는 작은 창(바라지)' 위에서야 비로소 보기도 하고 느끼기도 한다. 그만큼 영혼은 은밀하고 존재의 가장 심층에 자리잡고 있다. 그런데 이 영혼은 2)에서 보듯 가장 높이 느낄 수도 있고 깨달을 수 있는 힘이자, 반향과 공명을 잊어버리지 않는 악기이기도 하다. 즉 존재의 가장 절대적이고 지고한 대상이자 진리를 확인하는 통로이기도 하다는 말이다. 악기는 영혼의 신비한 존재태의 비유다. 소월이 볼 때 이 영혼은 3)에서 볼 수 있는 것처럼 시에 접속되었을 때 가장 아름다운 모습으로 현현한다. 즉 '시혼' 으로 나타난다는 것이다. 천상과 통하는 영혼의 획득은 시혼의 출현을 통해 이루어진다는 이 말은 시의 가치와 특질을 드러낸 것에 해당한다. 논의 안에서 감상적이고 모호한 부분이 있다하더라도 시와 영혼의 관계를 이만큼 잘 묘파하고 있는 것은 드물다.

김소월의 시론으로 볼 때 시는 영혼의 부름이자 영혼의 드러남이다. 이 점 김소월은 그의 시에 충실히 반영했다. 「招魂」과 거기에 짝하는 「무덤」이 이에 부응한다.

그 누가 나를 헤내는 부르는소리
붉으스럼한 언덕, 여긔저긔
돌무덕이도 움즉이며, 달빗헤,
소리만남은노래 서러워엉겨라,

옛祖上들의記錄을 무더둔 그곳!

나는 두루찾노라, 그곳에서,

형적업는노래 흘러퍼져,

그림자가득한언덕으로 여긔저긔,

그누가 나를헤내는* 부르는소리

부르는소리, 부르는소리,

내넉슬 잡아끄러헤내는 부르는소리.

*헤내는 : '끌어내는' 뜻의 사투리

— 김소월, 「무덤」 전문

이 시의 전면을 지배하고 있는 것은 혼의 흐느적거림이다. 자신을 불러내는 소리에 반응하여 혼은 자신의 형식을 찾기 위해 몸부림치고 있다. 그러나 노래가 "형적없는" 것으로 흘러 퍼지듯 혼 역시 형식을 갖출 수 없다. 있다면 "돌무덕이도 움즉이"게 만드는 어떤 상태, 즉 '혼의 상태' 만 있을 뿐이다. 그것은 앞의 오르페우스 이야기에서 보았듯 노래의 힘일 따름이다. 시는 정조 속에서 혼의 상태로 잠시 죽은 자와 만날 수 있는 힘을 갖는 것이다.

이를 두고 김윤식은 서정성의 본질을 논하는 글 「심혼시 · 정신시 · 기교시」에서 "혼이 형식을 갖추는 일은 가장 위험한 인간의 모험행위일 것이다. 혼은 알몸뚱이로 존재하기 어려우며, 여러 겹의 형식 속에 감싸여져야 한다. (…중략…) 혼은 이 정신의 단계보다 일층 깊은 곳에 있다. 따라서 혼에 형식을 부여하는 일은 깊고도 일방적이어서 위험하기 짝이 없는 모험이다. 「무덤」이나 「초혼」은 그러한 자리에 서 있다. (…중략…) 이러한 의미에서 소월 시는 '심혼시' 라고 불러도 될 것이다."라고 말하고 있다. 매우 적절한 지적이자 의미부여라 할 것이며 서정시의 본질에 대한 제대로 된 통찰이라 하겠다.

이러한 점에 비추어 볼 때 서정시는 본질적으로 혼의 작용에 의해 발생한다. 이를 바슐라르는 명료하게 인식하고 있다. 바슐라르는 『공간의 시학』에서 피에르 장 주브의 말을 인용하여 시는 혼에 의해 발생함을 분명히 말하고 있다. 그는 "한 시인이 혼의 현상학적인 문제를 다음과 같이 더할 수 없이 명료하게 제기했던 것은, 그런 의미에서였다. 피에르 장 주브는 이렇게 썼다. '시란 하나의 형태를 낙성(落成)하는 혼이다.' 혼이 낙성한다. 이 경우 혼은 근원적인 힘이다. 그것은 인간의 존엄성이다. (…중략…) 그러나 혼이 찾아와서 그 형태를 낙성하고, 거기에서 살며, 기뻐하는 것이다. 위의 피에르 장 주브의 말은 그러므로 혼의 현상학의 명료한 잠언으로 생각될 수 있는 것이다."고 말하고 있다. 장 주브의 "시란 하나의 형태를 낙성하는, 즉 준공하는 혼이다"라는 정의를 시의 발생학적 본질로 분명하게 규정하고 그것을 통해 바슐라르는 시적 이미지를 '혼의 울림' 이란 말로 풀이하게 되는 것이다. 이 시적 이미지로서 혼의 울림은 독자에게 가서 '존재의 전환' 을 이룰 수 있는 것이 됨으로써 지고한 가치를 갖게 된다.

때문에 바슐라르는 『몽상의 시학』에서는 우주적 몽상이 고독이라는 현상, 몽상가의 혼 속에 뿌리가 닿아있는 현상이며, '혼의 상태' 가 된다고 말하고 있다. 즉 그는 "우주적 몽상은 우리를 기획의 몽상에서 떼 놓는다. 그것은 우리를 세계 속에 자리 잡게 하지, 사회 속에 자리 잡게 하지 않는다. 일종의 안정성, 평온성은 우주적 몽상에 속한다. 그것은 우리가 시간에서 도피하는 것을 도와준다. 그것은 하나의 '상태' 다. 그 본질 깊숙이 가보면, 그것은 혼의 상태이다."라고 말함으로써 시적 몽상이 바로 '혼의 상태' , 즉 혼의 작용에 의해 발생함을 분명히 드러낸다.

따라서 바슐라르는 『공간의 시학』에서 "한 시작품의 심리적인 작용을 드러내기 위해서는 그러므로 현상학적인 분석의 두 축을 따라서, 정신의 표면적인 풍요로움과 영혼의 깊이를 향해 나아가야 할 것이다."라고 말하게 된다. 그것은 시의 탄생과 마찬가지로 시의 감상도 혼의 형식과 작용에 민감하게 반응해야 함을 지적한 것이다.

이 점은 루카치도 비슷하게 말하고 있다. 루카치는 「에세이의 본질과 형식」이란 글에서 "예술은 영혼과 운명을 제시한다"고 말한다. 그 말은 예술은 영혼의, 영혼에 의해, 영혼을 위한 분야임을 말하고 있는 것이다. 모든 예술이 다 이 영혼과 운명에 관련돼 있겠지만 특히 음악과 음악과 관련된 서정시가 영혼과 밀접한 관련을 맺고 있는 것이 분명하다고 루카치는 말하고 있다. 즉 루카치는 「플라톤주의, 시와 형식」이란 글에서 "시인은 사고를 할 경우 그 사고는 한낱 질료이고, 리듬의 가능성일 뿐이다. (…중략…) 왜냐하면 시인은 언제나 둥글고 완결되어 있기 때문이다. 시인의 형식은 운문이며 노래이다. 그에게 있어서 모든 것은 음악으로 해소된다."라고 말한다. 따라서 그에게 "문학은 인간과 운명 및 세계 사이의 궁극적 상관관계를 나타내"는 것으로서 "세계를 어떤 운명적 관계의 상징 속에서 표현하는" (「에세이의 본질과 형식」) 것, 즉 "삶의 순전히 우연적인 것은 바로 이러한 서정시에 의해 상징적이 되고 필연적이 되는 것" (「플라톤주의, 시와 형식」)의 의미를 띠게 되는데 여기서 서정시는 둥글게 완결된 형태로 해소됨으로써 영혼의 형식이 되고, 그럼으로써 필연적이 되는 운명을 가지고 있음을 분명히 밝히고 있는 것이다.

　이러한 혼의 형식으로 시는 표출되기 때문에 아무 때나 나오는 것은 아니다. 혼이 표출되는 시간과 공간은 일상적 시간과 공간 위에서는 불가능하다. 그것이 가능한 경우가 있다면 오직 혼의 상태가 되는 시간과 영역, 곧 인간의 시점에서 '고독'이라 부를 수 있는 상태에서만 가능한 것이다. 이를 바슐라르는 다음과 같이 말하고 있다. "혼은 시간을 따라 살지 않는다. 혼은 몽상이 상상하는 우주 속에서 휴식을 발견한다. 우리는 그러므로 우주적인 이미지가 혼, 고독한 혼, 모든 고독의 원칙인 혼에 속한다는 것을 입증할 수 있다고 믿고 있다. (…중략…) 몽상은 우리를 태어나는 혼의 상태에 있게 한다." (『몽상의 시학』) 결국 고독의 원칙에 서 있을 때 혼의 상태에 들게 되고 혼과 감응할 수 있게 되는 우주적 이미지가 탄생한다는 것이다.

　그 점 에밀 슈타이거도 『시학의 근본 개념』에서 "서정적인 작품은 전적으로 외로운 생활 속에 깃든 정적에서만 그 꽃을 피운다. (…중략…) 서정적인 것은 감흥을 불러일으켜준다. 감흥의 초래가 이루어졌다 할 경우에 독자의 마음은 탁 트일 수밖에 없다. 그의 영혼이 시인의 영혼과 같은 정조를 느낄 때 그의 마음은 탁 트인다. 그러기에 서정적인 시 작품은 고독 속에 같은 정조의 느낌에 의해 들려지는 고독의 예술로 표명된다."고 밝히고 있다. 이 점을 김소월도 본능적으로 느꼈던 것일까. 김소월은 시집『진달래꽃』에서 '고독'이라는 소제목으로 5편의 작품, 즉「열락(悅樂)」「무덤」「비난수 하는 맘」「찬저녁」「초혼」을 묶고 있는데, 이 시들은 한결같이 '넋' 또는 '혼'과 관련된 것들이다. 이는 그가 고독은 바로 혼의 출구이고 혼은 고독의 성분이 됨을 직감적으로 파악했던 증거로 볼 수 있다.

이를 잘 보여주는 다른 시 하나를 든다면 바로 고독의 시인이라 할 수 있는 김현승의 다음 시가 그것이 아닐까.

> 고요한 가을밤에는
> 들리는 소리도 많다
> 내 영혼의 씀바귀
> 마른 잎이 바람에 스치는……
>
> — 김현승,「영혼의 고요한 밤」 부분

고독한 가을밤에 시인은 '영혼의 여윔'을 본다. 영혼의 고통을 '말라가는 씀바귀의 잎'에 비유함으로써 시인은 영혼의 실체를 구현하게 된다. 이 시 구절을 대하여 우리는 영혼의 쓸쓸함에 대한 위로를 얻을 수 있다. 그렇지만 이 시를 통해 나날의 삶에 대한 교훈이나 지침을 얻을 수는 없다. 때문에 슈타이거가 말하고 있듯 "하나의 가요시는 우리를 위로할 수는 있되 도울 수는 없다. (…중략…) 서정시 작품이 영혼의 힘으로 충만되나 정신성이 결여되어 있다는 사실의 결과로서 나타난다."(『시학의 근본 개념』)처럼 영혼의 동조와 위로를 얻을 수 있지만 정신적 지침을 얻을 수는 없는 것이다. 그것이 지금까지 말하고 있는 서정시의 본질, 즉 서정시가 갖는 영성의 본질이다.

따라서 다음과 같은 김현승의 시는 영혼을 울리고 위로하는 좋은 서정시가 된다.

산까마귀
긴 울음을 남기고
해진 지평선을 넘어간다.

사방은 고요하다!
오늘 하루 아무 일도 일어나지 않았다.

나의 넋이여!
그 나라의 무덤은
평안한가.

— 김현승, 「마지막 지상에서」 전문

이 시를 읽으면 고요함과 함께 지극히 깊은 깊이에서 일렁이는 그 무엇이 느껴진다. 아마 그것은 내 존재의 밑바닥에서 흐르고 있는 혼의 물결일 것이다. 그 물결은 내 육체적, 정신적 상태가 사라진다 해도 이 우주와 더불어 존재할 것이라는 믿음을 준다. 그것은 이성으로 볼 때 터무니없는 망상일 테지만 우주적 몽상으로 발전하여 이 세계에 확산되는 느낌을 갖게 한다. 이 우주에 미만해 있는 파동! 그것을 '혼의 울림'이란 말 말고는 설명할 길이 없다.

그 점에서 시인은 천기를 누설하는 자가 아닐까 한다. 혼을 다룬다는 점에서 보통 사람은 아닌 것 같다. 시를 쓰는 능력은 누구나 타고 나는 것이 아니고, 배워서 되는 것도 아니다. 노력하지 않아도 저절로 되는 것은 더더욱 아니다. 따라서 송나라 유명한 평론가 엄우는 그의 『창랑시화(滄浪詩話)』에서 이렇게 말할 수 있게 되는 것이다.

무릇 시에는 별도의 재주가 있으니, 책과는 관계하지 않는다. 시에는 별도의 지취(旨趣)가 있어 이치와는 관계하지 않는다. 그러나 책을 많이 읽고 이치를 많이 궁구하지 않으면 지극한 경지에는 도달할 수가 없으니, 이른바 이치의 길

에 빠지지 않고, 말의 통발에 떨어지지 않는 것이 윗길이 된다. 시라는 것은 성
정을 읊조리는 것이다. 성당(盛唐)의 여러 시인들은 오직 흥취(興趣)에 주안을
두어, 영양이 뿔을 거는 것과 같아 자취를 찾을 수 없다. 그런 까닭에 그 묘한
곳은 투철하고 영롱하여 꼬집어 말할 수가 없으니, 마치 공중의 고리와 형상
속의 빛깔, 물 속의 달, 거울 속의 형상과 같아서, 말은 다함이 있어도 뜻은 다
함이 없다.

— 정민, 『한시미학 산책』 번역 부분

이치로도 해명되지 않고 성정에서 우러나 마치 영양이 뿔을 거는 것과 같이
신비하고 영롱한 것, 때문에 그것은 다시 공중의 고리와 형상 속의 빛깔, 물속
의 달, 거울 속의 형상과 같고, 말은 다함이 있어도 뜻은 다함이 없는 것. 그것
을 시라 할 때 이는 바로 시의 비의(秘義)를 설파하는 것이다. 그런데 이러한
비의가 발생하는 것은 무엇 때문인가? 그것은 우리가 앞에서 보아 왔던 '시
혼' 때문이 아닐는지.

시는 형식주의자들이 말하고 있는 것처럼 여러 가지 기법으로 '시성(詩性)'
을 추출할 수도 있지만 인류의 발생학적 본질과 서정시의 갈래적 특질로 볼
때에는 '영혼의 작용'으로 그 특징이 점철돼 있고 그 '영혼의 형식'으로 인류
의 미래와 더불어 있을 것이라는 점이다. 그 점은 서두에서 물었던 인간은 왜
시를 쓸까에 대한 하나의 답이 된다. 따라서 우리는 서정시의 운명이 인간의
운명이란 사실을 가슴속 깊이 받아들일 필요가 있다.

서정시의 운명

1. 시정신과 당대 현실의 응전

우리 시대의 시 정신을 논할 때 가장 먼저 생각나는 것은 아도르노의 「시와 사회에 대한 강연」이다. 이 글에서 아도르노는 근대 이후 넓게 퍼진, 산업혁명 이후 삶의 지배적인 힘으로 전개되는 세계의 사물화, 인간에 대한 상품의 지배에 대한 반작용 형태로 시정신은 나타난다 하여, 사물의 폭력에 대항하는 것, 곧 '인간화'를 시정신의 핵심으로 꼽고 있다. 때문에 아도르노에 따르면 서정시는 그 의미가 순수하면 할수록 세계와의 불화(不和)의 순간을 그 자신에 내포하고 있다는 것이다. 즉 서정시는 모든 개개인이 그 스스로에 대해 절대적이며, 낯설고 매몰차고, 압제적인 것으로 느끼는 사회적 상황에 대한 항의를 포함하고 있다. 이러한 불화, 또는 항의가 서정시에서 의미가 있게 되는 것은 그러한 불화, 항의가 근대 세계를 이루는 사회의 집단적 저류(ein Kollektiver Unterstrom)가 되고 있기 때문이다. 따라서 아도르노는 시인은 이러한 집단적 저류에 대해 관심을 가져야 하고 항상 이를 대변해야 한다고 역설한다. 그렇기 때문에 결국 아도르노에게 서정시는 사회적 길항작용의 주관적 표현이란 말로 정의된다.

이와 유사하게 루카치도 서정시에 대해 말한 것이 기억난다. 그는 「낭만주의의 삶의 철학에 대하여」란 글에서 낭만주의 시작 경향에 대해 비판하면서 시와 삶 사이에는 긴장이 갖추어져 있어야 한다고 말한다. 왜냐하면 긴장력은 시와 삶 양쪽의 가치를 모두 창조해 내기 때문이라는 것이다. 그가 말하고 있는 긴장력은 시의 사회적 응전, 즉 구체적 세계에 대한 항의 내지 불화를 역시 의미한다. 그러면서 그는 다른 글에서 다음과 같이 말한다.

> 우연성으로부터 필연성으로 나아가는 것, 그것이 곧 모든 문제적 인간이 나아가는 길이다. 이러한 길이 필연적이 되는 까닭은 일체의 것이 인간의 본질을 표현해 주기 때문이고, 본질 이외에 어떠한 것도 표현하지 않고 또 그것을 하나도 남김없이 완벽하게 표현해 주기 때문이다.
>
> —「플라톤주의, 시와 형식」 부분

여기서 '문제적 인간'이란 그 당대의 사회적 현실, 또는 사회적 모순을 가장 본질적이고 전형적으로 드러낼 수 있는 사람, 즉 예술가를 말한다. 이 글은 루카치가 진정한 시인, 곧 예술가들이 나아가야 할 길을 제시한 내용이다. 우연성으로부터 필연성으로 나아가는 것이란 의미는 문제적 인간이 느끼는 우연적 현상이 사회적 객관을 반영하는 필연성으로 귀착되어야 한다는 의미에서 역시 아도르노가 말했던 집단적 저류를 반영해야 한다는 말과 크게 다르지 않다. 우연성이 필연성이 될 수 있는 까닭은 문제적 인간이 느끼는 우연성이 '인간의 본질을 표현'하기 때문이다. 어떤 점에서 이 말은 아도르노의 '인간화'란 말과 맥락이 닿는다. 루카치도 주관과 객관의 변증법적 통합을 통한 사회적 현실과의 긴장이 서정시의 역할이라 보고 있는 것이다.

그 점에서 두 석학이 제시하고 있는 서정시의 시대적 역할 내지 정신은 당대 현실에 대한 응전으로 압축된다. 특히 아도르노의 견해에 따르면 '사물화'로 이야기 될 수 있는 산업자본주의 사회에서 시인은 '인간화'를 추구하는 고독한 전사가 되지 않으면 안 된다는 것이다. 이러한 맥락에서 나도 앞선 글에서 "자본과 불화할 수밖에 없는 시인은 자본주의 사회에서 가장 크게 패배하는 자로 생각한다. 그래서 큰 패배로 인하여 시인이야말로 자본주의의 급소에 가장 가까이 가 있는 사람이다. 정신을 원한과 분노로 무장한 채, 맑은 슬픔으로 물들인 채 삶의 비정함에 맨몸으로 부딪치면 거기 피 흘려 대속(代贖)하는 자리, 쓰러져 꽃 피는 자리, 생살이 붉게 달아오르는 자리, 살아 있음이 확연한 아픔으로 다시 쓰이는 자리가 바로 시의 자리라 믿고 있다"(『생태시와 넋의 언어』 서문)고 쓴 바 있다. 시인의 당대적 역할과 지향에 대해 내 나름으로 말해본다고 한 것인데, 이제 다시 보니 아도르노와 루카치의 견해에 크게 기댄 것 같다. 나는 상당 기간 동안, 아니 현재에도 우리 시대의 시인이 가져야 할 정신으로 이를 생각한다. 서정시는 당대의 집단적 저류를 대변해 인간화를 실천하는 것, 서정시의 역할에 대해 이것 이상으로 더 똑 부러진 말을 할 수 있을까?

이 인간화는 최근 생태주의 사상과 접맥돼 '생명화' 란 말로 전용되기도 한다. 그러나 '인간화' 란 말이 생명의 본래성을 추구한다는 점에서 '생명의식'을 기본으로 깔고 있다. 그렇기 때문에 아도르노가 '인간화' 란 말로 서정시의 역할을 이야기한 데에서 크게 나아갔다고 볼 수 없다. 사실 이것만 해도 얼마나 달성하기 힘든 내용인가. 아직 우리 사회는 여전히 산업자본주의 사회의 모순과 맹점이 더욱 노골화되고 음험해지면서 그들이 말하고 있는 서정시의 정신이 절실히 요청되고 있다.

그렇지만 그들의 말로 우리 시대의 시정신을 논한다는 게 너무 거창하다는 생각과 함께 사회가 조금 바뀌었으니까 새로운 논리가 나와야 하지 않느냐 하는 의문 제기도 당연하다고 본다. 그들의 말은 산업자본주의 사회가 지속되는 한 타당한 말일 테고 그 유효성을 증명할 수 있을 것이다. 그러나 그들의 말이 다 옳더라도 '지금—여기' 의 상황에 맞게 다르게, 또는 좁혀 말할 수 있어야 또한 바른 생각일 것이다. 그것은 일정 부분 우리 시대의 시를 바라보는 나의 주관적 생각을 허용한다는 말이 되겠다.

그 점에서 앞서 인용했던 루카치의 문제적 인간에 대한 의미 부여는 나에게 새로운 해석을 요한다. 이 글을 쓸 당시 루카치는 역사적 주체로서 인간을 생각하고 있었다. 그런 관점에 따르면 자본주의 모순을 좀더 전형적으로 겪어내는 의미로서 우연과 필연을 강조한 것이다. 그렇지만 지금은 자본주의의 모순 못지않게 영혼의 상실이 더욱 심각해진 상황에서 새로운 관점 적용이 필요한 느낌이다. 즉 존재론적 해석이 필요하다는 것이다.

루카치는 문제적 인간이 나아갈 길로 우연성으로부터 필연성으로 나아감을 지적하고 있는데, 그렇게 될 수밖에 없는 필연적 이유가 "일체의 것이 인간의 본질을 표현해 주기 때문이고, 본질 이외에 어떠한 것도 표현하지 않고 또 그것을 하나도 남김없이 완벽하게 표현해 주기 때문" 이라고 말하고 있다. 여기서 말하는 인간의 본질은 대체 무엇일 것인가. 그것을 알기 위해 그 글을 좀더 읽어보면 그 글에서 루카치는 삶의 순전히 우연적인 것은 바로 서정시에 의해 상징적인 것이 되고 필연적인 것이 된다고 말하고 있다. 그리고 서정시는 드물게 존재하는 위대한 순간을 노래함으로써 이러한 것이 가능하게 한다고 말하고 있다.

이것을 조합해 해석하면 서정시는 생의 순간적 파악의 형식으로 위대한 순간을 갖고 이 위대한 순간은 인간의 가장 본질적 국면을 담고 있어 시인 개인의 우연적 현상이긴 하나 그것이 인간 전체의 보편적 현상으로 확대되어 필연성을 획득하게 된다는 것. 즉 서정시에서 위대한 순간은 바로 우리 인간의 본질이 가장 고조된 상태임을 짐작할 수 있고, 문제적 인간으로서 시인 개인이 이러한 위대한 순간을 맞는 것은 우연한 일이지만 그 일이 인간의 가장 본질적인 문제를 드러내는 것이기에 보편적이고 필연적 문제로 발전시킬 수 있으리라는 것.

그렇다면 결국 위대한 순간, 곧 우연성 속의 인간의 본질이란 무엇일 것인가. 그것은 생의 순간적 파악이란 말에서 알 수 있듯 고조된 감정, 곧 시인의 개별적 영혼의 모습을 가리킨다는 것을 알 수 있다. 위대한 순간에 발현되는 것은 정신보다 순수해진 영적 상태가 아니면 안 된다. 이 점에서 우리 시대의 시 정신이란 사실 우리 시대의 시적 영혼을 문제 삼는 것이란 것을 알 수 있다. 왜냐하면 서정시의 본질은 정신이 아니라 영혼의 움직임이기 때문이다.

문예학자 에밀 슈타이거는 극적인 본질을 정신으로, 또한 서정적인 본질을 영혼으로 나타낼 수 있다고 그의『시학의 근본 개념』에서 말하고 있다. 서정시는 영혼의 힘으로 충만하나 정신성이 결여되어 있다는 사실로서 나타난다고 심지어 말한다. 슈타이거의 말이 전부 맞지는 않겠지만 서정시의 본질을 영적 상태의 표출로 보는 것은 옳을 것 같다. 영적 상태의 표출은 루카치의 말대로 위대한 순간의 계기를 맞아야 가능한 것이기 때문이다.

이 점 나의 글쓰기 역시 새로운 필체로 거듭 태어나야 함을 암시하고 있다. 서정시의 본질적 속성인 영혼으로 우리 시대의 시정신을 논해야 한다면 서정시에 대한 나의 생각도 그에 걸맞게 쓰여야 하지 않을까. 비평도 루카치에 따르면 영혼 그 자체를 만들어 내지 못하지만 영혼의 내용과 움직임에 민감히 반응하여 쓰는 것이라고 하지 않았던가. 그 점에서 우리 시대의 시적 영혼에 대해 이렇게 다시 쓸 수밖에 없다.

2. 서정의 본질과 영혼의 헤맴

서정시의 본질을 생각한다. 서정시의 운명을 생각한다. 우리 시대의 서정시는 어떠한 모습이어야 하는가? 이에 대한 답을 찾으려 할 때 이번에는 그것을 이론으로 시작하기 싫다. 언제나 지식으로 귀결되는 듯한 어떤 결론이나 주장으로 그것을 말하기가 싫은 것이다. 보다 더 절절하면서 가까이 느낄 수 있는 내용, 누구나 다 저마다의 경험 속에서 공감할 수 있게 하면서도 문제의 본질은 비켜 가지 않는 설명방식은 없는 것일까? 그러한 고민은 언제나 서정시의 문제보다 오히려 팍팍한 삶 속에 살아가는 나의 존재성을 묻고 거기에 답을 찾는 문제로 옮아가게 한다. 그럴 때면 시와 삶, 그것도 서정시의 운명과 나의 운명이 뒤섞여 들면서 별개의 문제가 아니라는 이상한 예감에 휩싸이곤 하는 것이다. 그래서 삶의 미진함을 채우려 시를 찾고 시를 음미함으로써 삶의 갈증을 풀려는 나날. 그러나 쉬이 갈증은 가시지 않고, 시의 속은 더욱 알 수 없는 미궁. 불모의 현실, 불모의 글 읽기.

비평적 글쓰기가 이렇게 나가도 되는 것일까? 모르겠다. 다만 저 가슴 안쪽에 근 수삼 일 맺혀 있는 상념. 시란 무엇이며, 삶은 무엇인가에 대한 답을 찾는 가운데, 이성적이고 논리적 답변이라고 할 수 없지만 그러한 답변보다 더 끈질기게 마음 밑바닥을 헤매어 두르면서 가물가물 맺혀 오는 생각이 있음을 어렴풋이 느낀다. 그것은 서정시의 운명이 어쩌면 사람의 운명과 다름없다는 생각. 그래서 어쩔 때는 사람의 운명을 모르는데 어떻게 시의 운명을 알랴 하는 생각도 하지만, 그렇기 때문에 또한 어렴풋이 우리의 운명을 예감할 수 있듯이 서정시의 운명도 예견해 볼 수 있을 것 같고, 그 점에서 서정시의 본질도 말해볼 수도 있겠다는 만용이 드는 것도 사실이다. 그것은 미궁에서 얼기설기 쳐진 거미줄을 걷으며 출구를 찾기 위해 헤매는 그런 것과 다름없으리라. 그러나 주저앉아 있기보다 입구를 찾아나서는 용기가 필요하고 좀 더 바라는 것이 있다면 혹시나 그 굴을 빠져나올 수 있게끔 해줄 수 있는 '아리아드네의 실'이라도 있는지 두리번거릴 일이다. 그렇지만 아리아드네의 실은 이미 소년 영웅 테세우스가 한번 사용하고 말아 그 안에 없을 것임은 자명한 일. 그것을 알기에 헤맴은 더욱 정처 없을 것이 분명하다. 그 점에서 이 글은 나의 덧없는 발걸음의 흔적이라고나 할까.

생각해 보면 우리가 운명에 대해 관심을 갖게 되는 것은 '죽음' 때문이 아닐까? 그 운명의 덧없음을 이겨내고 살아 있음의 의미를 확인하기 위해 노래, 즉 시가 생겨났을 것이다. 문학과 예술의 발생학적 기원도 그렇거니와 심리학적 기원도 그런 것을 뒷받침해준다. 이것은 누구나 너끈히 짐작할 수 있는 일이다. 그 점에서 운명은 죽음, 즉 '영혼'의 문제다. 아, 나는 지금까지 영혼의 문제 때문에 번민했던 것이다. 태어나고 죽어야 하는 이 생의 덧없음에 대해 아파했던 것이다. 그것은 인간의 본질적 문제. 시는 인간의 정서를 노래한다 할 때 이 죽음의 문제가 인간의 가장 절실한 정서의 문제가 되는 만큼 이 죽음과 관련된 영혼이 또한 시의 가장 절실하고 시급한 화두가 되지 않을 수 없었을 것이다. 그 점에서 서정시의 운명도 바로 영혼의 문제에 있지 않을까? 그렇게 생각한다면 이것은 시대를 따질 문제가 아니다. 그것은 시간을 초월하여 모든 인간에게, 모든 시대에 걸쳐 발생하는 본질적인 문제다. 그 점에서 우리시대의 서정시의 모습을 묻는 것은 바로 서정시의 본질을 묻는 것과 서정시의 본질을 통한 서정시의 운명을 묻는 것과 다르지 않다.

이 점에 생각이 다다랐을 때 나의 머리 속을 스쳐가는 몇 개의 실타래가 떠오른다. 그것들로 어두운 이 운명의 터널을 뚫고 나갈 수 있다면 얼마나 다행일까? 먼저 우리 삶의 원형을 보여주는 것을 붙잡아 봄으로써 조심스레 발걸음을 떼어 보아야겠다. 운명의 덧없음을 극명하게 보여주는 사건과 그것이 왜 노래(시)와 관련될 수밖에 없는지를 보여주는 좋은 사례가 우리 문화의 시작 속에 있다. 그것은 바로 그리스 신화에 나오는 최초의 시인 '오르페우스 이야기' 다.

오르페우스 이야기는 그 하나하나의 내용이 다 인간의 운명을 말하고 있을 뿐 아니라 인간의 운명을 형식화해 보여주는 노래의 운명, 즉 서정시의 운명을 함축적으로 제시하고 있다. 그럼 그것은 무엇일까? 우선 이 신화에서 우리가 볼 수 있는 것은 노래의 속성이다. 바로 서정시의 형식에 해당하는 것으로 옛사람들이나 지금 우리들이 생각할 때도 변치 않는 본질적 속성이 있다. 그것은 바로 감동, 즉 사람은 물론 사물과 신마저 감응시킨 노래의 힘이다. 우선 그의 노래는 사람들을 감동시킨다. 짐승도 온순하게 하고, 나무도 휘게 하고, 심지어 돌도 말랑말랑하게 하며, 더 나아가 산 자로 갈 수 없는 저승마저 건너고 신들마저 감응시킨다.

이 모든 것을 한 마디로 한다면 대상을 내가 원하는 상태로 만드는 '동화(同化)' 의 경지다. 그 점에서 노래, 즉 서정시는 '융화' 의 상태를 지향한다. 이 점 『시학의 근본 개념』을 집필하여 서정적, 서사적, 극적 양식을 설명했던 E. 슈타이거가 잘 말해 놓고 있다. 슈타이거는 "융화는 견고한 것의 녹아내리는 작용이다. 사랑과 가요시는 우리들의 감정을 녹여 준다."고 말하고 있다. 여기서 가요시가 바로 서정시를 가리키는데 그것은 노래와 결부된 시로 바로 노래시를 일컫는다. 이 노래시는 그 본질이 음악성이기 때문에 음악이 갖고 있는 영혼의 울림, 즉 혼에 작용하는 형식임을 드러내 준다.

그 점 오르페우스 신화를 볼 때마다 노래가 바로 사물을 감응시키는 것을 넘어 죽은 영혼을 깨우는, 즉 '부르는' 소리임을 깨닫게 된다. 그것은 노래에 결부된 시의 본질이 바로 혼의 형식임을 말해 주는 것이다. 이 혼은 우리의 접근을 불허한다. 그 점 슈타이거는 "융화된 존재는 날카로운 추적의 감각이 밝히는 것보다 더 심오하다"고 서정시의 비의(秘義)를 말하고 있지만 사실은 서정시가 다루고 있는 영적인 상태의 특성을 설명하고 있는 것이기에 그것은 당연한 것이다. 이 점에서 진정한 서정시는 바로 영적 상태로 영적 대상들과 감응을 보여 주는 것이라고 할 수 있지 않을까.

두 번째로 말할 수 있는 것은 서정시의 본질로서 내용이다. 그것은 '무상함'이다. 슈타이거도 "서정적인 것은 참으로 덧없는 것이다"라고 말한다. 오르페우스 노래도 결국 덧없이 들판을 굴러 흩어질 뿐이다. 에우리디케를 찾는 동안, 찾았다 다시 잃은 후 그의 노랫말은 비탄으로 채워져 있을 것임은 틀림없다. 왜냐하면 서정이 다루고 있는 영혼은 죽음이라는 존재론적 숙명을 벗어나지 못함으로 인해 죽음, 이별, 상실 등을 본질적으로 호소할 수밖에 없기 때문이다. 따라서 영혼은 결코 노래에 의해 구원받지 못한다. 노래에 감응했으나 결국 노래의 무상함에 따라 다시 저 캄캄한 죽음의 세계로 돌아갈 뿐이다. 그 점 서정의 내용은 덧없음과 안타까움이 본질적 내용이 된다.

이러한 혼의 형식을 잘 보여 주는 시로 들 수 있는 것이 김소월의 작품이다.

> 그 누가 나를 헤내는 부르는 소리
>
> 불그스름한 언덕, 여기저기
>
> 돌무더기도 움직이며, 달빛에,
>
> 소리만 남은 노래 서러워 엉겨라,
>
> 옛 조상들의 기록을 묻어둔 그곳!
>
> 나는 두루 찾노라, 그곳에서
>
> 형적 없는 노래 흘러 퍼져,

그림자 가득한 언덕으로 여기저기,

그 누구가 나를 헤내는 부르는 소리

부르는 소리, 부르는 소리,

내 넋을 잡아 끌며 헤내는 부르는 소리.

— 김소월, 「무덤」 전문

이 시는 김소월의 「초혼(招魂)」이란 작품과 짝을 이루는 것이다. 산 자의 혼의 부름에 응해 지하에 묻혀 있던 영혼이 감응을 보이는 것이다. 마치 오르페우스의 노래에 저승에 있던 에우리디케가 굴 속에서 설핏 삐져나오는 것과 같은 형상이다. 그러나 오르페우스도 그의 아내를 결국 저승에서 구해 내지 못했듯 노래로 영혼을 죽음에서 구해 낼 수 없다. 이 시에서 우리를 아프게 하는 것은 바로 형적 없이 흩어지는 노래의 무상함, 그러면서 한편으로는 "소리만 남은 노래 서러워 엉겨라"에서 보듯 우리들 심혼에 맺혀 공명하는 쓸쓸함이다. 쓸쓸함은 하나의 정조로 이미 영적 상태다. 슈타이거는 "〈정조〉는 어떤 영적인 상황의 현존을 의미하지 않는다. 정조는 이미 영적인 상황으로 파악되며, 예술적인 관조의 대상이다."라고 말하고 있다. 그 점에서 영혼은 바로 존재의 아픔을 상징하며 서정은 바로 이를 담아 내는 그릇이다.

이 시를 두고 김윤식은 그의 「근대시사 방법론 비판」(『운명과 형식』, 솔, 1992)에서 혼의 형식이라 말한다. 그는 김소월의 초혼과 무덤 등의 시를 언급하면서 "혼에다 시적 형식을 부여하는 일이 어느 정도까지 가능한가. 만일 가능하다면 그것은 어떠할 것인가. 소월시는 적어도 이러한 물음을 우리 근대시사를 향해 강요하고 있는 존재이다"라고 말하면서 소월의 시가 혼의 형식임을 밝히고 있다. 그 점은 참으로 잘 본 것이다. 더불어 김윤식이 주자학의 '심(心)'의 활동을 혼과 정신과 마음으로 세분하여 보는 것에 따라 "혼은 정신의 단계보다 일층 깊은 곳에 있으면서 정신과 매우 유사한 그 무엇이다. 그러나 혼은 그것을 통제할 조절기관이 없다. 혼에 형식을 주는 일은 일방적이고 위험한 모험이지만, 그 깊이의 면에서는 가장 본질적인 곳이다. 「무덤」이나 「초혼」은 그러한 자리까지 나아간, 적어도 접근한 것이다."고 설명하는 것은 김소월 시의 의의를 서정시의 본질적 차원에서 해명한 것이다.

이 점에서 서정시의 본질은 영혼의 헤맴이다. 영혼의 유동이다. 김소월의 다음과 같은 시 "꿈? 靈의 해적임. 설움의 고향./울자, 내 사랑, 꽃지고 저무는 봄."(「꿈」 전문)은 서정시의 원형을 보여 주는 것이자 시로 자신의 혼을 달래는 전형적인 형식인 것이다.

3. 외진 곳으로 찾아오는 그대, 시의 영혼

나는 우리 시대의 서정시에 문제가 있다면 이러한 영적인 면이 부족하다는 데에 있다고 생각한다. 우리 시대의 많은 서정시는 영혼이 앓는 상처에 민감하지 못하다. 즉 사물화로 진행되어 가는 우리 인간 영혼의 고통에 대해 그 절실한 아픔을 충분히 드러내지 못하고 있다. 그런 까닭은 산업사회에 대응하여 진정으로 아파하고 슬퍼하는 고독한 영혼이 없기 때문이다.

슈타이거는 "서정적인 작품은 전적으로 외로운 생활 속에 깃든 정적 속에서만 그 꽃을 피운다."고 말한다. 우리 시대의 외로운 생활은 앞서 제기했던 산업자본주의 현실에 패배한 사람들에게서 본질적으로 발생한다. 산업자본주의 생활에 잘 적응하여 살아가는 사람은 외로울 수 없다. 그는 사용가치보다 자본주의가 추구하는 교환가치에 이미 중독되어 있어, 영혼의 소리를 듣거나 말할 겨를이 없다. 그런 사람은 시를 쓸 수는 있으되 진정한 서정시는 쓰지 못한다. 그런 점에서 소위 '사이비 서정시'라 불릴 만한 시들이 지금 우리 시대에 많이 쌓인다. 그것은 상처 입고 외진 정적 속에 영혼의 꽃을 피우는 시인이 많지 않다는 말과 같다. 시인들마저 이러하니 우리 시대의 영혼은 병들어 있음을 지나쳐 영혼 멸절의 현실에 가깝다고 할 수 있다. 그리되면 인간 존재는 곧 사물과 다름없어진다. 사물이 되기 전에 세계의 영과 소통하고 감응하는 영적 더듬이를 일깨워야 한다.

그럴 때 역시 김소월의 다음과 같은 시는 좋은 보기다. 그는 언제나 외진 곳
에 거처하며 상처 입은 영혼을 '그대인가 그대인가' 하며 불러 우리의 가슴을
치게 한다.

들가에 떨어져 나가앉은 묏기슭의

넓은 바다의 물가 뒤에,

나는 지으리, 나의 집을,

다시금 큰길을 앞에다 두고.

길로 지나가는 그 사람들은

제가끔 떨어져서 혼자 가는 길.

하이얀 여울턱에 날은 저물 때,

나는 문간에 서서 기다리리.

새벽 새가 울며 지새는 그늘로

세상은 희게, 또는 고요하게,

번쩍이며 오는 아침부터,

지나가는 길손을 눈여겨보며,

그대인가고, 그대인가고.

— 김소월, 「나의 집」 전문

영혼은 절대 백일하에 드러나는 것은 아니다. 그렇다고 완전히 어두운 실체
는 더욱 아니다. 밝음과 어둠이 반반씩 버무려진 상태의 흐릿한 밝음이라고
나 할까. 그것을 '흰 그늘'이라 불러도 좋을 것이다. 이 시는 그것을 '날이 저
물 때'의 시적 배경으로 드러내고 있다. 그리고 공간도 '나가 앉은' '물가 뒤'
로 표현된 외진 곳이다. 시간의 은은함과 공간의 외짐이 이렇게 호응한다. 그
러한 시간과 공간 속에 지어지는 '나의 집'은 바로 영혼이 깃들 수 있는 집이
다. 거기서 '나'는 나의 영혼에 공명해 줄 수 있는 '그대'를 기다린다. 그 기다
림은 존재의 운명이기 때문에 시간과 공간을 초월한다. 희미한 빛살처럼, 흰

그늘처럼 '그대'는 찾아오리라. 그렇지만 그 기다림은 얼마나 애절하고 안쓰러운가. 삶이란 형식, 영혼이란 형식, 더 나아가 존재란 형식에 대한 본능적 표출이 '서정시'임을 이 시는 보여 주고 있다.

이러한 영혼의 흐름을 보여 주는 시는 많지 않다. 그러나 김소월의 계보를 잇고 있다는 박용래의 다음과 같은 시를 보면 그러한 영의 헤맴을 보게 된다. 그 점에서 박용래의 시도 서정시의 고처에 이르고 있다.

> 누이야 가을이 오는 길목 구절초 매디매디 나부끼는 사랑아
>
> 내 고장 부소산 기슭에 지천으로 피는 사랑아
>
> 뿌리를 대려서 약으로도 먹던 기억
>
> 여학생이 부르면 마아가렛
>
> 여름 모자 차양이 숨었는 꽃
>
> 단추 구멍에 달아도 머리핀 대신 꽂아도 좋을 사랑아
>
> 여우가 우는 秋分 도깨비불이 스러진 자리에 피는 사랑아
>
> 누이야 가을이 오는 길목 매디매디 눈물 비친 사랑아.
>
> — 박용래, 「구절초(九折草)」 전문

죽은 누이를 부르며 구절초 꽃과 감응하는 이 시는 누이, 나, 구절초, 내 고장 등이 상호 교감되면서 영적 흐름을 견지하고 있다. 특히 "도깨비불이 스러진 자리에 피는 사랑아"로 표현된 행에서 누이는 구절초와 동일시되고, 시적 화자와 누이는 존재론적 운명의 한계를 뛰어넘어 영적 교감을 나눈다. 그렇지만 이러한 표현을 통해 표출된 교감 역시 곧 스러질 '도깨비불'과 같은 덧없는 것이기에 존재론적 운명의 한계에 대한 애상적 내용을 감추지 못한다. "가을이 오는 길목 매디매디 눈물 비친 사랑아"로 표현할 수밖에 없는 것은 존재의 운명에 대한 서정시의 본질적 형식에 충실하였기 때문이다. 즉 영혼의 아픔을 드러낼 수밖에 없었던 것이다.

다시 돌아가 보자. 루카치는 「에세이의 본질과 형식」에서 예술은 영혼과

운명을 제시한다고 했다. 거기에 가장 합당한 것이 서정시임은 말할 필요가 없다. 서정시는 인간의 영혼과 운명을 제시해야 한다. 그리고 소크라테스는 영혼의 길잡이인 정신만이 영혼 불멸의 위대한 존재를 바라다 볼 수 있게 한다고 말하였다. 그 점에서 우선 정신과 영혼의 차이는 그렇게 큰 것이 아니라고 생각할 수 있다. 정신에 이어진 것이 영혼이라면, 소크라테스의 말대로 오늘날 우리는 정신을 통해 영혼을 듣고 닦아야 할 것이다.

그러나 우리 시대의 정신은 상당 부분 자신의 처지를 유지하고 지속하려는 도구적 이성에 오염되어 있다. 정신은 세계를 활성화하기보다 파괴하는 쪽으로 작용하는 경향이 짙다. 그 점에서 사물이 살아 움직이는 정령적(精靈的)이고 물활론적(物活論的) 세계를 구축하기 위해서는 정신보다 영혼의 상태에 직접 우리가 가닿는 것이 필요하다. 그것을 가능하게 하는 것은 상처 입고 물러나 보는 것이다. 고독한 자리로 나가 앉아 보는 것이다. 상처를 통해 인간 존재의 본질적 국면을 겪음으로써 우리는 혼의 울림을 본능적으로 감지하고 그것을 밖으로 퍼지게 할 수 있을 것이기 때문이다.

그 점에서 나는 오늘의 우리 시인들은 일정 부분 역사적 현실에서 유배자가 되지 않으면 안 된다고 생각한다. 세상에 패배하여 도피이든 유배이든 외진 곳에 가서 상처 입은 영혼들을 부르고 그들의 상처를 어루만지는 노래를 불러야 하는 것이다. 머리로 쓰는 것이 아니라 가슴 저 깊은 곳에서 울려 나오는 비탄의 노래를 불러야 하는 것이다. 우리 시대의 서정시는 그 점에서 사물화에 다친 영혼의 노래라야 한다.

영성의 추구와 무의미와의 사투

1. 상승의 이미지와 신성성

'진정한 자기'는 어떤 상태일까? 이 물음에 대한 답은 다양하게 제시되고 있지만 정신분석학자 칼 융이 제시한 말이 내게는 설득력 있게 다가온다. 그에게 진정한 자기(self)는 의식과 무의식이 조화를 이룬 상태의 자아라는 것이다. 이것을 우리는 내면적 자아와 현실적 자아의 분열 없는 상태로 이해해도 좋을 것이지만 칼 융이 말했을 때 그것은 보다 더 심원한 뜻이 들어 있다. 그에게 진정한 자아는 개인적 차원의 분열 없음이 아니라 인간과 인간, 더 나아가 인간과 세계 사이의 분열 없음을 가리킨다. 그것은 '집단무의식'의 발견과 관련된 것으로서 인류의 원형에 가닿는 자아를 확립했을 때 존재의 본질적인 국면을 이해하고 그것을 수용하여 하나의 의미 있는 단독자로 서게 된다는 것이다.

이러한 존재로 서게 된다고 하여 칼 융은 당대의 역사성을 부정하지는 않는다. 역사의 변화와 더불어 인간 심리의 발전과 변화를 인정하고 있고, 그러면서 역사성과 보편성(본질성)을 융합하는 이미지 내지 의미로서 원형을 이야기하고 있는 것이다. 당대의 역사성이 첨예하게 드러날수록 근원적 의미로서 원형은 한층 빛을 낸다는 그의 말은 우리 시대의 '진정한 자기 찾기'에 대한 많은 시사점을 던져준다.

오세영의 시를 그의 첫 시집부터 최근 시집까지 읽어 가면 바로 칼 융이 제기한 '진정한 자기'의 문제가 파노라마처럼 펼쳐지게 되는 것을 보게 된다. 그에게 시는 분열되고 흩어진 자아를 하나의 의미 있는 자아로 정립하기 위한 의식(儀式)으로 존재한다. 그에게 시 쓰기는 진지하고도 황홀한 행위로서 성스러운 의미가 깃들여 있다. 그의 정신적 궤적을 좇아가면 우리는 앞서 칼 융이 제기했던 '진정한 자기'를 찾기 위한 여로의 형식으로 오세영에게 시가 존재함을 확인할 수 있다. 그 점에서 하나의 뜻깊은 독서 행위는 한 인간이 역사적 존재에서 어떻게 보편적이고도 근원적 존재로 승화되어 가는지를 확인하고 그것에 동의함은 물론, 나의 존재성을 변혁시킬 계기를 찾게 한다는 점에서 또 하나의 매우 절실한 의식(儀式)이다.

그것의 첫 번째 탐사형식으로 우리는 오세영 시에 부단히 나타나는 '상승'의 이미지들을 주목할 필요가 있다. 그의 시에 일관되게 나타나는 것이 있다면 그것은 바로 위로 솟구치는 상승 이미지들의 변주다.

> 문득 와서 꽂히는 화살, 온 밤을 피가 흐르고
> 경험의 뜨락에 져버린 잎새들이
> 앙상한 그림자로 창가를 드리울 때,
> 한 마리 새가
> 문법의 가지를 차고 오른다.
> 난다. 파열하는 꽃잎 속을, 시간의
> 폭동 속을,
> 아아, 뜨거운 수소이온, 그 부력.
>
> —「날개」부분(『반란하는 빛』, 1970)

> 봄날,
> 地表로 솟아나는 새싹은

불꽃이다.

(…중략…)

흙 속에 갇혀
자유를 꿈꾸는 밀알들의 음모.
그것은 끝없는 방화다.
보리밭에서 저지르는 불
새싹이여,
인간은 불을 먹고 사는 짐승이다.

—「봄날」 부분(『불타는 물』, 1988)

나무가 쑥쑥 키를 올리는 것은
밝은 해를 닮고자 함이다.

그 향일성(向日性).

나무가 날로 푸르러지는 것은
하늘을 닮고자 함이다.
잎새마다 어리는
그 눈빛.

—「나무 3」 부분(『시간의 쪽배』, 2005)

이 세 편의 시는 그의 시집의 순서로 볼 때 초기, 중기, 후기에 속하는 것들이다. 이 시들 외에도 그의 시는 상승의 이미지를 띠는 것들이 풍부하게 검출되는데 이것들을 예로 드는 까닭은 그것이 구체적인 이미지를 거느리고 있기 때문이다. 시 「날개」는 첫 시집에 실린 것으로 시인의 의식지향성을 선명히 보여 주고 있다. 즉 시인은 "문법의 가지"로 대변되는 구속과 압력에서 벗어 나고자 하는 의지의 상징으로 '새'를 부려 쓰고 있다. 이때의 새는 이 시집 다 른 시 "문법의 가지에서 인력을/벗으면서 나는 새"(「밤하늘」)에서도 동일한 의미로 사용된다. '인력'으로 표현되는 존재의 유한적 구속을 벗어나고자 하 는 욕망의 상징으로 날개와 새는 사용되고 있는 것이다.

시 「봄날」은 지상에 붙어 있는 '새싹'의 존재성에서 상승의 의미를 발견하 고 있다. 이 시에서 '새싹'은 "흙 속에 갇혀/자유를 꿈꾸는 밀알들의 음모"로 서 억압적 현실에서 탈출하고자 하는 생명의 몸부림, 그것도 본질적이고 강력 한 몸짓임을 드러낸다. 그런데 그것이 "地表로 솟아나는/불꽃"의 이미지로 변주되면서 상승의 동력에 동참하고 있다. 이 점은 앞의 시 날개가 현실의 부 정적 의미인 '문법의 가지'를 박차고 날아오르는 것과 맥락을 같이한다.

이는 「나무 3」의 해석에도 그대로 적용할 수 있는 내용이다. 나무의 상승지 향성을 '향일성(向日性)'이란 말로 압축해 보여 주는 것은 현실적 토대를 넘어 그 이상의 상태로 지향해 가고자 하는 의지 내지 욕망을 드러내는 것이다. 여 기서 문제는 '향일성'이란 시어가 갖는 의미다. '해' 내지 '빛'은 천상에 있 고 우리가 살고 있는 지상의 질서와는 그 성격이 다르다. 이 점은 그것이 인간 에게 신성한 존재로 여겨진다는 뜻이다. 때문에 자아를 '나무'에 투사시켜 빛 을 향해 나아가고자 하는 오세영의 욕망은 인간 존재의 유한성을 벗고 천상적 이고도 영원한 존재성에 가 닿으려는 보편적 본능을 강렬하게 표출하고 있는 셈이다.

결국 '새'가 일반적 차원에서 초월적 상징이 되고, '새싹'이 죽어 있는 상 태에서 다시 살아나는 존재로의 상징이 되며, '나무'가 현실적 제약에서 벗어 나 천상적 질서로 나아가는 존재의 상징이 된다는 측면에서 오세영에게 '상 승'의 이미지는 성스러운 존재가 되고 싶다는 의미의 원형적 상징이 된다. 이 는 현실적 결핍을 더 많이 느끼는 현대인에게 아주 본능적 공감을 불러일으키 게 하는 부분이다. 특히 "갇힌 모든 것은/반항으로 전율한다."(「적의(敵意)」, 『적멸의 불빛』)고 말하고 있는 미적 반항론자의 입장에서 볼 때 자유에 대한 갈망과 영원한 것에 대한 지향은 '깨어나는 일', 즉 부수고, 깨지고, 터지고, 솟구쳐, 그리하여 '날아오르는 일' 로 나타날 수밖에 없다는 것이다. 그 점에서 오세영의 시는 이미 일정한 방향성이 주어져 있다.

이러한 지향은 후기 시로 올수록 그 이미지를 '나' 와 직접 관련을 맺게 한다는 측면에서 직정적(直情的)으로 흐르거나 압축적으로 되어가는 특징을 보인다.

> 산으로 산으로 오르는 걸음,
> 하늘로 하늘로 내딛는
> 行步.

—「산행」 부분(『어리석은 헤겔』, 1994)

> 하늘 문 열고
> 당신이 내려 주신 오색
> 사다리.
> 어떻게 오를까,

—「하늘 문」 부분(『눈물에 어리는 하늘 그림자』, 1994)

이 두 편의 시는 중기에 속한 것들이다. 이 시들을 보면 그가 얼마나 '상승'의 상황에 목말라 하고 있는지를 알 수 있다. 이 시들에서 그는 하늘로 '오르고' 싶어 한다. '산행' 을 통해, '무지개' 를 통해 하늘의 상태에 가닿고 싶어한다. 그것은 자신의 현실적 존재성을 초월하여 영원한 존재가 되고 싶어하는 마음임을 누구나 알 수 있다. 그것이 얼마나 강렬했으면 그는 "하늘로 비상하는 길은/육신을 불태우는 것/영원은 항상 존재의 저편에/있다."(「술 2」, 『어리석은 헤겔』)라고 하여 직정적으로 비상에의 욕망을 드러내고 있다. 여기서 표현되는 육신의 불사름은 물론 '술' 이라는 물질의 매개를 통해 정신적 죽음을 가리킨다. 진정한 초월은 육신의 안락에서 오는 것이 아니라 정신적 초월에서 오는 것이란 진실을 생각할 때 그의 '육신의 불사름' 이란 상징은 정신적 초월을 달성하기 위한 하나의 신성하고도 진지한 기투(企投) 행위라 할 수 있다.

그 점에서 최근 시집에 나오는 다음과 같은 시는 가장 아름다운 상승의 이미지이자 도저한 인간의 정신적 도정(道程)을 보여준다는 측면에서 감동적인 작품이다.

> 까치 한 마리
> 미루나무 높은 가지 끝에 앉아
> 새파랗게 얼어붙은 겨울 하늘을
> 엿보고 있다.
> 은산철벽(銀山鐵壁),
> 어떻게 깨트리고 오를 것인가.
> 문 열어라, 하늘아.
> 바위도 벼락 맞아 깨진 틈새에서만
> 난초 꽃 대궁을 밀어올린다.
> 문 열어라, 하늘아.
>
> —「은산철벽(銀山鐵壁)」 전문(『문 열어라 하늘아』, 2006)

존재의 유한성과 구속성을 '은산철벽' 이라는 이미지로 단단히 고정시키는 것이 놀랍기만 하다. 그렇지만 이 '은산철벽' 이 새로운 존재로 태어나기 위해 뛰어넘어야 할 경계의 표지로 사용되는 것 또한 놀라운 발상이다. 더욱이 "미루나무 높은 가지 끝에 앉아" 있는 "까치 한 마리"로 우리 존재성의 위태로움과 절박함을 표현하고서, 그 존재 초월성의 지난함을 '얼어붙은 하늘' '은산철벽' 으로 형상화해 내는 것은 삶의 정신적 깊이와 함께 미학적 초월의 의미까지 풍기게 하고 있어 신비롭다. 존재의 성화(聖化)를 위한 상승의 이미지가 이 시에 와서 집약적이고도 미학적으로 완성되고 있다고나 할까.

주제적 측면에서 볼 때 하늘은 틈이 없을 것이다. 하늘로 들어가는 길이 있다면 그것은 오직 그 틈을 인식하는 주체가 바로 하늘이 되는 수밖에 없다. 이것은 내가 또 하나의 세계를 창조해야 함을 말하는 것이다. 이 점, 인식하는 주체는 세계의 중심이자 우주 창조의 원형을 반복하는 일임을 말해 준다. 여기서 우리는 성스러움에 접근하고자 하는 인간의 본질적 의미를 생각하게 된다. 이를 M. 엘리아데는 『성과 속』에서 고대사회의 인간은 가능한 한 거룩한 것 안에서, 혹은 거룩한 대상들에 가까이 다가가서 살고자 하는 경향을 지녔다고 하면서 "그들에게 거룩한 것이란 곧 '힘'에 해당했고, 궁극적으로 '현실'에 해당하였기 때문이다. 거룩한 것은 존재(being)로 가득 차 있다. 거룩한 힘은 현실을 의미하며 동시에 영원성과 유효성을 의미한다. 거룩함과 세속의 대비는 종종 현실성과 비현실성 혹은 사이비 현실성 사이의 대립으로 표현된다. 따라서 종교적 인간이 된다는 것은 마음 깊이 존재하기를 소망하며, 현실에 참여하고 힘으로 충만하기를 소망한다는 점을 가리킨다."라고 설파하고 있다. 오세영이 상승의 이미지로 추구하고 있는 성스러움에의 접근은 바로 이와 같은 의미를 지니고 있는 것이다. 그리고 그는 이를 본능적으로 간파했는지 다음과 같은 시를 쓰고 있다는 점에서 문제적이다.

> 너는
> 太初의 축복으로
> 내 손을 잡는다.
> 아아, 그것은 하나의 작은 歷史,
> 人間은 누구나 자신의 歷史를 創造한다.
>
> ─「아침」 부분(『가장 어두운 날 저녁에』, 1982)

"人間은 누구나 자신의 歷史를 創造"할 수 있는 것은 바로 신이 이 우주를 창조한 것과 마찬가지란 점에서 신성한 일이다. 그 점에서 '아침'을 맞아 새로운 역사를 창조할 수 있는 인간이 된다는 것은 또 하나의 거룩한 창조, 즉 태초의 원형적 사건을 반복하는 의미에서 성현(聖顯)을 이루는 일이다. 때문에 오세영에게 거룩한 것의 현현은 하나의 절대적인 고정점을, 하나의 중심을 계시하는 일이 된다. 그것은 거룩한 것을 통해 절대적인 실재를 제시하며 동시에 삶의 방향설정을 가능케 하는 것으로서, 즉 경계선을 확정하고 세계의 질서를 정립한다는 의미에서 '세계를 창건' 하는 것이다. 이는 상대성과 무방향성에 의해 야기된 긴장과 불안에 종지부를 찍기 위해, 다시 말해 절대적인 의지점을 제시하기 위해 하나의 종교적 상징을 마련하는 것과 같다. 그 점에서 오세영의 시는 종교시가 아니면서 인간의 궁극적 관심을 드러내는 종교성을 그 본질로 간직하고 있다.

2. '불물', 그 고단한 인간화의 발걸음

이러한 상승을 통한 성현의 추구는 오세영 시의 전반적 풍경이다. 그렇지만 이러한 지향을 두고 오세영만의 특징적 이미지라고는 말할 수는 없다. 그것은 이미 앞에서 보았듯 어떤 측면에서 그의 시가 보편적이고 원형적 이미지에 접근하고 있기 때문이다. 그렇다고 이러한 사실로 오세영의 시가 독자적 성격이나 이미지가 없다고 말할 수는 더욱 없다. 그가 보여준 상승의 이미지는 그가 체험하고 상상한 특유의 질서와 결을 이루고 있기 때문이다. 새와 새싹, 나무 등으로 나타난 상승의 이미지들은 그의 삶과 밀접하게 결부된 상상력의 질서를 구현하고 있다. 그 점에서 그의 시에 나타난 상승의 이미지들은 그만의 성스러움이 갖는 공간성을 펼쳐 보인 것이라 할 수 있다.

이러한 측면은 성스러운 시간과 성스러운 물질을 통한 존재의 성화를 추구하는 데에서도 그대로 나타난다. 그것들은 의식의 지향성이 한결같기 때문에 그 의미의 파장이 동일한 울림을 주고 있는 것이다. 즉 삶의 방향성의 자연스러움과 절실성을 일관되게 강조해 보임으로써 우리에게 삶의 의미를 심화시키고 있다. 다음과 같은 시들이 그런 예일 것이다.

새벽 세 시

달빛은 눈썹 위에 쌓이고,

銀河는 귀밑머리 적시고,

별빛은 이마에서 꿈꾸는 시간.

세 시에 깨어

經을 읽는다.

—「새벽 3시」 부분(『無明戀詩』, 1986)

밤에 푸른 하늘을 쳐다보며

후욱—

들이마시는 연기,

하얀 구름으로 두둥실 뜨는

영혼,

어지러워라, 어지러워 저 자유의 높이는……

담배를 핀다는 것은,

하늘을 들이마신다는 것이다.

日常의 폐지를 위하여 문득

꺼내 문

한가치 담배,

육신을 태우는 그

불.

—「끽연」 부분(『어리석은 헤겔』, 1994)

각개 물상으로 굳어버린 이 세계는

神의 거대한 감옥,

그러므로 알겠다.

인간에게 왜 술이 필요한가를,

불타는 물이 왜 우리를 황홀케 하는가를,

내가 네가 되기 위하여

스스로 존재의 결빙을 녹이는 묘약,

—「술 1」 부분(『어리석은 헤겔』, 1994)

이 세 편의 시는 일상 속에 존재의 의미를 찾을 수 있는 신성이 깃들어 있음을 역설적으로 보여주는 시편들이다. 「새벽 3시」로 표현된 시간은 일상적 시간의 흐름에 마디를 내고 "별빛을 이마에서 꿈꾸는 시간"이 된다. 그것은 '경(經)'으로 표현된 삶의 진리를 터득하는 시간이라는 점에서 비일상적 시간이다. 이 시간은 우주와 교감하고 자신의 내면을 들여다봄으로써 이 우주적 존재로 다시 서는 순간이다. 그 점에서 이 시간은 신성한 시간이다. 이러한 시간은 일상적 존재에게는 자주 오지 않는다. 그러나 일상적 존재가 무의미로 가득 찬 일상적 시간에 균열을 내려면 이러한 신성한 시간에 뛰어들 필요가 있다. 그것은 바로 창조의 시간, 즉 시적 시간의 필요성을 말함이다. 그 점에서 바슐라르가 「시적 순간과 형이상학적 순간」란 글에서 시적 순간이란 두 개의 상반되는 것이 조화로운 관계를 갖는 순간으로서, 수평적으로 사라져 버리는 보통 일반적인 시간과 구별이 가능한, 특히 '수직적'이라고 부르고 싶은 시간이라고 말하고 있는 것도, 그 수직성이 뜻하는 바 신성성의 획득일 것임은 두말할 여지가 없다. 오세영에게도 이러한 창조의 시간이 신성한 시간으로 승화될 것은 너무나 명백한 사실이다.

그 점에서 오세영에게 일상의 사물도 시적 대상이 되면 신성의 빛을 띠게 된다. "日常의 폐지를 위하여" 들이켜는 담배 연기는 "하늘을 들이마시"는 것과 같다. 육신을 태워 정화하는 영혼의 불인 것이다. 또 "스스로 존재의 결빙을 녹이는 묘약"으로서 '술'은 신성한 취기를 느끼게 함으로써 생명의 본질을 일깨우는 성스러운 물건이 된다. 즉 생명수로서 가치를 띠는 것이다. 따라서 오세영에게 담배와 술 또한 신성한 존재로 거듭나기 위한 제의적 도구로서 성스러운 물질이 되고 있는 것이다.

여기서 우리는 오세영에게 역설적이고도 모순적인 질료로서 '불물', 혹은 '물불'의 이미지를 생각해 볼 필요가 있다. 이를 알기 위해 먼저 그의 시에 처음부터 줄기차게 등장한 불의 이미지부터 살펴보아야 한다. 그의 시에서 상승을 본질적으로 실현하는 질료가 있다면 그것은 바로 '불'이라 불러야 할 것이다. 이 불은 인간 존재의 본질적 속성을 상징하거나 상승의 욕망을 대변한다. 그 점에서 불은 그의 시에서 인간 존재의 의식을 상징한다.

> 헛간에 켜둔 램프가
> 의식을 태운다
>
> —「불 3」부분(『반란하는 빛』, 1970)

> 그러나 증오로 타는 눈빛 속에서만
> 의식은 선명하게 깨어난다.
> 어둠 속에 갇힌 존재여
> 칼을 받아라,
> 태초에 카오스에 비친 빛은
> 칼이었을지 모른다.
>
> —「칼」부분(『불타는 물』, 1988)

램프가 의식을 태운다는 말은 의식이 램프를 태운다는 말과 같다. 이 시에서 불꽃은 살아 있는 존재의 의식을 상징한다. 그 점에서 「칼」 시에서 빛은 세계의 무의미를 가르는 칼이자 일상적 삶의 먼지에 덮여있는 삶의 진정성을 되찾으려는 의식으로 작동한다. 그것들은 모두 '의미 있는 세계'를 지향한다는 점에서 새로운 우주창조요, 중심의 확보다. 이 점 앞의 시들에서 보았던 성현의 추구와 같아진다. 때문에 불은 존재의 의식으로서 존재의 본질적 국면을 암시한다. 이와 관련하여 오세영 첫 시집 『반란하는 빛』을 해설한 허혜정도 오세영의 시에서 "불은 언제나 세계, 자아, 의식의 각질을 부수면서 시인으로 하여금 무의식의 원형적 세계로 접근하게 하는 매개가 된다."고 밝히고 있다. 빛과 진리를 향한 존재의 향일성이 불이라는 상징으로 통해 나타나고 있는 것이다. 그 점에서 불은 오세영에게 존재의 의식이자 본질을 상징한다.

그런데 불은 존재의 구체화, 즉 육화(肉化)를 드러내지 못하는 질료다. 그 점에서 불의 육체성이 요청된다. 이에 불이 깃든 존재성으로 '타는 물'이 불려 나온다. 촛불이나 알코올이 타는 물이듯이 인간이나 기타 다른 생명적 존재는 오세영에게 '불타는 물'로 표상된다. 물로서 육체성을, 그리고 불로서 의식성을 결합하면서 존재의 유한성과 동시에 무한성을, 즉 무한성을 지향하는 유한성으로서 존재성을 상징해 내고 있는 것이다. 다음 시가 그것을 잘 보여준다.

불이 물 속에서도 타오를 수
있다는 것은
연꽃을 보면 안다.
물로 타오르는 불은 차가운 불,
불은 순간을 살지만
물은 영원을 산다.

—「연꽃」 부분(『꽃들은 별을 우러르며 산다』, 1992)

연꽃은 여기서 하나의 존재의 대표다. 불과 물이라는 이중의 질료를 동시에 안고 살고 있다는 것은 곧 유한적 존재이면서 이것의 한계를 초월할 수 있는 내재적 속성이 그 안에 깃들어 있다는 메시지다. 즉 질료의 이중성 내지 물의 세계와 땅의 세계에 살고 있다는 발견은 바로 단면적 존재가 아니라는 측면에서 초월의 상징과 기능에 해당하는 것이다. 오세영은 바로 '타오르는 물'로 이러한 유한과 무한, 억압과 초월의 변증법적, 역설적 삶의 드라마를 펼쳐 보이고 있는 것이다.

이러한 모순적 존재로서 인간의 모습은 그의 존재론적 탐구시인 '그릇' 연작에도 잘 나타나고 있다. 가령 "흙이 되기 위하여/흙으로 빚어진/矛盾의 그릇."(「矛盾의 흙」, 『가장 어두운 날 저녁에』)은 존재의 생성과 파괴라는 양면적 진실을 묘파하고 있는 이미지다. 이 시가 갖는 가치는 모순의 발견을 통해 보다 높은 차원의 인간 이해로 나아가는 단초를 발견하고 있다는 데에 있을 것이다. 이것들은 모두 일상적 인간에서 벗어나 진정한 인간으로 나아가는 발걸음이란 점에서 문제적이다. 이 점이 존재의 성화에 그만의 독특한 이미지를 제공하는 바탕이 된다.

3. 무의미와의 사투(死鬪)로서 시(詩)

그 점에서 그에게 존재의 성화와 시작(詩作) 행위는 동떨어질 수 없는 것이 된다. 왜냐하면 그에게 시 쓰기는 바로 성스러운 시간, 성스러운 장소에서 성현을 발견하고 그것을 내면화하는 일이기 때문이다. 이는 종교인이 제단을 마련하고 속된 시간을 피하여 신과 접신하여 삶의 의미를 충만케 하는 것과 동일하다. 그 점에서 시인에게 시 쓰기는 제의적 행위인 셈이다. 다음 시를 보면 그것을 잘 알 수 있다.

> 일월상순,
> 눈 내려 온 세상이 하얗게 하얗게
> 지우는 날,
> 새 수첩에 같은 이름과 전화번호와
> 주소를 적어 넣는다는 것은
> 잊었던 이름들을 불러본다는 것,
> 같은 이름이지만
> 다시 한 번 불러줌으로
> 살아있는 그

의미.

———「일월상순(一月上旬)」부분(『문 열어라 하늘아』, 2006)

　가장 최근 시집에 실려 있는 작품이다. 여기서 새해를 맞아 새 수첩에 이름을 적는 행위는 존재의 의미를 소환하는 차원에서 시 쓰는 행위와 같다. 그런데 이러한 행위는 반복적이고 의례적 성격을 지니므로 인해 하나의 제의적 성격을 갖는다. 여기서 우리가 문제 삼아야 할 것은 이러한 제의의 의미심장함이다. 다시 『종교사 개론』을 집필한 M. 엘리아데에 따르면 제의는 조상이나 신들에 의해서 '비롯된 때'(역사의 시작)에 실행된 원형적 행동의 반복으로서, 성현을 매개로 가장 진부하고 의미 없는 행동들을 '실재화'하려는 것이라 한다. 이때 반복에 의한 제의는 '원형'과의 일치며 속(俗)의 시간을 소거하는 것, 말하자면 '비롯된 때'에 실행되었던 똑같은 행위에, 천지개벽의 여명의 순간에 참여하는 것이란 것이다. 따라서 모든 생리적 행위를 의식(儀式)으로 전환시키는 것은 바로 시간을 넘어서서 영원 속으로 투사되려 노력하는 것이란 점을 여기서 우리는 분명히 알 수 있다. 그 점에서 원형적 행동은 의식(儀式)이며 동시에 현실에 대한 수준 높은 동화로 볼 수 있다. 왜냐하면 그것은 인간을 신성한 영속 속에 통합시키기 때문이다. 때문에 "잊었던 이름들을 불러보"는 행위로서 '이름적기'는 존재의 창조 내지 부활의 의미를 갖는다. 그것은 신성한 삶의 방식이다.

　오세영은 이 점을 분명히 인식하고 있다. 이 점은 그가 우리 인간의 삶을 혼돈과 무질서로 몰아가는 것이 바로 무의미, 즉 언어에 대한 무지로 보고 있는 데서도 잘 나타난다. 이 점에서 시는 무의미로 몰아가는 죽음의 힘에 대한 저항으로 볼 수 있다. 다음 시가 그러한 예들이다.

인간은 누구나
죽은 자와 함께 산다.
살아도 죽어 있음은

망각 때문이었다.

망각은 이별에서 왔다.

이별은 무의미에서 왔다.

무의미는 무관심에서 왔다.

무관심은 사랑의 부재에서 왔다.

사랑의 부재는

언어의 부재에서 왔다.

— 「죽은 자와 함께 산다」 부분(『불타는 물』, 1988)

언어에도 수증기가 있을까

끓일 수만 있다면

언어는

시가 될 것이다.

지상의 얼음이 아니라

저 절대의 허공에서 빛나는

의미의

무지개, 시는

불타는 물이어야 한다.

— 「시」 부분(『어리석은 헤겔』, 1994)

「죽은 자와 함께 산다」 시는 죽음이 곧 "언어의 부재"에서 왔음을 말하고 있다. 이는 무의미가 언어, 즉 시와 같은 창조적 자기 인식의 언어의 부족으로 말미암아 발생함을 가르쳐 주고 있는 것이다. 그래서 오세영에게 시는 의미의 시가 되어야 한다. 무의미를 가르는 의식의 불꽃으로 시는 기능해야 하는 것이다. 그 점은 「시」의 내용이 잘 보여 준다. 이 시에서 '시'는 "지상의 얼음", 즉 삶의 구속이나 한계로서 무의미가 아니라 "저 절대의 허공에서 빛나

는/의미의/무지개"임을 드러내고 있다. 의미의 무지개가 '불타는 물'의 이미
지로 전환되는 것을 볼 때 이는 다시 '의식적인 존재성'으로서 갖게 되는 '성
스러움'의 의미가 무의미와의 대립성으로 표출되는 것을 뜻한다.

　때문에 그에게 언어를 갖는다는 것, 즉 이름을 갖는다는 것은 존재의 방향
성을 마련한다는 측면에서 매우 소중하고 고귀한 뜻을 지닌 것으로 다가온
다. 즉 "하나의 이름을 갖는다는 것은/얼마나 의미 있는 일인가,/丁茶山, 黃梅
泉 혹은 우리들의/李陸史."(「나는 이름을 가졌다―그릇 25」, 『사랑의 저쪽』)에
서 볼 수 있는 것처럼 하나의 이름을 갖는 것은 잊혀지지 않는 존재가 된다는
것을 의미한다. 그것은 밤하늘의 별과 같이 무의미 속에 찬란히 솟아오르는
의미의 광채가 된다는 뜻일 것이다.

　이와 관련하여 나는 오세영의 시가 궁극적으로 추구하는 현실이 다음과 같
은 시로 나타나게 됨을 진실로 기뻐한다.

꽃들의 象形文字를 지나서
나무들의 楔形文字를 지나서
마침내 절벽 앞에 선
바위의 피리어드.
사미야,
세상을 읽는 저 운명의 바람소리가
들리지 않니?
우주는 긴 한 편의 드라마

—「상형문자」부분(『벼랑의 꿈』, 1999)

　이 시에서 세계는 모두 성스러운 존재로 화해 의미의 광휘를 둘러쓰고 있
다. 마치 말라르메가 "이 세상의 모든 것은 한 권의 책으로 돌아가기 위해 존
재한다"고 한 것처럼 의미심장한 텍스트가 되고 있다. 상징주의자로서 그의
말은 현상과 본질의 합일을 드러내는 상징체로 이 세계가 존재한다는 뜻일 것

이다. 말라르메와는 다른 여정을 통해 걸어왔지만 궁극적 현실에 당도한 사람들로서 갖게 되는, 세계의 본질과 현상을 아우르고 통합하는 절대적 이미지를 오세영도 발견하고 있다. 오세영에게 있어서도 결국 이 세계는 한 편의 드라마를 읽게 해주는 한 권의 책인 셈이다. 문제는 그 드라마가 운명의 바람소리를 다 담아낸 채 시인에게 보이고 들린다는 것, 즉 미성숙한 자아로 하여금 존재의 성화로 나아갈 수밖에 없음을 깨닫게 하고, 자신의 실존적 삶의 완성을 위해 현실적 삶을 부단히 되돌아보게 한다는 데에 있다. 그 점에서 이 책은 우주적 자아를 가능케 하는 열린 통로다. 무의미를 찢고 의미의 세계로 초월해 나오게 하는 인식의 빛인 것이다.

　따라서 오세영에게 시는 무의미와 싸우는 존재의 거대한 드라마다. 시인의 말대로 "시는 이 (상상력이라는) 화해의 정신을 통해 세계를 모순으로부터 구원해주는 우주의 힘"(「현실과 영원 사이」, 『가장 어두운 날 저녁에』)인 것이다. 그 힘에 젖줄을 대고 있는 동안 오세영은 늙지 않고 죽지 않으리라. 의미로 충만한 존재는 어떤 변화의 단계에 있어도 항상 그 빛을 내뿜고 있을 터이기 때문이다. 그 점에서 그가 "늙는다는 것은/사랑하는 사람을 멀리 보낸다는/것이다./머얼리서 바라다 볼 줄을/안다는 것이다."(「遠視」, 『꽃들은 별을 우러르며 산다』)라고 말하는 것은 진실일 것이다. 그에게 '먼 것'은 또 하나의 하늘이 된다는 점에서 삶의 성스러움이다. 신성에의 자각을 통해 그의 생은 매 굴곡마다 의미의 풍요로움이 넘치고 있다. 그것은 어떤 관점에서 바라보든 보기 좋은 생의 의지일 것이다.

존재의 성화(聖化)

— 양왕용 시의 의미

1. 길 위에서 찾는 '성현(聖顯)'

양왕용의 시는 떠남의 시다. 특히 이번 시집의 대부분은 일상에서 벗어나 여행을 하며 얻은 상념을 표현하고 있다. 그의 시적 존재들은 항상 길 위에 서 있고, 길 속에서 자아의 진정한 모습을 찾는다. 그 점에서 양왕용의 시는 견문과 여정, 그리고 객수(客愁)와 성찰이 어우러진 기행시다.

그러나 그의 시가 여타의 기행시와 다른 점은 그가 걷는 길과 여행의 내용이 단순히 새로운 장소에 대한 관광으로서의 모습이 아니란 점이다. 그의 여행은 신을 찾는 일정한 '방향성'이 주어져 탐색이나 모험의 성격을 지닌다. 그 점에서 그의 시는 '지향시'다. 그것을 단적으로 이번 시집의 제목이 되고도 있는 '로마로 가는 길'의 어구가 보여 주고 있다. 무작정의, 무방향성의 여행이 아니라 계획되고 정처 있는 여행이라는 의미에서 그것은 하나의 존재 지향적 행위다. 나중에 볼 것이지만 하나의 의식적(意識的) 행위로서 의식(儀式)이다.

그것은 무엇을 말함일까? 이순(耳順)의 나이가 지나면서 더욱 짙게 파고드는 삶의 무상함에 대해 시인은 확인과 안심이 필요했는지 모른다. 즉 종교적 신념과 삶의 의미를 길 위에 서서, 성지에 대한 순례로 확인하고 싶었던 것이

라고나 할까. 그 점에서 그의 시는 일정한 지점을 통과하며 삶의 의미를 하나
의 망(網)으로 조직하는 그물코, 즉 삶의 벼리로서 그 기능과 의미를 갖는 '성
스러움'에 대해 주목한다. 그의 시는 '성현(聖顯)'을 추적하고 그것을 통해
자신의 삶의 의미를 확인하면서 동시에 삶의 진정성을 확보한다. 그것은 본
질적인 측면에서 그의 시가 종교적일 수밖에 없음을 보여 주는 부분이기도
하다.

　이 점을 보여 주는 시편들은 이번 시집에 가득 차 있다. 그렇지만 그 중에서
다음 시가 그것을 확연히 보여 준다.

　　　아피아 街道 바라보면서

　　　주님의 말씀 듣고 되돌아가는

　　　베드로처럼

　　　비로소 로마성 안으로 들어간다.

　　　도심지 가로질러

　　　테베레 강 건너

　　　'화해의 거리'에 이르면

　　　좌우로 부채처럼 펼쳐진

　　　성 · 베드로 광장.

　　　그 복판에는

　　　일천구백년도 훨씬 전에

　　　이집트에서 운반되어

　　　베드로의 죽음 목격한

　　　오벨리스크 우뚝 서 있고

　　　반원의 회랑에는 280개의 圓柱들

　　　도리아식으로 도열해 있다.

　　　원주 위에서

　　　140인의 성인상들

광장을 굽어보고 있는데
솟아오르는 분수 아래로
하얀 종이가방 든 신부와 수녀
검은 옷으로 걸어가고 있다.
성당 바로 앞에는
베드로 상 천국의 열쇠 들고 서 있는데
스위스 출신의 경비병
르네상스 시대의 복장으로
입구 지키고 있다.
십자가 거꾸로 매달린
베드로 모습은 어디에도 없고
르네상스의 웅장함만 넘치는
이 광장.
베드로 성당 위의
메켈란젤로는 생전에 그 모습 보지 못한
메켈란젤로의 돔에 솟은 십자가
파아란 하늘 아래 빛나고 있다.

—「성 · 베드로 광장─로마로 가는 길 8」 전문

이 시는 크리스트교의 성인 베드로가 주님의 말씀을 듣던 성스러운 장소에 대해 순례하는 형식이다. 시적 자아는 그곳의 장엄함과 동시에 세속화된 현실의 양면을 관찰하고 있다. 그렇지만 이 시의 본질은 '성현'이 이루어진 장소에 동참함으로써 자신의 삶을 변환시키고자 하는 데에 있다. 즉 성스러움에 동화됨으로써 일상적 삶의 무의미에서 벗어나고자 하는 열망에 있는 것이다. 여기서 등장하는 '아피아 街道'와 '성 베드로 광장'은 주님의 신성이 발현된 성스러운 공간이다. 그런 점에서 일차적으로 그의 시는 성지 순례라는 측면의 기행이지만 이차적으로는 자신의 삶에 대한 확인과 갱신이다. 이 점,

세속적 삶의 정화(淨化) 내지 성화(聖化)라 부를 수 있다.

이와 관련하여 우리는 종교사학자 M. 엘리아데의 말을 경청할 필요가 있다. 그는 『성과 속』에서 거룩함의 의미에 대해 다음과 같이 말한다. "고대사회의 인간은 가능한 한 거룩한 것 안에서, 혹은 거룩한 대상들에 가까이 다가가서 살고자 하는 경향을 지녔다. 그들에게 거룩한 것이란 곧 '힘'에 해당했고, 궁극적으로 '현실'에 해당하였기 때문이다. 거룩한 것은 존재(being)로 가득차 있다. 거룩한 힘은 현실을 의미하며 동시에 영원성과 유효성을 의미한다. 거룩함과 세속의 대비는 종종 현실성과 비현실성 혹은 사이비 현실성 사이의 대립으로 표현된다. 따라서 종교적 인간이 된다는 것은 마음 깊이 존재하기를 소망하며, 현실에 참여하고 힘으로 충만하기를 소망한다는 점을 가리킨다." 이는 거룩한 것이 탁월하게 현실적인 것이며, 또한 권능이요 효율성이며, 생명과 풍요의 원천이기도 하다는 점을 말해준다. 거룩한 것 속에서 살고자 하는 종교적 인간의 욕망은 실제에 있어서 순수히 주관적인 경험의 영속적인 상대성에 의해 마비당하지 않음은 물론 객관적인 실재 속에 거주지를 잡고 환상이 아닌 현실적이고 유효한 세계 속에 살려는 욕망에 해당하는 것이다. 시적 화자로서 시인은 바로 이에 대해 충실하다. 길 위에 선다는 것 자체가 바로 그에게는 이와 같은 의미를 추구하는 것으로 다가오기 때문이다. 그는 실제 걷고 걸어서 성지로 나아간다. 가서 삶의 진정성을 찾기 위해 탐색하고 있다.

이와 같은 존재 방식은 서정적이기보다는 서사적이다. 하나의 영웅이 여러 시련을 거치며 의미 있는 세계를 획득하는 것으로 보이기 때문이다. 양왕용의 이번 시집이 하나의 연작시로 되어 있고, 구성상 '출발―체험―귀환'의 구조를 취하고 있으며, 시적 화자가 각각의 장소에서 새로운 체험을 통해 유기적 의미를 획득해가는 가는 과정은 이야기적 요소로서 특징을 가진다고 할 수 있다. 때문에 양왕용에게 길은 이야기고 삶의 여러 양상이면서 진정한 삶의 추구 과정이다. 그의 시는 서사적 맥락을 형성하면서 길의 의미를 성찰하고 있다. 이를 잘 보여 주는 시가 다음과 같은 작품일 것이다.

누가 길을 땅이라 하였는가?

땅은 오직

사람의 발로만 거니는 곳

작은 길들에서는

작은 곤도라 나오고

길가 집 베란다에는

베네치아 사람들

길 위의 우리 보며

하얀 이 드러낸 채 손 흔든다.

— 「베네치아—로마로 가는 길 17」 부분

    길에 대한 인식을 새롭게 하는 부분이다. 길은 땅 위에만 있는 것은 아니란 인식은 '길'의 의미를 여러 대상과 장소로 확대시킨다. 때문에 길 위에서 길의 의미를 탐색함으로써 정신의 길을 찾는 도정이 자연스럽게 열리게 되는 것이다. 즉 일상적 무의미함에서 벗어나 진정성이 깃든 세계로 고양돼 가는 자신의 모습을 보여준다.

    그 점에서 양왕용의 시는 소설이 아니면서 루카치가 말하는 소설의 의미를 되새겨 준다. 루카치는 『소설의 이론』에서 소설의 내적 형식으로 파악되어 온 소설의 진행은 문제적 개인이 자신을 찾아가는 여행이라고 정의했다. 여기서 문제적 개인은 세계와 자아 사이에 갈등을 첨예하게 인식하고 있는 존재를 가리키고, 여행은 소설의 전개이자 자아의 진정한 의미를 찾기 위한 인식의 전개를 가리킨다. 이는 시인이 그려 보이는 시적 전개와 흡사하다. 특히 모든 체험은 자기인식을 위한 과정 속에서 삶의 의미를 향해 나아가는 주인공의 방향에 의해서 유기적으로 조직되는 것이란 루카치의 소설적 특성은 양왕용의 시적 화자가 길 위에서 조직하고 있는 의미의 망과 일치한다. 그 점에서 루카치가 "소설은 한 개인의 체험을 통하여 하나의 전체적 세계를 창조해야만 하고, 또 개인에 의해 창조된 세계의 균형을 유지하지 않으면 안 될 정도의 무한한 높이로 개인을 고양시킨다."는 평가는 역설적으로 이번 양왕용의 시적 세계에 부여해도 좋을 진단이다. 결국 이 점은 무엇을 말함인가? 양왕용의 시가 현실적 여행을 통해 인식의 과정과 발전을 그 전개 안에 내포함으로써 서사문학이 보여줄 만한 삶의 구체성과 지향성을 함께 드러내고 있다는 말이 되겠다. 그것은 제시 형식은 서정이지만 삶의 문제와 정신적 지향성은 서사적 형식에 의탁함으로써 정신과 정서의 총체적 국면을 담아내 보고 싶은 욕망을 달성하고 있다는 말이 되기도 하겠다.

그러므로 그의 길 위의 선 자의 노래라는 문학형식은 의미심장하다. 특히 그것이 종교적 가치를 함의하는 행위로 고양되면서 새로운 문학적 진전으로 확산되는 점은 이 시대적 상황에서 눈여겨볼 만한 대목이다. 왜냐하면 길과 보행(步行)은 종교적 가치로서 '생명의 길'을 상징할 수 있고, '순례'라는 이름으로 세계의 중심을 여행할 수 있기 때문이다. 이는 탐색을, 중심에로 인도하는 길을 선택한 사람은 모든 종류의 가족과 사회적 상황, 모든 '둥지'를 포기하여, 최고의 진리를 향하여 '걷는 사람'이라는 점을 내포하고 있다는 점에서 가장 고귀하고 심원한 인간의 전망을 담는 문학형식이 되고 있다는 뜻이다.

2. 우주론적 초월 또는 성화(聖化)로의 고양

양왕용의 시가 지향적이라는 점은 이상에서와 같이 여러 가지 의미를 파생시킨다. 특히 그 중에서도 존재의 본질을 탐구하는 하나의 의식(意識)이자 의식(儀式)이라는 점에서 인간의 원초적 행위, 아니 인간이 추구하는 가장 강력한 행위로서 의미를 지닌다. 즉 그의 시로 볼 때 의식은 의식인 것이다. 이것은 전후가 바뀌어도 상관이 없다. 다음 시가 그것을 잘 말해준다.

아피아 街道를 따라

네로라는 임금놈 무서워

황급히 로마를 벗어나는 나에게

홀연히 나타나신 주님.

'주여 어디로 가시나이까' 라는

내 당돌한 물음에

'다시 한번 십자가에 못 박히러 로마에 가노라' 라고

대답하신 그 말씀에

비로소 정신 차린 나

발길 돌려 로마로 와

운 좋게 이 자리에 묻혀 있다.

주님을 세 번이나 부인한 이놈

어찌 주님처럼

십자가에 바로 매달릴 수 있었겠는가?

거꾸로 매달려 처형된

지아니콜로 언덕 왼쪽 아래편에 보인다.

─「성·베드로 성당─로마로 가는 길 9」 부분

이 시는 어떤 원형과의 합일을 통해 자신의 지향점을 환기시키고, 그것을 통해 또 자신의 현실적 삶을 정위(定位)시키고 있는 작품이다. 이 시에서 시적 화자는 성 베드로이다. 그러나 실제의 시적 화자는 그러한 베드로의 마음을 짐작하고 실천하고자 하는 시인, 즉 양왕용이다. 이 점 양왕용에게 자신의 전 존재를 던져 성현을 이룬 존재에 대한 갈망이 얼마나 강렬하게 발생하고 있는지를 엿볼 수 있게 한다. 성 베드로와의 '동일시' 는 현실적 자아로부터 벗어나 진정한 자아로 나아가고 싶음을 가리키는 무의식적 본능으로, 시적 형상화의 방법에서 의식과 무의식을 아울러 그의 전존재가 이러한 차원을 지향하는 욕망의 강렬성을 드러내 주는 기제로 작용하고 있다.

이러한 신성에의 갈망 내지 지향은 앞 절에서 본 '거룩함' 이 갖는 가치에 의해 충분히 설명된다. 그러나 여기서 우리가 주목해야 할 것은 성 베드로와의 동일시가 하나의 '제의(祭儀)', 즉 '의식(儀式)'이라는 점이다. 이 시가 의식이 되는 것은 원형적 행동을 반복하는 속성에 있다. 즉 그가 베드로로 변화해 성현을 달성하는 데에 제의적 성격이 놓여 있는 것이다. 대상과의 동일시는 제의에서 이루어지는 가장 강력한 주술방식이다. 이러한 제의적 성격은 교회에서는 주로 기도로 달성된다. 그 점에서 다음과 같은 작품도 하나의 거룩함을 추구하는 예식이라는 점에서 위의 작품과 그 의미가 같다.

제네바까지 와

드리는

이 기도.

그대

만세 전 예정하셨나니.

스테인드 글라스 지나서

햇빛은

더욱 빛나고

우리는

칼빈 선생 기억하며

그대 놀라운 섭리

비로소 깨닫는다.

그대

만세 전

오늘 이 자리와

기도드리는

이 순간 마련하셨나니.

— 「칼빈 기념 교회의 기도—로마로 가는 길 25」 부분

위 두 편의 작품에 나타나는 공통점은 신성함의 내면화다. 즉 의식을 통한 성스러움에의 동화다. 엘리아데는 『종교사 개론』이란 책에서 일상에서의 의식을 다음과 같이 설명하고 있다. "제의는 조상이나 신들에 의해서 '비롯된 때'(역사의 시작)에 실행된 원형적 행동의 반복으로서, 성현을 매개로 가장 진부하고 의미 없는 행동들을 '실재화' 하려는 것임을 보게 된다. 반복에 의해 제의는 그 '원형' 과 일치하며 속(俗)의 시간은 소거된다. 말하자면 우리는 '비롯된 때' 에 실행되었던 똑같은 행위에, 천지개벽의 여명의 순간에 참여하는 것이다. 따라서 모든 행위를 의식(儀式)으로 전환시킴으로써 원시인은 시간을 넘어서서 영원 속으로 투사되려 노력했다." 이러한 점에 비추어 볼 때 양왕용이 그려 보이는 시적 화자는 의식(儀式)으로써 의식적(意識的) 세계를, 즉 절대적 세계를 지향한다. 그것은 바로 원형적 행동을 반복함으로써 진정한 현실에 동화함이고, 자신의 삶을 신성한 영속 속에 통합시킴이다.

특히 칼빈 기념 교회의 기도에 나타난 의식은 기독교적 진리라 할 수 있는 '예정설' 의 실체를 경험하고 그것의 완전성과 자신의 운명을 겹치게 함으로써 세속적이고도 유한적인 인간의 운명을 탈피하는 힘을 얻게 한다. 즉 거룩한 시간과의 동화를 통해 역사적 시간의 마멸성과 제한성을 벗어나는 것이다. 이 점 역시 엘리아데에 따르면 종교적 인간은 제식이라는 수단에 의하여 일상적 시간의 지속으로부터 거룩한 시간으로의 이행을 위험 없이 수행할 수가 있고, 거룩한 시간으로의 동화는 신화적 과거에, '태초' 에 일어난 거룩한 사건의 재현을 나타내기 때문에 세속적 시간의 단절을 의미한다는 것이다. 따라서 양왕용이 베드로와 일치된 감정을 갖거나 예정된 운명의 장소에서 기도를 드리는 행위는 하나의 의식으로서 성화된 시간 속을 살고자 하는 열망을 드러낸 것이라 하겠다.

이를 다른 관점에서 보면 우리 인간의 삶은 바로 제의 자체라 할 수 있음을 말해준다. 이번 시집에서 주요 제재가 되고 있는 '로마로 가는 길' '눈의 나라로의 여행' '근원적 공간으로서 고향으로 귀향' 등은 '떠남—되돌아옴' 이라는 구조를 가진 제의적 성격을 구현하고 있다. 제의는, 특히 통과제의는 한 단계에서 다른 단계로의 이행을 의미하고 그것에 진정성을, 즉 성스러움을 부여하는 제식이라는 측면에서 그의 시가 다루는 모든 것이 제의의 한 구조와 성격을 드러내고 있다고 볼 수 있는 것이다. 왜냐하면 모든 인간 실존은 일련의 시련에 의하여, 죽음과 부활의 반복된 경험에 의하여 형성되고, 정립되기 때문이다. 그 점에서 차라리 인간의 생존은 그것이 완성되어지는 한, 그 자체 하나의 입사식이라고 할 수도 있다.

때문에 통과제의의 경계로서 상징되는 출구는 하나의 존재양식에서 또 다른 존재양식으로의, 하나의 실존적 상황에서 또 다른 실존적 상황으로의 이행을 가능케 하는 것이다. 양왕용 시에서 그것은 떠남으로 나타나지만, 실제로는 '성현'의 한 장소나 시간이 이를 매개한다. 그럴 때 이행은 모든 우주적 존재를 위하여 예정되어 있다는 점이 주목할 만한 점이다. 신화적 조상이 전(前)존재에서 존재로 이행하듯이, 태양이 어둠에서 밝음으로 이행하듯이, 인간도 전생(前生)에서 이번 생으로 그리고 끝에는 죽음으로 이행해 가듯이 이행은 본질적이고 결정적 국면을 내포하고 있다. 즉 엘리아데가 지적하고 있듯이 이 모든 이행의 제의와 상징은 인간의 실존에 대한 특수한 관념을 표현하고 있다는 사실이다. 그것은 인간은 태어날 때에 아직 완성되지 못한 상태에 있으며, 두 번째로 영적으로 다시 태어나야 한다는 것, 그는 불완전한 태아의 상태에서 완전한 성인의 상태로 이행해 감으로써 완전한 인간이 된다는 것이다. 한 마디로 말해서, 인간 존재는 일련의 '통과제의', 간단히 말하면 연속적인 입사식을 통하여 완성에 도달하는 것이다. 때문에 이 점을 주목하고 있는 양왕용의 시는 제의를 통한 신성의 추구로서 인간의 성화(聖化)가 그 궁극적 목적으로 서게 된다. 이것은 삶의 의식적(意識的)인 기투(企投) 행위이자, 세계를 새롭게 재창조하는 행위다.

이러한 거룩한 시간은 바로 거룩한 장소에서 이루어진다는 점에서 신성은 총체적이다. 시인 양왕용이『로마로 가는 길에 금정산을 만나다』라는 말로 제목을 삼은 것은 그 점에서 의미심장한 바가 있다. 이미 앞의 시들에서 본 바처럼 '로마'는 그가 추구하는 크리스트교의 원형이자 성지인 것이다. 거룩한 시간을 갖고 있고 거룩한 행위들이 펼쳐진 성스러운 공간인 것이다. 그 점에서 하나의 궁극적 관심의 대상이 되는 궁극적 현실이라고 할 수 있다. 물론 지금의 로마는 거기에 살고 있는 사람에게 일상적 공간이기도 하겠지만 성소로서 '로마'는 이미 신성이 깃들여 있기 때문에 차원을 달리하여 존재하고 있으며, 그 성현을 상실하지는 않는다. 때문에 그가 이러한 로마로 가는 길에 '금정산을 만난다'란 것은 단순한 것을 의미하지 않는다. 그에게 일상으로 존재하는 부산 도시라는 공간에서 금정산은 로마와 같은 일정한 성현을 보이고 있다는 점에서 동질성을 갖는다. 이는 그가 현실적 삶에 대한 인식의 깊이를 더하는 것으로 볼 수 있다. 즉 가까운 일상 속에 깃든 신성의 징표를 즉각적으로 찾아내고 이를 내면화할 수 있는 능력을 갖추어가고 있음을 의미하는 것이다. 이를 잘 보여주는 작품이 다음 시다.

기쁘다.
약수터 물에
대장균 사라져
마음대로 마실 수 있다는
안내문
정말 기쁘다.
매서운 겨울 날씨 보내어
대장균도 박멸하신
그대의 한없는 사랑
더욱 기쁘다.
갖가지 새소리까지
가깝게 들려와
물 받으러 늘어선
행렬들의 얼굴
활짝 피어 있는데,

새해 들어 처음 느낀

이 충만한 기쁨

그대가 보내신 것이라

—「금정산, 1月」 부분

이 시에서 신성은 여러 국면으로 발현된다. 우선 '약수'로 대변되는 물에서 신성은 발현되고 있다. 이 때 약수물은 신성이 깃든 대상으로서 '성수(聖水)'다. 성수는 생명을 절대적 실재, 즉 영원불멸로 변화시킨다. "이 충만한 기쁨"이란 표현은 신성의 공유를 가리키고 있어 시적 화자도 성화된 존재로 고양돼 간다. 다른 시에서 "감사하고 또 감사하며/마음껏/한 바가지 들이키니/아랫배까지/충만하는 차가움."(「금정산, 1999년 겨울」)에 나타나는 '충만하는 차가움'도 같은 의미다. "충만하는 차가움"은 존재의 질적 변화를 상징한다. 그런 점에서 신성한 물과의 합일은 실제로 존재하는 동시에 산다는 역설, 충일한 실존을 소유함과 동시에 생성한다는 역설, 힘인 동시에 균형인 역설을 실현하는 것으로 그 의미를 지닌다.

또 다른 측면에서 이 시의 신성은 상승의 표지로서 기능하는 '산' 그 자체에서 나타난다. 산은 우주론적이고 신화적인 관점에서 하늘을 떠받치고 있는 거룩한 기둥이다. 거룩한 기둥은 세계를 떠받쳐 주며 하늘과의 교섭을 보증해 준다. 하나의 우주론적 이미지, 천국을 떠받침과 동시에 신들의 세계에로 나아가는 길을 열어주는 우주적 기둥의 이미지는 성현의 원형이다. 이를 우리는 산에서 발견할 수 있는 것이다. 양왕용이 그리고 있는 '금정산'은 바로 이 점에 부합한다. 그에게 금정산은 신의 섭리를 터득케 하고(비와 함께 바람 보내신/그대의 깊은 뜻 알 수 없었는데/쓰러진 나무들과 낙엽 속에서/그 뜻 찾아낸다./그대 계신 곳에 이르지 못하고/사정없이/쓰러지는 것 많다는 사실/새삼 깨닫게 하여 준다.「금정산, 11月」) 세계의 중심에 살고 있다는 신념을 불어넣어 준다. 산은 성스러움으로 충만한 공간이자 만물이 서로 조응하고 교감을 나눔으로써 소외와 단절이 없는 생명의 세계, 부활을 통한 희망의 세계를 그에게 주고 있는 것이다. 그 점에서 산으로 표상된 성현에서 시인은 우주적이고 존재론적 초월의 의미를 일상적 삶에 새기게 된다. 이는 다음과 같은 시에서 더욱 본질적으로 표현된다.

장마전선 제주도 남쪽으로

내려가

모처럼 비개인 아침.

그대가 보내시는

햇살 사이로

건너편 바위 보인다.

진주했다가 물러나기 되풀이하는

안개 속에서도

당당히 버티고 서 있는

회색의 그 모습.

잦은 폭우로

묵은 때 씻어 내면서

크고 작은 계곡에서 들리는

갖가지 물 소리

아랑곳하지 않고

땀 흘리며 올라 온

등산객들 고함소리에도

꼼짝하지 않고

그대의

중심을 보시는

말 없는 사랑 보여주듯이

입 다물고 서 있다.

—「금정산, 6月」 전문

이 시의 핵심은 산이 '그대' 로 호칭되는 신의 뜻을 말없이 계시해 보여 주고 있다는 데에 있을 것이다. 그 점에서 산은 우주론적 초월의 의미를 집약적으로 계시해 주는 상징물이다. 그런데 이 시에서는 산 말고도 '바위' 라는 물질이 신성을 보여주는 대상으로 나타나고 있다. 엘리아데에 따르면 물질의 경도, 거칠음, 항구성은 종교의식에서 하나의 성현을 나타내는 요소다. 그 점에 비추어 보면 위풍당당한 바위, 호방하게 서 있는 돌은 그 힘의 충만함에서 가장 직접적이고 자립적이며, 가장 고귀하고 두려운 것이 된다. 이 점에서 시인은 바위에서 "당당히 버티고 서 있는" 모습을 통해 "그대의/중심을 보시는/말 없는 사랑"의 구현체로서 신성성을 발견한다. 이 점은 양왕용의 상상력이 상당히 원초적이자 종교적임을 말해 주고 있다. 이 시에서 바위는 신의 왕림을 표명하는 점에서 숭배의 대상으로서 '성석(聖石)' 내지 '영석(靈石)' 이다. 신의 힘의 집적소이자 신의 이름으로 성취되는 종교적 행위에 대한 확고한 증인인 셈이다.

이러한 산과 물, 바위 등은 자연을 이루는 요소다. 그러한 것에서 성현을 발견한다는 것은 분명 우리의 실제적 현실에서 그것들은 존재하나, 일상적 사물이나 현상처럼 존재하지 않는다는 것을 전제한다. 성현은 일상 속에, 일상적 현실 속에 또 다른 성징을 띤 사물로 존재함을 시인은 인식하여 보여 주고 있는 셈이다. 그 점에서 그에게 자연적 삶은 또 하나의 종교적 삶의 지향점이 된다.

3. 자연적 삶, 혹은 종교적 삶의 의미

성현은 방향성이다. 이미 앞의 기행시에 보았던 것처럼 삶의 행위의 벼리, 더 나아가 운명의 변곡점이자 결절점으로 작동한다. 양왕용의 시에서 이러한 성현은 크리스트교의 역사적 사건에 의해서 형성되는 바가 많지만, 실은 이 우주적 주재자로서 신이 거처하는 자연에서 자연스럽게 발현된다. 신이 창조한 자연이란 작품은 언제나 투명성이라는 자질을 견지한다. 즉 그것은 거룩한 것의 수많은 측면을 자발적으로 계시하고 있다는 것이다. 전체로서의 우주는 실재적이고, 살아 있으며, 동시에 거룩한 유기체다. 그것은 존재와 거룩함의 양상을 동시적으로 계시한다. 존재시현과 성현이 만나는 것이다.

이 점에서 양왕용의 시는 자연적 상황과 성현적 상황을 동일시하는 경우가 많음을 보게 된다. 다음 시가 그 같은 경우다.

> 호숫가에 나와
> 만년설 봉우리들 향하여
> 조약돌 날린다.
> 한참 날리다가 돌아와도
> 정말 꿈같은
> 다람쥐와 새떼들의 축제.
> 던지는 새우깡과 다른 음식물
> 받아 먹으면서 춤추는
> 그들의 축제.
> 나무와 풀들도
> 그들의 모습 놀란 듯이 바라보는
> 정말 꿈 같은
> 그랜드 티톤
> 이 한나절.

—「그랜드 티톤 한 나절─다시 눈의 나라 1」 부분

미국 북부 지역 옐로우스톤을 찾아가는 길에 만난 '그랜드 티톤' 이란 곳의 경관을 묘사한 부분이다. 이 시에서 보이는 그곳은 신의 섭리가 그대로 살아 있는 평화롭고 성스러운 공간이다. 그랜드 티톤은 자연의 완전성을 간직한 공간으로서 일상적 삶의 속됨을 깨끗이 씻어 내는 구실을 한다. 그 점에서 신성은 자연성의 또 다른 이름이다.

　이러한 자연적 삶과 자연적 상황의 의미는 우리나라 산에도 그대로 적용된다.

山등성이 오르다가
진달래 꽃송이 매달고
서 있는 나무 발견하자
'어머나'
소리치는 일행들.
유독 한 나무에만 매달려 있는
그 꽃이파리는
매화도 지지 않고
개나리도 보이지 않는데
도대체 어떻게 된 일일까?
지난 해 연말부터 고개 숙인
이 땅의 많은 아버지들에게
그대가 보내시는
희망의 전령사들인가?
반가움에 겨워 주위 둘러보니
꽃나무들 가지 끝마다
봄들 매달려 있다

—「금정산, 2月」 부분

단풍이 들고 낙엽이 지고
겨울 한 바람 속에서
앙상한 가지만 남아도
무슨 걱정 있는가?

나무 그대들에게는

해마다 봄이 오면

육신의 부활까지 주시는

또 다른 그대 계시지 않는가?

─「금정산, 9月」 부분

　이 두 시는 자연의 아름다움과 그 아름다움에 깃들어 있는 신의 섭리를 표현하고 있다. 여기서 보이는 자연의 가치는 순환이다. 이것은 부활로 상징된다. 그것은 다시 종교적 관점에서 신의 섭리를 의미한다. 이 시들에서 꽃과 나무는 종교적 순환성과 영원성을 상징하는 표지가 되고 있다. 표면적으로는 이러한 존재가 되지 못하는 자기 존재에 대한 아쉬움을 담고 있지만 시의 궁극적 의미로 볼 때 모든 존재는 신의 섭리 안에 다시 태어난다는 것을 전하고 있다. 그 점에서 영적 존재의 탄생에 대한 관심이 이 시 속에는 깃들어 있는 것이다. 영적인 생명에의 접근은 언제나 세속적인 존재양식에 있어서의 죽음과 그에 뒤따르는 새로운 탄생을 수반한다는 점에서 양왕용이 그리는 자연적 삶의 형상은 곧바로 종교적 삶의 형상으로 전화된다.

　이상으로 양왕용의 시를 살필 때 우리네 삶은 두 개의 지평 위에서 이루어짐을 알게 된다. 인간의 생존으로서 자기만의 길을 밟아나가는 것과, 동시에 코스모스나 신들의 삶, 초인간적 삶을 공유하기도 하는 것. 여기서 우리에게 문제적인 것은 후자일 것이다. 그 점에서 종교적 인간에게 삶의 전체는 성화될 능력이 있다는 점이 중요하다. 문제는 이러한 성화를 당연하게 받아들일 인식의 필요성이다. 오늘의 우리들 삶은 신성을 상실함으로 인해 자연과 인간의 본질적 속성을 잃고 있다. 따라서 자연적 삶 내지 종교적 삶을 회복하는 것은 자연과 인간의 조화와 공존을 의미하는 것일 뿐 아니라 삶의 지고한 가치를 획득하는 것을 뜻한다. 즉 종교적 해결은 실존적 위기를 풀어줄 뿐 아니라 더 이상 임시적이도 특수적이지도 않은 가치를 향하여 실존이 '열리게' 만들고, 따라서 인간으로 하여금 개인적 상황을 초월하여 궁극에 있어 정신의 세계에 접하도록 만들어 주는 것이다. 양왕용의 이번 시집은 이를 지향하고, 그리고 달성해 내고 있다.

그런 점에서 초월에로 향하는 출구가 있음으로써만 삶은 가능해진다는 종교적 진실을 비단 종교인뿐 아니라 물화된 현대인에게 전하고 있는 이번 시집의 특징과 가치는 남다르다. 인간은 카오스에서는 살 수 없다는 것, 일단 초월과의 접촉이 상실되고 나면 세계 속에서의 생존은 가능성을 잃는다는 진실을 온몸과 영혼으로 계시해 보여 주는 양왕용의 시는 인류의 근원에 육박해 가면서 동시대적 삶의 결핍을 보충하는 바가 있는 것이다. 특히 자연과 생명의 소중함을 생태적 사고로 연결 짓게 되는 부분이 많은 것이다. 그 점에서 그의 시는 인간의 영원한 전망이자 당대적 절실성의 구체화란 점에서 현실적 광채를 지닌다.

혼의 집

─ 김규성 시의 의미

　김규성의 시를 읽으며 '불멸(不滅)'을 생각한다. 불멸! 발음은 부드러운데 그 속에 담긴 뜻은 강인한, 그리하여 언제나 아득하여 어쩔 수 없는 그리움과 절망을 주는 단어. 왜 이 단어가 김규성의 시를 읽는 동안 내내 내게 떠오르는지 모르겠다. 아마도 그것은 나의 요즈음 관심 사항이 이 단어에 맴돌고 있어서 그렇기도 하겠지만 그것보다 김규성의 시가 이 단어의 결과 향기를 내게 생생하게 환기시켜 주고 있기 때문은 아닐까.

　시의 아름다움은 관념이 아니라 제 나름의 속과 부피, 그리고 결의 생생함을 통해 실재에 대한 느낌을 환기시켜 주는 데에 있다. 김규성의 시는 관념을 만지고 맡고 씹을 수 있게끔 하는 맛을 간직하고 있다. 그렇게 볼 때 그의 시는 다른 무엇보다 시가 어렵다고 난리를 치는 요즈음 가장 필요한 시의 덕목을 갖추고 있는 셈이다. 그러면서도 단순과 저속으로 떨어지지 않는 품격을 갖추고 있으니 우리 시대에 다시 요청해야 될 중요한 시적 자질의 하나를 그가 계시해 보인다 말해 누가 탓하랴.

　김규성의 무슨 시가 내게 그런 맛을 주었던가. 삶의 구체성이 생의 지향성과 맞물려 시인의 운명을, 아니 어쩌면 시의 운명을 보여 주는 다음 시가 그것일 것이다.

벌초하러 가는 길

문득
어릴 적 홧김에 길가의 돌멩이 하나, 주인도 모르는 밭에 무심코 차 넣은 생
각이 났다

나는 부리나케 차를 멈추고
흉가처럼 버려진 자갈밭의 무겁고 날카로운 돌 두 개, 양손에 들고 길로 나
왔다

하늘은 푸르고 들판은 조용했다

—「기억」 전문

이 시는 일상과 시가 어떻게 긴장 관계를 맺고 있는지를 보여준다. 시인은
일상 속에서 '벌초' 하려고 마음먹는 순간 일상적 생활 속에서 이탈해 나오고
있다. 산업사회 속의 일상은 앙리 르페브르의 말이 아니어도 기계적 반복과
허위 욕망에 의해 무의미함으로 가득 차 있다. 진정한 인간으로 살아가기 위
해서는 이러한 일상의 무의미함에서 빠져나오는 것이 중요하다. 그것은 곧
일상적 삶에 균열을 가하는 것, 시적인 상태에 몰입하는 것.

그 점에서 이 시에 나타난 '벌초' 는 의미심장한 결절점이다. 산업사회의 무
의미한 반복을 중단시키고 삶과 인간 존재의 운명에 대해 생각할 계기를 마련
하고 실제 시인에게 사유할 힘을 부여한다. '벌초' 는 일상에 틈새를 내고 무
의미에 저항하는 시인의 본능을 작동시킨다. 그 작동의 결과 시인은 유년의
'기억' 을 떠올리고 모든 것이 이 우주 안에서 돌고 돌아 결국 나에게 온다는
'인과응보' 의 진리를 깨우친다. 인과응보의 진리를 터득하고 거기에 과거의
잘못을 반성하는 행위를 함으로써 "하늘은 푸르고 들판은 조용" 한 마음의 평
정을 얻는다. 즉 시 한 편을 얻는다.

때문에 이 시는 서정시의 본질을 잘 보여 준다. 서정시의 특징을 자아와 세계의 동일성 획득으로 풀이한다면 「기억」이 시는 세계와 자아가 진정으로 만나는 '순간', 진리를 깨우치고 진정한 인간으로 태어나는 '위대한 순간'을 계시해 보여 주고 있는 점에서 가장 서정적이다. 순간을 통해 영원을 획득하는 것이 시적 운명이라면 이 시는 "문득" 세계와 자아의 완벽한 일치를 맛봄으로써 영원을 획득하고 있다.

이러한 순간과 동일성 획득은 일상적 삶을 살아가는 우리들이 볼 때 놀랍고 신비하다. 무엇이 시인으로 하여금 이렇게 높은 사유의 경지에 이르도록 하였을까? 하늘의 그물은 엉성하게 보여도 무엇 하나 빠져나갈 수 없다고 하는 그 깊은 진리를 시인은 정말 어떻게 '문득' 깨닫게 되었을까? 이 대답을 찾기 위해서는 우리는 얼마간 그의 시를 더 더듬어 봐야 할 것이다. 그랬을 때 그가 시를 쓸 수밖에 없는, 시를 쓰지 않고는 가슴속에 절절히 스며 있는 그 그리움을 배겨내지 못했으리라 짐작되게 하는 가슴 뭉클한 한 편의 시를 만나게 된다.

아버지는 빈 돼지우리나
낡은 헛간 하나를 헐 때도
한 해 겨울을 꼬박 생각하셨다.
봄이 오면 길일을 골라
공손히 술잔을 바치고 나서는
조심조심 풀고 고르고 하셨다.
초가지붕은 퇴비로
썩은 가지는 땔감으로
흙은 잘게 부숴 객토로
굼벵이는 말렸다가 약재로 썼다.
기둥은 기둥대로
서까래는 서까래대로

　　돌멩이는 돌멩이대로 고스란히

　　새 건축물의 자재가 되었다.

　　버릴 것 하나 없는

　　깔끔하고 따뜻한 재생이었다.

　　그리고 당신은, 당신보다

　　우리 형제 키를 한 뼘 높이고

　　오던 길 조용히 돌아가셨다.

―「아버지」 전문

　이 시의 시제는 과거다. 즉 '기억'의 펼침이다. 그렇지만 그 기억은 영원한 것이어서 언제나 현재의 나의 삶에 침투해 들어온다. 어조는 담담하지만 어조 뒤에 감춰진 친인에 대한 그리움은 아버지가 생전 행하던 모든 행위들에 고스란히 녹아들어 있다. 아버지라는 관념이 그리운 것이 아니라 아버지가 생전에 행하던 조심스런 행동과 말, 냄새, 그리고 그 손길이 생생히 눈에 잡히는 것이다. 그 점에서 이 시는 결이 풍부하다. 때문에 기억에 남아 있는 아버지, 감히 직접 부를 수 없어 두 번이나 '당신'이라 간접적으로 부를 수밖에 없는 그 대상은 감각으로 뇌리 속에 각인된다. 그것은 지워지지 않는 그림이 되는 것이다. 현재의 나의 삶에 결핍된 그 무엇을 환기하고 어떻게 살아야 할지를 게시해 주는 지침이 된다.

　따라서 이 시는 앞의 시 「기억」과 근본적으로 통한다. '벌초'의 대상이 아버지라는 점에서 그렇다기보다 기억을 통한 현재적 삶의 반성과 방향을 모색한다는 점에서 그렇다. 시 「아버지」는 아버지에 대한 그리움이 전면에 나타나고 있지만 실은 아버지와 같은 삶, 특히 "깔끔하고 따뜻한 재생"과 같은 삶을 꿈꾸는 시인의 욕망이 더 강하게 배면에 감추어져 있다. 그 점에서 이 시는 아버지가 우리에 했던 것과 같은, 가령 "우리 형제 키를 한 뼘 높이고/오던 길 조용히 돌아가시"는 것과 같은 일을 하겠다는 의지의 역설적 표현이다. 왜냐하면 그리움은 곧 그것에의 추구라는 점에서 아버지의 삶에 대한 그리움은 곧

나의 삶의 모범이 되기 때문이다. 때문에 이 시는 아버지를 그리워하며 살아
감으로써 아버지의 생애를 완성시키고 더 나아가 나의 삶도 완성시키겠다는
꿈을 드러낸 것이다. 그것은 또 은연중 나의 아들과 딸도 후에 나와 같은 행위
를 하리라 여기는 믿고 싶음의 표출이고 그럼으로써 나의 생도 그들로 인해
더욱 완성돼 가리라 하는 염원을 드러낸 것이다. 결국 두 시 모두 '기억' 이라
는 각인을 통해 영원에 대한 그리움을 달래고 있는 것이다. 그리고 이러한 기
억을 통해 일상적 삶의 무의미에 대해 응전하고 있는 것이다.

　따라서 김규성의 시는 본질적으로 영원, 다시 말해 '불멸' 의 실체를 붙잡기
위한 줄다리기다. 그 싸움은 유한적 존재로서 인간이 패배할 것은 자명하지
만 그 패배의 순간이나 과정이 아름다운 한 폭의 별자리와 같이 이 세계에 생
생히 '새겨진다' 면 힘써 싸워 볼 만하지 않겠는가. 그 점에서 지워지지 않을
하나의 무늬를 획득하고 있는 다음 시는 김규성의 시적 상상이 그리 만만치
않은 수준임을 보여준다.

　　아버지는 해마다 새 뚜껑을 덮으셨다

　　그 꼭 닫힌 소주병 속에서

　　우리는 보이지 않는 하늘만큼 푸른 술로 발효되었다

―「草家」 부분

　아버지와 관련돼 영원성을 획득하는 이미지로 시인은 "푸른 술" 이라는 물
질을 발견한다. 아니 보다 정확히 말하면 기억 속에 새긴 것이다. 때문에 기억
속의 물질로 이 술은 결코 사라질 물건이 아니다. 그리고 이 물질은 절대 일상
적 무의미로 떨어질 물건도 아니다. 그 물질에 닿으면 "우리는 보이지 않는 하
늘"로 확장되어 가는 만큼 절대적이고 지고한 물질이 된다. 그 점에서 이 물질
은 우주와 영원을 아우르는 신비의 물체, 불멸의 물체라 하지 않을 수 없다.
그것은 일상적 생활을 벗어나 지고한 세계로 고양되는 체험을 가능케 하는 물
질이다. 즉 앞에서 보았던 '위대한 순간' 과 포개지는 물질이다.

그런데 이 신비한 물질은 처음부터 없었던 것이 아니라 아버지와의 삶 속에서 경험되었던 것이다. 그 점에서 김규성의 시는 신비라는 것이 분명 우리의 생활 속의 어떤 부분과 관련되어 있고 그것에서 출발되었음을 알려 준다. 그것의 해명이 이번 김규성의 시집을 온전히 제 것으로 받아들이는 지름길이 될 것이다.

생각해 보자. 더듬어 보면 술은 '타는 물'이지 않은가. 실체는 있되 곧 기화(氣化)돼 사라질 운명의 것. 거기에 '푸른'이라는 수식어가 붙었으니 그 사라짐은 더욱 요요(夭夭)롭고 신비로울 것은 불문가지. 우리가 일상에서 체험은 했으되 확인해 볼 수 없는 것. 무엇을 상징할까? 일차적으로 유년 시절에 받았던 아버지의 사랑으로 풀이해 봄 직하다. 아버지의 사랑이야말로 '우리'를 끝없는 공간으로 비상시켜 주는 원동력이 되니 말이다. 그러나 그 사랑을 물질로 보기도 그렇고 영원으로 이어진다고 하는 것도 조금 어색하다. 사랑이 영원하다는 것도 가능하겠지만 그 사랑의 속성을 담고 있으면서 위에서 제시했던 여러 개의 조건을 아우르는 물질이 있다면 딱 좋겠다.

그것은, 그것은 '혼(魂)' 아닐까. 사랑을 두고 물질이나 불멸을 이야기하는 것은 어색하다고 하더라도 혼은 그 본질 자체가 물질이고 영원불멸의 성격을 띠고 있다. '영혼불멸'이 자연스런 관념이다. 그런 점에서 김규성이 발견한 "푸른 술"은 아버지와 떼려야 뗄 수 없는 물질로서 바로 아버지의 사랑이 담긴 혼의 상징이다. 그의 기억 속에 아버지의 혼은 이어져 자신에게 발현되고 그것을 생각할 때마다 일상의 무의미함과 세속적인 것은 부서져 나간다. 그 점에서 앞 시 「기억」에서 '벌초'의 의미는 이중삼중으로 해석된다. 곧 벌초는 혼과의 만남을 전제로 하는 일이기 때문에 혼의 영역에 대한 사색에 들게 되고 그로 인해 그는 우주적 진리에 동참하게 되는 것이다. 그리고 「아버지」라는 시에서 아버지에 대한 기억은 혼의 흐름으로 볼 수 있다. 그 혼의 파동으로 인해 그는 과거와 현재, 미래를 초월해 하나의 '영원한 현재'를 맛볼 수 있게 된 것이다.

따라서 혼의 발견과 시 쓰기, 이것이 시인으로서 김규성의 운명이다. 그 점에서 시인이 서문에서 "아버지와 누나에 이어 할 이야기가 많은 형마저 졸지에 떠나자 당연한 듯 저승으로까지 돌진해 갔다. 이제 내 시는 무한 시공의 통로인 셈이다."라고 말하고 있는 것은 의미심장하다. 시는 사실 '혼의 형식'이기 때문이다. 시인이 이 사실을 본능적으로, 순연히 본능으로 깨우치고 있어 그의 시가 시의 본질에, 시인의 운명에 얼마나 충실한가 하는 것을 보여 준다.

그렇지만 모든 시인이 혼의 생리에 민감한 것은 아니다. 혼에 민감한 시인은 바로 죽음에 민감한 시인이다. 혼은 불멸로서 유한성을 이겨내는 단 하나의 물질이기 때문이다. 그 점에서 다음과 같은 시는 그가 혼에 민감할 수밖에 없는 모습을 보여준다.

> 오, 금이 가기 시작한 시간!
> 그제야 문득 그 불안의 재료가
> 사기라는 생각이 들었다
> 실은 우리 몸도 한 줌 흙이라는
>
> ―「사기 항아리」 부분

존재의 조건과 한계를 깨닫는 것은 존재론적 사유지만 이것은 곧 실존적 사유로 전이된다. "한 줌 흙"이라는 물질로 구성되어 언제라도 "금이 가기 시작"할 수 있는 존재라는 것을 깨닫는 순간 우리의 삶은 달라진다. 시인은 일상적 무의미, 또는 세속적 욕망으로부터 초연함으로써 보다 지고한 가치를 추구할 수 있게 되는 것이다. 그 깨달음은 모두 혼의 울림에서부터 비롯된다. 혼의 침습과 혼에의 동조. 그 점에서 '낮은 것'의 가치를 발견하는 다음과 같은 시들도 바로 혼의 가치로서 상징하는 바가 크다.

> 낮아진다는 것은 얼마나 편한 것이냐.
> 서 있는 것보다는 앉아 있는 것이,
> 앉아 있는 것보다는

누워 있는 것이 편하듯

키 낮아질수록 그 자리는 아늑하다

그리고 그만큼 넓어진다.

—「자리」 부분

아, 그리고

내가 봉우리만 보고 산에 오를 때

골자기 물은 낮게 더 낮게 몸을 낮춰

내가 버릴 것처럼 두고 온

발자국을 좇아서 유유히 흐르고 있다.

—「하산 길」 부분

이들 시에서 보이는 '낮음'의 가치는 세속적 의미에서 겸양을 가리키는 것이 아니다. 그것은 '혼의 거처'로서 의미가 있다. 즉 낮음은 '배면'이다. '있음'을 구성하고 있는 '없음'이다. 삶을 구성하고 있는 '죽음'이고, 죽음마저 영원히 초월해 있을 수 있는 '혼의 자리'다. 그 점에서 혼은 그의 시에 나오는 "깊은 산길을 혼자서 헤매다가/문득 동행이 있다는 사실을 알았다/우주에 오직 하나뿐인 내 별의/가장 충실한 위성은, 빛이/항상 나와 함께한다는 전언이었다"(「그림자」)의 '그림자'이기도 하고, "진흙이, 저 진흙이/연꽃을 피우는 것이었다."(「연꽃은 진흙이 피운다」)의 '진흙'이기도 하다. 생을 구성하고 있는 본질적인 바탕, 그 불멸의 물질이 혼인 것이다.

그 점에서 김규성의 시는 혼을 찾고 혼을 부르고 혼의 집을 짓고 있는 것이다. 그가 『고맙다는 말을 못했다』(2006) 시집 서문에 "아내에게 시로 집 한 채 지어주려고 했다"고 말하고 있는 것은 혼의 관점에 깊이 부응한 소망이다. 아내에게 영원불멸의 집을 지어주리라 갈망하는 것은 세계의 모든 무화(無化)에 저항하면서 가장 인간적인 삶을 완성하고자 하는 욕망을 드러내 보이는 것이다. 그것은 깊고도 웅숭스러워 보통의 필설로 해명하기 힘든 부분이다.

　그 점 그의 시가 일정 부분 선시 풍이 되어가는 것을 막을 수가 없을 것이다. 다음과 같은 시들은 해석의 다양성과 신비함을 준다.

세상의 모든 모음에다 받침을 달아주고 싶다

그 이응 받침이고 싶다

—「바퀴」 전문

가을 햇빛이 호수를 길어 올리고 있다

아니 호수가 햇빛을 좇아 하늘로 흐르고 있다

고요하다, 하늘도 호수도 한결 푸르다

위대한 혁명이다

—「고요한 逆流」 전문

　이 두 편의 시는 단순해 보이면서도 그 깊은 심연을 간직하고 있다. ‘바퀴’에서 시인은 받침과 도약대를 생각하고 있다. 그 점 바퀴는 비상과 확산의 의미를 갖는다. 그렇지만 이 시는 거기서 그치지 않는다. 소리 내어 읽어보면 ‘이응’ 은 울림소리이고 원의 형태다. 모든 사물을 대리하는 모음에 이응을 붙임으로써 파동이 생기게 하고 모든 것을 원으로 수렴함으로써 세계와 통합되게 하겠다는 염원도 들어 있다. 또 더 상상력을 전개하면 소리는 울려 퍼져 이 우주의 전체를 아우르고 바퀴는 굴러굴러 항상 다른 자리에 서 있지만 결국 제자리이다. 생각할수록 역설이 가득하다. 「고요한 逆流」도 결국 “위대한 혁명” 에 이르러서는 해석의 다양성에 맡길 수밖에 없다. 혼으로 파악한 것은 이성의 논리로 재단할 수 없는 법이다. 그 점 묘하고 묘하다 해야 할까.

혼을 다룬다고 해서, 그리고 일정 부분 신비하다고 해서 반드시 시가 좋다고 말할 수는 없다. 그러나 루카치도 말했듯 문학은 인간과 운명 및 세계 사이의 궁극적 상관관계를 나타내는 데에 있다. 김규성의 시는 인간의 운명과 그것을 예각화시켜 주는 시의 운명을 그의 시적 풍경과 시 쓰기 행위를 통해 본질적으로 보여 주고, 또 결이 풍부하게 보여 주고 있다는 점에서 좋은 시라고 말해도 무방할 것이다. 다만 그의 시가 역사적 관점에 서서 바라볼 때 지난 농경사회 때의 풍경과 다름없어 산업사회 속의 일상적 현실이 좀더 구체화되고, 그런 가운데 인간존재의 구원 문제를 추구했더라면 좀더 좋은 시가 되지 않았을까 하는 아쉬운 점이 남는다는 점을 부기로 밝혀 둔다.

제 2 부

영혼의 그늘과 산업사회

물의 시학

— 천양희 시의 의미

천양희 시인의 시 한 편이 가슴을 친다. 그 시는 천양희의 여러 시 중 그렇게 빼어나 보이지 않는 것 같은데도 나에게 와서 잊혀지지 않는 하나의 영상을 새긴다. 그렇게 고통스러워 하다니! 이것은 시적 화자의 고통을 말함인가 나의 고통을 말함인가? 누구의 고통으로 말해야 할지를 불분명하게 만드는 시적 진실을 이 시는 안고 있다. 다음 시가 바로 그 작품이다.

청사포 앞 바다엘 간다. 부산 아지매

사투리가 생선처럼 튀는 아침

바다의 자리는 생생하게 빛난다

투명한 물 속

저 환한 화엄계!

수평선이 세상을 수평으로 세운다

허공에 넘실대는 갈매기소리 공허하다

높은 것만이 이상은 아니라고

흐르는 물이 말하네

수족관에서도 꼬리치는 물고기들

바다로부터 잊혀지고
나는 내 희미한 정신의
시퍼런 파도소리를 듣는다. 나는
내 귀를 의심한다
나를 덮치는 저 소리. 미친 듯이
나를 살게 하느니……

—「청사포에서」 전문

이 시는 그녀의 네 번째 시집 『마음의 수수밭』(1994)에 실려 있는 작품이다. 천양희론을 쓰기 위해 최근 시집을 위주로 그녀 시를 읽는 가운데 이 시가 유독 눈과 마음을 붙잡아 정신을 산란하게 한다. 시는 청사포 해변에 간 시인이 차분히 바다를 둘러보면서 물빛과 수평선의 특징을 발견하고 그것에 의미를 부여하고 있다가 수족관의 물고기를 보는 순간부터 갑자기 격한 강박적 증상을 내보이는 것으로 구성되어 있다. 강박적 증상은 "내 귀를 의심"하는 것에서 발생한다. 내 귀를 의심하리만큼 실제적 현상에 가깝게 내 정신 안쪽에 "시퍼런 파도소리"가 들리고 그것이 "나를 덮치는 저 소리"로 커지면서 "미친 듯이/나를 살게 하"고 있음을 고백하고 있다. 무엇에 쫓기는 화자의 내면심리가 초반부의 유장한 흐름과 상반되게 작품 말미에 이르러 불쑥 나타나고 있는 것이다. 그래서 작품은 초반부와 후반부가 약간 이질적인 성격을 띤 채 미처 어떤 화해나 결말도 짓지 못한 상태로 끝나버린다. 마치 배우가 평정한 상태에서 연극을 하다 문득 극중 어떤 내용에 자신의 콤플렉스가 노출되어 자신의 역할에 파탄을 보이는 형국이라 할까? 평소 천양희의 다른 유장한 시에 비추어 보면 이상하다는 느낌을 감출 수 없다. 무엇에 놀라 시적 화자는 저리 허둥대는 것일까?

한 시인의 시적 세계의 중심부에 이르는 길은 다양할 것이다. 천 시인의 경우 페미니즘 입장, 생태주의 입장, 서정주의 입장, 종교적 입장 등 다양한 작품 읽기가 가능한 시인으로 평가되고 있다. 그만큼 시적 넓이와 깊이가 남다름을 말해 주는 셈이다. 이상의 어느 방법을 통해 그녀의 시를 읽는다 하더라도 그녀 시의 생명성과 여성성(모성성), 삶의 구원으로서 문학의 의미는 빼먹을 수 없다. 다만 방법을 달리할 때 그것을 독자에게 제시하고 느끼게 하는 실감이 달라지는 것. 그 점에서 나는 하나의 주제비평적 방법으로, 그녀 시에서 생생하게 그녀의 의식을 노출시키는 이미지를 따라, 그녀 시의 중심적 의미를 파악하는 현상학적 독법(現象學的 讀法)을 사용하고자 한다. 이 방법은 그녀의 시적 이미지 밑에 숨어 있는 의식의 결을 살려내 우리로 하여금 '다시 살게' 하는 방법이란 점에서 천양희 시를 제대로 보는 길이다.

그렇다면 그러한 방법적 틀을 가지고 위 시를 다시 보자. 어조가 격하게 바뀌는 시점은 분명 수족관의 물고기를 보는 장면에서부터다. 그리고 무엇보다 중요한 단서는 시퍼런 파도소리를 불러오게 하는 계기로서 "바다로부터 잊혀지고"란 표현이다. 수족관의 물고기들은 자신의 실존적 터인 바다로부터 떠나 갇힌 삶을 살고 있다. 시인은 그러한 갇힌 삶, 갇힌 존재의 실체를 확인하는 순간, 그리고 그것이 무엇보다 존재의 진정성으로부터 '잊혀지는' 것이라는 반성적 확인의 측면에서, 바로 시인 자신의 현존재의 모습과 다름없다는 직관에 부닥친 것은 아닐까? 자신의 삶의 누추함에 대해, 즉 수족관에 갇힌 물고기처럼 존재의 한없는 불편함과 무거움에 대해 내적 감응을 하고 있던 차, 열린 물이 아니라 갇힌 물, 그래서 한없이 무거워지는 물속의 삶을 보게 되자 자신도 의식하지 못한 채 그것에 격렬히 저항하고자 하는 것이라 할 수 있지 않을까 하는 것이다. 특히 수족관의 물고기를 관찰적 대상으로 보다가 그것들이 바다로부터 "잊혀지"고 있다고 말하는 순간, 잊혀지고 있는 것은 자신이 아닐까 하는 반성적 인식을 가져오고 그것으로 인해 관찰자적 시선이 내면적 시선으로 바뀌면서 의식의 섬광을 경험하는 것이다. 이러한 해석이 가능한 것은 그녀의 가장 최근 여섯 번째 시집 『한 사람을 나보다 더 사랑한 적 있는가』(2003)에 실려 있는 「수족관」이란 시를 보아 알 수 있다. 거기서 자아는 수족관에 갇혀 사는 것으로 그려지고 있다. 그 시는 이렇다. "세상은 거대한 수족관입니다. 나는 그 속에서 물을 먹고 삽니다. 날마다 지느러미를 흔들며 우왕좌왕합니다. 살기 위해 온갖 혜엄을 다 칩니다." 조금 어조가 차분해지고 슬퍼 보이는 것은 자신의 갇힌 존재성을 도저히 어떻게 해 볼 수 없다는 그 동안의 깨달음이 이 시에는 반영된 것이 아닌가 한다.

그러나 저 「청사포에서」의 시는 아직 삶의 그 질곡에 대해 수용할 수 없는 태도를 지니고 있다. 때문에 대상의 관찰에서 주체적 문제로의 자각은, 즉 의식의 변화는 돌발적이고 충격적 성격을 띠게 되는 것은 당연하다. 작품 결말의 미완성적 성격도 여기에서 기인한다. 시인이 의도했건 안 했건(시의 구성 원리로 볼 때 의도적이라 보아야 하지 않을까) 이 시는 그 점에서 시인의 저 무의식에서 올라오는 충동으로 인하여 의식의 균열이 발생함을 보여줌으로써 진정한 의미의 '살아 있는 시', 완성이 아니라 '과정으로서의 시'가 되고 있다. 그것은 우리로 하여금 그러한 현장에 직접 뛰어들어 경험하게 할 수 있는 여지를 주고 있다. 작품으로서 완료된 대상의 관찰이 아니라 과정의 현장에, 이 시의 경우로 볼 땐, 아픔의 절규를 내뱉는 순간에 동참하게 되는 것이다. 그 점에서 시적 화자의 고통이 작품 안에서 그치지 않고 독자에게로 전이되어 모든 존재들로 하여금 '다시 살게' 한다.

그런데 무엇보다 이 시를 다시 살게 하는 데에 우리가 유념해야 할 사항이 있다. 그것은 시적 화자가 무엇엔가 사로잡힌 영혼의 표징을 보여 주는 데에 숨어 있다. 즉 "내 희미한 정신의/시퍼런 파도소리"로 표현되는 것 속에 들어 있는 강박된 정신의 문제를 봐야 하는 것이다. 여기서 시인은 파도소리, 즉 물소리에 포박된 존재다. 그것이 얼마나 강렬했으면 '시퍼런'이란 수식어를 부여했겠는가. 그 점에서 천양희는 물의 질료성에 붙잡힌 존재, 다시 말해 물의 물질성에 운명적으로 사로잡힌 시인이다. 그것도 특히 위 시를 볼 경우 "나를 덮치는"의 표현으로 볼 때 난폭한 물의 질료성에 삼투당해 있는 것으로 나타난다. 물로 자신의 의식적, 본능적 지향을 상징적으로 드러내는 시를 '물의 시'라 한다면 천양희 시인의 시가 바로 거기에 합당하다.(여기서 천양희 시인이 왜 물의 질료성에 사로잡히게 되었는가 하는 의문은 그렇게 중요하지 않다. 그것은 다분히 전기적 생애와 관련지어 해명해야 할 터이기 때문에 도식적 결론에 이를 가능성이 크다. 가령 그녀의 고향이 바로 부산이라는 점과 관련한 해명은 작품 이해에 어느 정도 도움은 되나 다분히 심증적인 자료일 뿐, 본질적 규명에 이르지 못한다. 따라서 시적 내용에서 상상력의 논리로 그녀가 물의 물질성에 사로잡히게 된 까닭을 해명하는 것이 시의 가치와 아름다움을 보존하는 길이 될 것이다.)

이러한 정보들은 천양희 시를 이해하는 데에 아주 유용한 표지가 된다. 과정으로서의 살아 있는 시란 그녀 시가 항상 완결되지 않은 채 무엇인가 탐색하는 도중에 있다는 의미를 지니며, 이러한 주제를 구현하기 위한 그녀 시의 특권적 질료가 물이라는 사실을 말해 주는 것이기 때문이다. 그 점에서 그녀 시를 깊이 있게 이해하기 위해서는 그녀가 그리고 있는 물의 이미지를 따라 그녀 의식의 결을 살펴보아야 한다.

물의 물질성을 해명한 상상력의 연구가 바슐라르에 따르면 물의 물질성 중 하나로 "물은 우리를 아직 가보지 못한 여행에로 인도하는 새로운 움직임인 것이다"라고 말하고 있다. 이 말은 물의 질료성을 유동(流動), 즉 항상 흘러감으로 봄으로써 새로운 시작이란 의미를 부여하고 있다. 이 점은 천양희 시인도 마찬가지다. 그녀의 많은 시가 길이나 여행을 주제로 삶의 진실을 찾아가고 있는 점을 상기할 때 물의 질료성이 이렇게 구체화된다고 볼 수 있다. 그것이 보다 잘 드러난 한 편의 시를 본다면 다음과 같은 것일 것이다.

가장 좋은 것은 물과 같다고 누가 말했었지요*
그래서 나는 물 속에서 살기로 했지요
날마다 물 속에서 물만 먹고 살았지요
물먹고 사는 일이 쉽지는 않았지요
물보라는 길게 물을 뿜어 올리고
물결은 출렁대며 소용돌이쳤지요

(…중략…)

누구의 생도 물 같지는 않았지요

세상에서 가장 어려운 건 물같이 사는 것이었지요

그때서야 어려운 것이 좋을 수도 있다는 걸 겨우 알았지요

물먹고 산다는 것은 물같이 산다는 것과 달랐지요

물먹고 살수록 삶은 더 파도쳤지요

오늘도 나는 물 속에서 자맥질하지요

물같이 흐르고 싶어, 흘러가고 싶어

＊노자의 〈도덕경〉 제8장에서

—「물에게 길을 묻다」 부분

　　이 시는 다섯 번째 시집 『오래된 골목』(1998)에 실려 있는 작품이다. 이 시에 쓰이는 '물같이' '물먹고' 의 중의적 언어유희를 걷어내면 시적 주제는 물의 길을 따라 물처럼 살고 싶다는 욕구를 드러내고 있다. 여기서 우리가 할 일은 시적 내용으로 그러한 삶의 자세, 즉 물처럼 사는 것이 쉽지 않다는 시적 화자의 발언도 중요한 하나의 의미로 파악해야 하겠지만 무엇보다 물의 질료성에 붙잡혀 물의 속성을 내면화하고자 하는 시적 화자의 경향을 발견하는 일이다. 이 시에서 물은 그녀에게 길이자 삶인 것이다. 다시 말해 물에서 그녀는 본능적으로 삶의 길을 찾고 있는 것이다. 그것을 보다 본능적으로 보여 주는 시가 있다. "水西 쪽으로 간다/水西가 동쪽에 있다?/아니다. 물에도 길이 있다/물길은 서쪽에 있다."(「水西를 찾아서」) 이 시를 보아 알 수 있듯 그녀에게 물은 곧바로 길로 연결되어 나타난다. 또 달리 말한다면 그녀에게 길은 언제나 물의 속성을 띠며 나타난다는 것이다. '서쪽' 이라는 하나의 관념이 이 시에 들어가 있어 의아한 느낌을 주기도 하지만 물의 속성과 관련하여 생각해 볼 때 그것은 절대 이상한 말은 아니다. 물이 길이 된다는 것은 가장 단순하면서도 본질적인 상징으로 삶을 가리키는 말이라 할 수 있다. 그렇게 본다면

삶의 지향이나 궁극은 서방정토(西方淨土)란 불교적 상징에서도 찾을 수 있듯 서쪽에서 승화나 초월로 이루어진다. 그 점에서 천양희가 수서(水西)의 한자 지명을 물의 길로 다시 드러내고 거기에서 '서쪽'이란 방향성을 강조한 것은 이러한 물의 지향성과 초월성을 간파한 것이자 새로운 의미 부여로 나아간 것이다.

이 점과 관련하여 살펴볼 것이 있다. 일찍이 나는 천양희 시인의 시에 나타난 길의 특성에 주목해 다음과 같이 말한 적이 있다. 「고하(高下)리길」이란 시를 언급하는 자리에서 "천양희는 길 위에서 삶의 의미를 발견하려는 〈수행승〉과 같다. 천양희는 길을 가며 길 위의 삶을 응시하고, 더 나아가 세상의 들판에 길을 내어 그녀 자신이 하나의 길이 되고자 한다."고 말했다. 이때의 해석은 아직 천양희 시의 질료적 특질에 주목하지 못한 채 쓴 것인데 거기서 나는 천양희의 시적 세계를 〈세계에의 사심 없는 응시〉라 칭하며 "그것은 미래를 향하여 직선적으로 달려가는 사람의 태도가 아니라 지나온 삶의 길을 되돌아보는 방식이며, 되돌아보아 자신의 과거를 구원하는 것이 미래를 구원하는 길임을 깨닫는 방식"으로 설명한 뒤 결정적으로 다음과 같이 말하고 있다.

천양희는 길 위에서 둥근 형태의 전진을 꿈꾸고 있는 것이다. 그것은 달리 말해 나아가는 것이 물러나는 것이며, 불러나는 것이 나아가는 것이 되는 〈나선형 전진〉을 일컫는다. 그 나선형 전진 속에 있는 사람이야 말로 자연의 항상성과 청신성을 가슴에 새길 수 있다. 즉 〈묵묵히 지나가는 바람소리 물소리 그 소리 자유롭다 새삼 느낀다〉고 말할 수 있는 것이다. 그렇다, 돌아와 다시 살펴보는 사람만이 〈새삼스러움〉을, 즉 죽어있던 세계의 비활성에서 생동하는 세계의 의미로 이 모든 자연물들이 살아나는 놀라움을 볼 수가 있는 것이다. 마음이 깨여 있는 자만이 세계가 깨여 있음을 알 수 있는 것이다.

천양희 시에 나타난 길의 특성을 '나선형 전진'으로 내가 파악했다는 것은 그녀 시에 나타난 길의 질료적 속성이 물과 관계된 것임을 그때의 나조차도 직감적으로 알았다는 소리가 아니겠는가. 즉 길이 나선형으로 전진한다는 것은 물이 여러 사물에 부딪혀 흘러가는 형상, 다시 말해 물의 물질성이 돌고 돌아가는 속성임을 시인의 본능적 표현에 의해 나도 그렇게 느꼈다는 소리와 다름없다. 그 점에서 천양희 시에 나타난 여행의 시, 길의 시 등은 다 물의 질료적 속성을 내면화한 것이라 볼 수 있는 것이다.

이러한 물의 물질성에 붙잡힌 천양희 시에서 상상력의 논리로 볼 때 시적 지리지(地理誌)에서 가장 먼저 발견할 수 있는 물은 무엇보다 갇힌 물, 무거운 물이 먼저 나온다. 그것은 앞의 「청사포에서」란 시에서 볼 수 있듯 삶의 무거움 때문이다. 그런 것을 가장 잘 보여 주는 시는 다음과 같은 것들일 것이다.

헐은 내 마음은 수고로워 몇 년째
보수할 길이 없다
불쌍한 몸이 배가 고픈지 萬年菓를 그리는지, 우울증에 빠진 듯
흐르고 싶은 마음이 우물에 빠진 듯
빠져나오지 않는다
오, 우울과 우물의 깊음이여
절하지 못한 우울이
우물만큼 깊었던가 아니던가

—「山行」부분

잡을 것 없는 물 속에서
나는 허우적거린다
아무도 물 속에 있는
내 속을 모른다. 몰라준다
내 심장의 고랑
내 늑골 밑의 습지
내 머릿속 웅덩이 그리고 나의 무덤

나에게는 다시 써야 할 생이 있다

세상이 잘못 읽은 나의 生

수몰된 生

암매장된 生

누가 읽기도 전에 나를 써버렸다

— 「아침마다 거울을」 부분

이 두 편의 시는 그녀의 네 번째 시집 『마음의 수수밭』에 실려 있는 작품들이다. 본능적으로 시적 화자는 자신의 삶을 물의 상징성으로 드러내고 있다. 우선 「山行」이란 시에서 그녀의 답답한 생은 '우물'의 이미지로 구체화된다. 이 시에서 우울과 우물은 잘 결합된다. 우울은 무거운 기분이기 때문에 무거운 물, 즉 깊은 그늘을 드리우고 고여 있는 물로서 우물이 되는 것이다. 이 시에서 우물은 맑은 샘물로서 우물이 아니다. 먹지 못하는 버려진 우물로 보아야 하고("보수할 길이 없다"는 구절에서 유추된다) 그 점에서 이 우물은 썩어 있을 것이다. 그것은 싱싱한 생명력을 상실한 삶을 대변하는 것이다. 그러한 비활성(非活性)은 두 번째 시 「아침마다 거울을」에서 보다 구체화된다. 허우적거리는 물 속의 삶은 고여 있는 물, 무거운 물의 질료성을 드러낸다. 그러기에 '습지'나 '웅덩이' '수몰'이란 시어의 무거움과 탁함이 자연스럽게 살아나고 있다. 여기서의 물은 무거워 한없이 가라앉는 이미지다. 죽음으로 연결되는 이 물의 이미지는 시인의 도저한 삶의 고통을 상징한다. 그 고통의 정도를 우리는 쉽사리 짐작할 수 없다. 아니 어쩌면 시인은 우리의 삶과 존재 자체가 한없이 무거운 형벌을 받고 있는 것으로 파악하고 있는 것은 아닌지 모른다. 가령 "존재의 무거움 때문에 나는 오늘도 발 한쪽이 기우뚱하지요 중심을 잡지 못한 내 존재는 정처 없지요 그때마다 나는 허우적거리며 내 존재의 생정신을 붙잡으려 애쓰지요"(「존재에 대한 생각」)라는 시 구절을 통해 볼 때 그렇다. 존재의 무상함과 불편함이 그녀의 상상력으로 하여금 심연의 한가운데로 이끌고 가고 자신의 외부에 무거운 물질성을 지닌 존재, 어둡고 무거운 물의 질감을 아로새기는 것이다.

이러한 무거운 물의 이미지는 물의 이미지가 직접 나타나지 않아도 그러한 물질성을 드러내는 것으로 변주된다. 가령 다음과 같은 작품은 무거운 물의 변용이다.

> 한밤중에 혼자
> 깨어 있으면
> 세상의
> 온도가 내려간다
>
> —「한계」 부분

> 나는 산 자로서
> 조용히 접혀 있다
>
> —「한 자리」 부분

세상의 온도가 내려가는 것은 자신이 무거워지는 것을 가리킨다. 곧 무겁고 차가운 물의 이미지라 볼 수 있다. "나는 산 자로서/조용히 접혀 있다"는 표현도 마찬가지다. 그것은 고요히 정체된 삶을 말한다. 그것의 느낌은 한없이 무거워 가라앉는 이미지를 떠올리게 한다. 그것은 바슐라르가 말하는 바처럼 "죽은 물은 잠자는 물이기 때문에, 부동의 물은 죽은 자들을 환기시킨다"는 논지에 따라 죽음 같은 삶을 가리킨다. 천양희의 시적 세계는 일정 부분 죽음으로 이끌려 들어가고자 하는 자기 파괴의 몸짓이 있다.

그러나 천양희의 본질적 속성은 '운동'이다. 고요히 움직이지 않던 상태에서 부단히 길을 내고 흘러가는 물의 속성이 그녀의 본질적 속성인 것이다. 그것은 난폭한 물의 이미지를 가짐으로써 가능하게 된다. 고요히 멈춰 버린 물은 바로 갇힌 물, 다시 말해 죽은 물이다. 그것은 활성이 없는 죽음 같은 삶을 반영한다. 여기서 시인은 분노한다. 멈춤이 자의에 의해서라기보다 타의에 의해서 이루어지기 때문이다. 수족관에 갇힌 물, 우물에 고인 물은 그러므로 그 안에서 부글부글 끓어 넘치거나 소용돌이치는 물이 되지 않으면 안 된다. 그녀의 표현대로 "물에도 힘이 있어 돌을 굴릴"(「구르는 돌은 둥글다」) 정도 의 내적 폭발을 가지지 않으면 안 되는 것이다. 우리가 앞서 보았던 「청사포에 서」의 시적 화자의 강박적 증상도 사실은 바로 하나의 분노임을 보여주는 것 이다.

그 점에서 「물에게 길을 묻다」는 작품은 중요한 메시지를 함축하고 있다. 즉 다음과 같은 구절은 부동의 물에서 움직이는 물, 무거운 물에서 가벼운 물, 더 나아가 솟구쳐 비상하는 물의 세계로의 전화과정을 알 수 있게 해준다.

물보라는 길게 물을 뿜어 올리고
물결은 출렁대며 소용돌이쳤지요

이것은 삶의 무력에서 제자신의 분노와 열정으로 어둡고 답답한 각질의 세 계를 뚫고 터져 나오는 의미를 함축하고 있다. 그것은 생명의 활력을 되찾는 내용이다. 그 점에서 물의 이러한 융기와 솟구침은 죽음의 무력감에서 삶의 활기로의 이동을 암시한다. 가령 말벌로 인하여 "몸 어딘가, 쏘인 듯 아프다/ 生이 벌겋게 부어오른다. 잉잉거린다"(「가시나무」)는 표현도 바로 무겁고 정 지된 삶에서 열정으로 끓고 솟구치는 삶에로의 충동을 말해 주는 것이다. 그 것은 갇힌 물이 죽음이라는 힘만큼 무겁고 꿈쩍할 수 없게 하였음에 대등하게 그것을 끓고 뿌리치는 데에 강한 에너지가 발산해야 한다는 것을 뜻한다.

지상으로 솟구친 물은 자유와 해방의 길로 나아간다. 천양희 시에 나오는 대체적인 물의 이미지는 이것을 좇고 있다. 다음과 같은 시들이 그것이다.

바람이 먼저 능선을 넘었습니다 능선 아래 계곡 깊고 바위들은 오래 묵묵합

니다 속 깊은 저것이 모성일까요 온갖 잡새들, 잡풀들, 피라미 떼들 몰려 있습

니다 어린 꽃들 함께 깔깔거리고 버들치들 여울 타고 찰랑댑니다 회화나무 그
늘에 잠시 머뭅니다 누구나 머물다 떠나갑니다 사람들은 자꾸 올라가고 물소
리는 자꾸 내려갑니다 내려가는 것이 저렇게 태연합니다 無等한 것이 저것밖
에 더 있겠습니까 누가 세울 수 있을까요 저 무량수궁 오늘은 물소리가 더 절
창입니다

—「추월산」 부분

이쪽 저쪽 물길 내려다본다 물은 정말 좋다! 물 따라 생각도 따라간다 생각
이 바뀌면 운명도 바뀐다고? 내 눈이 강폭처럼 넓어진다 물풀들 몰래 제 몸을
푼다 어느새 산그림자 내려와 물 속이 더 깊다.

—「나는 강변에 있다」 부분

이 두 편의 시는 다섯 번째 시집 『오래된 골목』(1998)에 실려 있는 작품들이
다. 조금 시간적 경과를 보이는 작품들이다. 무거운 물의 속성은 삶의 구속성
으로 여전히 남아 있다는 느낌을 주지만 이 시들에 와서 물은 자유롭고 평화
로운 존재로 변모한다. "물 따라 생각도 따라간다 생각이 바뀌면 운명도 바뀐
다고?"란 진술은 물의 변화 경로를 함축하고 있는 것 같아 의미심장하다. 특
히 「추월산」에서의 물은 천양희 시인이 깊이 추구하는 여성성, 또는 모성성의
문제를 담고 있어 물의 윤리적 가치마저 띠고 있다. 위 시에서 보면 모성은 낮
은 계곡으로 제시되어 있다. 모성적 존재로서 계곡은 "속 깊은 저것"으로 "온
갖 잡새들, 잡풀들, 피라미 떼들"을 가리지 않고 "몰려 있"게 하는 것으로 나
타난다. 그 안에 "어린 꽃들 함께 깔깔거리"게 하고 '버들치들 여울 타고 찰랑
대"게 하기도 한다. 그러나 잘 읽어 보면 계곡의 그러한 웅숭깊은 길러냄은 계
곡의 그 낮은 곳에 물이 있기 때문에 가능하다. 여기서 물은 낮은 곳으로 흐르
면서 모든 것의 생명을 길러내는 젖줄이 된다. 그 점에서 물은 대지의 젖이라
는 가장 윤리적이자 미학적 가치를 지니게 되는 것이다. 이 점 천양희도 누구
못지않게 깊은 상상력으로 이것을 펼쳐 보이고 있다. 가령 「직소포에 들다」란

시에서 "무소유로 날아간 무소새들/직소포의 하얀 물방울들, 환한 水宮을" 이란 구절에서 그것을 알 수 있다. 물방울은 물의 솟구침에서 그치지 않고 하늘에 떠 있는, 그래서 어느 정도 자신의 물질성을 초월한 상태를 보여 준다. 즉 공기와 결합하여 물이 갖는 하강적 속성을 승화한 존재로 나타난다. 그렇기 때문에 물방울은 초연하다. 그것이 바로 무소새의 속성과 통하는 것으로 시인은 감지하고 있다. 여기서 무소새와 물방울은 소유하지 않는다는 점에서 동질성을 띠고 더 나아가 모든 생명을 품어 안지만 그것을 주장하지 않는다는 점에서 일치한다.

그것을 가장 최근 시집에서 시인은 이렇게 밝히고 있다.

아무것도 소유하지 않는 새가 있습니다. 둥지조차 소유하지 않는 새입니다. 무소유의 새라고도 합니다. 그러나 단 하나 소유하는 것이 있습니다. 자식에 대한 모성애입니다. 새 중에서 가장 모성애가 강한 새입니다. 무소유의 새이지만 자식 사랑은 지극합니다.

—「무소새」 부분

이 시에서 말하는 무소새의 사랑은 바로 물이 보여 줄 수 있는 사랑이다. 물은 본질적으로 흘러 모든 것을 적시고 길러 내면서도 자기의 소유를 주장하지 않는다. 그것은 무소유의 자세이면서도 속 깊은 사랑의 자세다. 천양희에게 이러한 모성적 물의 이미지가 죽음의 물에서 벗어나 찾는 진정한 삶의 가치가 되고 있다. 그 점에서 천양희 시에서 물은 시인이 도달하고 싶은 세계로 저절로 이끌고 온 물질이 되고 있다. 특권적 상상력이자 질료인 것이다.

그리하여 물은 좀더 미학적이자 윤리적 가치를 내면화하는 물질이 된다. 가령 "공평을 얻으면 바다를 얻는 것"(「공평리」)이란 경구나 "물줄기를 한참 당기면 마음에 들어와 걸리는 수평선 세상이 평등하기를 저것이 말해준다."(「흐린 날」)는 데서 알 수 있듯이 물의 세계를 무등(無等)과 평등으로 보는 것은 모성의 다른 이름이다. 왜냐하면 모성은 대상을 차별하지 않고 기르기 때문이다. 생명을 싸안고 모든 것을 '지탱'하는 배경이 되는 것, 그 점에서 물은 부드러우나 결코 무너질 수 없는 힘을 가졌다. 그것이 바로 물의 시학으로 짜올린 천양희 시인의 시적 힘이 아닐까. 그녀가 물의 이미지를 통해 하나의 세계를 직조(織造)하는 것은 세상에 은은한 물빛을 비추는 것인지 모른다. 그것이 바로 그녀만의 사랑법이 아니겠는가. 그렇기 때문에 여기서 우리의 독법도 편안한 닻을 내릴 수 있는 것이다.

불의 현상학

— 김상미 시의 의미

한 시인의 시를 깊이 이해하려면 그 시인이 만든 총체적 풍경 속으로 여행을 떠나볼 필요가 있다. 그 풍경이 읽는 독자에게 어떻게 다가오며 그것이 독자의 삶의 풍경을 얼마만큼 조정하게 되는지를 살피면 그 시의 특질과 아름다움을 알 수 있는 것이다. 그럴 때 시에 나타난 풍경의 일관성이나 특이성은 작품 감상의 선결 조건이 된다. 그것은 보통 그 시인이 보이고 있는 특유한 이미지를 중심으로 이루어진다. 따라서 김상미 시에서 그것이 어떻게 나타나는지 살펴보는 것은 그의 작품 속의 풍경을 나의 의식에 맞게 재구성하는 것으로 작품 이해에 대단히 의미 있는 일이다. 이미지 관찰은 시의 고정화를 부정하고 독자마다 그 시를 가장 깊게 음미하게 하여 시를 항상 살아 있게 한다. 나는 그 일을 김상미 시에 주로 나타나는 '불'의 이미지를 중심으로 전개해 볼까 한다.

김상미는 1990년 『작가세계』 여름호를 통해 등단한 이후 『모자는 인간을 만든다』(1993), 『검은, 소나기떼』(1997), 『잡히지 않는 나비』(2003) 등 중량감 있는 세 권의 시집을 낸 바 있다. 13년의 기간 동안 세 권의 시집을 발간한 것을 두고 보면 그리 많지도 않고 적지도 않은 창작량을 지녔다고 할 수 있다. 그것은 김상미가 부지런히 시를 썼다는 점과 그래도 한 권의 시집 발간에 대략 4년

의 시간이 걸린 점으로 보아 다작보다는 작품 한 편 한 편의 완성도에 심혈을
기울여 창작하고 있음을 짐작케 해주는 부분이다. 그녀가 그런 태도로 시를
써왔다면 제 나름의 수준과 일관성을 지니고 있을 것임을 추측할 수 있는데
시집 세 권을 순차적으로 읽어가 보면 과연 그것을 확인해 볼 수 있다. 그녀는
주제 면에서나 형식면에서 독특한 자기만의 세계를 구축해 보여 준다. 그것
을 나는 '불의 세계' 라 부를 수 있는 이미지 구성과 질료성에서 발견한다. 그
것을 감상하고 설명할 수 있는 것은 독자로서 또 하나의 삶을 재구성하는 것
이기에 기쁜 일이다.

　대다수 시인은 집이나 길 위의 삶을 노래한다. 존재성을 드러내는 물질로
흙이나 나무 또는 물 등을 사용하여 지상적(地上的) 삶의 특성을 보여준다. 그
러나 김상미는 특이하게 불 위의 삶을 노래한다. 불의 타오름, 불의 뜨거움,
불의 덧없음 등 지상을 초월하는 불의 심리가 김상미 시의 풍경을 물들이고
있다. 그 풍경의 뜨거움과 타오름에 의해 그녀의 시는 예사롭지 않은 출발을
하고 있는 셈이다. 우선 첫 번째 시집에 실려 있는 다음과 같은 작품이 바로
그런 생각을 들게끔 하지 않을까.

　　　불은 내 디딤돌이지
　　　삐긋삐긋 내가 밟는 길
　　　왼발이 밟는 걸 오른발이 모르게 밟아가는 길이지
　　　불에 기대어 숨쉰다는 것
　　　스스로 빛을 낸다는 것
　　　정말 서럽지
　　　그것에 대해서도 난 잘 알고 있지
　　　나르시즘……황홀……그리고 떨리는 입술들

　　　그래도 볼타오른다는 말 참 좋지
　　　커다랗게 구멍이 파이고

<blockquote>
잿빛으로 가라앉는 삶

소리치고 싶지 울부짖고 싶지

그러나 대부분의 시간은 불바다를 모르지

스스로 몸을 꼬고 또 꼬을 뿐
</blockquote>

— 「불그림자」 부분

불로 디딤돌을 삼는다는 것은 보통 발상이 아니다. 본인이 불과 같이 뜨거우면서도 가벼운 존재로 전화돼 있지 않다면 가능하지 않기 때문이다. 이 시 구절로 볼 때 그녀는 본능적으로 자신의 삶이 불처럼 타오름을 느낀다. 그러나 그것이 그렇게 행복한 것은 아니다. 오히려 시의 표현처럼 "불에 기대어 숨 쉬"거나 "스스로 빛을 낸다는 것"은 서러운 일이다. 왜냐하면 그것은 황홀하게 아름다워 보일지 몰라도 쉬이 사라지고 남는 것은 "울부짖고 싶은" 것으로서 "잿빛으로 가라앉는 삶"뿐이기 때문이다.

그렇지만 쉬이 덧없어지는 불의 속성을 알면서도 김상미는 굳이 불로 자신의 생의 디딤돌을 삼으려 한다. 그것은 일정 부분 고통을 전제하고 있음에도 불로 자신을 정립하지 않으면 안 될 사정을 암시하고 있다. 그런 점에서 우리가 김상미도 불보다는 물의 온유함이나 대지의 굳건함을 쫓아가면 되지 않을까 하고 걱정해 주는 것은 잘못이다. 김상미에게 물이나 흙의 질료가 주는 상상력은 현실적 삶의 조건을 담아내지 못할 뿐 아니라 기질에도 맞지 않다. 그런 상상력은 그녀 시의 생명을 죽이는 일이다. 그녀 시는 본능에 충실할 때 시적 진실과 생명을 얻는다. 그녀의 본능은 불이다. 때문에 본능적으로 불에 이끌려야 한다. 그것은 다시 다음과 같은 시를 통해서도 증명된다.

<blockquote>
뱀이 유혹하자 나는 그것을 따먹었다

그리고는 푹푹 썩었다

썩으면서도 날아들어갔다

가장 밝고 뜨거운 불 속으로
</blockquote>

이카로스처럼 찬란하게

—「자존심」 전문

그녀는 자신의 자존심에 의해 뻔히 이카로스처럼 타올라 떨어져 죽을 것임을 알고 있음에도 그것을 따먹고 푹푹 썩고 썩으면서 밝고 뜨거운 불 속으로 날아 들어간다. 그것은 일정 부분 비장함이 배어 있다. 비장함은 불나방의 기질을 갖고 있는 김상미로서 다가오는 운명을 피하지 않고, 비록 마주치면 이카로스 날개처럼 산산이 흩어질지라도 '자존심'을 세우고 부딪쳐야만 하는 숙명적 필연성에 의해 발생한다. 그것은 불의 상징과 질료성에 사로잡힌 자의 내면심리로서 아주 날카롭게 곤두선 의식이다. 그런 점에서 "오후 세 시의 정적을 견딜 수 없다/오후 세 시가 되면 모든 것 속에서 내가 소음이 된다/로브 그리예의 소설을 읽고 있을 때처럼/의식이 아지랑이로 피어올라 주변을 어지럽힌다"(「오후 세 시」)에서 보듯 불같은 의식은 그녀의 마음을 스스로 '소음'으로 만드는 것에서 고조된 의식의 일단을 엿볼 수 있는 것이다. 일상적 현실의 정적, 곧 삭막한 일상성에 불같이 곤두선 의식은 무료한 일상, 무의미한 운명을 깨뜨리고자 하는 것이다. 그것은 불의 마음을 지닌 자의 행동방식이다. 그런 점에서 김상미에게 세계는 불로 구성된 풍경이 되지 않으면 안 된다. 예를 들어 다음과 같은 시들이 바로 그런 경우일 것이다.

날마다 그녀는 성욕에 시달리고
햇빛 속을 달리는
자전거 바퀴살만 보아도
온몸에
화상을 입었다

—「그녀와 프로이트 요법」 부분

그녀는 담배에 불을 붙인다

어떤 집 베란다 안에서 빠져나온

웃음소리가

그녀의 손가락 끝에 와서 부서진다

(…중략…)

그녀는 길게 연기를 내뿜는다

미스 무존재

―「미스 무존재」 부분

공기 속을 떠도는

저 유령들의 싸움

비극이라니!

이 망망대해 속에서

이 텅빈 홀의 한가운데에서

하하하하

비극이라니!

―「비극이라니!」 부분

　자전거의 바퀴살도 그녀에게 와선 불이 된다. 그녀가 갖고 있는 불의 심리에 의해 빛이 눈부셔서 그렇게 되기보다 바퀴살의 회전 속도가 불의 뜨거움을 만들어 내고 있다. 빠름은 뜨거움인 것이다. 그녀는 "속도와 속력에 반하여 빠른 것은 무엇이든 경의를 표하"(「다트 게임」)려는 자세를 갖추고 있다. 때문에 자전거 바퀴살로 인해 입는 '화상'은 보다 정확히 말하면 불의 뜨거움을 내면화하는 일일 것이다. 그녀 자신 뜨겁게 살지 않고는 견딜 수 없다는 표현인 것이다. 그 뜨거움과 타오름 때문에 웬만한 일상적 존재들은 그녀에게 남아 있지를 못하게 된다. 일상적 생활에서 사람들이 즐기는 "웃음소리"도 "그녀의 손가락 끝에 와서(는) 부서진다". 그녀가 불처럼 타오르고 산화돼 가기 때문에 일상적 삶의 관점에서 볼 때는 존재를 정의할 수 없는 존재, 곧 '미스 무존재'가 된다.(이 부분 해석의 여지가 있다. 시의 내용을 두고 볼 때 익명화 된 삶에서 발생하는 소외의식이 주가 되고 있다는 점에서 무존재는 일상적 세계와의 단절의 상징이다. 그러나 시적 이미지를 따라 분석해 보면 불의 질료 성을 가진 삶 자체가 일상적 존재로부터 벗어나 있음으로 해서 소외의식이 발생하는 것으로도 볼 수 있다. 그렇게 해석한다면 불의 현실 초월성에서 발생하는 무존재성이란 의미부여도 시의 주제인 소외의식과 배치되는 것은 아니다.) 무존재는 유령 같은 존재가 아닐까. "공기 속을 떠도는/저 유령들의 싸움"의 이미지는 불의 존재성을 드러내는 것에 해당한다. 즉 허공에 떠도는 도깨비불로서 유령인 것이다. 일상적 삶에 소외된 안타까움이 김상미에게는 이러한 불의 뿌리 없음의 이미지, 즉 정체성을 확인받지 못하거나 허공 속을 떠도는 뿌리 뽑힌 자의 무상함으로 대체돼 나타나는 것이다.

이러한 불의 이미지는 김상미에게 여러 이미지로 변주된다. 특히 불의 속성인 타오름을 내면화하여 상승의 본질적 문제를 다루고 있는 시들이 그런 변주로 볼 수 있다. 다음과 같은 작품이 그 경우다.

토막난 지렁이를 구두 뒤축에 달고서
에스컬레이터,
그 망망한 허공 속에 두 발을 뻗는다
끝도 없이 굴러가는 이 시대의 계단,
그 아늑한 단말마 속으로!

—「그 후의 일은 나도 모른다」 부분

나는 만신창이가 되어 도시의 계단을 오른다 상승은 아름답다 계단 끝에 서
면 구두를 닦고 화장을 하고 최신 도시의 판매대 앞에 서서 한 권의 시집을 살

것이다.

—「김 시인의 노래」 부분

몬드리안 호텔의 계단을 오른다. 오른다는 건 가장 자연스럽고 가장 오래된 습관이다. 오른 만큼 자라 어른이 된다.

(…중략…)

몬드리안 호텔의 계단은 오르고 또 올라도 끝이 보이지 않는다. 그 끝없는 계단을 오르면서 나는 지는 해와 떠오르는 별들에게 건배한다. 어떤 건배든 건배 속에는 미세한 경멸이 스며 있다. 내 욕망은 그 경멸 속에 진을 치고 몬드리안 호텔로 불어오는 봄바람을 치마 속에 숨긴다.

—「몬드리안 호텔」 부분

세 시가 보여주는 것은 오른다는 것에 깔려 있는 욕망과 그 욕망의 발산에 따른 허망함과 경멸감을 드러내고 있다. 그것은 불꽃같은 삶이 갖는 심리를 에스컬레이트, 계단 등의 이미지로 바꿔 오른다는 것의 의미를 탐색하고 있는 것이다. 여기서 올라간다는 것은 사회적 존재로서 성취를 얻게 됨을 암시하여 "상승은 아름답다"고 말하고 있는 듯하지만 시적 주제로 볼 때 불의 덧없음을 드러낸 것으로 볼 수 있다. 바로 불의 속성인 허망함을 내면화한 것이라 할 수 있는 것이다. 불과 같이 열정적으로 상승을 지향하나 그것은 '망망한 허공' 속의 산화(散華)이거나 '끝이 보이지 않는' 허공 속의 부유(浮游)일 가능성이 크다는 점을 자각한다.

이러한 상승의 이미지는 김상미 시에서 또 '달리는' 이미지로도 변주돼 나타난다.

나는 날마다 달리는 꿈 꾼다

달리고 또 달리고 또 달리고 달리는 꿈

온몸에 흥건한 땀, 가쁜 숨결

수수께끼처럼 가슴에 와닿는 공기의 압력, 테마

그 신신한 함묵 사이로 달리는 자전거들을 지나

새들을 지나 성당을 지나

날마다 달라지는 가로수의 예쁜 나이테들을 지나

저 먼 밀림 속 웅크린 짐승들을 지나

나는 날마다 달리는 꿈꾼다

달리고 또 달리고 또 달리고 달리는 꿈

달리는 사이 사이로 내 사랑하던 사람들, 물건들, 추억들,

날개 한 번 제대로 못 편 채 스러진 내 청춘의 상흔들

쓰라린 원망의 파편 되어

달리는 내 얼굴 한복판 위로 처연히 부딪쳐와도

나는 달리는 나의 꿈 멈추지 않고

계속해서 달린다

달리고 달리는 동안 내 곁에 아무것도

아무도 남지 않아도

달리는 만큼 내 속의 뇌 정갈해지고 달아지고

불꽃처럼 외로워져

바람 속의 바람

무 속의 무처럼 투명해질 때까지

나는 달리고 또 달리고 또 달리고 달린다

온몸이 찬란한 삶의 웃음소리로 뒤덮여

내 두 발 무한한 창천으로 스며들 때까지

—「마라톤 맨」 전문

날마다 달리는 꿈은 하나의 강박관념이다. 즉 불의 질료성에 사로잡힌 자의

내면심리를 상징한다. 그런데 이 시는 불의 질료성이 아름답게 승화돼 가는 것을 보여 준다. 앞서 오른다는 이미지로 나타난 불의 질료성은 욕망의 추구 이미지였다. 그러나 「마라톤 맨」에 보이는 불의 질료성은 욕망의 초월 이미지다. 즉 "달리고 또 달리고 또 달리고 달리"어 "달리는 만큼 내 속의 뇌 정갈해지고 달아지고/불꽃처럼 외로워져/바람 속의 바람/무 속의 무처럼 투명해지"는 승화의 이미지가 나타나고 있다. 이것은 아름다운 불꽃이다. 불꽃의 탐욕이 스스로 맑게 정화돼 꽃처럼 아름답게 피어난다면 그것은 우리의 삶의 가치로 추구해 볼 성질의 것이 아닐까. 여기 와 김상미에게 불은 미덕이 된다.

그러나 불은 언제나 맑게 타오르기만 하는 것은 아니다. 우리 속에 갇힌 짐승처럼 일정한 형식 속에 갇히면 고통스러운 불이 되기도 한다.

짐승들의 울부짖음
그 속에 내가 있다

(…중략…)

내 안의 야수성

—「그들은 나를 모른다」 부분

밤마다 내 몸에서 고양이가 운다

—「오오, 고양이」 부분

그 옛날 누군가가 들려준 예언처럼 귀도 없고 눈도 없고 입도 없는, 가슴 가득 비명뿐인 그런 무존재가 되리라…미스 무존재, 미스 무존재

—「김 시인의 노래 2」 부분

내 안의 뜨거움이 사회적 압력으로 바깥으로 드러나지 못할 때 그것은 짐승

의 울부짖음, 곧 고양이가 우는 것처럼 야수성을 띠거나 "가슴 가득 비명"이 된다. 불은 본질적으로 대상과 화해를 하지 못하는 야수성을 지니고 있다. 이 점 김상미가 불의 상상력을 통해 가부장적 남성 사회에 통제당하는 여성들의 분노와 저항의 의미를 잘 형상화해 내고 있는 것으로 평가할 수 있다. 이러한 간힌 불의 이미지는 결국 "출구,/보이지 않는"(「아득한 공포―출구, 보이지 않는…」) 삶의 근원적 공포 이미지로 나타나기도 한다.

또한 불은 낱낱의 분자로 흩어짐을 전제로 하는 만큼 존재의 분열을 그 상징의 본질로 한다.

이제 그것들이 날 보증하리라

일생동안 날 쫓아다니며

나를 원자로 만들 것이다

아원자입자

한 개의 점으로

—「보증서」 부분

아! 뒤, 뒤에는 커, 커다란 어, 어둠이

깊은 숲 속에서 갑자기 맞게 되는 어둠의 시, 심장 같은

그, 그런 어둠이

뚜, 뚫어져라 나, 나를 내, 내려다보고 있었다

—「틈입자」 부분

이 두 시는 소외된 존재로서 살아가는 현대사회의 인간의 심리를 표출하고 있는 시다. 아원자입자로 쪼개어지는 나의 존재성은 산화되어 가는 불의 정체성과 관련된다. 그리고 거대한 어둠의 틈입에 의한 공포의 발생은 불의 소멸성이 주는 두려움과 상통한다. 결국 이 두 시는 불이 주는 공포와 덧없음의 구체적 표지로서 현대사회의 삭막함을 상징한다.

이러한 불의 덧없음과 태워 없애는 것으로서 공포와 오름의 무상함은 대체로 김상미 자신이 산업사회에 적응해 가는 동안의 부자유스럽고 불만적인 심리적 메카니즘을 드러내는 기제로 사용되고 있다. 대체로 이러한 것들은 두 번째 시집까지 볼 수 있는 풍경이다. 가령 "머지않아 사람들은 보게 될 것이다/더 이상 늙을 줄 모르는 그녀/아니 너무 늙어버려 시간조차 피해가는 그녀를/그리고 언제나 밤이 자신에게보다 먼저/그녀를 덮치는 것을/도레미파 그녀의 피가 하늘로 치솟아올라/으깨어진 검은 달의 머리를 천천히/빗겨내리는 것을"(「분열」)에서 볼 수 있는 것처럼 하늘을 향해 치솟는 불길한 '검은 불'의 이미지, 즉 '피'로 인간 심성의 분열 양상을 드러내고 있는 것이 전형적인 경우다. 산업자본주의 사회에 길들지 못하는 김상미의 적개심과 불안의식이 이러한 과격한 불의 이미지를 타고 전개되었다고 볼 수 있는 것이다.

그러나 김상미도 나이가 들어가면서 불의 질료성을 놓지는 않지만 꺼져가는 불의 모습을 보이기도 한다. 가령 다음과 같은 작품이 그런 경우일 것이다.

> 우리는 모두 식어가고 있다
> 열기, 혁명, 빛, 신념 같은 붉은 단추는
> 모두 떨어졌거나 떨어지고 있다
>
> —「속죄양, 오레스테스」 부분

불의 물질화의 상징인 '붉은 단추'가 "모두 떨어졌거나 떨어지고 있다"는 인식은 이제 삶의 기력이 쇠잔해 감을 느끼게 한다. 불이 "모두 식어가고 있다"는 고백은 쓸쓸한 하오의 삶을 상기시켜준다. 불의 패기에서 어느덧 불의 쇠잔을 시인할 수밖에 없는 시인의 쓸쓸한 심정이 이후 불의 이미지에 많은 변화를 가져오게 만든다. 과격한 불길의 이미지에서 점차 온화하게 타오르는 불로 바뀐다. 이때 불은 내부에 갇힌 것으로서 아니라 내부의 생명을 지펴 주고 데워 주는 불로서 생명을 중시하는 이미지로 나타난다.

나는 젖혀진다

남쪽으로 남쪽으로 젖혀진 내 목에서

붉은 꽃들이 피어난다

붉은 꽃들은 피어나면서 사방으로 퍼진다

그의 힘이다

그는 남쪽에 있다

그에게로 가는 수많은 작은 길들이

내 몸으로 들어온다

몸에 난 길을 닦는 건 사랑이다

붉은 꽃들이 그 길을 덮는다

새와 바람과 짐승들이 그 위를 지나다닌다

─「사랑」 부분

　이 시에서 보이는 '붉은 꽃'은 조용히 타오르는 생명의 불이다. 그것도 사랑의 힘으로 피어나면서 생명의 신진대사를 이뤄주는 수많은 작은 길을 가지고 있다. 불의 부정성에서 점차 불의 긍정성, 생명성이 김상미 시의 세 번째 시집의 풍경을 이룬다. 이렇게 불의 소모성과 산화성이 이 시집에 와서 따뜻한 생명성을 지니는 이미지로 바뀌어 가는 까닭은 삶을 바라보는 시선이 바뀌었기 때문이다. 그것을 잘 알 수 있는 시가 다음 작품이다.

혼자뿐인데도 나는 종종 천둥과 벼락을 기다렸다

우르르르 쾅! 쾅!

심연을 치고 가는 새파란 생명력,

그 속엔 나를 저버리기 위해

내가 유일하게 숨겨놓은

본래의 내가 있다

뜨겁게 달구어진 흙의 맛,

태양과 죽음,

불붙는 자궁이면서도, 그 차가운 무덤인

나, 불온한

—「나, 불온한」 부분

이 시에서 '나'는 종전 사회 속에 편입되지 못해 분노와 적개심이 타오르는 불의 이미지인 나와 다르다. 이 시에서 보이는 나는 비록 사회적 관점에서 볼 때 '불온한' 존재이지만 그것은 "심연을 치고 가는 새파란 생명력"을 안에 담지하고 있는 소중한 존재다. 즉 부정하듯 단순히 타올라 사라지는 존재가 아닌 것이다. 그것은 '불붙는 자궁'에서 암시되듯 새로운 생명성을 낳기 위한 뜨거움인 것이다. 그런 점에서 이 시의 불은 생명력의 본바탕으로서 '흙'의 질료성과 결합된 이미지다. 그것은 바로 근원에 대한 인식 아니겠는가.

김상미 시에서 유독 존재의 근원에 대한 고백을 하고 있는 '집'에 대한 시들은 어조가 애처롭기 그지없다. 그것들은 가닿을 수 없는 삶의 뿌리를 되새겨 준다는 점에서 현재의 우리들 삶의 결핍을 잘 환기시켜 주고 존재의 근원에 대한 사색을 도와준다.

경부선 종착역에 집이 있다

아무도 살지 않는 빈집

방에는 한 무더기 채송화, 맨드라미, 분꽃의

낡은 정원

그 위로 뜨거운 여름볕 내리쬐고 있다

엄마도 없고 아빠도 없고 형제도 없다

머언 기억과 오래된 땅 밑에

모든 게 아득히 닻 내리고 있어

기찻길 따라 옥수수밭 그림자

바람처럼 펄럭펄럭

그 집의 창문들 다 가리고 있다

본래 삶에서부터 생겨난 집 아닌

그 방에는

아이도 없고 아이의 형도 아이의 동생도 없다

십 년 뒤, 이십 년 뒤의 제 모습

상상하며 노는 인형 하나

핀으로 찔려 벽에 꽂혀있을 뿐,

채송화 지고 맨드라미 지고 분꽃이 져도

계속해서 뜨거운 여름볕 내리쬐도

시 속에 딴 살림 차려 시 따라 떠난

그 방의 주인 돌아올 줄 모른다

황혼녘 개똥지빠귀 아무리 슬피 울어도

멀리, 멀리, 끝없는 미래의 문고리 쥐고 떠난

불켜진 그 방의 주인

끝내 돌아올 줄 모른다

경부선 종착역의 그 집

불켜진 채로 영영

빈집인 채로 영영

—「빈집」 전문

    돌아갈 수 없음의 무상함이 시의 전면을 감싸고 있지만 정작 이 시는 그 빈집에 다시 돌아가야 함을 강조하고 있다. 존재가 떠나 버려 '빈 집'이 된 이 집은 첫 시집의 "바다가 보이는 언덕 끝에 있"는 "집 안의 집/우리집"(「그 집」)이요, "그러니 집/집을 비우지 마라/집은 너를 포용하고/너를 읽는다"(「그러니」)에서 볼 수 있는 것처럼 나의 존재성을 증명해 줄 수 있는 유일한 대상이다. 그러나 시인은 현재 '그 집'에 돌아가지 못하고 있다. 집을 떠나오면서 뿌리 뽑힌 존재로 불이 되었듯이 이제 집으로 돌아가 자신의 존재성을 되찾고 싶지만 그것도 불가능하다. 집을 상실한 슬픔을 "내 몸에서 집이 사라졌다/집이 사라지니/내면도 없어지고/앞으로 앞으로 나아갈 동조자/나도 없어졌다" (「빨간 신발」)고 노래할 뿐이다. 여기서 김상미 시의 최근 정조는 서러움이 된다. 특히 어머니의 죽음과 맞물려 발생하는 존재의 떨어짐은 깊은 비애를 발생시킨다. 그것의 집적이 최근 시로서 「오렌지」 아닐까

시든, 시드는 오렌지를 먹는다
코끝을 찡 울리는 시든, 시드는 향기

그러나 두려워 마라

시든, 시드는 모든 것들이여
시들면서 내뿜는 마지막 사랑이여
켰던 불 끄고 가려는 안간힘이여

삶이란 언제나 아무것도 남지 않게 될 때에도
남아 있는 법

오렌지 향기는 바람에 날리고

나는 내 사랑의 이빨로
네 속에 남은 한 줌의 삶
흔쾌히 베어먹는다

—「오렌지」 전문

시드는 것에 대한 인식은 존재의 소멸에 대한 안타까움을 내포하고 있다. 존재의 덧없음을 이겨내는 방법은 없다. 시에 따른다면 그저 내 사랑의 이빨로 네 속의 한 줌의 삶을 먹어 주는 것일 뿐. 그것은 내 감각에 존재의 순간 순간을 각인시켜 놓는다는 말과 같은 것이다. 이 시에 와서는 불의 존재성이 서서히 약화되어 가는 모습을 볼 수 있다. 그것은 나이 듦에 따라 발생하는 어쩔 수 없는 현상일까? 그러나 김상미는 본질적인 측면에서 불의 여인이다. 결코 쉬 사그라지는 속성을 가지지 아니했다. 그 점 최근 시 "독서는 사랑이다. /나는 사랑을 향해 원도, 한도 없이 나아갔다. /그 아래 켜져 있는 수천, 수만의 희망들을/전부 다 태워버리고 싶었다. /내 머릿속으로 구르는 검은 잉크의 언어 알들이/지칠 줄 모르는 고뇌의 물살에 휩쓸려/어머니가 이 세상에서 못 해본 사랑,/그 사랑의 모습으로 내게 되돌아올 때까지!"(「어머니와 나」)에서 다시 강렬한 불의 소생을 보아 안심이 된다.

그렇게 볼 때 김상미는 세 권의 시집 전체를 아울러 불의 이미지를 통해 자신의 존재성과 삶의 이력을 풀이하고 있는 셈이다. 그 불의 특이성을 따라왔을 때 시인의 삶의 고됨이 잘 나타남을 볼 수 있었고 그 질료성이 갖는 함축성에 여러 차원의 공감이 있을 수 있음을 볼 수 있었다. 첫째, 둘째 시집에 중점적으로 보였던 덧없음과 분노의 표지로서 불은 현실적 삶에 순치되지 못한 자신의 비애를 드러내려 했다는 점에서 일정 부분 순화될 필요성이 있는 불이다. 그에 비해 세 번째 시집에 중점적으로 나타났던 생명의 불 이미지는 오늘의 산업자본주의 사회의 문제점을 극복하고 그 대안의 성격을 지니고 있다는 점에서 김상미가 적극적으로 추구해야 할 이미지가 아닌가 한다.

몸의 화두, 그 치명적 진실

— 정규화 시의 의미

시 읽기와 고통의 동시성

정규화 시인의 시를 내가, 아니 우리가 함부로 읽을 수 있을까? 세상의 가장 밑바닥에서 신음 소리로 새어나오는 그의 시를 나는 어떻게 읽어야 하는 것일까? 일찍이 시인 강희근 선생은 정규화 시인의 여섯 번째 시집 『오늘밤은 이렇게 축복을 받는다』(2003)의 해설을 쓰는 자리에서 정시인의 시를 읽고 "눈물이 그냥 얼굴을 타고 내리는 것을 어찌할 수 없었다"라고 밝히고 있다. 감성이 예민한 사람이라면 그의 시를 읽고 아마 미쳐 버릴지도 모른다. 읽는 사람으로 하여금 도저히 참을 수 없는 슬픔과 아픔을 갖게 하는 정규화 시인의 시는 고통의 대상이다. 시집을 들고 다니는 동안 그의 시는 나에게 불이었다. 칼날이고, 쓴 담즙이었다. 화들짝 내 정신을 데게 하고 살을 찢는 예리한 아픔을 느끼게 함은 물론, 나중에는 쓸쓸한 진물의 뒷맛도 남기게 한다.

감각과 정신이 평상이 아닌 상태로 들어갔고, 그런 상황에서 나는 그의 시를 해설해야 할 처지에 놓인 것을 깨달았다. 나에게 번민의 시간이 찾아왔다. 한 시인이 그 동안 아파했던 정도의 아픔에 이르러서야 비로소 그의 시를 제대로 이해할 수 있으리라는 예감이 들었던 것. 그것은 무엇을 말하는 것일까?

그것은 그의 아홉 번째가 되고 있는 이번 시집 해설 쓰기가 결코 쉽지 않으리라는 사실을 말해주면서 동시에 이 해설이 그의 시에 대한 해설에서만 그칠 수 없다는 사실을 암시해 주는 것은 아닐는지. 오히려 그의 시로 인해 발생하는 나의 정신적 고통의 편력, 그의 존재성을 통한 내 존재성의 확인의 기록이 될 공산이 크다는 사실을 말해주는 것은 아닐까? 그것은 결국 나의 내밀함을 드러내는 일이기도 하기에 글은 하염없이 느려지거나 끊어져 착종 현상을 보여주게 될 것임을 시사하고 있다. 시집 해설이 이렇게 흘러가도 좋은 것일까? 이렇게 고통스럽고 더딘 글도 처음이다.

그래서 이 글을 쓰는 이 순간에도 나는 무엇인가? 왜인가? 혼란스런 정신으로 그의 시적 진실을 찾는 물음과 나의 존재성을 찾는 물음을 동시에 내뱉으며 그의 시적 영토를 헤매고 있다. 그의 시는 언뜻 보기엔 어렵지 않고 시적 구성도 그렇게 치밀해 보이지 않는데도 이상하게 나의 감각과 정신을 옭아매고 있다. 시에 위의(威儀)가 있다면 저런 것일까? 이렇게 고통의 동시성을 갖게 하면서 읽는 사람으로 하여금 자기 생애와 존재에 대한 성찰을 하지 않으면 안 되게끔 하니 말이다. 정규화 시인의 시는 그것을 의도적으로, 또는 애써 꾸며서 달성하고 있는 것이 아니라 삶의 그 현실에서 있는 그대로 말하는 데서 이루어지게끔 하고 있다. 그래서 더 무섭다. 이런 시는 해설에 동원되는 수사적 치레를 거부한다. 오직 읽는 자의 정신과 '날것' 으로 만나기를 요구한다. 그러므로 그의 시와 맨 얼굴로 대면할 수밖에 없었던 이 글은 그의 시 못지않게 내 정신의 '날것' 을 드러내야만 하는 고통의 몸부림이기도 하다.

절명지의 울음 소리

그의 시를 읽으며 도대체 나는 무엇을 아파했던 것일까? 시인의 경우만 두고 볼 때 10년 전부터 만성신부전증으로 일주일에 세 번 투석을 해야만 하는 육체적 극한 상황? 경제적 파산으로 남의 지하실이나 사무실로 전전하며 숙식을 해결해야 하는 가난한 처지? 그렇기 때문에 식구들과도 생이별을 하고 주위 사람들과도 떨어져 혼자 지내는 지독한 외로움? 그래서 어느 날 지하실 같은 데서 죽어도 다른 사람들이 며칠 동안 발견도 하지 못하리라는 불안감? 생각해 보면 이것들은 어느 하나 평범한 삶을 살아가는 사람에게서 발견하기 쉽지 않은 일들이다. 그런데 그런 어려움이 한 데 뭉뚱그려져 한 시인의 삶을 짓누르고 있다는 사실을 알았을 때 나는 할 말을 잃었다. 이런 현실 앞에 독자는 도대체 무슨 말을 할 수 있을 것인가? 여느 신문지상에 올라오는 가엾은 사람의 소식도 이 정도는 아니리라. 그것을 알았다는 사실만으로 나는 충분히 고통스러웠다.

그러나 정규화 시인의 시는 단순히 그러한 정보로 읽는 사람에게 진정한 고통을 주지는 않는 것 같다. 고통의 발생은 그러한 그의 고통이 곧바로 나의 고통으로 옮겨오고 있다는 황당한 감염력에 있지 않을까. 그의 고통과 탄식이 곧바로 나의 고통과 탄식이 되어 버리는 것 같은 이상한 실감에 나는 번민의 시간을 보냈던 것이다. 결국 아픔의 실체는 그의 현실적 상황에 있다기보다 그것을 독자에게 전달하는 방법에, 즉 그의 시 구성과 이미지, 어조, 태도에 녹아있다고 말할 수밖에 없는 것이다. 그의 시를 읽으며 우리는 그의 시적 상황에서 배어 나오는 고통과 슬픔의 진액에 감염되어 고통스러워 할 수밖에 없는 것이다. 그 점에서 그의 시는 단순한 정보 전달이 아니다. 자신의 생활을 있는 그대로 보였다고 하지만 그의 시는 우리를 더 생생하게 아프게끔 한다는 점에서 고도의 구축물이다. 그것을 자연스럽게 행하고 있다는 점에서 그는 타고난 시인이다. 그의 시는 복잡한 수사적 기교 없이 우리를 더 많이 흔들리게 하고 있다는 점에서 역설적으로 세련된 시이다.

다음 시가 이러한 사정을 잘 보여 주는 한 사례일까? 그는 그의 곤궁한 처지를 이렇게 ‘표현’하고 있다. 그렇다, 그의 시는 분명 표현인 것이다. 표현의 묘미를 한껏 지니고 있다고 말해야 옳으리라. 그의 시적 정보가 사실 그대로라 하더라도 저런 표현으로 제시됨으로 인해 독자는 어쩔 수 없이 자기 생애의 한 본질적인 국면으로 받아들여 더욱 고통스럽게 내면화하지 않을 수 없는 것이다.

> 더 내려가자 하더라도
> 내려갈 곳
> 없다
> 우리가 사는 땅에
> 이리도 낮은 세상 있음을
> 몇이나 알고 있을까
> 그곳에는 신비롭지
> 않은 게 없다 진실 아닌 게
> 없다
> 비명소리
> 바람소리
> 허튼 소리라고는 찾을 수 없다
>
> ─「밑바닥에는」 전문

또박또박 간결하게 제시된 이 시행들에서 무슨 설명이 더 필요할 것인가? 말의 필요 없음을 이 시행들이 완고하게 보여 주고 있다. 그리고 이 표현들에서 우리는 진실로 '밑바닥' 삶을 체험한 자가 내지르는, 도저히 자신의 힘으로는 어쩔 수 없는 막다른 상황에 몰린 자의 처참한 생각과 감정을 보게 된다. 이것은 일상적 말로 설명할 수 없는, 궁지에 몰린 사람들의 전형적 감성이다. 그렇기 때문에 자신의 삶 속에서 아직 저러한 경험을 가져 보지 못한 사람은 그러한 상태가 일상적 인간인 나에게 어떤 경우 피하지 못할 상태로 닥쳐 올지 모른다는 불안과 함께 그러한 상황에 빠지게 되면 얼마나 답답할까 하는 고통을 내면화하게 된다. 그것은 정규화 시인의 시가 자연스럽게 사람들로 하여금 투사의 마음을 갖도록 작용하기 때문이다. 이것이 정규화 시가 갖는 고도의 조직성이다.

그렇지만 문학적 표현을 넘어 이 시는 얼마나 쓸쓸한가. 최근 수 년 간 발간한 여러 시집에서 그는 이와 같은 극한 상황의 이미지들을 곳곳에 나타내고는 있었지만 이 시에 와서 그것을 더욱 절실하고 처절하게 드러낸다. 일곱 번째 시집 『슬픔의 내력』(2004)에서 자신의 현실적 처지를 "감옥보다 더 깊고 더 외진 곳"(「지하실 생활에 익숙해 가면서」)으로 표현하여 절망의 깊이를 여실히 보여주기도 하였지만, 이 시에 와서는 그보다 한층 더 나아가 더 이상 "내려갈 곳/없"는 '한계상황'을 드러냄으로써 절망이 극한에 이르렀음을 보여 주고 있다. 이 한계상황을 굳이 비유하자면 생명이 절대적 위협을 받는 천 길 '막장' 쯤에 견줄 수 있지 않을까. 그곳에 이르렀다는 시적 화자의 인식도 고통스럽지만, 다시말해 더 이상 내려갈 수 없는 막다른 곳에 도달한 시적 화자가 "이리도 낮은 세상 있음을/ 몇이나 알고 있을까" 하고 의문의 자세를 취하지만, 사실은 그러한 의문 뒤로 스스로 그런 곳에 도달한 자기 자신의 놀라움을 감추려고 애쓰는 것이 되려 우리를 안쓰럽게 한다. 그것은 시인에게나 우리에게 도저히 이해할 수 없는 난감함 아니겠는가. 때문에 자신의 현실적 고통을 피하기 위해 자신이 처해 있는 현실을 '그곳'이라는 단어로 멀리 떨어진 듯 거리감을 부여하는 태도도, 경험한 사람만이 그 끔찍함을 잊기 위해 고개를 젓는 듯한 "~없다"의 단호한 부정의 목소리도 자신의 고통을 줄이기 위한 몸부림이라는 점에서 우리의 고통을 가중시키는 역설적 방식이 되고 있다. 간결하고 단호한 목소리가 사실은 더 없는 아픔의 변장이자 응축인 것이다.

그런데 이 시는 단순히 고통만을 말하고 고통만을 주고 있는 것은 아닌 것 같다. 시적 화자는 끊임없이 고통을 호소하지만 고통 속에서 또 다른 무엇인가를 말하고 있다. 그것은 '밑바닥'이라는 극한 상황이 그 전에는 볼 수 없는 어떤 새로운 진실을 보게 했다는 뜻일 것이다. 그럴 것이다. 그에게 밑바닥 현실은 오히려 새로운 인식의 눈을 뜨게 하는 통로가 되는 것은 아닐까. 절대적 극한 공간에서 시적 화자는 "신비롭지 않은 게 없고, 진실 아닌 게 없다"고 역설(力說)한다. 거기서는 오직 비명소리, 바람소리만 발견한다. 비명소리는 인간이 동물의 차원, 즉 생물의 차원에서 자기가 살아 있음을 증명할 수 있는 가장 확실한 실존의 표지다. 바람소리는 그러한 실존의 근거를 구성해 주는 자연의 소리다. 그러한 그곳에는 '허튼 소리'는 찾을 수 없다. 허튼 소리는 비명소리와 바람소리와는 다른, 꾸며진 소리, 인위적인 소리를 뜻한다. 즉 인간 사회의 속악함과 허구적인 이데올로기 등을 말한다. 일상적 인간 사회를 벗어난 '그곳'에는 '날것'의 진실만이 존재하는, 즉 인간의 본능적 목소리인 비명과 자연의 소리인 바람만이 존재하는 성스러운 장소가 되는 것이다. 오직 진실의 가장 원초적 모습만이 존재한다는 점에서, 그리고 고통의 현실이 인간의 근원적 진실을 만나게 해주는 공간이 된다는 점에서 '그곳'은 "신비롭지 않은 게 없고, 진실 아닌 게 없는" 역설적(逆說的) 장소가 된다. 이것은 정규화 시인이 고통을 통해 고통을 이겨내기 위한 의지의 반영이다.

그러나 아무리 부정을 통해 초월을 지향해도 이 시는 전체적으로 밑바닥에 갇혀 신음하는 자의 목소리가 시 전면에 울려 퍼지고 있다는 점에서 비극적이다. 굳이 그것을 말한다면 악마적 비전과 신성이 교차하는 형상이라고나 할까. 그것은 보통 사람이 상상할 수 없는 영역이다. 그러한 곳의 이름이 있다면 '절명지(絶命地)'라 부를 수 있지 않을까. 목숨이 경각에 달려 있는 곳, 삶과 죽음이 한 데 어우러져 있는 곳. 정규화 시인은 우리 인간이 살아서 가 볼 수 있는 가장 깊은 곳에 이르러 아직 죽기 전의 산 자로서 노래하고 있는 것이다. 그의 노래는 지켜 보아 주는 사람 없고 돌아갈 수 없다는 생각으로 인해 애절하면서도 본능적인 목소리가 될 것은 분명하다. 그 점에서 그가 다음과 같이 표현했을 때 그것은 평상의 마음을 가진 우리들로서 어떻게 이해할 수 있을 것인가.

　　귀를 있는 대로 열어 두었지만
　　방안 어디서도
　　벌레소리마저 들리지 않는 휴일
　　내가 벌레처럼
　　소리내어 운다

(…중략…)

적막과 마주 앉아서
쓸모 없이 주어진 휴일
대책 없이 낭비하고 있다

—「휴일」 부분

　심리적으로 시인은 지금 극한 상황에 놓여있다. 거의 진공 상태라 할 수 있다. 그렇기 때문에 아무 소리가 들리지 않는 현실적 처지에서 자신의 살아 있음을 증명하기란 쉽지 않다. 그때 자신이 스스로 살아 있음을 확인하기 위해 "벌레처럼/소리내어 우"는 것은 '휴일'로 대변되는 우리의 일상적 삶을 벗어난 것을 의미한다. 이미 이 영역은 앞에서 본 가장 낮은 곳, 곧 '절명지'에 들어섰음을 상징하는 것이 아니겠는가. 때문에 그것은 사회적이고 역사적 지평의 자신을 살피는 것이 아니라, 그것이 전혀 없다고 말할 수는 없겠지만 점차 삶과 죽음의 존재론적 문제로 나아가 자신을 살피는 것이 된다. 이 경우 울음소리는 얼마나 애잔하면서도 근원적인 모습이라 할 수 있지 않겠는가. 우리 인간이란 존재성을 두고 볼 때 결국 자신의 존재성을 증명하는 길은 본질적으로 타자에 의해서라기보다 자기 자신으로부터 나올 수밖에 없음을 말해 주는 것은 아닐는지. 그것은 인간의 뿌리가 동물과 생물에 있음을 염두에 둔 상상력에서 발생한 것이라 할 수 있다. '벌레'로 상징되는 동물적 울음으로 자신의 존재성을 증명해야만 하는 극한 상황이 우리가 살다보면 궁극에 가서 만나게 될 것이라는 사실을 이 시는 절절하게 느끼게 해주고 있다. 그 점에서 그의 울음소리는 결코 그만의 울음소리로 그치지 않는다.

수직적 상상력과 몸의 시

이러한 감상에 이르렀을 때 정규화 시인의 시는 나에게 한 사람의 시를 떠올리게 한다. 그것은 이육사의 「절정」이란 시다. 잘 알다시피 이육사는 식민지적 한계 상황에서 조국 독립을 위해 목숨을 걸고 싸운 저항시인이다. 이 「절정(絶頂)」이란 시는 수직적으로 상공에 치솟은 극한 상황에 처한 시적 화자가 죽음으로 부정적 현실을 초월한다는 내용이다. 이를 김윤식은 '절명지의 꽃'이란 말로 해명했고, 김종길은 '비극적 황홀'이란 말로 설명했다. 이육사 시의 내용과 그 시에 부여한 그러한 해석이 정규화 시인의 시에도 부합된다고 하면 나만의 지나친 감상일까. 극한 상황에서 존재의 출구를 찾고 결단을 내리는 것은 이육사의 시나 정규화의 시에도 공히 나타난다. 다만 이육사의 시는 보다 확신에 찬 신념의 목소리가 울려 나옴에 비해, 정규화의 시는 확신보다 비애의 목소리가 강하게 배여 나온다. 그리고 이육사의 시는 같은 수직적 상상력의 위치에서 정신적 지향성을 보여 주는 '높이의 상상력'이란 특징을 가진다면, 정규화의 시는 죽음과 좌절의 심각성을 보여 주는 '깊이의 상상력'이란 특징을 가진다. 그렇지만 둘 다 현실이라는 대상의 절대적 압력에 의해 한쪽은 극한 허공으로 쫓겨가고, 한쪽은 극한 나락으로 쫓겨간다. 여기서 허공과 지하가 갖는 상징에 변별성이 없는 것은 아니지만 그렇게 중요한 것은 아니다. 자라온 환경과 당대의 문학적 관습에 따라 어느 것이 시대적 정합성에 맞는 극한 상황의 상징인가의 문제로 귀착될 가능성이 많기 때문이다.

오히려 초점은 수직적 상상력의 발동에 있다. 그것은 바로 일상적 현실의 일탈을 의미하기 때문이다. 이육사는 일제 하라는 부정적 현실을 극복하기 위한 초월의 상징이 필요했다. 그것은 수직적 비상의 관념이 필요했다는 말이기도 하다. 즉 '무지개'로 상징되어 나타나는 역사적 초월의 심상이 필요했던 것이다. 그에 비해 정규화는 자본주의의 부정적 현실에 고통 받는 자아를 보여주기 위해서 그것에 대한 초월보다 그것의 압력의 자심(滋甚)함을 보여주는 방식의 관념이 필요했다. 그래서 '지하'라는 수직적 하강의 이미지가 동원되고 몰락이란 감각이 작동했던 것이다. 그러면서 동시에 지하에 내몰린 존재의 실존적 감각, 즉 다시 상승하고 싶은 욕망과 그곳에 그대로 묻혀 버릴지 모른다는 불안감을 양면적으로 표현하고 있는 것이다. 그 점에서 정규화의 시는 제대로 살고 싶은 욕망과 그렇게 되지 못할지도 모른다는 불안감, 아니 더 나아가 그렇게 되고 말리라는 체념 등이 뒤섞여 표출되어 있다. 다음 시들 이 그것을 잘 보여 주고 있는 사례들이 아닐까.

사방이
무너지는 소리로
가득하다

— 「무너지고 있다」 부분

바람 부는 만큼 흔들릴 것이고
비 내린 만큼 젖을 것이다
바라보기에는 너무 가까운 곳에 있고
바람에 날려가기엔
너무 가볍다 뿌리 없는 삶이라서.

— 「밑바닥의 노래」 부분

불현듯 불러보면
내 주위는 모두 비어 있는 것들로 가득하고
내 귀는 사방으로 열려 있어
숲으로 가는 길섶의
억새가 신음소리를 토하고 있다
가을은 억새도 몸부림 칠 수밖에 없는가
가을은, 가만히 있어도
눈물이 나는 계절이다

— 「가을 속에서」 부분

이 세 편의 시는 수직적 상상력의 발동 속에서 붕괴의 불안에 시달리고 그리하여 밑바닥에 도달한 사람들이 갖는, 되는 대로 살겠다는 체념과 슬픔을 노래하고 있다. 이것들은 일상적 현실을 일탈한, 그것도 자의에 의해서가 아니라 타의라 할 수 있는 자본주의적 모순에 의해 내몰린 존재들의 지극한 슬픔인 것이다. 그렇기 때문에 "이것은 아니다/분명히, 이것은 아니다/사람 사는 모습/이래서는 안 되고/대책도 없이 적자생존으로/내몰아서도 안 된다."(「이것은 아니다」)고 자신의 현실적 처지를 부정하여 대 사회적 저항의식을 갖거나, "위로 올라갈 수도 없고/그렇다고 더 내려갈 수도 없는 곳이 있다/그곳에 닿으면/지난 날 아무렇지도 않게 스쳤던 것들의/진한 향기를 믿게 된다"(「생존의 법칙 3」)고 하여 극한 상황의 암울함과 극한 상황 이전의 삶을 그리워하는 애달픔을 보이고 만다. 이것들은 모두 내몰림과 갇힘, 부정과 자책, 불안과 체념 등 정규화 시인의 이번 시집 전체를 아우르는 시적 정서로 요약될 수 있는 것이다.

때문에 그의 극한 상황 파악은 다른 무엇보다 그의 시를 이해하는 데에 필요한 일이다. 그의 시를 통해 좀 더 자세히 그의 사정을 살펴본다면 그를 극한 상황에 내모는 것들은 경제적 파산과 육체적 질병이다. "어쩌다 파산을 하여/어처구니없는 치욕을 당하고 있다/내가 자살을 할 수 없는 이유라면 /한 가지뿐이다/빚을 갚고 웃으며 악수 한 번 하기 위해서다"(「자살할 수 없는 이유」)라는 내용을 볼 때 파산을 당해 경제적 능력을 상실했다. 그것이 얼마나 큰 한이었으면 자살마저 할 수 없는 이유가 빚 갚는 것이라고 할까. 다른 시, 가령 "산 너머 저 쪽,/고향이 있다/그리운 고향 있은들 뭣할까/빚 때문에 올해도 가지 못하는 고향/가고 싶다 갈 수 없으니 더 가고 싶다"(「고향」)에서 보듯 빚은 그의 현실적 삶을 제약하는 가장 무거운 사슬이다. 그러한 사슬에 묶여 있는 시인의 고충은 이만저만 아닐 것이다. 그러기 때문에 시적 화자는 가족들과 헤어져 남의 집 지하실이나 사무실에서 숙식을 해결해야 하는 기형적 삶을 살고 있다. 자본주의 사회에서 밀려난 자의 형상과 고통을 이보다 더 실감나게 표현할 수 있을까. 거기에 더하여 몸은 정상을 잃은 지 오래다. "일주일에 세

번씩 병원으로/투석차 가는 일이/내게 구원이었는지 몰라/직장이 없는 내게는/바깥나들이가 쉬운 것만은 아니라서/되풀이되는 병원 가는 일에/고마움을 느끼지 않을 수 없다"(「병원 가는 길」)라고까지 하여 정상인으로서는 도저히 생각할 수 없는 바깥나들이의 소감을 밝힌다. 지독한 역설이다. 가히 꿈에서라도 만날까 두려운 상태에 시인은 내몰려 있다. 그것은 인간으로서의 존엄성을 보장받은 생활이 아니라 겨우 목숨을 부지하여 살고 있는 동물적 차원의 생존이라고나 할 수 있지 않을까.

그 점에서 정규화 시인의 시는 수직적 하강의 상상력이 갖는 미학을 질서화한다. 즉 천 길 지하 막장에 갇힌 자의 정서로 발생하는 실낱같은 희망, 그보다 오히려 더 강렬하게 밀려오는 붕괴와 매몰의 공포, 아무도 나를 발견할 수 없으리라는 절망과 불안 등 전체적으로 죽음과 좌절의 심리적 상태를 본능적으로 표출하고 있는 것이다. 그것은 그에게 삶의 문제가 정신적인 것보다 육체적 실존 상태에 귀착된다는 것을 의미한다. 즉 모든 감각이 '몸'에 집중되는 현상을 보이게 된다는 뜻이다. 그것은 병과 굶주림, 죽음, 잠, 불안 등 그의 시에 나오는 시적 정보가 모두 그의 한계상황에 도달한 몸의 감각에서 비롯되고 있음에서 확인할 수 있는 것이다. 그 점에서 정규화의 시는 '몸의 시'라 할 수 있다. 고상한 정신을 노래하는 시가 아니라 우리 실존의 가장 밑바닥이자 근원적 토대가 되는 몸의 감각성과 물질성을 노래하는 시인 것이다. 다음의 시는 그러한 점을 잘 보여줌으로써 이번 시집에서 문제적 작품이 되는 것이다.

가랑잎이
비에 젖고 있다
나는 우산을 쓰고 있다
그걸 바라보고 있다
내가 화두를 꺼내지 못하는 것은
이미 가랑잎이

온몸으로 말해버렸기 때문이다

—「화두」 전문

가랑잎이 비에 온몸이 젖는 것을 화자는 보고 있다. 거기서 생애 내내 고민하던 삶과 죽음의 문제, 곧 '화두'의 해결을 발견한다. 그렇지만 그것은 '말'로 설명할 수 있는 것은 아니다. 앞의 「밑바닥에는」 시에서 보았던 것처럼 '허튼 소리'로 잡아맬 수 있는 것은 아니다. 굳이 설명한다면 오직 그것은 "온몸으로 말해"진 데서 찾을 수 있을 뿐이다. 가랑잎이 비에 젖는다는 것이 무엇을 말하는 것인지를 몰라도 좋다. 그것이 자연적 소멸의 이치라 해도 좋고, 그 점에서 화자가 '우산'을 쓴 것을 인위의 개입이라 생각해도 좋다. 그 어떤 해석이라도 몸의 감각이 진실임을 이 시는 말해 주고 있는 것이다.

이것은 그 동안 우리 문화가 몸의 감각성이나 물질성을 하찮게 여기고, 더 나아가 멸시하고 외면하던 태도에 비하여 기이한 태도를 취하는 것에 해당한다. 몸의 감각에서 발생하는 욕망이나 불안을 덧없는 것이라 여기던 태도와는 상당한 차이가 있다. 정규화 시인은 오히려 몸의 감각에 더 정직한 실존의 문제를 찾고 있는 것은 아닐까? 그러한 생각이 가능한 것은 다음과 같은 놀라운 시 때문이다.

바위가 인고의 세월 속에
누워 있었다
채석장이 생기더니
인고의 세월이 해체되고, 석재로, 조경석으로
자갈로 모래로 석분으로
무서지는 바위.
껍질이나 속이나
돌로 채워져 있었다

—「바위」 전문

바위에서 "껍질이나 속"을 실체로 발견한다는 것은 놀라운 생각이다. 그것은 바위가 하나의 '완전한 몸' 임을 뜻하는 것으로 보고 있기 때문이다. 시인에게 바위는 속과 겉이 있는, 그러면서 속과 겉이 완전히 일치하는 놀라운 몸으로 인식된다. 그 몸은 물론 세월의 고통을 이겨내기 위해 '돌' 로 채워져 있음이 특징이다. 그러한 발견은 자신의 몸도 안과 밖을 하나의 물질로 채우고 싶어함을 뜻하는 것은 아닐까. 즉 돌처럼 고통을 단련시켜 단단한 생을 유지하고 싶은 욕망을 표현하고 싶었던 것은 아닌지. 그 점에서 정규화 시인에게 현재의 삶을 유지하고, 그리고 보다 나은 삶을 살 수 있는 길은 모두 몸의 문제를 해결하는 데서 시작될 수밖에 없다고 하는 사실이 윤리적이고도 미학적 문제로 대두된다. 그것은 몸의 소중함에 대한 인식 아니겠는가.

사랑, 그리고 시 쓰기의 문제

그런데 이러한 한계 상태에 처한 몸의 감각에서 살아 있음을 지속적으로 확인한다는 것은 쉬운 일이 아니다. 그렇다고 몸의 길에 정신의 아편을 들이대는 것은 이제 정규화 시인에게 있을 수 없는 일이 된다. 오직 몸으로 말하고, 몸으로 받아들일 수 있는 것만 문제가 되는 것이다.

그럴 때, 정규화 시인에게 때늦게 찾아온 사랑의 노래는 절실한 구원의 표지가 된다. 그가 왜 최근 들어 연시(戀詩)를 심심찮게 노래하고 고집하는가 하는 것도 이러한 관점에서 이해된다. 사랑은 바로 몸으로 말하고 몸으로 받아들이는 언어 아니겠는가. 그의 육체적 감각에 깊이 남아 더 이상 일상적 현실 속의 언어나 관계가 아닌 본능적 끌림으로만 맺어지게 하는 사랑은 현재의 처지에서 가장 살아 있음을 확인해 주는 표지가 될 것은 당연하다.

마산시 구산면 수정리

그곳에 가면

바다가 있다

그곳에 여러번 도착한 뒤에야

알았다, 바다를 보려고

그곳에 간 게 아니란 걸.

바다도 이미 알고 있었다

내가 도착하기 전에

그곳에 터를 다져

야생화를 심은 사람아

내가 바다를 보려고

그곳에 간 게 아니다

─「바다를 보려고 그곳에 간 게 아니다」 부분

이 시의 내용을 통해 추측해보면 수정리 바닷가에서 그는 어떤 그리운 사람을 만났다. 오래 전에 헤어졌지만 자꾸 그곳에 가는 것은 그 바다를 보러 간 것이 아니라, 그곳에 터를 다져 야생화를 심던 그 사람의 향취를 맡기 위함이다. 앞서 「생존의 법칙 3」에서 보았던 것처럼 "지난 날 아무렇지도 않게 스쳤던 것들의/진한 향기를 믿게 되"기 때문이다. 그것은 결국 자신에 대한 믿음 아닐까. 그 믿음이야말로 현재 나의 존재성을 증명해주는 유일한 일이기도 하기 때문이니 말이다. 그런 점에서 시인은 부단히 사랑의 아픔과 사랑의 감미로움을 노래한다. 그때의 노래는 저 극한 상황에서 지르는 '비명소리'와 같은 몸의 소리다. 몸으로 통하는 소리 말고는 한 개의 소리도 내고 싶지 않은 것이 시인의 마음일 것이다. 사랑이라는 몸으로 통하는 소리를 발견하고부터 정규화 시인은 사랑의 시인이 되지 않고는 배길 수가 없었을 것이다. 그에게 사랑은 극한 상황 속의 자신의 존재성을 몸으로 감지시켜 줄 수 있는 유일한 언어이기 때문이다.

이러한 언어는 본질적인 측면에서 그에게 시로 변주된다. 그는 어느 때보다

최근 몇 년 간 시를 많이 쓰고 있다. 가히 병적이라 할 만큼 시 창작에 집착하
고 있는데 그것은 이러한 사정 때문이다. 시는 그에게 살아 있음을 증명하는
가장 절박한 표지가 되고 있다.

　　　　순간이라도
　　　　잠이 들면 어둠 속에
　　　　영원히 갇힐 것만 같아서
　　　　뜬눈으로 밤샘을 한다
　　　　밤중에 깨어있는 것이
　　　　신기하기도 하고
　　　　밤을 지배한 것도 같지만
　　　　만약에 잠이 들면
　　　　다시는 깨어나지 못할 것만 같다
　　　　다들 쉽게 넘기는 일에
　　　　자주 함몰되어 나는
　　　　어쨌든 잠을 자서는 안 된다
　　　　습관은 들이기 나름이지만
　　　　이런 습관은 행복과는 거리를 두고 있다
　　　　자연히 나는 어둠을 감시하게 되고
　　　　어둠끼리 뭉쳐서는
　　　　내 정신까지 간섭하고 든다
　　　　어둠을 지키는 일이
　　　　보통 일이 아닌 데도 말이다

—「나는 밤샘을 한다」 전문

이 시는 볼수록 가슴이 아프다. 마치 제2의 이상(李箱)을 보는 것 같다. 죽음
의 한계상황에 내몰린 자아의 불안이 어떻게 흘러넘치고 있는지를 잘 보여준

다. 잠이 들면 다시 깨어나지 못할 것이라는 불안에 사로잡힌 시적 화자는 밤에 잠들면 안 된다는 강박관념에 싸여 있다. 그래서 밤중에 깨어 있는 상태로 있어 마치 밤을 지배한 것 같은 착각에도 빠진다. 그렇지만 낮의 의식도 남아 있어 이러한 상태가 "행복과는 거리를 두고 있"는 일이라는 것을 깨우치고 있다. 그러한 자각은 화자에게 얼마나 깊은 고통이겠는가. 그렇다고 이런 습관을 그만 두기에는 자신의 목숨 위로 넘실대는 저 어둠의 끈적함이 더욱 무섭고 완강하다. 그래서 현재 할 수 있는 일이란 저 "어둠을 감시하"는 일이다. 자칫 어둠을 놓치면 이러한 불안과 공포, 그리고 아직 남아 있다고 믿는 희망의 의식들이 어둠에 잠겨 버릴지도 모르니 말이다.

자지 않고 깨어 있을 때 할 수 있는 일이란 무엇이겠는가. 바로 시 쓰기 아니겠는가. 이 경우 시 쓰기는 절박한 자의식을 드러내기 위함일 것이다. 이러한 자의식의 범람을 시로 적은 것은 비단 정규화에게만 해당하는 것은 아닐 것이다. 19세기 프랑스 네르발이란 시인의 경우도 어렸을 적부터 '광기'에 사로잡혔는데 그는 광기를 풀어내기 위해 시를 썼다고 한다. 그에게 광기는 "현실 삶 속으로의 꿈의 범람"이라는 의미를 갖는데(김미진, 「제라르 드 네르발의 광기와 글쓰기」 참조) 네르발은 시를 통해 이를 풀어냄으로써 광기를 치료하게 되었다. 네르발에게 시는 광기의 치료제였던 셈이다. 이것은 정규화 시인에게도 그대로 적용될 수 있는 말이다. 그는 현재 죽음의 공포에 사로잡혀 있다. 그 공포는 시인으로 하여금 비명소리만 지를 수 있게 할 뿐 여타의 다른 행동을 하지 못하게 한다. 극한 상황으로 그의 현실은 '불안의 범람'으로 가득 차 있다. 가히 강박적 불안이라 볼 수 있는 공포가 그를 서서히 죽음으로 몰고 가고 있다는 자각을 가지지만 그것에 벗어날 수 없다는 것이 정규화의 운명이자 차이점이다. 그 운명 앞에 시인은 무엇을 할 것인가? 그럴 때 정규화에게 시는 몸의 감각으로 인간의 가장 본질적이고 원초적인 문제인 죽음의 문제와 욕망의 문제를 다루는 장이 된다. 그러한 문제들은 우리 일상적 인간이 두려워하거나 멸시하여 억압해 둔 '치명적 진실'이다. 그의 시는 우리가 애써 외면하여 왔던 치명적 진실이 인간의 본질임을 증언하는 것이다.

결국 시가 문제가 된다. 그에게 시는 치명적 진실의 증언이자 자신의 불안을 달래고 죽음의 표지인 어둠을 물리칠 수 있는 단 하나의 무기가 되는 것이다. 이제 시는 그에게 불이 되고, 칼이 되고, 약이 된다. 이육사가 무지개란 이미지로 초월의 의미를 얻었다 할 때 그것은 결국 시로 그의 역사적 결단을 아로새겨놓은 것의 상징적 표현일 뿐이다. 그 점 같은 차원에서 정규화도 이제 그의 전 생애의 의미를 시에 새겨 넣고 있는 것이라 볼 수 있다. 그것은 남아 있는 그의 생애 전부를 걸고 하고 있는 것이기에 비장하고 비장하다. 그리고 눈물겹게 아름답다. 여기에 우리가 무슨 말을 덧보탤 수 있겠는가. 다만 그의 시를 앉아서 읽다가 서서 읽고, 서서 읽다가 다시 앉아 읽으며 오랜 침묵으로 지켜볼 뿐이다. 우리가 할 수 있는 것은 그의 분투 행위에 비한다면 너무 미미할 것이기에 통한만 커질 뿐이다. 바람이 분다, 소리를 질러야겠다.

동심원 속에서 건져지는 한 조각 은비늘
— 이응인 시의 의미

이응인의 최근 시를 읽으면 루카치가 그의 『소설의 이론』에서 말한 바 있는 원환적(圓環的) 전체성의 세계가 떠오른다. 고대 그리스의 문화 구조가 자기 완결적이라서 세계와 자아 사이에는 낯설어지는 법이 없고, 영혼 속에 타오르는 불꽃은 별들이 발하고 있는 빛과 본질적으로 동일하여 세계는 아늑하다는 그 말 말이다. 그때 세계와 자아는 비록 이원성 속에 놓여 있어도 원환적 성격을 띠게 됨으로써 동일성을 이룬 세계가 된다는 것인데, 루카치는 그것을 원환적 전체성이라 이름 붙여 말하고 있다. 우리는 이를 그리스 신화와 관련지어 신화적 세계라 부르기도 하고, 또 달리 자아와 세계 사이의 동질성을 추구하는 시의 본질과 관련지어 서정의 세계라 부르기도 한다. 완결된 문화 구조가 갖는 특성을 루카치는 원환적이라는 말로 풀어내면서 결국 서정의 세계를 이야기하고 있는 셈이다. 그 점에서 이응인의 시도 완결된 전체성의 세계를, 원환적 전체성의 세계를 보여준다고 한다면 너무 거창한 말이 되는 것일까. 아니, 이렇게 생각하는 것 자체가 혹시 그의 시를 너무 과거로 몰고 가 우리가 발 딛고 있는 '지금 여기'의 이 현실과 동떨어지게 하는 것은 아닌지.

상념이 무성하다. 그의 시가 시적 세계에 대한 감상뿐만 아니라 서정시의 본질에 대한 생각을 하게 한다는 점에서 '문제적'인 글로 등장하고 있는 것이다. 그의 시는 찬찬히 들여다볼수록 분명 서정시의 원형을 생각게 하면서 이런 시 형태가 우리의 당대 현실과 어떻게 대응하고 있나 하는 점을 생각게 만든다. 그것은 서정시의 운명에 관한 상념을 불러일으키게 하고 있다는 말과 다르지 않다. 서정시의 운명. 서정시의 길. 이응인의 시만 이러한 상념을 불러일으키게 한다고 말한다면 거짓말일 것이다. 그러나 그의 최근 시를 읽어보면 서정시의 본질과 '부닥치고 있구나' 하는 감상을 떨쳐버릴 수 없다. 서정시의 일반적 정의에서 그런 것이 아니라 그의 시적 내용과 시적 구성에서 서정시가 당대의 우리 현실에 어떻게 작용해야 할 것인가 하는 점을 묻고 있는 것이다. 그 점에서 이응인의 시는 미래에 시가 어떻게 작동해야 할 것인가 하는 물음에 대한 한 대답으로 시사하는 바가 있다.

　그것을 알기 위해서는 그가 만든 시적 풍경 속으로 들어가 보는 수밖에 없다. 그 중에서 그의 시가 그리는 이미지를 우선 따라가 보는 일이 필요하다. 그것은 그의 의식이 그의 시적 이미지에 녹아들어 있기 때문에 우선적으로 살펴보아야 할 일이다. 그랬을 때 그의 시에 나타난 모든 사물들은 시적 자아를 중심으로 동심원을 그리면서 상호 동질적 세계 속으로 융화되어 가는 모습을 보여 준다. 다음 시가 대표적이다.

해 마저 떨어지기 전에

앞집 총무 아저씨 옥상에 올라가

양철 연통 통 통 두드립니다.

쭈그러진 밤나무에 앉았던 새들이

그걸 신호삼아 마구간 옆 대숲으로 날아가

푸드득 푸드득 이부자리 폅니다.

그 참에 보일러 데우고 소죽을 끓인 장작들이

몸을 풀어 푸우 푸— 하늘로 날아오릅니다.

날아올라선 짜고 치는 고스톱마냥

엊그제 나온 아저씨네 송아지

그 멀뚱한 눈망울을 큰개자리 곁에다

참하게 그려놓고 내려옵니다.

그래, 잘 했다 이놈들아.

총무 아저씨 연통의 엉덩짝 떠덩 떠덩 부추기면

마른 장작은 신이 나 불구덩이로 마구 뛰어듭니다.

제 몸 뜨겁게 달군 부젓가락으로

하늘에다 대보름 달집을 짓습니다.

—「총무 아저씨 연통 두드리는 소리」 부분

이 시의 이미지를 따라가 보면 총무 아저씨의 연통 두드리는 소리에 새들이 날고, 새들의 날아오름을 신호 삼아 장작들도 하늘로 불길되어 오른다. 그 불길은 하늘로 치솟아 '송아지 눈망울'을 그리고 '대보름 달집'을 짓는다. 모든 사물과 행위들이 상호 연쇄적으로 소통하고, 또 하늘로 상승하는 이미지를 통해 어디에도 걸리지 않는 자유로움을 표출하고 있다. 시 전면에 나오지는 않고 있지만 그것들을 바라보는 시적 화자도 사물들의 이러한 옮김과 파동에 대해 적극 동참하고 공감하는 분위기다. 이러한 세계는 사람과 사물이 연속되어 있고 서로 심령 상의 문제가 일치하고 있어, 즉 정조나 가치를 공유하고 있어 단절이 없다.

이 점에서 소외와 분열이 내면화되고 경쟁으로 심성이 황폐화된 현대인에게 이 세계는 구원과 희망의 메시지로 다가온다. 특히 시적 내용이 생활의 알뜰함과 생명의 소중함, 거기에 비상(飛翔)을 통한 삶의 신명까지 덧보태져 자유롭고 풍요롭기 그지없다. 풍요로움은 물량적 풍부성에서 오는 것이 아니라, 자발적 가난이라 부를 만한 삶의 소박함과 절제에서 오는 것이기 때문에 그것은 상대적 박탈감 따위로 설명될 그런 성질의 것은 아니다. 그것들은 정신적 지향과 관련되어 있다. 즉 모든 사물과 그것을 둘러싼 이 우주적이고 존재론적 삶의 풍성함에 대한 흥겨움의 인식과 닿아 있다. 그것은 삶의 달관에서 연유한다. 물량적 집착에서 벗어난 삶의 여유에서 비롯된다. 그런 점에서 이 시는 일회적 소비라는 욕망의 공룡에 사로잡힌 현대인들에게 그들의 시야로 볼 때 낯설지만 그리운, 잃어버린 그 동일성의 세계를 환기하는 '오래된 미래'의 이야기인 것이다. 자유로우면서도 마음의 평정을 지니고 있던 시대의 이야기!

이러한 감상은 이 시를 구성하고 있는 시적 기법에 의해 더욱 활성화된다. 이 시의 전개는 점진적이고 연쇄적이다. 그러면서 모든 것이 맞물려 작동하고 있다는 점에서 상호 연속적 성격을 지니고 있다. 마치 물 위에 동심원이 퍼져갈 때 동심원 안의 모든 사물들이 같은 물결을 따라 같이 움직이는 형상인 것이다. 즉 기법적 측면에서 이 시는 동질성을 바탕으로 하여 따뜻한 '우주 가족'의 형상을 그리고 있는 것이다. 그 점에서 이 시는 모든 것이 순환되고 상호 의존적인, 그러면서 동시에 모든 존재들이 심령을 주고받는 원시 시대의 물활론적(物活論的) 세계, 즉 완결된 원환적 전체성의 세계를 구현해 내고 있다. 그 세계는 일차적으로 개인적 고립이나 단절이 없다는 점에서 소외가 없다. 그리고 이차적으로 모든 존재의 생의 가치가 평등하고 충만함으로써 무의미함이 없다. 삶의 의미와 가치가 총체적으로 피어올라 동일성을 이룬 세계, 이러한 세계는 소비사회, 산업사회가 맞고 있는 부정적 근대성을 뛰어넘어 미래의 모든 생명체들이 추구해야 할 세계로 그려지는 것이다. 그 점에서 이 시는 근원적이면서 동시에 목표지향적인 성격을 띠고 있다. 에덴이 우리가 과거에 잃어버린 낙원으로서 의미도 크지만 미래에 되찾아 살아야 할 동일성의 세계로서 의미가 더 큰 것처럼 말이다. 여기서 이응인의 시는 근원적 표상으로 미래를 투사하는 우리 시대 서정시의 기능을 실천하고 있는 것이다.

이러한 순환적이고 사물들이 정령으로 살아 움직이는 물활론적 세계, 즉 애니미즘 세계는 그의 다른 작품에도 그대로 나타난다. 다음 작품이 그런 또 하나의 대표적인 사례일 것이다.

우리 골목 앞 감나무 얘긴데요. 하루는 감나무 눈이 펜촉마냥 뾰족해져서 공중에다 잘디잔 글씨를 까작대는 겁니다. 냉이꽃을 피워 주세요. 산수유도 보고 싶어요. 그러자 냉이꽃이 막 피고 매화도 환하고 개나리까지 따라 피는 겁니다.

얼마 안 지나 감나무의 눈은 지휘봉의 끝에 달린 무슨 신호 같았어요. 흔들 릴 때마다 가락을 풀어 놓는데 참새떼가 화음도 모르고 따라 하더니 직박구리 가 고음을 맡았어요. 늦게 온 찌르레기들이 돌림노래로 받아 부르곤 합니다.

이제 감나무의 눈은 두툼한 붓이에요. 푸른 먹 한 번 찍으면 쑥이 쑥쑥 자라 고 달래가 고개를 들어요. 두 번 쿡 찍으니 보리밭으로 마늘밭으로 짙푸르게 스며들지요.

제 속에 숨겨둔 것들 꽃송이로 노래로 푸르게 다 내보낸 감나무는 반들반들 깨끗이 씻은 빈 손 내보이며 이래요. 봐, 숨긴 것 없지, 없지.

—「숨긴 것 없지」 전문

이 시에서 시적 화자는 감나무 눈을 비롯해 냉이꽃을 비롯한 여러 꽃들, 새 들, 쑥, 달래, 보리 등등의 사물이 상호 소통하며 자연적 시간의 질서에 따라 변화해 가는 것을 그리고 있다. 앞의 시에서도 보았듯 감나무의 눈이 '펜촉' '지휘봉 끝의 신호' '두툼한 붓' 으로 변주되면서 자연의 흐름을 함축하고, 그 러한 변주에 맞추어 모든 사물들이 피어나고, 부르고, 자라고 하는 연쇄적 순 환적 질서를 보여 주고 있는 것이다. 그것을 통해 시적 화자는 인간 존재를 비 롯해 모든 존재들이 자연의 질서에 동참하여 자신의 생명력을 한껏 발산하고 이 우주의 일원으로 살아 있음을 느끼게 하고 있다. 그것은 조화와 조응(照應) 의 상태에 대한 인식이다. 만물은 물질적 정신적 차원에서 서로 부르고 서로 응하며 성숙해 간다. 그것이야말로 완결된 원환적 전체성의 세계다. 그 성숙 은 다시 계절의 주기로 인하여 순환될 것임을 이 시는 암시하고 있다. 이 자연 스런 질서에 순응하여 사는 것이 얼마나 큰 기쁨인가는 시적 화자가 말하고 있는 어조의 천진함과 명랑함에서 잘 드러난다.

이 시가 주는 건강성은 자연 생태계의 흐름에서 연유하는 유장하면서 생기

찬 활동에서 비롯된다고 할 수 있다. 기계적이고 파편적인 흐름에서 벗어나 생명의 리듬에 충실한 것을 보여줌으로써 우리 삶과 생명에 대한 본질에 대해 본능적으로 감지하게 한다. 그 점에서 이 시는 문명적 시간에 포획되고 생명의 리듬을 상실해 비인간화되는 현대인에게 생명의 리듬을 환기시켜 주고 생명의 리듬이 갖는 가치를 일깨워준다. 바로 동일성을 이룬 세계의 의미심장함을 가르쳐주는 것이다. 그것은 바로 부정적 현재를 뛰어넘어 긍정적 미래로 가고자 하는 인간의 본능적이면서 원초적 심성의 표출 아니겠는가. 그리고 그것이 밖으로 드러날 때 이와 같은 시적 언명이 되지 않겠는가.

그 점에서 시는 일정 부분 세계와의 교섭을 통한 새로운 깨달음의 표현이다. 다음 시가 바로 시인이 근래에 들어 세계를 바라보는 그의 일관된 시선에 의해 얻게 된 깨달음의 한 전형적 사례가 아닐까.

우리가 아름답다고 하는 것들이

크나큰 울음에 왔다는 것을

넋을 놓게 만드는 것들이

터져버린 울음밭인 것을

그래서 향기로운 것을

이적지 모르고 살았네요.

—「매화꽃 보며」 부분

매화꽃이 피는 것을 두고 생의 "돌이킬 수 없"음으로 인해 "터뜨리는 울음"으로 발견하고, 거기에 울음이 '아름답고 향기롭다'고 발언하는 것은 하나의 새로운 깨달음을 함축하고 있다. 그것은 생의 양면적 진실을 체험해본 사람의 목소리가 들어 있기 때문이다. 울음이 향기롭다는 것은 생의 역설적 터득이다. 아름다운 것도 고통의 배면(背面)이다. "이적지 모르고 살아" 온 것은 죄가 아니다. 죄는 이러한 역설적 삶의 진리를 발견하고도 함께 울어주지 않는 행위에 있다. 이웅인 시가 환기하는 것은 '공감적 울기'이다. 그래서 '울음밭' 이란 이미지로 그 공감의 영역을 확대시켜 보여 주지 않는가. 대자연의 울음, 혹은 웃음에 공명하지 않으면 이미 이 질서 속에서는 죽은 목숨인 것이다.

그 점에서 이응인에게 자연은 거울이자 메아리다. 내 존재의 안과 밖을 넘나들고 소통하는 물결인 것이다. 그것은 이번 신작시 중 백미에 해당하는 다음 작품에 잘 드러난다.

내 안에 앙금 같은 것들이 가라앉지 않을 때
어둠이 찾아드는 퇴로못으로 갑니다.
먼 산은 못 가운데 내려와 흐릿한 기억으로 가라앉고
가차운 산은 긴 허리를 펼치며 짙푸른 용이 됩니다.
간혹 북쪽에서 온 철새들이 먼 길 떠날 연습을 하고
잠결에 꿍알대는 어린 물고기 소리도 들립니다.
살면서 많은 것을 원한 바도 아닌데
그리운 벗들도 만나지 못하고
혼자 막막히 어둠과 어깨 나란히 하면
건넛산 절에서 용의 눈에 불 밝히는 수도승 있어
밤은 치수를 알 수 없는 못물 속으로 잠깁니다.
나는 용의 눈을 통해 오래오래 내 안의
앙금 같은 것들을 헤아려 봅니다. 이윽고
내 속에 있던 것들도 조각조각 은비늘이 되어
못물 속에 일렁입니다. 그제야
나는 부끄러이 비늘 한 조각 집어들고
자박자박 마을의 불빛을 찾아갑니다.
웅크리고 잠든 커다란 짐승의 품으로 돌아갑니다.

—「용의 눈에 불 밝고」 전문

이 시는 앞의 서정시와는 격이 다르다. 그것은 안과 밖의 조응에 의한 세계의 중심으로서 자아를 인식하는 행위가 들어 있기 때문이다. 그것은 시를 통해 자아의 문제를 해결할 수 있게 되었다는 의미가 들어 있다. 일차적으로 이 시도 인간과 철새, 못물, 물고기, 밤 등이 살아 있는 존재들로 격상되어 있고 서로 상호 소통되고 있다는 점에서 물활론적 세계를 구성하고 있다. 특히 못물에 잠긴 산 그림자가 용이 되고, 수도승이 켜는 절 불이 못물 속의 용의 눈이 되는 환상적이고 신비로운 연관은 범신론적 자연관의 극치로서 그 상황이 발생하는 극도의 정밀감(靜謐感)을 통해 인간 존재의 무상함을 넘은 영원함과 신성함을 느끼게 한다. 그 오묘함과 잔잔함에 절로 감탄하지 않고는 못 배겨나는 것이다.

그러나 이 시의 고처(高處)는 원환적 이미지로 나타나는 못물을 통해 내 안의 '앙금'을 비춰보고 그것들에게 빛을 쐬어 '은비늘'이라는 승화된 이미지를 얻는 데에 있다. 즉 세계 속의 존재로서 시적 화자는 세계의 질서에 아직 눈뜨지 못해 가슴에 이질적인 탁한 물질을 갖고 있다. 그 물질은 시적 내용으로 볼 때 삶의 근심, 걱정, 욕망 등이다. 그것을 산이 못물에 들어 용이 되고, 수도승이 켜 둔 불빛이 산 그림자에 박혀 용의 눈이 되는 성스러운 장소에서 정화시킨다. 즉 물과 불을 자연의 거울로 삼아 생의 앙금이라는 불순물을 관찰하고 정화해냄으로써, 생명의 성스러움이 살아난 '은비늘'이라는 밝은 물질을 획득한다. 이것은 내 안의 속됨을 자연의 신성성와 영원성으로 씻어 내림은 물론 자연과 일치된 성스러운 영혼으로 다시 태어나는 것을 가리킨다. 상징적으로 말한다면 비로소 어머니인 세계 품으로 조화되고 조응되어 하나의 중심이 되는 것이다. 그것은 생활의 실천과 묵상이 동시적으로 이루어지는 것이기에 값싼 깨달음은 아니다. 생활의 전존재를 문명적이고 기계적 삶의 자리에서 벗어나 생명적이고 자연적인 삶의 자리로 옮긴 사람만이 얻을 수 있는 지혜인 것이다. 그 점에서 이 시는 종교시가 아니면서 삶의 존재성을 깨우치는 신성한 열림이 들어있는 작품이다.

이번 이응인의 시는 어떤 구원의 자세가 일관되게 들어 있다. 삶의 무의미나 정처 없음을 그 동안의 삶에서 상당 부분 느꼈던 것일까. 도회지를 떠나 산

촌에 들어가 얻게 되는 이 깨달음은 우리에게 일정 부분 도회적 삶의 불모성에 대해 느끼게 하고, 어떻게 하면 그러한 불모성으로부터 벗어날 수 있는지를 가르쳐준다. 그 점에서 그의 시는 동시대적 현실에 대한 서정적 긴장을 일정 부분 간직하고 있다.

다만 그의 사색과 실천이 낭만적 성향으로 기울어지게 됨에 따라 구체적 역사 현실에 대한 밑그림이 흐릿해지고 있음도 지적해 둘 필요가 있을 것 같다. 아직 이러한 걱정은 기우일 테지만 얼마만큼 자연과 역사적 현실이 접목되어 역사적이면서 존재론적인 문제를 제기할 수 있느냐 하는 점이 이웅인에게 남은 문제라 하겠다.

'꽃잎 같은 새벽 네 시'와 존재의 싹틈

— 안효희 시의 의미

안효희의 시를 읽으면 점차 안에서 달아오르는 불길을 피할 수 없다. 시에서 시작된 작은 불꽃이 점차 내 안에 잠들어 있던 감각세포에 옮겨 붙어 갈증을 일깨우고 마침내 목말라 가만히 있기 힘들게 만들어지는 상황! 그녀의 시가 보여 주는 갈증은 그렇다고 치더라도 그녀 시에 빠져 나 또한 알 수 없는 상태에 목말라 하는 것은 이상한 일이다. 그녀의 시가 나를 감염시켰나? 그래서 나 또한 그 동안 억눌려 두었던 시를 쓰고 싶다는 깊은 욕구가 다시 살아난 것인가? 그것이 맞다면 이런 것이 시의 울림? 시의 위의(威儀)? 그녀 시는 보기보다 더 크고 긴 공명통을 가졌는지 모르겠다.

시가 주는 감동은 시집과 독자, 사회적 맥락을 중심으로 중층적이고 복합적으로 발생한다. 그 점에서 앞의 나의 고백도 안효희 시가 갖는 권능과 독서가 빚는 감동의 복잡성 속에서 일어난 여러 현상 중 한둘일 것이다. 그렇지만 분명한 사실은 안효희의 시는 깊은 철학적 탐색도 아니건만 읽는 사람으로 하여금 시란 무엇이며, 시를 왜 쓰는가 하는 물음과 그에 대한 가장 단순하면서도 본질적인 답변을 생각하게끔 하고 있다. 그 가운데 독자는 저절로 알 수 없는 뜨거움에 사로잡히게 되는 것이다. 그것은 바로 시인 자신이 일상적 현실 속에서 왜 시가 나에게 문제적일 수밖에 없는가를 몸으로, 느낌으로, 즉 구체적으로 보여주고 있기 때문이 아닌가 싶다. 그것이 또한 보는 독자로 하여금 금방 그녀의 시가 갖는 울림의 권역에 빠져들 수밖에 없게 하는 구실을 하고 있다. 그 점에서 그녀 시야말로 체험의 구체성을 통한 감동의 전염성을 미덕으로 지닌다. 그것이 다른 그 무엇보다 그녀 시의 강점이 아닐까.

때문에 무엇보다 그녀 시에 있어 본질적인 국면은 바로 이 형상의 전염성, 곧 목마름의 실체가 초점이 된다. 그녀의 시적 화자들은 일상적 삶의 무료함과 무미건조함에 지쳐 있다. 근대적 삶에서 폭력이라 불리는 일상성은 지루하고 무의미한 반복으로 자아를 질식시킨다. 거기서 생명의 본질, 생명의 기원으로서 순수하고 의미 있는 세계에 대한 갈증이 그녀의 모든 시를 지배한다. 물론 이러한 시적 지향은 안효희만의 시적 탐색은 아니다. 그것은 산업사회 이후 대부분의 시인들이 추구했던 시적 주제이기도 하다. 그러나 그것을 얼마나 자신의 삶과 현실에서 구체화하고 그것의 절실성을 형상적으로 그려냈느냐 하는 점과 그것을 당대의 삶에 대한 의미 있는 문제제기로 제시하고 있는가 하는 점은 별개의 문제다. 오히려 보편적이고 관습적 차원의 목소리보다 그러한 필요성과 절박성을 얼마나 더 세밀하고 절실하게 그려내고 있는가 하는 점이 더 관건이다. 그 점에서 같은 시적 주제라도 그 의미는 다양하게 실현되고 그 시적 성취도 다양하게 평가될 수밖에 없는 것이다.

그러한 인식을 전제로 할 때 안효희의 문제제기는 가장 일상적 현실에 사로잡히기 쉬운 소시민의 한 사람으로서 사물화되고 소외된 현실에서 어떻게 하면 의미 있는 주체로 다시 태어날 수 있는가를 몸으로 부딪치고 그것을 일상적 소시민의 목소리로 생생하게 증언하고 있다는 점에서 주목된다. 그것은 앞에서 이야기한 바 있는 구체적 현실성과 형상성을 아울러 간직한 것으로 그녀 시의 특징이자 장점이 되는 사실인 것이다. 그것은 우선 다음과 같은 작품에 잘 나타나 있다.

수은등 빛살 스며드는 밤 기차 안은 고요하다 레일처럼 뻗은 시간 속 또 다른 시간을 꿈꾸는 사람들, 어깨 위 눈발처럼 포근한 불빛이 내려앉는다

흔들리는 몸, 안강역에서 시간이 멈춘다 몇 시 차표로 종착역에 닿아야 할까
대합실의 낯선 시간표 앞에서 또 하루가 머뭇거린다 개찰표 위에 꾹 눌러지는
삶, 압축된 꿈이 터진다 터지는 구멍 사이로 들어오는 불빛, 이렇게 쉽게 어둠
이 점검되고 이어져도 되는 것일까 익숙했던 지난날의 풍경, 진정 옳았던가 흔
들어 본다 처음 딛는 땅 낯선 곳이 오히려 진실이 되는 시간

　　줄지어 늘어선 여관의 불빛 느린 손짓이 깃발처럼 나부낀다 빈차등을 켠 택
시의 기나긴 여정, 다시는 되돌아 올 수 없는 시간의 광장 앞에, 밤은 점점 길어
져 벽을 타고 오른다

— 「낯선 시간」 전문

몇 개의 따뜻하고 아름다운 이미지와 차분한 어조로 전개되는 이 시의 핵심
은 일상적 삶에 대한 회의와 반성이다. '낯선 곳' '낯선 시간' 으로 표현된 비
일상성이 "오히려 진실이 되는 시간" 이란 전언은 그러한 일상의 일탈이 우리
의 현재적 삶을 되돌아보게 하여 우리들 삶의 문제점을 발견하게 하기 때문이
다. 시적 화자의 행동대로 삶을 되돌아보면 "익숙했던 지난날의 풍경, 진정 옳
았던가" 하고 회한이 생길 것임은 분명하다. 시적 화자의 방황은 세계와 분리
되고 기계적 리듬에 잡혀 살아갈 수밖에 없는 현대적 일상인이라면 누구나 본
질적으로 겪을 수밖에 없는 국면이다. 그 방황과 문제의식에서 우리의 일상
을 바라보면 그 색깔은 부옇고 단조로운 색채를 지닐 수밖에 없다. 그런 점에
서 퇴색한 삶에 진실을 주는 일이란, 즉 신선함과 생명의 활기를 주는 일이란
이 시처럼 '낯선 시간' 속으로 일탈할 수 있는 용기를 가져보는 것이다.

그 일탈이 일차적으로 세속적 현실에서 벗어나는 해방감을 얻는 것으로 가
치 있는 것이지만 안효희 시에서 문제는 그것보다 그 비일상(非日常)에서 다시
일상을 생각하는 자세의 특수성에 있다. 그것은 묘하게 일상을 벗어났다는
완전한 기쁨도 아니고 그렇다고 일상에서 벗어나기 전의 우울함도 아닌, 아주

복합적이고 미묘한 심리상태를 보인다는 것이다. 즉 "다시는 되돌아 올 수 없는 시간의 광장 앞에, 밤은 점점 길어져 벽을 타고 오른다"는 언명이 바로 그것인데 이것은 일상과 비일상의 두 국면을 다 경험한 사람의 심리상태를 반영하고 있는 것으로서 해석의 다양성을 열어 주고 있다. 전체적 어조로 보아 생의 쓸쓸한 반추로 서글픔의 심리 같아 보이고, 또 다르게 보면 생의 그 어찌할 수 없음에 대한 체득 같아 보이고, 더 다르게 생각해보면 상승이란 이미지 속에 현실적 한계를 초월해가게 될 전망을 담아내 보이고 있는 듯도 싶다. 그 무엇으로 해석하든 비일상에서 일상을 조망해보는 복잡한 내면심리가 투영되어 있다. 되돌아보는 자의, 아니 한 발짝 물러서 건너다보는 자의 심리. 안에서 보는 것이 아니라 밖으로 빠져나가 건너다볼 때 생은 얼마나 우리에게 낯설고 놀라운 것인가! 그 점을 시인도 "생은 언제나 눈부셔/마주 볼 수가 없어요"(「인간마네킹」)라고 말하고 있다. 일상적 현실에서 벗어난 사람이 존재의 근본으로서 우리의 생, 일상을 바라볼 때 가지는 심리는 바로 저와 같은 것이 아니겠는가. 놀랍고 소중한 것의 '날(生)체험', 그것의 회복은 논리적으로 설명할 수 없는 날카로운 감각일 수밖에 없는 것이다.

　「낯선 시간」이란 시에서 우리는 안효희의 이와 같은 심리적 상태와 현실을 보는 눈, 그리고 마음 저 안에서 추구하는 진정한 세계를 보고 느끼게 된다. 그러한 내용들이 이번 시집 전체를 물들이고 있다. 우선 그러한 첫 번째 사실로 폭력적 가둠의 의미로 다가오는 일상의 형상을 우리는 놓칠 수 없다. 그녀 시에 일상은 매우 어둡고 두렵다. 그렇지만 그것이 바로 생명의 본질을 꿈꾸게 하는 갈증의 원료가 되고 있다는 점에서 역설적 대상이다.

　　시계 바늘을 따라 회전하는 삶,

　　운명의 끈은 보이지 않는다

　　이어폰에서 방류되는 클래식 치료에 귀 멀고,

　　쟈스민향, 쑥향 넘치는 치료실에서

　　나를 잃는다

—「수평으로 뻗은 가지」 부분

오랜 시간 유폐되어 있었네 잠들어 있던 열망, 맥주 뚜껑에 벌겋게 녹으로 피어 있었네 거품이 부글부글 차 오르는 병 주둥이에서 콸콸 유리잔 속으로 옮겨갔네 갖가지 놀란 눈길 속에서 가슴 벅차 올랐네

병속에갇혀오랫동안앓고있던바다였네바람부는보리밭누렇게핀들판이었네 바위에말라붙은하얀소금기와,퍼덕이는갈매기의하얀속살과,종달새의말라붙 은똥과,맥주효모의발효된시간과,거품속에일일이들어앉은고통과,오줌지릿내 속에잠겨있는탈출의욕구한데뒤섞인

—「흩어지는 꽃, 혹은 녹」 부분

탕, 탕, 탕...
얼마나 더 많은 날을 내 몸,
내 마음의 길 어귀에 못질해야 하는지...

이루지 못한 강, 거품으로 부글거린다 물렁하고 또 물렁한 내가 강둑이 되지 못하고, 방음벽이 되지 못하고, 서로를 꿰매는 못, 연못이 되지 못한 채 빗금으로 가득한, 한쪽 모퉁이 생이 꽝꽝 못박힌다

펄럭거린다 흔들거린다 거대한 못질, 텅 비어 있는 터널 속 울음이 가득하다
—「못질」 부분

이 세 편의 시는 눈에 띄는 대로 뽑아본 것이다. 이러한 내용의 시적 언술은 시집 곳곳에 산재해 있다고 말해도 과언이 아니다. 인용된 시들만으로 살펴 볼 때 안효희가 인식하고 있는 일상적 삶은 한 마디로 '유폐' 그것과 다름없 다. "시계 바늘을 따라 회전하는 삶"은 기계적 리듬에 속박 당한 삶을 가리키

며 그러기에 "나를 잃는다"라고 고백하는 것은 당연한 일이다. 그것이 다시 "병속에갇혀오랫동안앓고있던바다"로 상징된 '유폐된 자아'로 변주되더라도 그것은 결국 같은 의미며, "빗금으로 가득한, 한쪽 모퉁이 생이 꽝꽝 못박힌다"의 '못질 당하는 삶'으로 표현되는 것도 모두 같은 맥락을 띤다. 즉 "텅 비어 있는 터널 속 울음이 가득"한 비인간적 삶의 연속이다. 일상은 시인에게 "모래알 구르는 사막"(「입 속의 사막」)이며, "자신을 가둔 벽(「움직이는 꽃」)으로 존재한다. 이렇게 일상이 폐쇄와 고립의 부정적 이미지로 형상화되는 까닭은 삶의, 아니 존재의 의미를 현재의 일상적 삶에서 찾을 수 없기 때문이다. 살아 있음의 의미를 확인하는 것은 인간이 인간으로서 갖는 존재의 의무이자 위엄인데, 그것을 현재의 일상적 삶에서 찾을 수 없다면 그때의 일상은 바로 시인을 비롯해 우리 인간에게 감옥이 된다. 때문에 일상에 대한 도전 내지 탈출은 진정한 삶을 찾기 위한 존재의 필사적 몸부림이다.

안효희에게 이러한 일상으로부터 탈출은 이미 본질적 사항이 됨은 이미 앞에서 본 바 있고 위의 시에서도 "오줌지릿내속에잠겨있는탈출의욕구한데뒤섞인" 표현에서 확인할 수 있다. 그러나 그러한 탈출의 욕망이 얼마나 절실하고 적절하게 나타나느냐 하는 문제는 우리의 관심사가 되지 않을 수 없다. 그녀 시에 보이는 탈출의 욕망은 대체로 '갈증'의 모습들로 나타나고 이 갈증의 모습은 다양하고 아주 심층적으로 전개돼 드라마틱하기조차 하다. 인식의 싹틈을 동반하는 갈증의 시편들은 앞서 나의 감각세포를 일깨웠듯 상당한 전염력을 보이고 있어 시적 광휘를 드러내보인다.

먹어도 채워지지 않는 갈망과 살아도

만져지지 않는 날 속에서 창 밖은

자꾸 어두워진다 백열등 불빛 아래

뜨겁고 매운 침 꿀꺽!

삼킨다

뭉툭하게 목에 가슴에 걸리는,

―「불빛」 부분

목마른 갈증이

오래 된 나무의 정수리를 태울 때

질긴 뿌리와 여린 나뭇잎

소스스!

마음 추스르는 소리를 낸다

―「그늘에 서다」 부분

꿈틀거리는 시간의 어깨는 뻣뻣했어요

부활을 꿈꾸는 예수처럼

온 몸은 못 박혀 있고

경직된 육체의 기억,

환각 속으로 밀어 넣었지요

지문 하나 없는 유리벽

프리즘을 통과한 갈증 일어설 때마다

삼키는 눈물로 목을 적셔요

―「인간마네킹」 부분

　이 세 편의 시를 통해 갈증의 정체를 살펴보면 그것은 바로 일상의 얽매임에 벗어나고자 하는 열망에 있음을 확인할 수 있다. 즉 갈증의 실체는 바로 일상의 구속이 존재의 고통으로 가열되면서 발생하는 것임을 알 수 있는 것이다. "먹어도 채워지지 않는 갈망"은 바로 일상적 도로(徒勞)의 삶을 의미한다. "목마른 갈증"과 "프리즘을 통과한 갈증" 또한 무의미한 현실에서 벗어나 온전하고 자유로운 존재가 되고 싶은 욕망의 구체화다. 그것이 특히 "정수리를 태우"는 이미지로 나오는 것은 그러한 욕망이 얼마나 절대적이고 본질적인 것인가를 강조하기 위함이다. 그런 점에서 갈증은 일상의 구속으로부터 열림과 변신의 생성적 의미를 부여하는 계기이자 힘이다. 시적 화자는 갈증을 통해 자신이 진정으로 원하는 것이 무엇인지를 깨달아 간다. 그것은 자유롭고 순수한 존재로 거듭남이다.

그 점에서 갈증은 존재의 무의미에 대한 인식이자 새로운 존재에의 열림이다. 그것은 인식의 싹틈이라 부를 수 있는 행위로 새로운 존재성의 획득을 전제로 하는 사항이다. 이러한 싹틈은 그녀 시에서 인식의 '불빛'과 어울려 수행되고 있다. 가령 다음과 같은 시, "나는 종일 바람에 들었다//박하사탕 같은 상처가 환하다"(「상처가 환하다」)에서 볼 수 있는 것처럼 존재의 깨달음은 일종의 새로운 변화의 특징을 드러낸다. 그것의 구체적 표지가 '불빛'이다. 이 표현에서 상처가 환할 수 있는 것은 거기에 새로운 인식의 불빛이 가해졌기 때문이다. 이것은 개인의 내면의식의 발견이란 말로도 설명할 수 있겠지만 그것보다 자기정체성의 획득과 함께 진정한 자아로 나아가기 위한 자유의지의 표출로 보는 것이 정당한 것이다.

그 점에서 안효희의 이번 시들은 진정한 자아를 찾기 위한 인식의 여로란 의미를 전체적으로 갖는다. "벌거벗은 뼈의 모습조차 보이지 않는 내 속에서 나를 찾는 길은 어둡다"(「레이져 광선」)에서 보듯 그 길의 어둠을 비추기 위해 그녀 시는 인식의 불빛을 환히 켜든 것이다. 그리하여 갈증에 사로잡힌 존재들은 자신의 존재성을 가로막는 대상에 대하여 어떤 행동을 하게 되는지를 안효희 시들은 자연스럽게 보여 준다. 그것은 부정과 저항, 더 나아가 파괴와 변신이다.

세상의 벼랑이 된, 그가 누운 바닥

회전의자이거나 흔들의자 같은 바닥 위에서 잠을 잔다 몸 속, 유리조각 바스락거릴 때마다 새어나오는 들개의 울부짖음, 굳어진 외피를 발길질한다 날마다 겨드랑이 간지러워 입술을 비튼다 중얼거리며 먹는 상추쌈엔 개들의 눈알 뒤룩거린다

　　한 봉지 허브 씨앗이 태아의 손톱 같이 자랄 때

　　자라는 푸른색은 모두 거울이 된다

　　검은 피 출렁이는 그와 몇 개 푸른색으로 싹이 돋는 그, 억센 맹수와 어린 떡

잎 같은 그가 공존하는 육체, 그는 천천히 흔들거림을 멈추고 일어선다 연약한

것이 더러는 억센 것을 무너뜨리는 것이다

─「푸른색 거울」 부분

　　벌거벗은 뼈의 모습조차 보이지 않는 내 속에서 나를 찾는 길은 어둡다 크고

작은 통증 온전히 내 것이 될 때까지 나날이 어둠을 깎아낸다 얼음 같은 몽상

가, 면도날보다 더 선명한 빛으로 일어서기 위해 날렵하게 찌르고 휘감아 돈다

굽었다가 펴지는 괄호 속에서 파편처럼 생이 박히는 그때, 두 손 높이 쳐든다

수천 개의 칼끝은 우주를 날아 내 몸에 꽂힌다

─「레이저 광선」 부분

　　인터넷 다모임에서 누군가 나를 찾는다네 20년 전 갈래머리 소녀를 회상하

며 기억의 버튼을 누르네 구불구불 강물을 거슬러 올라 빛보다 환한 인화지 속

으로 들어가네 쉬지 않고 자라는 나무가 있는 세상, 그곳에 사는 소녀의 목소

리 들려오네 서로를 확인하는 순간 온몸 달아오르네

─「어머! 어머!」 부분

　　이 세 편의 시는 갈증의 후속적 행동을 보여 주는 시다. 갈증을 통해 그녀의

시적 화자들이 어떠한 존재 변화를 보이고 있는지를 잘 보여준다. 우선 그것

은 다시 태어나기 위한 몸부림으로 형상화된다. "굳어진 외피를 발길질한다"

의 이미지는 바로 각질화된 일상적 삶에 대한 반동 내지 부정이다. "수천 개의

칼끝은 우주를 날아 내 몸에 꽂힌다"는 일상적 현실에서 맞는 존재 각성의 충

격이다. 유년 시절의 순수한 자아로의 변신을 "확인하는 순간 온몸 달아오르"

는 것은 일상의 부정성을 단박에 초월하고자 하는 욕망인 것이다. 때문에 그녀 시에 이러한 각질화되고 고정화된, 그러면서 불순한 이미지의 파괴는 바로 새로운 생명, 새로운 존재로의 탄생을 의미한다. 그 점에서 간지러움, 꿈틀거림, 부글거림은 안에서 자발적으로 터져 나오는 탄생의 이미지들이며 찢김, 무너뜨림, 찌름, 꽂힘 등의 동사적 이미지는 새로운 탄생을 맞이하기 위해 외부에서 주어지는 강력한 존재 각성의 표지들이다. 무엇보다 이러한 행위 이미지들은 바로 그녀 시가 언제나 상상력의 본질인 힘과 운동에 밀접하게 접근되어 있음을 보여 주는 근거들이다. 그 점에서 그녀의 시는 언제나 생생하게 살아 있다.

그것을 무엇보다 날카롭게 보여 주는 시가 있다. 이 시는 존재 획득의 순간이 고통의 순간이자 기쁨의 순간임을 드러내는 역설을 보여 준다. 안효희 시에서 놀라운 이 의미는 자아를 찾는 인식의 여로에서 자기정체성을 확인하는 순간이 '감전' 그 자체와 다를 바가 없다는 사실을 보여주는 것이다. 그녀에게 전율, 감전은 고통의 순간이자 진정한 자아를 확인하고 획득하는 순간으로 기쁨의 순간이 되는 놀라운 역설의 시간대다. 의미가 충전되는 것으로 표현할 수 있는 이러한 현상은 송곳, 번개, 칼 등으로 육체적 고통과 깨달음을 주는 이미지들을 거느리고 있다. 다음 시가 대표적으로 그러한 것이다.

떨어지는 물과 물의 사이를
떨어지는 시간과 시간의 사이를
하염없이 쿡쿡 찌르는
물방울은, 그리고 침묵하는 송곳은
전율하는 피뢰침이다

생각 열하나의 반성과
생각 열둘의 존재가
젖어 그렁그렁 넘친다

송곳은 언제나 정수리를 뚫는다

— 「물방울 송곳」 부분

　그녀에게 송곳은 일상적 삶의 무의미를 깨는 각성의 상징이다. 그 각성은 일상의 순간에 찾아오기 때문에 번개로 대변되는 감전과 전율의 심상으로 자연스럽게 펼쳐진다. 이 시에서 정수리는 존재의 한가운데, 곧 급소를 뜻한다. 존재의 외피를 부수는 것은 가장 본질적이고 여린 부분이 그 대상이 되지 않으면 안 된다는 것을 이 언어는 말하고 있다. 그것은 바로 정신의 가장 여리고 근원적인 부분, 곧 영혼이 아니겠는가. 영혼의 탄생을 물방울 송곳은 달성하고 있다. 그 점에서 물방울 송곳은 여린 것으로 딱딱하고 각질화된 것을 뚫는 역설의 구체화다.

　이 점에서 우리는 안효희 시적 사상을 언급할 수 있다. 그녀는 「그늘에 서다」에서 "한 그루의 노자를 읽는다"라고 표현하고 있고, 「푸른색 거울」에서는 "연약한 것이 더러는 억센 것을 무너뜨리는 것이다"라고 표현하여 노자의 사상을 표현하고 있다. 이 표현은 노자의 도덕경 제36장에서 나오는 것으로 '유약승강강(柔弱勝剛强)'을 가리킨다. 이 뜻은 모든 유약한 것이 강한 것을 이긴다는 것이다. 그 속뜻은 모든 일은 순환과 조화의 관계 속에 있으므로 성인은 무위의 자세로 현실적 삶에 달관하는 것이 필요하다는 것을 의미한다. 안효희가 이 노자의 말을 어디까지 그 시적 사상으로 받아들였느냐 하는 문제는 별개로 하여도 위의 시에서 이미지로 그것을 살려 냄으로써 이때까지 일상에 얽매인 존재의 새로운 태어남에 대한 사상적 깊이를 충분히 부여하고 있다는 사실만은 지적할 수 있을 것이다.

　대체로 사상과 인식은 실천을 동반한다. 인식의 가치는 실존에의 의지를 드러내면서 존재의 근거를 확인시켜 주는 것이다. 시는 주체가 가지고 있는 인식을 가치의 차원에서 조회하게 하는 마당이다. 그 점에서 시는 일상성에서 벗어나서 무의미한 일상에 빛을 주고 무늬를 넣어 생산적 일상으로 만드는,

의미 있는 실존을 이끌어내는 인식의 실천 행위이다. 즉 가치 있는 삶의 추구로서 시 쓰기는 이 경우 그녀에게 본질적 추구의 대상이 되는 것이다. 그 점에서 갈증은 바로 시 쓰기에 대한 욕망이라 볼 수 있다. 내적 연소(燃燒)라 부를 수 있는 삶과 존재의 갈증이 주조를 이루고 있는 그녀 시는 그 점에서 인식의 시, 사색의 시다. 그리고 그녀에게 갈증의 구체적 표지로서 내적 연소는 바로 시 쓰기 행위인 것이다. 시야말로 이러한 갈증을 달래 주는 구체적 사물이 아니겠는가. 일차적 경험에 새로운 의미의 빛을 부여하는 것을 우리가 상징이라 부른다면, 상징의 실체는 바로 이러한 인식을 빛으로 쏘는 시가 아니면 안 되는 것이다.

누런 서류봉투 하나만큼의 하늘을 이고 천천히 걸어서 간다 비를 피해 가슴에 꼭 끌어안은 시 말랑말랑하고 따뜻하다
　글자 한 자 한 자에 묻은 지문과 고통 새기며 상처의 겨드랑이에 날개 달린 우산 하나 받쳐 준다 누구와도 나눌 수 없었던 얘기, 밤마다 꿈으로 떠오르고 꿈 속에서 살아난 깨알 같은 글자들 다시 끄집어낸다

마음도 젖어 있는 날
사랑이 익기를 기다리는 붉은 우체통

우체국에서 소인을 찍고 등기 속달의 바코드 앞에서 쭈뼛거리는 이름, 또 다른 내가 훨훨 날아간다 누군가의 곁, 잠시 섰다가 이내 잊혀질 붉게 물든 이름

수줍은 사랑을 위해 우체국은 멀수록 좋다
—「우체국은 멀수록 좋다」 전문

전체적으로 따뜻한 시다. 시에 대한 그녀의 사랑을 알게 한다. 이 시에서 시적 화자는 존재의 변신을 꾀하고 있다. "또 다른 나"로 표상된 자아는 일상적

이고 현실적 자아가 꿈꾸는 이상적 자아일 것이다. 그 자아는 시 쓰기와 관련
돼 있다. 그 점에서 '시 쓰는 자아'가 그녀가 꿈꾸는 진정한 자아인 것이다.
그리고 이 시에서 시는 우체국의 속성과 겹쳐 있다. 우체국은 꿈을 익게 하는
곳이다. '또 다른 나'가 훨훨 날아가는 곳이자 '수줍은 사랑'이 이루어질 수
있는 공간이다. 그 점에서 우체국은 성숙과 변신이 가능한 성스러운 공간이
다. 다시 말해 일상에서 벗어난 성소(聖所)의 의미를 가진다. 그 점에서 그러한
성스러운 우체국이 우리의 삭막한 일상과 "멀수록 좋다"고 말하는 것은 당연
하다.

  그러나 무엇보다 이 시에서 중요한 점은 우체국과 시의 공통적 자질로 제시
된 말랑말랑하고 따뜻한 것, 그리고 익어 가는 것의 가치다. 그것은 부드럽고
살아있는 것들이란 의미를 가진다. 이를 우리는 생명과 발효의 시학이라 불
러도 되지 않을까. 시와 우체국이 메마르고 빡빡한 근대적 일상에서 벗어나
생명의 활성과 성숙의 의미를 제공하는 '발효'의 향기로 제시될 때 안효희에
게 시는 바로 구원의 표지가 된다. 근대적 시간을 초월할 수 있는 계기는 바로
이와 같은 시간의 성숙, 다시 말해 순환적 시간의 전체성에서 얻을 수 있는 시
의 본질에 있기 때문이다.

  그 점에서 근대적 일상의 초월과 관련하여 다음과 같은 시는 매우 아름답다
못해 아프기까지 하다.

  1

  늘 걷던 길 갑자기 슬로우 비디오로 움직인다 거대한 도시, 동방맨션 365
동… 그 아래 벚나무, 그 옆에 동백나무 손발 다 닳은 흑백의 오체투지 간밤에
보았던 검은 새가 된다 꿈꾸어 오던 비상을 접고 손목시계가 멎는다 일상을 비
집고 들어오는 한 그루 나무 그늘 아래 흙 부스러기 같은 생각 오래된 습진처
럼 스멀거린다

  2

기차를 탄다 어둠을 따라 커다란 눈, 커다란 귀를 연다 가로등 유황빛 불타
오른다 눈 밟는 소리보다 더 크게 빛이 흐르는, 저 묻혀지는 발자국까지 깨어
있기를 갈망한다 둥글게 보푸라기 이는 빛무리, 비탈에 선 나무를 지나간다 꽃
잎 같은 새벽 네 시, 손톱이 뚝뚝 부러진다 겨울에서 봄까지 담장 아래 붉은 꽃
은 단 한번 피었다 질뿐이다

—「겨울에서 봄까지」 전문

시인이 경험하는 "꽃잎 같은 새벽 네 시"는 바로 무엇이겠는가? 그것은 바
로 우리 일상의 무의미와 타락에서 벗어나 자신의 생래적 의미와 진정한 자아
를 찾는 시간이 아니겠는가? 그 시간은 매우 은밀하고 성스러워 참으로 "꽃잎
같다"는 수식이 적절해 보인다. 그렇지만 그 순간은 또한 고통의 순간이기도
하다. "손톱이 뚝뚝 부러지"는 고통은 새로운 존재로 태어나기 위해 필수적으
로 거쳐야 할 과정이다. 그 점에서 그 고통은 새로운 존재의 전환을 약속하는
것이기에 아름다워 보이는 역설을 간직한다.

그러한 역설과 신비는 모든 사람이 경험할 수 없다. 깨어 있기를 갈망하는
간절한 염원 때문에 시적 화자가 '꽃잎 같은 새벽 네 시'를 만날 수 있듯이, 일
상과 물질에 포박되지 않은 영혼만이 '꽃잎 같은 새벽 네 시'의 충만함을 경
험할 수 있는 것이다. 이 시는 그 점에서 무엇보다 '성현(聖顯)의 체험'을 우리
에게 제공하고 있다는 점이 주목된다. 일상성 속으로 성스러움의 출현은 바
로 우리가 일상에서 의미 있는 존재로 다시 태어날 수 있음을 확인시켜주는
유일한 것이다. 그것을 안효희가 체득하여 범상하면서도 예사롭지 않은 모습
으로 우리에게 보여 주고 있다는 사실은 놀랍고도 놀라운 일이라 하지 않을
수 없다.

그런 점에서 다음과 같은 존재의 열림에 해당하는 교감의 시도 '꽃잎 같은
새벽 네 시'를 경험한 시인에게 전혀 이상한 모습은 아니다.

불타오를 수 없는 천길

바다가 열리고
불타오를 수 없는 천길
하늘이 열린다

그리다 그리다 육탈골립
커다란 눈 끔벅이는데
저만치
우주를 도는 별 하나

—「불휘(不諱) 11—육탈골립」 부분

존재의 우주적 운명에 대해 이야기할 수 있게 되는 것은 시인의, 시인만의 직분에서 이루어질 수 있는 일이다. 그것은 세계와 교통하여 우주적 신비에 동참할 수 있을 때만 가능하기 때문이다. 그 점에서 죽은 자를 "우주를 도는 별 하나"로 볼 수 있는 것은 존재에 대한 열림과 확장이 전제되지 않으면 불가능한 것이다. 그런 점에서 슬프면서도 따사롭고 아프면서도 정겨운 그리움이 묻어나는 '별'의 이미지는 존재의 각성과 승화가 중첩된 그녀 시의 독특한 지향점인 셈이다.

아, 그러나 안효희 시의 진정성은 사실 다음과 같은 시에 있을지 모르겠다. 그것은 너무 무섭고 신비하여 앞의 범주에서 설명될 수 없는 것이다. 그것은 존재의 증명 이후에도 역시 우리 인간은 죽음과 무의미에 포박된 유한적 존재임을 벗어날 수 없다는 쓰디쓴 자각 내지 예감 때문에 발생한 것은 아닐까.

크게 엎드려 절하는 방
꽃잎 그려진 천장은 높아,
삶과 죽음을 마주하는 상주의 입술은 붉다

술잔에 비친 웃는 사진 속에서

그가 걸어 나온다
향기를 느낄 수 없는 화환을 보며
그림자 없는 술잔을 비운다

전생의 넥타이를 풀고
영정에 새로 얻은 검은 리본을 맨다
단단히 조였던 세상의 목을 풀고
검은 리본 같은 평정으로
정적을 걸어둔다

사람들은 밤새워 주검을 마시며
살아있는 자신을 증명하려 하지만
아침해가 떠오르면 안다
목을 조여오던
자신의 아흔 아홉 검은 마음을,

—「불휘(不諱) 8—사진」 전문

무엇보다 이 시는 우리에게 두려움을 준다. "목을 조여오던/자신의 아흔 아홉 검은 마음"이란 대체 무엇인가? 아흔 아홉의 헤아릴 수 없는 삶의 무정처성과 검은 마음으로 표현된 운명적 한계, 그것은 허무와 통하고 슬픔의 본질적 내용이 된다. 그러나 또 한편 생각하면 안효희는 이 시 구절을 통해 삶과 죽음, 기쁨과 슬픔 같은 것이 무한히 굽이치고 중첩돼 있다는 사실을 저 신비한 아흔 아홉이란 숫자와 검은 색채에 부여하고 있는 것은 아닐까? 여기서 그녀 시에 일정 부분 해명되지 않으므로 발생하는 소름을 흠칫 느끼게 되는 것이다. 그녀 시는 해석의 다양성을 남기며 시적 여백의 큰 웅덩이를 안으로 지닌다. 그 만큼 그녀 시는 해석되지 않는 많은 공백으로 두려움과 호기심의 깊이를 갖는다.

　이렇게 볼 때 안효희의 시적 탐색은 만만치 않은 것으로 밝혀진다. 그녀의 시는 요즈음 많이 이야기되는 '페미니즘시'로서의 특징보다 인간 존재의 원초적 문제를 화두로 삼고 있다. 그 점에서 근대산업사회에 대응한 존재의 의미를 탐구하는 차원에서 최근 논의되는 생명시에 가깝다. 그것은 그녀가 시를 존재론적 문제로 역사적 문제의 해명까지 나아감을 목적으로 쓰고 있다는 것으로 결론지어야 할 사항이다. 그 점이 더욱 그녀 시를 미덥게 한다. 그녀 시가 아직 출발점에 막 발을 뗀 형상이라 해도 이미 시적 광휘를 드러내며 어느새 우리 시대 우리 삶의 가장 본질적 문제에 육박하고 있다는 점에서 주목되고 기대되는 바가 있음을 밝혀야겠다. 시인은 더욱 치열하고 민감한 이 시대의 감광판이 되고 울림판이 되어야 할 것이다.

경계에 선 자의 긴장과 갈등

— 이상옥 시의 의미

이상옥 시인의 세 번째 시집 『유리그릇』이 올 9월에 나왔다. 두 번째 시집이 지난 1994년에 나왔으니 이번 시집은 거의 10년에 가까운 시간이 걸려 나온 셈이다. 첫 시집 『하얀 감꽃이 피던 날』(1990)과 두 번째 시집 『꿈꾸는 애벌레만 나비의 눈을 달았다』(1994) 사이에 걸린 시간이 4년이라는 점을 생각해 볼 때, 그리고 요즈음 여타 시인들의 시집 발간 주기가 대체로 3~4년이라는 점을 생각해 볼 때 이번 시집 발간은 시간이 들어도 한참 들었다. 두 번째 시집과 세 번째 시집 사이에 이렇게 시간이 많이 걸릴 만한 무슨 사연이 있었던 것일까? 독자로서 시의 내용을 떠나서 발간의 연보를 보고 이상옥 시집에 대해 우선 가질 만한 의문이다. 필자 역시 그 의문을 품고 시집을 펼쳐 볼 수밖에 없었다는 점에서 10년 가까운, 많은 시간을 들여 발간한 이번 시집의 내용은 여간 예사롭지 않아 보인다. 여타 2, 3년 터울의 시집이 갖는 분위기와는 다른 광휘를 먼저 이번 시집이 내고 있기 때문이다.

그것은 시의 내용에서 더욱 확연히 드러난다. 이번 시집의 내용도 지난 두 번째 시집이 보여 주었던 삶의 구원 문제와 잇닿아 있다. 그러나 두 번째 시집이 타락한 세속을 부정하고 확고한 신념으로 천상의 세계로 지향해 가는 이미지를 중심으로 시적 세계를 구축했다고 한다면(그 점에서 태도가 단호해 보인다) 이번 시집은 천상적 세계로의 지향을 여전히 구원의 문제로 제기하면서 두 번째 시집에서 확고한 신념으로 부정해 버렸던 타락한 현실적 존재로서의 자아 문제를 더 많은 성찰의 대상으로 삼고 지상의 현실적 갈등과 긴장의 이미지를 주된 시적 세계로 구축하고 있다는 점이다. 즉 관념적 사변의 세계에서 현실적 구체성의 세계로 시적 시선이 내려오면서 일정 부분 사회역사적 측면이 가미된 존재론적 자아의 슬픔과 불안이 초점화되고 있다. 그 점에서 이번 시집의 시적 자아의 모습은 머뭇거리고 갈등하는 것이 특징이다. 그것은 사회적 현실 속의 자아가 가질 수밖에 없는 고통의 내력이자 목숨 가진 것들의 필연적 슬픔으로서의 존재의 불안(죽음)에 대한 사유를 드러내는 것이기에 스스로 그러한 고통을 막아내는 방어기제를 많이 필요했을 것이다. 그때 시간은 한정 없이 시인의 아픔을 삭이는 데 필요하지 않았을까? 그리고 그런 점에서 10년이란 시간도 이 존재론적 고독을 달래는 시간으론 그리 길지 않은 것이 아닐까?

그 점 이번 시집에서 자신의 자화상으로 표현되고 있는 「구형 프린스」란 시에 잘 나타나 있다.

> 까만 것이 중후해 보이지만 숨결이 고르지 않다
> 영업용도 아닌 것이 사 년 남짓 십팔만 킬로나 달린 분주한
> 중년의
> 자동차
>
> 가끔, 도로에서 의식이 마비되었다는 흉흉한 풍문을 뒤로하고
> 진주로 창원으로 태백까지 달렸었다
> 도처에 정비공장이 있지만 폐차장도 없지 않은데
> 돌연 돌연, 수습당할지도 모르는
> 불안한
> 자동차

— 「구형 프린스」 부분

돌연 돌연 제 기능, 곧 목숨을 잃을지도 모르는 구형 자동차가 지난 10여 년 동안의 시인의 모습을 상징하고 있다. 이 구형 자동차는 영업용도 아니면서 진주로 창원으로 멀리 강원도 태백까지 사 년 남짓 십팔만 킬로를 달린 고된 삶의 내력(아마 시간강사로서의 삶인 듯)을 갖고 있다. 그것은 곧 구형 자동차로 매개된 시적 화자, 곧 시인의 고단한 삶의 내력을 보여 준다. 이 시는 언제 썼는지는 정확히 알 수 없지만 사 년 넘게 시적 화자의 의식을 붙잡고 있는 삶의 불안의식, 다시 말해 한곳에 정착하지 못하고 사방에 뿌리 없는 상태로 떠돌아다녀야만 하는, 존재의 비정체성에서 발생하는 무상감과 함께 내일의 전망을 마련하지 못함으로써 발생하는 불안의식을 통해 삶 자체의 비애를 말하고 있다. 이러한 비애를 수용하고 자신의 문제로 승인하기까지에는 마치 인정하고 싶지 않은 자아의 모습을 외면하다 결국 돌아와 직시하게 되는 것처럼 많은 자기 방어가 필요했을 것임은 두 말할 필요가 없는 사실일 것이다.

그런 점에서 생활은 무상한 도로(徒勞)에 가깝고 생은 갈수록 중년에 접어들어 "숨결이 고르지 않"게 되는 현실인데 잘못하면 갑자기 폐차되듯 목숨마저 수습될지 모르는 상황은 시적 화자에게도 깊은 슬픔의 내용이지만 그것을 지켜보는 독자에게도 깊은 슬픔과 불안의식을 갖게 한다. 그것들은 일차적으로 고단한 사회적 존재로서 갖게 되는 본질적 감정임과 함께 인간 본연의 생명성이 갖는 덧없음에 의해 유발된 연민이기 때문에 단순한 감상이라 할 수 없다. 그것은 사회역사적 존재로서 한 인간의 슬픔과 고독이 보편적 존재의 문제로 확산되면서 결국 존재론적 고독의 문제로 귀착돼 더 깊은 공감을 불러내게 한다는 사실을 보여주기 때문이다. 이 점 이 시집에서 같은 존재의 무상성이나 불안정성을 다루는 「유리그릇에 관한 명상」이나 「빈센트 반 고흐」보다 「구형 프린스」가 존재의 그 한없는 비애에 대해 더 많은 울림과 공감을 만들어내고 있다고 볼 수 있는 근거다.

이러한 존재의 비애와 다른 차원에서 자신의 삶에 대한 비애를 드러내는 시들이 또 이번 시집의 중요한 부분이 되고 있다.

> 겨울 온천을 즐기는 크로마뇽인처럼
> 가슴에 털이 자라고 광대뼈가 툭 튀어나오고
> 송곳니가 쑥 자라고
> 눈알이 새빨개진다
> 그리고는 이상한 평화
> 자욱하다
>
> ―「겨울 크로마뇽인」 부분

　이 시는 일상적 생활 속에 매몰되어 진정한 자아를 잃고 사는 현대인의 모습을 풍자한 것이다. 원시적 인간인 크로마뇽인은 여기서 동물적 단계로 돌아간 속물적 존재를 상징한다. 그 속물적 존재가 감각적 차원에서 즐기는 것이 "이상한 평화"인 것이다. 그리고 그 평화는 '자욱한' 안개 이미지로 가려져 방향을 상실한 왜곡된 경우다. 현대 자본주의 사회가 만드는 일상 속에 안주하고 마는 의식 없는 주체에 대한 통렬한 공격이다. 눈알이 새빨개진 짐승으로 자기를 비하시켜 공격하는 시적 화자의 염결성(廉潔性)이 아직 그 내부로부터 살아 있음을 짐작케 한다.

　그러나 이 시 역시 전체적인 정조는 삶의 쓸쓸함이다. 진정한 자아로 자신을 볼 수 없다는 것은 사회적 존재로서 관계 단절의 심연을 이 시는 암시하고 있기 때문이다. 그것은 "익명의 얼굴/부재를 확인하고/돌아가 버린"(「쓸쓸함에 대하여」) 실제 현실 속의 삶의 모습을 표현한 어구에서, 마음의 소통을 여간 해서는 이룰 수 없으리라는 「심금」의 시적 내용에서, 더 극단적으로는 '봉쇄 수도원'인 (내 마음의) '아르정탱'을 "맞고 싶다"(「내 마음의 수도원·1」)거나, "봉쇄 수도원 하나 짓고 싶다"(「내 마음의 수도원·2」)는 진정한 소통을 위한 역설적 봉쇄를 노래하는 시에서 증명된다. 현실은 "푸른 금 사방 길게 그어대는/미명/세상은 아직 어슴새벽이다"(「하늘」)처럼 어슴하거나 '반쯤 눈뜬/아직 흐릿한/세상"(「길목」)처럼 아직 흐릿한 곳이다. 참된 빛을 찾기엔 세상은 타락한 곳이고 타락한 곳에 사는 나 자신 역시 타락한 존재, 가령 "나는 수인(囚人)이다/수인번호 없는 수인"(「수인」)으로 살 수밖에 없다는 쓸쓸한 자조 내지 자탄이 이 시집의 대체적 내용이자 시적 화자의 어조인 것이다.

때문에 타락한 곳에서 타락한 방식을 사용하지 않을 수 없는 자신에 대한 연민과 함께 이 타락을 벗어나기 위해 애쓰는 자아의 모습이 이번 이상옥 시집의 핵심적 문제가 된다. 그것은 일정 부분 앞에서 보았던 자기 풍자를 통한 염결성의 회복으로도 나타나지만 일상과 비일상, 곧 타락과 구원 등 양심적 자아가 자본주의적 일상성이 만드는 갈등의 국면에서 고뇌하고 긴장하는 것이 이번 시집의 중요한 내용이 된다. 그것이 구체적으로 나타나는 것이 바로 '산책'을 소재로 한 시편들이다. 그의 시에서 산책은 일상에서 일상을 벗어나기 위한 의식적 거리두기인데 그 산책이 삶의 본질이 아니라는 점에서 시인의 고뇌가 배어 있다.

잡풀 돌은 허물어진 무덤 곁에 벌렁 드러누우니
나도 그들의 일원이다
금방 따스한 마음이 등으로 스며든다
녀석은 볼일 본다고 바쁘고
나는 모처럼 자연인으로 돌아가 있었다
하늘이 한눈에 들어온다
한참 반듯하게 누웠다
고개를 오른쪽으로 돌리니
빌딩 아파트 주택 왼쪽으로 돌리니 풀 나무 덩굴
시선에 따라 삶이 다르다

— 「토월공원에서」 부분

이 시는 산책의 즐거움을 아주 명랑한 어조로 말하고 있다. 일상을 벗어나 자연 속으로 들어온 시적 화자에게 "금방 따스한 마음이 등으로 스며든다"나 "나는 모처럼 자연인으로 돌아가 있었다" 란 표현에서 기쁨과 여유가 엿보인 다. 그러나 이 일상을 벗어나 기쁨을 맛보는 곳에서도 시적 화자는 선택의 갈 등을 드러내고 만다. 즉 "고개를 오른쪽으로 돌"려야 하나 "왼쪽으로 돌"려야 하나 하는 일상과 비일상이라는 무거운 문제에 직면하게 되는 것이다. "시선 에 따라 삶이 다르다" 란 통찰까지 얻어 놓은 상태에서 시적 화자는 어느 한쪽 을 선뜻 선택하지 못하고 경계 위에 서 갈등하게 되는 것이다. 그것은 생의 운 명적 사항이다. 타락한 현실의 국면 가령 빌딩 아파트 주택을 무시할 수 없는 것이 자본주의적 사회 속의 사회적 자아라면 풀 나무 덩굴로 표상된 자연 속 의 모습은 지향의 대상으로 우리 내부에 깃들어 있는 본래적 자아의 모습이 다. 그것들은 양립할 수 없음이 본질적 성격이고 또한 우리들이 그 둘 중 어느 하나도 배제할 수 없음도 본질이다. 때문에 시적 화자는 즐거운 산책에서 긴 장을 하게 된다. 그런 점에서 일정 부분 아파트에서 벗어나 산을 찾아가는 산 책 자체가 긴장의 행위다.

다음과 같은 시가 그것을 더욱 구체화하여 보여 준다.

초록 내 풍기는

성일(聖日)의 여름 보성 차밭

하루가 저물어오고

가느다란 긴장이 흐른다

—「여름 보성 차밭」 부분

이 시에 보이는 "가느다란 긴장" 은 일상을 벗어난 지점과 다시 일상의 영역 으로 돌아와야 할 지점인 저녁에 발생한다. 이 시도 산책의 변형 형태인 여행 을 통해 시적 화자의 경계 위에 선 마음을 표현하고 있다. 성일과 평일, 낮과 밤, 차밭과 도시 등으로 대립화하고 있는 이 시의 구조는 바로 경계 위에 서 고 뇌하고 있는 시적 화자의 심리를 대변하고 있는 것이다. 자연이 갖는 맑음과 성스러움을 유지할 것인가 아니면 다시 일상 속으로 돌아가 세속적 심리 속에 놓일 것인가 하는 망설임과 고뇌가 "가느다란 긴장"으로 표현되고 있다.

그렇다면 이러한 선택에 따른 경계의 이미지는 어떻게 해서 발생하는가 하는 문제가 남는다. 그것은 경계의 본질이 결국 삶과 죽음의 의미에서 발생하는 것임을 다음의 시가 말해 준다.

> 발갛던 얼굴이 까맣게 타 들어간다
> 죽은 살과 생살의 경계가 불안하다
> 불온한 향기
> 자욱하다
>
> —「죽어가는 사과」부분

이상옥이 경계를 인식한다는 것은 결국 삶의 무상함과 함께 죽음의 공포를 느끼고 있다는 의미가 된다. 그것은 사회적 존재로서 갖는 고통보다 존재론적 차원의 고통을 더욱 의미 있는 것으로 보고 있다는 말이기도 하다. 사회적 존재로서의 고독이 존재론적 차원의 고독의 문제로 전이되어 가는 이 과정은 그의 종교와 좀더 연륜이 깊어진 삶의 역사에 기인하는 듯하다. 때문에 이 경계 인식은 삶과 죽음의 대결이자 죽음을 근본적 내포로 지니고 있는 생명성에 대한 가없는 연민과 애정을 표하는 것이 된다. 때문에 경계에 대한 즉각적인 반사작용이나 의미부여는 다음과 같은 매우 놀라운 표현을 얻게 되는데 아주 자연스럽게 기능한다.

> 잔디가 블록에게 말이라도 거는 듯 가늘게 떨리는 손을 뻗치는 양이 시(詩)의 형상이다 경계는 항시 팽팽하구나
>
> —「누가 나를 이곳으로 옮겨 놓은 것일까」부분

이상옥에게 시는 결국 경계의 인식이다. 그 경계는 "항시 팽팽한" 긴장을

갖고 있음으로 시적 인식은 세계 속의 놀라움의 발견이다. 잔디가 생명성을 갖지 않은 블록에게 말을 건네고 손을 뻗치는 것은 이질적인 두 관계의 긴장된 상태를 생명원리에 의해 조화, 승화시켜 가자는 논리를 담고 있다. 그것은 근본적으로 경계가 갖는 긴장과 갈등을 넘어 세계의 통합과 초월을 지향하자는 것으로 이상옥 시의 궁극적 목표를 암시하고 있다. 그것은 경계의 사유야말로 삶의 불모성과 단절성을 뛰어넘어 진정한 균형과 생명의 순환원리에 접근하는 방법임을 말해 준다. 그것을 시의 형상이라 본 것은 그러므로 잘 본 것이다.

그것이 경계의 또 다른 구체적 이미지 '금' 에서 잘 나타난다.

금 밖으로 기어가는 나를 인자로 끌어당기는 당신은 누구십니까

—「다결구」 부분

신이 그은 금 밖으로는
마음이 흐르지 않는구나

—「청설모 · 1」 부분

이 두 편의 시에 나타나는 '금' 은 바로 경계의 사유 중 안쪽의 사유를 대변한다. 「다결구」에서 '금' 은 사랑의 영역이자 한정 없이 승화되어 가는 영성의 경지다. 때문에 이 시에서 금은 세속적 방황을 확인해 주고 그것의 무의미성을 일깨우는 가치를 지닌다. 그것은 금이 바로 삶과 죽음 그 전부를 하나로 통합한 종교적 진리를 상징하고 있음을 말해 준다. 「청설모 · 1」도 마찬가지다. 다만 이 시는 신을 의식하고 씀으로 경계의 한가운데에 의식을 치열하게 밀고 나가지 못하고 한쪽의 논리에 수렴된 순응적 자아의 모습을 보여준다. 이 점은 경계의 시가 갖는 '팽팽한 긴장' 의 미를 조금 놓치고 있다는 점도 인정해야 할 것 같다.

이러한 경계의 긴장과 미를 질서화했을 때 그것은 죽음마저 삶의 의미 있는

부분으로 수용하고 구조화할 수 있는 지혜를 얻게 된다. 그런 대표적인 시가 주검에서 '황금빛' 과 '향기 또한 푸르다' 란 놀라운 역설적 의미를 발견하는 「황금빛 푸른 향기」, "떨어져서 더 향기롭구나"의 「모과」 같은 작품이다. 죽음 이후의 완성을 보여 주는 이러한 시편들은 이상옥이 이번 시집에서 민감하게 문제 삼고 있는 죽음의 문제를, 경계의 사유를 통해 근원적으로 해결한 아주 좋은 사례로 볼 수 있을 것이다. 그 점에서 이상옥 시인의 시는 존재의 고독에서 경계의 사유를 거쳐 존재의 승화를 달성한 의미 있는 시적 탐색이라 할 수 있을 것이다.

조응과 성현(聖顯)

— 고영민의 시적 지향

고영민의 첫 시집 『악어』(실천문학사, 2005)를 따라 읽어가면 두 가지 의미심장한 이미지를 발견하게 된다. 이 이미지는 그의 시적 세계를 유기적으로 엮고 있으면서 그의 시적 관심이 어디에 있는지를 알려 준다. 한 시인의 시적 세계를 온전히 이해하기 위해서는 그의 의식이 이리저리 가로질러 구축해 놓은 이미지의 구조물을 나의 환경으로 살아볼 필요가 있다. 그것은 동조이자 동거를 가리킴인데, 시는 시인에게 제 자신의 존재성을 하나의 구조물로 구축하는 것이라면 독자에게는 그 구조물을 나의 삶의 터전으로 활용하는 하나의 행위이기 때문에 '동거'는 필수적이다. 그때 동거는 시인의 의식과 만나는 것이자 나의 삶에 대한 또 다른 성찰이라는 점에서 생산적 실천과 같다. 때문에 시인이 만든 의식의 성채, 이미지의 궁릉을 가로질러가 한 시인의 중심부를 살아 본다는 것은 단순한 독서를 넘어 자신의 삶과 존재성에 대한 모색이자 확장이다. 그것은 또 하나의 창조다. 독서는 따라서 생의 구체화다.

이러한 실마리를 제공해주는 이미지로 고영민의 시적 세계에서는 '틈'이 먼저 발견된다. 틈은 이미 다른 여러 시인들에 의해서도 그 의미의 심층과 파장이 탐구된 바 있지만, 고영민 시인의 경우는 양가적 의미로 쓰이는 것과 그 틈을 만드는 실체에 대한 의미부여가 남다르다는 점에서 독특성을 지닌다.

거대한 건물에 틈 하나를

만들기 위해

건물 모두가 제 자리를 내 준다.

그 틈, 못에 거울 하나가 내걸린다면

봐라, 조금씩, 아주 조금씩만 양보하면

사람 하나 들어가는 것은

일도 아니다.

—「즐거운 소음」 부분

한쪽 모서리를 걸치고

열심히 디밀어도 제자리를 못 찾는다

한 권의 틈을 주지 않는다

옆의 책을 조금 빼내

함께 밀어보니

가까스로 들어간다

내가 네 안에 반듯이 앉도록

조금만 그렇게 迷宮을 들썩여다오

없던 틈으로 당겨져

내가 들어간다

—「틈에 관하여」 부분

　이 시들에 나타난 '틈'은 모든 존재들의 상생을 위해 필요한 공간이라는 의미를 지닌다. 때문에 생명의 질서와 호흡을 간직한 곳으로 나타난다. 틈은 그런 차원에서 단절이나 거부, 붕괴나 경직을 뜻하는 것은 아니다. 상호 적응과 교감의 완충지로서 틈은 존재한다. 우리 사회의 비정함은 이러한 틈이 제거된 채, 계량화된 수치와 사물로 모든 것이 존재한다는 점에 있다. 한 치의 오차도 없는 결합은 생명을 가진 것들에겐 불가능하다. 그것이 가능하다면 그 것은 오직 기계적 결합만이 있을 뿐이다. 생명은 저마다의 고유성과 다양성을 지니고 있기 때문에 결속에 있어서 약간의 완충지대가 필요한 법이다. 그것이 틈일 텐데, 그것은 숨구멍처럼 고영민의 시 속에서 '迷宮'이라는 요요롭고도 내밀한 고유성을 함축하고 있는 것이기도 하다.

그렇지만 고영민의 시에서 모든 틈이 반드시 좋은 것만은 아니다. 오히려 산업자본주의 사회의 비정함의 표상으로 틈이 사용되는 것이 더 자연스럽다고 할 수 있다. 틈은 분명 생명과 생명을 이어지는 경계에 놓여 있으면서 생명 그 자체를 차단하는 죽음의 비정으로 기능하는 바가 있다.

지하철 문에 한 여자의 가방이 물려 있다 강을 건너다 잡힌 새끼 누 같다 겁에 질린 가방은 필사적으로 뒤척이지만 단단한 하악은 좀처럼 열리지 않는다 더 깊은 질식 속으로 끌고 들어간다

—「악어」부분

틈은 생명의 활동을 위해 반드시 있어야 할 경계지만 그 경계는 자칫 죽음이라는 비정한 이빨로도 변한다는 점을 알아야 한다고 고영민은 생각하고 있다. 우리들 삶의 영위를 위해 무수한 틈새들이 널려있고 탄력 있게 작동하지만 그것의 본질을 살풋 망각했을 경우 여지없이 이빨을 드러내고 우리를 물어뜯음을 이 시는 보여 주고 있다. 지하철 문에 낀 가방을 악어의 이빨에 물린 누로 표현하면서 틈새의 현상을 지하철의 '문'과 악어의 '이빨'로 변주하여 탐색하고 있다. 이때 틈은 붕괴와 죽음이 존재하는 부정적 공간이다.

고영민은 틈이 갖는 이러한 양면성을 다 바라보고 있다. 문제는 이러한 양면을 주목했다는 점에 있는 것이 아니라 가치 지향적 측면에서 틈은 생명의 유대를 위해 필요하다는 점의 강조이고, 이러한 인식을 드러내기 위해 '틈'을 내주거나 간직한 존재들을 살아 있는 생명체로 형상화하고 있다는 점이다. 즉 「즐거운 소음」에서 '건물'은 "모두가 제 자리를 내줄" 줄 아는 살아 있는

존재이고, 「악어」에서 '지하철'은 악어와 같은 존재로서 살아 있음을 드러내고 있다. 즉 '틈'과 '살아 있음'의 두 표지는 위의 시들의 가장 중요한 시적 이미지가 되는 것이다. 살아 있는 것들은 틈이 필요하고 그리하여 틈을 갖고 있는데, 자칫 그 틈에 대한 인식을 철저히 갖지 못할 때엔 존재의 죽음, 즉 무의미함에 빠지게 된다는 메시지가 그의 시적 풍경의 의미가 되고 있다.

이 점과 관련하여 우선 주목할 수 있는 것은 그의 시적 지향이 매우 물활론적(物活論的) 세계관으로 구축되어 있다는 점이다. 사물이 모두 살아 있어 영적으로 상호 조응하여 마술적 관련성을 맺고 있다는 인식론. 이 점에 입각하여 그의 시집에서 놀라운 이미지로 떠오르는 것이 '뱀'의 이미지다. 그의 시에서 '뱀'은 물질의 살아 있음과 영혼을 지녔다는 하나의 표지로 작용한다. 이는 그의 대부분 시들의 소재가 되는 사물들은 의인화된 존재로 그려지거나 (배추를 "겹겹의 푸른 그 결가부좌"로 보는 것 등) 살아 있는 생명체로 그려지고 있는 데서도 간취된다. 다음의 시에 나타난 이미지는 신화적 상상력을 보여 주고 있다는 점에서 눈여겨 볼 필요가 있는 것들이다.

> 발소리를 죽이며 걷는 이 길, 걸음을 옮길 때마다 발밑에선 볍씨들의 소곤거리는 소리가 들립니다. 누런 볍씨 속에 들어 있는 흰쌀, 영혼들.
>
> — 「볍씨 말리는 길」 부분

> 흰쌀, 말긋거리는 쌀눈을 마주하다 보니 그 안 비스듬한 쌀의 눈매 속, 뱀 한 쌍이 또아리를 틀고 있다.
>
> (…중략…)
>
> 부화된 새끼 뱀들이 어머니의 종아리 사이로 스친다. 복숭아뼈 근처를 깨문다. 아야! 어머니는 실뱀을 손아귀에 들어 벼 포기 사이로 집어던진다. 그럴 때마다 벼 포기는 한 뼘씩 더 자라오르고 홀로 몇 번 허물을 벗으며 제 몸을 말리

는 고요한 들판

—「쌀눈」부분

고영민의 농경문화적 정서와 상상력에 대해서는 이 시집을 해설한 엄경희의 글에서도 충분히 볼 수 있다. 이 시에서는 그것을 더욱 분명히 볼 수 있다. 쌀과 관련된 고영민의 시는 어떤 농경적 상상력의 한 전형을 보여 준다. 문제는 쌀에서 그는 '영혼의 소리'를 경험하거나 '뱀'이 똬리를 틀고 있는 모습을 발견한다. 그것은 쌀이 단순히 우리에게 하나의 먹을거리로만 존재하는 것이 아니라 우리의 생명과 영혼에 교감하는 하나의 살아 있는 생명체임을 인식하고 있다는 말이 되겠다. 고영민에게 쌀은 단순히 우리의 육체를 살찌우는 의미에서의 소중한 존재가 아니라 농민들의 정성이 배어듦은 물론 이 우주의 모든 생명체들과 교감하고 조응하여 스스로 성장하는 존재, 영혼을 가진 존재로 살고 있음을 주목하고 있는 것이다.

그 점에서 쌀눈에서 '뱀'의 이미지를 발견한 것은 의미심장하다. 뱀은 신화 원형적 심상에서 바로 '성'과 '다산'을 상징한다. 뱀은 이 우주의 풍요로움과 다양성을 범성욕주의와 순환성으로 드러낸다. 욕망의 강렬함과 생산의 풍부함으로 상징되는 이 뱀은 그러므로 대지와 결합하여 무수한 범신론적 신성의 표지를 갖게 된다. 그 점에서 쌀과 결합된 '뱀'의 이미지는 대지적 삶을 살아가는 우리 인간에게 본능적 성과 사랑, 생산, 살아 있음의 갈구 등을 환기하는 강력한 이미지가 된다. 이는 특히 「쌀눈」에서 어머니에 의해 실뱀이 던져질 때마다 "벼 포기는 한 뼘씩 더 자라오르고"라는 표현된 데서 심원하게 그려진다. 여성, 대지, 뱀은 상호 맞물려 들면서 대지의 비옥함으로 표상된다.

이러한 만물조응적이고 존재의 신성을 탐색하는 시적 이미지는 이번 특집 시에 와서도 여전히 계속된다. 가령 '등'에 대한 인식을 보여주는 시 「책의 등」도 그렇다.

책꽂이에 책들이 꽂혀있다

빽빽이 등을 보인 채 돌아서 있다
등뼈가 보인다

등을 보여주는 것은
읽을거리가 있다
아버지가 그랬고,
어머니가 그랬다
절교를 선언하고 뛰어가던
애인이,
한 시대와 역사가 그랬다

등을 보이는 것은 지는 것이 아니다
잠깐 다른 곳을 보는 것이다
옷을 갈아입는 네가
부끄러울까봐
멋적게 돌아서 주는 것이다

—「책의 등」 전문

　‘등’은 앞면이 아니고 뒷면으로서 우리가 쉬이 접할 수 없는 부분이다. 즉 낯섦이다. 낯섦은 일상의 경계 너머다. 때문에 ‘낯섦’은 종교학자 엘리아데에 따르면 신성의 한 표지가 된다. 일상의 세속적 의미를 넘어서 존재의 근원적이고 고귀한 의미를 사유하는 계기로서, 그리고 그러한 하나의 체계로서 낯섦은 기능한다는 것이다. 때문에 낯섦은 ‘성현(聖顯)’의 한 표상이다. 그런 낯섦 속에는 우리가 알지 못하는 숨은 사연이 깃들여 있다. 그 점에서 "한 시대와 역사"가 있다고 본 것은 적절하다. 그리고 이와 관련하여 등을 ‘읽을거리’로, 혹은 시집 「아내의 등」에서 "아내의 등을 민다/그녀의 뒷모습, 한 페이지"처럼 ‘한 페이지’로 보는 것은 자연스럽다.

따라서 등은 결코 하나의 단절이나 분리로서 단면을 의미하지 않는다. 그것은 잠시 앞의 면을 뒤로 돌렸을 뿐이다. 즉 고영민의 의식 속에서는 하나의 사연이나 역사를 잠시 되돌려 세워 바라볼 때 그것이 '등'이 된다는 뜻이다. 때문에 앞과 뒤는 상호 순환적으로 돌고 돈다. 아니 상호 의존적이다. 이 점은 다시 모든 사물이 그 본질에서는 상호 조응하고 있고, 그것이 우리의 일상을 새롭게 조직하는 하나의 계기로 작용함을, 즉 신성으로 발현됨을 드러내는 것이다. 그래서 그가 "등을 보이는 것은 지는 것이 아니다"라고 말하여 전혀 이상할 것이 없는 것이다.

이와 같은 인식으로 고영민은 조응에 대한 갈망과 신성에의 추구로 모든 것을 합일하고 싶어하는 열정을 가진다. 그의 시에 많이 보이는 세계와 자아의 동질성 확보나 따뜻한 응시는 바로 이러한 태도에 기인하는 것이다. 그렇지만 현대사회로 올수록 분열은 더욱 강도가 높아지고 이질성이 두드러지기 때문에 마술적, 화학적 결합은 힘든다. 그 점에서 물리적 결합만이라도 꿈꾸게 되는데, 사실은 이것이 또한 얼마나 덧없는가를 깨닫는 데에 현대 시인의 숙명이 있다. 그것을 보여 주는 것이 시 「용접」이다.

> 당신과 나는 외따로 떨어져 있다
> 맞대는 당신의 뼈와 나의 뼈를 붙일까
> 성기와 성기를 붙일까
> 그러면 하나가 될까
>
> (…중략…)
>
> 이 튀는 불똥에 눈은 까맣게 죽고
> 나는 끝내 무엇을 녹여
> 당신과 나를 영영 붙일까
>
> —「용접」 부분

이 「용접」은 사실은 어떤 대상과 동일시될 수 없다는 시적 자아의 자각이 안타까움의 정서로 물들어있다. "그러면 하나가 될까" 하고 반복적으로 내뱉는 의문과 자탄은 동일성의 상태에 들어가기에는 우리들이 너무 동떨어져 있는 존재임을 강하게 인식하고 있다는 반어다. 즉 강제적이고 물리적 접합은 사실은 무의미함을 말해 주는 것이다. 그것은 앞에서 본 기계적 결합과 다름 없기 때문이다. 때문에 무엇인가를 '녹여' 완전한 결합을 꿈꾸지만 그리운 당신으로 호칭되는 대상과는 영영 붙기 어렵다는 애상만 고조될 뿐이다. 그 점에서 고영민의 시를 낭만적 이상주의로만 볼 수 없는 근거가 여기에 있다고 할 수 있다. 산업자본주의 사회에서의 현실적 삶의 고뇌가 동일성에 대한 갈망과 그 좌절에 따른 얼룩진 무늬를 통해 생생하게 그려지고 있기 때문이다.

이러한 비애는 삶에 대한 초연한 관조를 가져다 주기도 한다. 다음 시가 그러한 승화와 여운의 아름다운 한 장면을 보여 준다.

날이 흐리다, 흐리고 비가 왔다
그 사이 누가 다녀가셨나
흰 꽃은 피었다졌네

마당엔 발자국
얼마나 주춤거리다가
大門을 들어섰는가, 그대는

(…중략…)

이 저녁 나는
허공을 보고 이야기 하네

—「곡우(穀雨)」 부분

고영민의 시는 본질적으로 세상에 대한 비관주의는 아니다. 자연의 활성에 자신의 생명을 던져 넣어 하나의 의미 있는 세계를 건설하려는 긍정론자일 뿐이다. 그 점에서 「곡우」도 세계의 참된 의미체계에 자신의 삶을 편입하여 고양되어 가려는 의식을 보여 준다. 이 시는 '문득' 이 세계에 '눈뜸'으로서 의미 있는 존재가 될 수 있다는 깨달음의 정서를 드러낸다. 아름다움과 덧없음 속에 선 인간은 절기와 비와 바람 등 인간의 삶을 구성하는 자연적이고도 물질적 원소를 통해 구성되고 그것과의 교감을 통해 완성되어 가는 존재임을 확인한다. 그것은 "이 저녁 나는/허공을 보고 이야기 하네"에 압축적으로 담겨 있다. 선연함과 함께 삶의 애환을 체득하는 시적 화자의 태도는 삶의 무상함 속에서의 또 다른 아름다움, 신성으로 불러 말할 수밖에 없는 그런 신비한 느낌을 불러일으키게 하고 있는 것이다.

그 점에서 시는, 특히 고영민에게 시는 물질의 활성을 통해 존재의 신성을 찾아내는 길이고, 이것을 통해 삶의 의미를 획득하는 것이다. 성현을 통해 존재의 의미를 궁구하는 하나의 형식인 것이다. 이 점은 생명과 신성이 사라진 이 시대의 문제적 형식이다. 즉 결핍된 요소를 보충하고 말라비틀어져 가는 우리의 심성을 길러내는 측면에서 시대사적 의미다. 때문에 다음과 같은 시는 우리의 물화된 마음을 녹이는 시원하고도 따뜻한 한 편의 시로 읽혀지는 것이다.

　　내가 하는 일은 농약이 바닥에 가라앉지 않도록 하루 종일 약통을 저어주는
　것이었다 아버지는 중간에서 호스를 당겨주는 어머니의 도움으로 1만 평 과수
　원의 사과나무 한 그루 한 그루 빠짐없이 농약을 쳤는데

　　(…중략…)

　　내가 저은 약통의 농약이 어머니가 당기던 길고 긴 호스를 타고 흘러 아버지
　가 들고 있는 분무기 노즐을 빠져나올 때 ~발씨발씨발, ~지보지보지 이렇게 나

왔던 것일까, 아버지랑 어머니는 농약에 취해 휘똘휘똘 집으로 향하고 나는 국

광처럼, 홍옥처럼, 아오리, 부사처럼 얼굴이 자꾸만 빨개졌다

—「과수원」 부분

이 시는 모든 물질이 연결되어 있으며 그것을 통해 우리의 정신이나 영혼도 통해 있음을 보여 준다. 물질과 영혼이 상호 조응되어 있고 그것을 통해 존재의 의미라 할 수 있는 신성이 발현된다는 동일성의 시학. 고영민의 시적 세계는 둥글게 이어져 전체적 동질성을 이루고 있고, 그것을 통해 소외와 불안이 없는 신화적 세계를 꿈꾸고 있는 셈이다. 그 점에서 인간의 가장 원초적이고도 가장 강렬한 꿈을 그리고 있다고 할 수 있다. 그것은 또한 우리들 심리의 원형으로서 강력한 에너지를 분출하는 것이기에 쉬이 매혹되고 자신의 삶의 실재로 꿈꾸게 된다. 동일성의 세계에 물든 존재들은 마음의 평화와 안정을 얻었기 때문에 비록 농약에 취했을지언정 '휘똘휘똘' 부사어가 보이는 모습처럼 하나의 완성이나 성숙한 삶으로 묘사되고, 국광이나 홍옥처럼 붉게 익어 완성되는 것이다. 그것은 우리들이 본능으로 추구하는 평화다.

그런 점에서 고영민의 시적 세계는 우리 시대의 결핍을 가로질러 그것에 균형을 취하는 모습으로 걸려있다. 어떻게 보면 쉬이 사라질 무지개같이 보이기도 하나 우리들 마음의 욕망이 분출하는 에너지를 빨아들여 더욱 영롱히 빛을 발한다. 때문에 그것은 단순한 차원에서의 낭만이 아니라 인간존재의 근원적이면서 동시에 이 시대적인 인간의 소망의 표상으로 존재한다. 그의 시는 우리 시대 서정시의 한 운명으로 서 있는 셈이다.

근원과 현실의 밀고 당김

— 정일근, 최정규, 전홍준의 시

1. 견자(見者)로서의 시인

시인은 '보는 사람'이다. 왜냐하면 시인은 보통 사람들이 보지 않는 곳을 보는 사람이며, 같은 대상이라도 다르게 보는 사람으로 규정되기 때문이다. 그것은 달리 사물의 현상을 넘어 영원의 실체를 보고 붙잡으려 애쓰는 자이기도 하다는 뜻이다. 그 점에서 시인은 신과 접신(接神)하고자 하는 주술사이자 동시에 신과 접신한 내용을 보통 사람들이 알아들을 수 있도록 언어로 바꾸어 풀어내는 예언자이기도 한 것이다. 이성적 사유로 가닿지 못하는 영원의 실체를 직관적 통찰로 '깨닫고' 그것을 '만지고 만들어내는' 자가 시인인 것이다.

그 점에서 '견자(見者)'가 되고자 노력했던 시인 랭보가 시인은 본질적으로 견자일 수밖에 없다고 했을 때 이는 저 깊은 의미의 차원에서 매우 합당한 것이다. 그가 이 용어를 "보통 사람들은 단지 발작적으로 우연히 폭로하는 이미지를 의식적으로 자각하는 존재"로 규정하였을 때 그것은 일상적 허위 내지 피상(皮相)에서 벗어나 대상의 진실을 정면으로 부딪쳐 발견하는 것을 뜻한다. 때문에 그에게 시는 일정하게 일상적 틀을 벗어나는 '모험'의 형식을 가리킨다. 그는 시인이라면 이러한 모험의 정수를 알기 위하여 "사랑·고통·광기의 모든 형태들을 밑바닥까지 경험해야한다"는 시인의 의무를 제기하고 있는데 그것은 바로 진실이라는 '미지(未知)'에 도달하기 위해선 이러한 도저(到底)한 일탈의 경험들을 해봐야 한다는 의미다. 따라서 시인에게 모험은 필수적이다. 곧 모험을 통해 삶의 의미를 발견하는 것이다. 모험하지 않는 자 삶의 의미를 발견할 수 없다. 그러므로 오늘날 시인들이 진정한 의미에서 시인이 되고자 한다면 이 타락한 자본주의 사회에서 자신과 세계의 진실을 찾기 위해, 즉 진정한 현실성과 만나기 위해 자신의 일상적 외피(外皮)와 허위를 초월하는 모험을 하지 않으면 안 된다.

그러나 오늘날 모든 좋은 시들이 다 이러한 '모험'으로 일관해 있다고는 말할 수 없다. 그리고 모험이 꼭 현실 부정의 반항적 성격으로만 열려 있다고 말해서도 안 될 것이다. 시인에 따라 모험의 내용이 달라질 수도 있겠고 더 나아가 어떤 시인들에겐 '모험'이라는 용어보다 현실적 삶에 가장 잘 순응하는 뜻으로서의 '회귀(回歸)' 내지 '자족(自足)·자적(自適)'이라는 용어가 더 의미있게 다가올 수도 있겠다는 생각이 들기 때문이다. 그러나 이것도 뒤집어 생각해보면 해석의 차이일 뿐이다. 분명 두 단어는 시대적 배경을 달리하고 있는 듯 보이지만 시인으로서 발견의 내용을 시대적 개념으로 획일화시켜서는 안 된다. 오늘날 모든 시가 모험이어야 하고, 예전의 시가 모두 회귀와 자족의 시어야 한다는 논리는 없다. 다만 산업자본주의 사회의 도래로 인해 현대인에게 가해오는 일상적 허위와 물신화의 압력은 오늘의 시인들로 하여금 자족적 삶을 노래하게 하기는 힘들 것이라는 예측을 낳게는 한다. 그러나 역시 앞에서 말한 바대로 시인은 현상 저 너머로 보는 자인만큼 일률적으로 재단할 수 없다. 얼마나 멀리 깊이 보느냐에 따라 현실에 대응하는 시적 무늬는 다양한 프리즘을 지닐 것이다.

이번에 간행된 정일근의 시집 『가족』(문학의 전당, 2004), 최정규의 시집 『둥지 속에서』(당그래, 2004), 전홍준의 시집 『당신의 행복합니까』(전망, 2004) 등은 앞서 가졌던 단상을 되새기게끔 한다. 현상을 넘어서는 모험이냐 아니면 회귀냐, 그것도 아니면 자족이냐의 여러 미묘한 의문을 제기하고 있다. 똑 부러지게 한 마디로 시를 갈래지을 수 없음은 알고 있지만 각각의 시들을 어디에 두어야 할까 하는 고민은 오늘의 시가 어떠해야 할까 하는 고뇌와 다르지 않고 오히려 그 연장선상에 서 있다고 말해야 할 것이다. 그 점에서 이 세 시집에 대한 나의 평은 최근 시에 대한 나의 관심과 고뇌일 뿐 그들의 시적 공과와는 상당 부분 동떨어진 것일 수 있다.

2. 존재의 근원으로의 '회향(回向)' - 정일근, 『가족』

이번에 발간된 정일근의 시집 『가족』은 최근작을 포함해 그 동안 여러 시집에 발표된 '가족' 관련 시편들을 뽑아내 묶어 놓은 것이다. 때문에 시집도 '시선(詩選)' 으로 명기되어 있다. 시선집이 보통 어떤 하나의 시점을 기념하거나, 아니면 어떤 하나의 주제를 부각시키기 위해 자신의 작품 중 의미 있는 것을 골라 싣는 것임을 주지한다면 정일근의 이번 시선집은 어떤 의도로 발간했는지 그 의미를 우리는 생각해 보지 않을 수 없다. 아직 그의 나이 젊으니 나이를 정리하기 위해 시선집을 냈다고는 보기 어렵고, 따라서 '가족' 이라는 제목과 그 안에 담긴 일련의 작품들이 전하는 메시지를 두고 볼 때 이번 시선집은 일정한 주제를 드러내기 위해 냈다고 볼 수밖에 없다. 그렇다면 일정한 주제를 드러내는 것으로서 이 시집은 왜 '가족' 인가 하는 점은 궁금한 사항이다. 그것을 알려면 우리는 그의 시집 속으로 여행을 떠나지 않으면 안 된다. 그때 여행은 시 쓰기의 모험은 아니되 시 읽기의 모험이 되어 시적 모험의 의미를 어렴풋이 깨닫게 하는 역할을 할 것이다.

이번 정일근 시집의 소재와 주제는 '가족' 이다. 어머니와 아버지를 비롯하여 할아버지, 할머니, 외할머니, 고모, 장인, 누님, 아내, 자식 등 자신의 삶과 관련된 일련의 가족들이 등장하고 있고 그와 더불어 자신의 유년 시절과 고향이 자주 등장하고 있다. 그래서 이 시편들의 밑바닥을 관통하고 있는 것은 '사랑'이다. 그것도 가슴 절절한 아픔에 가까운 사랑이다. 무엇보다 어머니와 아버지를 추억하는 부분은 보는 사람마저도 애절하게 하는 맛이 있다. 어머니를 추억하는 다음 시편이 그런 예일 것이다.

지금쯤 어머니 낮은 처마 밑에 알전구 켜겠네
부엌 무쇠 솥에는 더운 미역국 펄펄펄 끓고
어머니의 물질에 건져 올려진 바닷게 몇 마리
뱃속에 담아온 윤삼월 보름달 풀어놓고 있겠네
돌아오는 뱃길은 언제나 만선!
오늘도 내 그물로 찾아온 남쪽바다여

(…중략…)

남쪽바다 가득 늙은 어머니의 미역국 내음
그 내음에 내 오랜 친구 바닷물고기들
뼛속 살 속까지 봄물 오르는 진해바다 봄바다
윤삼월 바다에 팔 베고 누워 욕심 없이 돌아오네
─「윤삼월 바다」 부분

시적 내용으로 볼 때 시인은 어머니와 떨어져 살고 있다. 그 어머니는 자신이 태어난 고향 진해에서 여전히 바다가 주는 풍요로움을 그대로 간직한 채 살고 있다. 시인은 그 어머니가 끓이고 있는 미역국과 남쪽 고향바다의 정겨움을 못 잊어 한다. 시적 전언은 '그곳'으로 돌아가고 싶음이다. 조금 더 주의해보면 '그때'로 돌아가고 싶음이기도 하다. 다른 시에서 말하고 있는 것처럼 "어머니의 밥상으로/살찐 감성돔 되어 회향하고 싶은"(「어머니의 감성돔」) 것이다. 이때 시인에게 포착된 이미지는 편안함과 풍요로움을 환기시키는 것들이다. '알전구' '무쇠 솥' '펄펄펄 끓는 미역국' '바닷게' '보름달' '만선'

'봄물 오르는' 등의 이미지는 둥그렇고 따뜻하며 차오르는 것들이다. 그것은 어머니가 갖는 따뜻함과 풍요로움의 변주이자 확산이다. 시인에게 어머니는 이렇게 둥글게 부푸는 이미지로 '보이고' 있다. 그래서 위 시에서 놀라운 표현 하나가 탄생한다. '가득 늙은 어머니'가 그것이다. 가득 늙다니! 많이 늙었다는 뜻일까? 일차적으로는 그것을 가리킬 것이다. 그러나 이 시적 표현으로 볼 때 가득 늙음은 단순히 세월의 흐름만을 가리키는 것은 아니다. 그것보다 어머니의 삶 자체가 시인에게 풍요롭고 따뜻한 한 세계로 완결되어 있다는 느낌을 형상화한 것이다. 때문에 이 시적 표현만 두고 본다면 어머니는 세월의 초라함으로부터 벗어나 아름다운 열매처럼 익어가는 존재, 알이 차곡히 밴 풍요로운 존재, 바로 봄물 오르는 봄 바다나 보름달과 같은 존재인 것이다. 그 점에서 시인은 늙음에서 '여묾', 즉 완성을 보고 있다. 그것은 우리의 일상적 현실 너머를 보는 눈이 아닐까? 산업사회에서 자꾸 뒷방 신세로 내몰리는 우리의 어머니들을 다시 보게 하는 눈뜸이 아닐까?

정일근에게 어머니는 이렇게 따뜻함과 풍요로움, 정겨움이 넘치는 시간대이자 공간으로 등장한다. 가령 다음과 같은 시는 더욱 그것을 확연히 보여 준다. "모난 밥상을 볼 때마다 어머니의 두레밥상이 그립다./고향 하늘에 떠오르는 한가위 보름달처럼/달이 뜨면 피어나는 달맞이꽃처럼/어머니의 두레판은 어머니가 피우시는 사랑의 꽃밭./내 꽃밭에 앉는 사람 누군들 귀하지 않겠느냐,/식구들 모이는 날이면 어머니가 펼치시던 두레밥상."(「둥근, 어머니의 두레밥상」) 이 시에서 어머니는 둥근 두레밥상을 펼쳐 자식은 물론 밥상에 앉는 식구 모두에게 평등하면서 따뜻한 사랑의 '두레(공동체)'를 실천하고 있다. 이것은 사랑이 일방적이거나 맹목적인 것이 아니라 공생과 평등 속에서 이루어져 함을 암시하고 있는 것이다. 때문에 생략된 시행 중에 "어머니에게 두레는 모두를 귀히 여기는 사랑"이라는 메시지로 그것은 자연스럽게 나타나고, 더 나아가 이런 정신이 정일근 시인으로 하여금 그의 시적 도정에 치열하게 썼던 여러 민중시의 근원이 되게끔 했다고 해석해 볼 수 있다.

그러나 무엇보다 어머니의 시편은 역시 자식에 대한 사랑을 형상화해 놓은 것이 감동적이다. 어머니와 시인 자신의 끈끈한 사랑의 정을 다음 시는 잘 보여 주고 있다.

> 어머니의 눈물로 타는 파일 연등은
> 눈물로 피워 내는 어머니의 꽃
>
> 어머니의 연등으로 내 길이 열리고
> 나는 그 꽃길 밟고 여기까지 왔구나
>
> 눈을 감으면 차안과 피안 사이 빛나는 어머니의 연등
> 잠든 아버지와 할아버지의 이름을 불러
> 어둔 저 세상의 사람들 환히 살아 돌아오는 이 저녁
>
> 파일 저녁에 내 몸 고요히 탄다
>
> —「파일 연등(燃燈)」부분

우선 이 시는 그리움의 정서를 밑바탕에 깔고 있는데 그것을 효과적으로 드러내기 위해 시 전체가 리듬을 타고 있다. 우리의 전통적 리듬인 3음보, 4음보가 적절히 섞이면서 그리움을 마냥 슬픔으로 느끼게 하는 것이 아니라 흥겨움으로도 느끼게 한다. 그 점이 이 시의 매력이다. 긴장과 이완이 적절히 배합되어 이 시는 어머니의 눈물과 그것을 생각하는 시인의 추억이 결코 감상(感傷)에 빠져 들게 하지 않는다.

그러나 무엇보다 이 시의 백미는 '고요히 타는' 이미지일 것이다. 어머니가 밝히는 연등이 바로 시인 자신과 동일시되면서 어머니의 사랑으로 시인이 타고 있음을, 즉 살아가고 있음을 '깨닫고' 있다. 이것은 놀라운 발견이다. 우리 사람이 정으로 타는 등불임을 발견하는 것은 끝없이 사랑이라는 연료를 필요로 한다는 것 아니겠는가? 그것은 동시 어머니의 사랑이 나로 하여금 인간 존

재로 서게 하는 근원이자 현존재에서도 여전히 필요한 지지대임을 확인하는 것이 아니겠는가? 이 '고요히 타는' 이미지는 또 어머니를 추억하는 시인의 절절한 상념을 형상화한 것이기도 하다. 그 상념이 얼마나 간절하면 마음을 태우는 것으로 표현하겠는가. 때문에 진정(眞情)은 타는 것이라 할 수 있다. 타고 있으므로 우리는 살아 있는 것이다. 마음 한 컨 시공을 초월하여 영원히 살아 있게 할 수 있는 것이 무엇인지 문득 느끼게 한다. 그것은 바로 이 고요히 타오르는 것, 즉 진정으로 추억하는 힘이 아닐까.

이번 정일근의 시선집에서 바로 고요히 저 내면에서 타올라 제 전 생애를 발갛게 타오르게 하는 추억의 힘은 가족이라는 사랑을 넘어 제 존재의 근원을 찾는 괴로운 몸짓으로 나아간다는 점에 한층 의미가 있다. 때문에 그것은 단순한 회한의 문제를 지나 존재의 원천을 찾아나서는 모험의 표정이 역력하다. 그 내밀한 의식의 모험에 우리가 동참할 경우 하나의 아슬아슬한 감정을 갖게 되는 것은 당연한 것이다. 그러한 아슬아슬함은 아버지를 추억하는 시에 보다 더 잘 나타난다.

> 1970년부터 아버지는 부재중이다
> 그 오랜 세월 동안 아버지는 무얼 하고 사셨을까
> 단 한 번 꿈 속으로 찾아오신 아버지
> 아무 말씀 없이 건네주는 달걀 하나
>
> (…중략…)
>
> 끝없는 아버지의 수수께끼에 지쳐 잠들면
> 아버지 손 내 눈꺼풀 위 잠을 부드럽게 덮고
> 내 손에 꼭 쥐어진 달걀 하나
> 나는 아버지의 손에 꼭 쥐어진 따뜻한 달걀 하나
>
> ― 「따뜻한 달걀」 부분

이 시에서 시인의 가장 큰 정서는 '부재'란 단어에 집중돼 있다. 시집 전편을 읽어볼 때 시인의 아버지는 시인이 초등학교 4학년 무렵 어떤 병으로 돌아가셨다. 그래서 다른 여러 시에서 보여 주듯 아버지가 사라진 가여운 현실에서 시인은 홀어머니를 의지하여(할아버지 할머니도 계시긴 하지만) 여러 형제들과 가난과 외로움을 양식으로 삼아 성장기를 보낸다. 그리고 성인이 된 지금 아버지의 모습이 내게 무엇이었던가 하는 것을 생각한다. 이 시에서는 아버지가 생전에 내게 쥐어줬던 달걀의 추억과 함께 "나는 아버지의 손에 꼭 쥐어진 따뜻한 달걀 하나"라는 의미를 부여하고 있다. 그것은 그러한 따뜻한 달걀 하나를 쥔 손을 상실한 채 얼마나 오랜 세월 아파했는가를 역설적으로 보여 주는 것이다. 그것이 보는 독자로 하여금 아프게 한다. 그렇지만 이 시는 거기에 초점이 있지 않다. 이 시는 아버지에 대한 그리움을 말하는 것 이상으로 아버지의 존재성이 내 안으로 흘러들어 왔음을 말하고자 하는 데에 있다. 거기서 부재의 아픔이 더욱 도드라진다. 부재의 상처가 얼마나 깊었으면 생략된 다음 행에서 "아버지의 달걀 속에서 내가 태어나고/내 달걀 속에서 아버지가 태어난다"고 아버지를 복원하고 제 존재의 근원을 세우겠는가.

아버지를 통한 존재성 탐구는 다음과 같은 시에서 그 깊이를 얻고 있다. 가령 "아버지의 나이를 살고서도 나는 저쪽의 아버지를 모르고/그리운 소리들이 돌아가 쌓이는 곳을 알지 못한다/내 소리 저 편의 세상에 살고 있는 아버지"(「아버지, 내 소리 저편의 세상에 살고 있는」)는 분명히 있었으되 지금은 없는 아버지의 존재성을 드러내고 있는 작품인데, 이 시를 통해 시인은 삶과 죽음, 있음과 없음의 경계를 생각하고 더 나아가 존재의 본질은 물론 삶의 그 쓸쓸함의 근원에 대해 사색하고 있는 것이다. 사랑의 있고 없음의 문제로 생의 비밀을 엿보고자 하는 것이다.

따라서 이번 가족 시편의 핵심은 바로 사랑이라는 이름의 추억을 통해 존재의 근원에 대한 질문을 탐색하는 형식에 있다. 그 답은 쉬이 찾아지지 않지만 시인은 '고요히 타오름'으로 암시해 두고 있다. 그것은 존재의 근원에 대한 회귀라기보다 지금 여기의 일상적 현실의 무의미함으로부터 벗어나기 위한 시적 모험의 도정이다. 그 점에서 가족 시편들은 육친의 단순한 애상이나 그리움으로 떨어지지 않는다. 다만 이번 시집에서 아쉬운 점은 이 시집이 시인의 그 동안 성장기를 거치며 써왔던 가족 시편들을 뽑아 묶은 것이라 주제가 이질적인 것들이 뒤섞여 있는 점하고 시간적 순서에 따라 시들이 배열되지 않은 것 같아 시집 감상에 방해가 된다는 점, 그리고 너무 인위적으로 시편들을 구분해 배열함으로써 가족이 갖는 유기성을 시집 자체가 떨어뜨리고 있는 점을 지적해야 할 것 같다.

3. 생의 긍정과 자연 찬미 – 최정규, 『둥지 속에서』

최정규의 이번 4번째 시집을 보면서 떠오르는 첫 연상은 윤선도의 「어부사시사(漁父四時詞)」다. 윤선도의 어부사시사처럼 봄, 여름, 가을, 겨울 네 계절의 내용을 시적 소재로 다루고 있고 배열도 네 계절별로 나누어 놓고 있다. 그리고 무엇보다 자연 속에 사는 즐거움을 노래하고 있다는 점에서 그 유사성이 발견된다.

그렇다면 윤선도의 어부사시사가 조선 후기 사회에서 그 당시 문인들의 자연관을 바탕으로 조선 사대부의 이상적 삶을 형상화해 상찬 받은 것처럼 최정규의 시들도 후기산업자본주의 시대에 진입하고 있는 이 시점에 자연을 노래하여 이 시대 정합성에 들어맞고 상찬 받을 수 있는가 하는 것을 우리는 가장 먼저 물을 수 있다. 이 부분은 논자에 따라 견해가 갈릴 것으로 예측된다. 현실 정합성의 측면에서만 보자면 아무리 농촌에 살고 있다 하여도 산업자본주의사회가 시대 주류인 이 시점에서는 그것은 적절하지 않다는 평이 나올 수 있다. 즉 산업자본주의 사회 속의 인간적 심리를 제대로 반영하고 있지 못하다는 지적이다.

그러나 바로 이러한 비판적 지적이 사실은 이러한 시의 필요성 내지 가능성을 설명하는 단초가 된다. 산업자본주의 사회의 역사적 현실을 제대로 반영

한다는 것은 바로 산산이 파괴된 생태계, 특히 자연적, 사회적, 심리적 생태계
들을 직시하는 것임을 의미한다. 그것은 바로 고통의 확인이자 고통의 부채
질이다. 그러한 고통을 회피하지 않고 곧바로 응수하는 자세는 틀림없이 훌
륭한 것이다. 그러나 그러한 태도로만 일관하는 것은 또한 고통 속에 자신을
방치하는 절망적 행위와 다름없다. 왜냐하면 고통의 벗어남에 대한 감각이나
대안을 제시하지 못하기 때문이다. 여기서 우리는 이 산업사회의 현실에 맞
서는 두 가지 태도를 상정해 볼 수 있다. 하나는 직접 응수고 다른 하나는 초
월이다. 이때의 초월은 회피의 의미이기보다 산업사회가 지니고 있는 급소
너머로 펼쳐 있는 대안적 삶의 자세에 대한 꿈꾸기로 볼 필요가 있다.

　그 점에서 오늘날 자연적 삶, 또는 자연 속에서의 삶을 결코 이 역사적 현실
을 벗어난 도피적 삶의 태도로 볼 것은 아니다. 그것은 오늘의 일상적 현실이
되고 있는 곳에서 새로운 삶의 방식을 찾아나서는 '또 다른 모험'일 수가 있
는 것이다. 그 점에서 최정규의 이번 시집은 산업사회의 일상적 현실과 밀고
당기는 자장 속에서 의미심장하게 읽혀져야 한다. 그럴 때 다음과 같은 시가
주목된다.

　　엊저녁
　　소쩍새 울음에
　　달무리 끼어들더니

　　봇도랑 물소리
　　돌담 속에 굴러다니고

　　꽃물 들린 하늘이
　　이 산 저 산 껴안는데

　　흙내 나는 봄볕이

뒷마루에 앉아

봄편지 쓰고 있다.

—「어느 봄날」전문

이 시의 전체적 가락과 분위기는 한 폭의 담백한 수채화 같다. 시행의 여백
이 주는 허허로움과 시행 자체가 갖는 2음보적 리듬감은 전통적 정서를 환기
하면서 유장하고도 한없이 맑고 가벼운 느낌을 우리에게 주고 있다. 이 느낌
은 산업자본주의 사회의 현실에서 맛볼 수 있는 심리가 아니다. 오늘의 세속
도시를 살아가는 현대인들로서는 도저히 가질 수 없는 마음 상태다. 경쟁의
긴장과 허위 욕망에 폭주하는 현대인의 심리 상태로는 보려야 볼 수 없는 자
연 풍경이다. 이러한 풍경은 세속적 욕망을 덜어낸 사람 아니면 '볼 수 없고'
쓸 수 없다. 욕망의 공룡에 붙잡힌 세속 도시인의 맹목(盲目) 너머에 펼쳐 있는
풍경이다.

그렇다고 이것을 신비주의로 포장하고자 하는 것은 아니다. 지금 여기 최정
규라는 실존적 인물이 통영 대촌 마을이라는 현실 공간에서 살면서 발견한 풍
경이다. 다시 말해 이것은 하나의 역사적 현실이자 어떤 일련의 의도적 상태
에서 직조해 놓은 무늬라는 점이다. 그 점에서 이 시는 오늘의 역사 현실에 참
여하고 있다. 그 참여 내용은 이 시가 보여 주는 시적 주제로서의 자연 친화
사상이다. 소쩍새, 달무리, 봇도랑 물, 돌담, 꽃물, 산, 흙(내), 봄볕 등 농촌 주
위에서 흔히 볼 수 있는 자연적 사물들이 갖는 조화와 사랑의 의미인 것이다.

그러나 여기서 우리는 이러한 것을 보다 분명한 담론의 차원에서 이러한 시
들이 갖는 가치를 논할 필요가 있다. 그것은 바로 이러한 시들이 최근 근대산
업자본주의 사회의 근본적 모순으로 부상하고 있는 생태계파괴, 생명 경시,
인간성 부정, 욕망의 공룡화 등의 문제를 극복하는 대안적 삶의 자세이자 세
계관이라는 점을 주목해야 한다는 의미이다. 그 점은 이 시에서 자연 사물들
이 모두 인간의 욕망을 채우는 도구적 존재로 그려져 있지 않고 저마다 생명
의 기운을 활발하게 펴냄은 물론 우주적 가족이라 할 만큼 따뜻한 눈길로 저

마다 유기적으로 얽혀 있는 모습으로 그려내는 데에 드러난다. 바로 생태주의적 자세로 볼 필요성을 가리킨다. 이러한 내용을 더욱 잘 보여 주는 것이 다음과 같은 작품이다.

> 다붓 다붓
> 꽃피운 별무리
> 웃담 소골에 멍석 깔고 앉았다
>
> 작설차 찻잔 속에서
> 소쩍새 소리 우러나오고
>
> 벼 포기 포기마다
> 젖 물린 논에서는
>
> 애호박 같은 초승달도
> 도담도담 커 나고 있다
>
> —「둥지 속에서」 전문

　이 시는 하늘과 땅이 하나가 되고, 자연과 인간이 서로 화합하여 거대한 우주 가족의 한때를 보여 주고 있다. 따라서 이 시의 세계관은 인간과 자연, 인간과 하늘, 자연과 자연 사이에 놓여 있는 모든 존재는 단절이 없고 그물처럼 얽혀 돌고 돈다는 원환적(圓環的) 세계관이자, 모든 사물과 생물은 고유한 존재 가치와 영성을 지니고 있다는 물활론적(物活論的) 세계관이다. 이 세계관은 최근 산업자본주의 제도로 인하여 지구 생태계뿐만 아니라 인간 정신 생태계마저 파괴해 버린 현실에 대한 반동과 극복의 형태로 나온 생태주의 사상의 이념이기도 하다. 최정규의 위 시는 바로 이 세계관을 가장 깊은 차원에서부터 형상화해 내고 있다.

이 이념에 입각해 섰을 때 세계는 따뜻한 화합의 광장이자 신명의 놀이판이 된다. 가령 "종자씨 만들어 가꾸고 키워 온/할머니의 닳아버린 지문 속에서/온 산천이 되살아나고 손끝마다/우담바라 꽃망울이 벙글어 진다"(「손끝마다」)는 시는 자연과 더불어 사는 삶이 얼마나 아름답고 신명나는 일인가를 잘 보여주는 사례다. 오늘의 산업자본주의 사회에서 보이는 자학과 염증, 방황, 상실의 쓰라린 삶의 자세가 아니라 유쾌와 활력이 가득 찬 삶의 자세를 보여주는 것이다. 그것은 도저한 삶의 긍정이다. 그 점에서 좌절과 패배로 가득 찬 우리시대의 세속인들에게 최정규의 시는 하나의 승화이자 복음서인 셈이다.

다만 최정규의 몇몇 작품을 역사적 문맥에 놓고 볼 때 지나친 자연 찬미로 인하여 시적 긴장을 잃고 있는 점도 고려할 때, 이러한 시가 여전히 우리 시대에 그 존재의의를 인정받으려 한다면 앞서 말한 것처럼 시대적 현실의 정면과 일정하게 밀고 당기는 힘의 관계를 놓치지 말아야 한다는 점이다. 시인은 논리적으로 그 점을 말하지 않더라도 일상적 현상 너머에 있는 대안적 이미지를 잘 포착하여 이 시대 중심부에 비수처럼 꽂아 자본주의의 급소가 생명의 소생을 가져오는 역설적 틈이게끔 하기를 기원한다.

4. 역사적 현실에 대한 직시—전홍준, 『당신은 행복합니까』

이번 세 사람의 시로 볼 때 전홍준의 작품이 가장 역사 현실에 충실히 대응하고 있다. 그것도 타락한 역사 현실에 대한 분노와 저항의 자세를 견지함으로써 고통의 내면화를 필연적으로 동반하고 있어 보는 이로 하여금 일말의 안쓰러움을 가지게 한다. 부정한 역사 현실에 온몸으로 말하는 것은 자신의 생명과 양심을 걸고 싸우는 것이기에 그것은 또 다른 의미에서의 '모험'이다. 아니 진정한 모험 아닐까? 역사를 바로 세우는 것은 바로 우리의 정신과 권리를 바로 잡는 것이기에 그것은 진정한 의미에서 자유와 생명의 진실을 추구하는 것이다. 특히 이데올로기적 차원에서 민중의 힘과 역사의 전망을 대리하는 시인의 자세는 숭고한 선지자의 자세와 다를 바 없다. 이런 시인은 모험을 하는 견자에서 한 걸음 더 나아가 민중의 이상을 위한 순교자가 된다.

전홍준 시인이 현재 그렇다는 것은 아니다. 그러나 전홍준의 시적 세계를 두고 볼 때 그러한 가능성은 충분히 열려 있다. 그것은 그가 깨어 있는 정신으로 위대한 거부, 위대한 부정의 몸짓을 취하고 있기 때문이다. 다음과 같은 작품이 그것을 잘 말해 준다.

아프가니스탄에 미군의 폭격이 시작되던 날
모른 체 하고 북한에 핵 한 방 떨어뜨리고 가면
얼마나 즐거울까요

이용사협회 ＊＊ 지부장이며
사회정화위원이며
자유총연맹 회원이며
지역유지인 이발사 선생이 면도를 하다

미국의 부시선생처럼 이를 갑니다
국회의원 김＊＊처럼 침을 튀깁니다
조선일보 김＊＊처럼 으르렁거립니다

퍼주고 퍼주어도
자유 민주주의 이 땅을 넘보는
오사마 빈 라덴 같은 놈들!

빨갱이들에게 핵 한 방 먹이자고 합니다.

—「이발관에서」 전문

이 시는 무지와 세뇌로 지배자의 하수인으로 전락한 이발사의 입을 빌어 우리 사회의 부조리를 까발리고 있다. 같은 동족인 북한을 악의 축으로 규정하고 핵으로 위협하려는 미제국주의 논리를 그대로 답습하고 있는 자유총연맹의 맹목과 보수반동의 국회의원, 친일반공의 대표적 보수언론 조선일보를 예로 들어 우리 사회의 반민족적, 반민주적, 반역사적 현실을 풍자하고 있다. 시인이 볼 때 이러한 어리석은 사람들과 세력들로 인하여 우리 사회는 민주적 발전을 하지 못하고 있다고 보는 것이다. 그리고 무엇보다 부시로 대표되어 세계 패권주의를 조장하는 미국의 일방주의에 대해 부정적 시각을 가지면서, 상대적으로 우리나라 사람들이 자주적, 민족적 행위를 하고 있는 오사마 빈 라덴에 대해 오해를 하고 있다는 사실에 안타까움을 표하는 문맥을 두고 볼 때 시인의 역사인식이 어느 정도 탄탄한지를 알 수 있어 다행이다. 그 점에서 이 시는 일정 부분 민중적 세계관에 기반한 자주적 역사 전망의 펼침이자 현실 참여를 보여 준다. 전홍준 시는 일정한 시적 진정성과 힘을 갖추고 있다.

이번 시집에서는 상당수의 시가 이러한 역사적 현실에 대한 시인의 의식을 담고 있어 시적 일관성을 보인다. 그러나 일부 시들은 어떻게 보면 비판과 야유로 점철돼 시적 감흥을 떨어뜨리기도 한다. 전홍준의 시가 답답해 보이는 부분이 그것이 비판과 야유로 일관했다 해서 발생하는 것은 아니다. 그리고 이런 시에서 시적 감동을 표현의 섬세함이나 어조의 날렵함에서 찾을 것도 아니다. 우직해 보일지라도 그런 시들에서 감동의 핵심은 오늘의 시대 현실에 기반한 확고한 역사의식을 가졌느냐 하는 문제와 그것이 어떻게 형상화되어 우리에게 전달되는가 하는 데에 달려 있는 것이다. 그 점에서 볼 때 전홍준의 시는 아직 두 가지 측면에서 약간 씩은 문제가 있다고 보여진다. 시적 전달이 자신의 일방적 관념을 전달하는 측면으로 떨어지는 것은 민중과 역사에 대한 깊은 탐색 없이 소시민적 입장에서 불만을 토로하는 것에 그치고 말기 때문이다. 그리고 형상화에 있어서도 시상의 정리가 잘 안 돼 구체적 상을 통해 드러내기보다 관념적 언어를 직설적으로 쓰고 말기 때문이다. 그래서 시적 의도는 알겠으나 감동은 주지 못한 시가 더러 생긴다. 따라서 전홍준의 현재 시적 상태에서 볼 때 이념의 심화와 형상의 구체화가 절실히 필요하다. 그래야만 시적 전달이 독자의 상상력을 붙잡고 그로 인해 그들의 자발적 감동을 불러낼 수 있을 것이다.

그러한 가능성이 이번 시집에서는 자신의 현실적 삶을 반성하는 시에는 잘 나타난다. 표제시로 선정한 「당신은 행복합니까」가 한 사례다.

똥개처럼 헉헉거리며 살다가
쓴 소주 한 잔에 취하여
하수구에 오늘을 흘려보낸다

산다는 것은
인절미의 콩 고물처럼
세상의 때를 조금씩 묻혀 가는 것

끝이 어딘지 모르고
땅만 보며 살아온 짐승의 시간들
그 올무를 끊어
단두대에 처형하고 싶다

— 「당신은 행복합니까」 부분

술 한 잔에 취해 하수구에 무료한 오늘을 흘려버리는 경험은 비단 전홍준의 것만은 아닐 것이다. 현대를 살아가는 방황하는 도시인들이라면 누구나 느꼈을 법한 감정이다. 역사적 전망을 구체적으로 갖지 못한 대다수 세속적 삶을 대리하여 이 시는 자신의 무의미한 삶을 끝내고 싶은 열망을 형상화한다. "땅만 보며 살아온 짐승의 시간들"이란 표현은 얼마나 소모적으로 살아가는 이 시대적 삶의 핵심을 드러낸 표현인가! 시대적 현실의 현상 너머 숨겨진 진실을 바로 응시하고 그것에 적절한 이미지를 발견하여 붙잡는 것이야말로 이 시대 시인들의 사명이다. 전홍준의 시적 도정은 이제 막 그 문 앞에 서 있다.

응결의 시학

— 고원 시조의 의미

시조란 무엇인가? 고려 중엽에 발생해 조선시대를 거쳐오면서 보인 시조의 본질은 신흥사대부들의 사상과 감정을 가곡에 의탁해 부르는 노래였다. 때문에 그것은 노랫말에 알맞은 내용과 형식을 띠고 있다. 즉 시조의 발생과 관련지어 볼 때 시조 미학의 본질은 주로 '흥겨움' 이라 부를 수 있는 어떤 미학적 주제를 표출해 내는 장르였던 것이다.

이러한 시조 미학은 현대에 들어와 인쇄매체에 의지한 읽기 위주의 형태로 바뀌었다. 제시형식에서 사대부들이 유정과 충효를 한가롭게 읊던 상태에서 전문 문인들이 치열한 사색 끝에 잡지라는 매체를 통해 발표하는 데로 나아간 큰 변화를 보여주고 있는 것이다. 그 변화는 시조 미학의 상당한 변화를 암시한다. 가장 큰 변화는 음송의 형식과 내용에서 독해의 형식과 내용으로의 변화를 꼽을 수 있다. 즉 음악에서 이미지 중심으로 변화하는 것을 들 수 있는 것이다. 때문에 음악이 갖는 흥겨움보다 이미지가 갖는 사색적 내용이 중시된다고 할까?

그렇다고 이 말이 모든 현대 시조가 다 이미지성과 사색을 중시하고 있다는 의미는 아니다. 그리고 이미지를 중시하게 된 상황에서도 이미지를 표출해 내는 방법의 편차는 다양하므로 현대시조를 '이미지의 확대' 라는 이름으로 단순화해 버릴 일은 아니다. 그것은 아무래도 시조보다 자유시가 이미지 표출에 적합한 형태를 띠고 있기 때문에 현대시조의 특징을 이미지성으로 한정할 수는 없는 일이다. 현대 시조는 여전히 시조로서 가락을 유지하고 있고 그것 때문에 민족적 형식과 내용에 알맞은 창작과 감상을 요구하고 있다.

　고원 선생의 시조를 읽어 보았을 때, 우리는 선생의 시조야말로 전통시조와 현대시조의 밀고 당김의 장력을 가장 잘 느낄 수 있게 하는 작품이 아닌가 하고 생각할 수 있다. 선생의 작품에서 전통 시조의 미학적 주제를 찾아 보기란 좀처럼 어렵다. 그렇지만 형식은 가장 전통적이다. 이 말은 시조 자체가 갖는 형식적 미학에 기대고는 있지만 형식적 미학을 넘어 새로운 내용적 미학을 창출해내고 있다는 뜻이기도 할 것이다. 자세히 들여다보면 고원 류라 이름할 수 있는 시조형식과 미학이 눈에 보인다. 그것은 현대시조를 써 왔던 많은 선배시인들과 차별되는 특성이다. 필자는 그것을 '응결의 시학' 이라 불러 본다. 선생의 시는 응결의 아름다움을 여러 측면에서 이루고 있어, 이것이 그만의 시적 특징이 되면서 동시에 그의 시적 성취를 가늠하는 내용이 되고 있다.

　고원 시조를 읽어 가면 가장 먼저 눈에 띄는 것이 형식적 단아함이다. 시조 자체가 형식적 압축을 요구하는 성질을 본질적으로 갖고 있지만 언어 선택, 장과 행의 배열, 그리고 단형 시조냐 연시조냐 등에 따라 약간의 개성을 지닐 수 있는 여지는 갖고 있다. 여기서 선생의 시조는 우선적으로 단형 시조만을 고집함으로써 형식과 내용에 극도의 압축을 꾀하고 있다. 그리고 장과 행의 배열에서도 압축의 미를 잘 보여줌으로써 시적 긴장을 얻고 있다. 가령 다음과 같은 작품이 그것을 잘 보여 준다.

　　부드러워 이겨냈지,
　　임페이션스
　　꽃.

　　하양 빨강

분홍 보라

순해서 번져나고.

뒤안길

그늘에서만

빛을 뿜는 꽃다움.

—「그늘진 데서」 전문

이 시는 내용과 형식의 절묘한 조화를 보여주면서 압축의 미학을 잘 보여주
는 작품이다. 내용적 측면에서 이 시는 삶의 진실을 간파한 시인의 혜안을 보
여준다. 부드러움과 그늘이라는 이미지는 삶의 '뒤안'이라 할 수 있는 어려움
을 암시한다. 그 어려움은 물론 우리의 무상한 삶을 새롭게 바라보게 함으로
써 어떤 의미를 발견케 하는, 즉 삶의 완성을 이룰 수 있게 하는 요소가 되는
것이다. 그런 점에서 '임페이션스 꽃'은 바로 삶의 그늘 속에서 생의 의미를
체득한 선생의 마음을 상징한다.

그런데 이런 시적 주제에 걸맞게 장과 행은 적절히 배열되어 있다. 아니 구
조화되어 있다. 초장의 "임페이션스/꽃"은 각각 한 음보가 하나의 행을 이룸
으로써 초장이 가져야 할 대상에 대한 시적 주의를 강하게 이끌어 내고 있다.
여기서는 전통시조의 흥얼거림과 같은 유장미와 한정미는 없되, 대상에 대한
극도의 집중을 보이는 시적 긴장미가 발생하고 있다. 중장은 허리에 걸맞게
길이가 고르게 배분되면서도 색채 용어들에서 각각 시적 탄력을 느끼게끔 짜
여있다. 그리고 종장의 배열에서는 점차적으로 글자 수를 늘여가는 형식을
갖춤으로써 율독(律讀)의 안정감과 함께 시적 긴장 속의 여운을 느끼게끔 한
다. 이런 형식적 배려는 율독의 과정을 고려한 선생의 섬세한 직조(織造)다. 그
것은 잘 정제된 건축을 보는 것과 같다. 때문에 전체적으로 고원 선생의 시조
는 내용과 형식면에서 조화를 이루면서 무엇보다 시적 형식에 강한 압축이 주
어짐으로써 시적 긴장을 띠고 있는 점이 특색이라고 말할 수 있다.

이와 관련하여 이미 선생은 말한 것이 있다. 「시조를 쓰는 재미와 의미」에서 "말이 많은 시를 나는 싫어합니다. 오래전부터 '단시' 주의자가 돼버렸습니다. 서사시 아니면 단시—이게 내 원칙입니다. 상상과 표현이 풍성하고도 절제 있는 시, 짜임새 있는 품격, 율동이 넘치는 시—그런 시가 바로 시조 아닐까요?'라고 말함으로써 형식적 압축과 관련한 선생의 본능을 드러내기도 했다. 그렇지만 무엇보다 관심을 끄는 대목은 이 부분이다. 즉 "압축의 고통도 재미있습니다. '시조미학'을 "기하학적"이라고 내가 부른 일이 있지요."라는 대목. 선생은 왜 시조의 미학을 '기하학적'이라는 도형적 용어를 붙였을까? 그것은 앞에서 보았듯 선생의 창작 본능에 시적 압축과 관련한 구조적 짜임에 관심이 많이 갔기 때문이다. 이 점 전통시조와 대별되는, 그리고 기왕의 여러 현대시조를 썼던 분들과 구별되는 선생의 형식적 특징이라 할 수 있다.

선생의 시적 특이성에서 형식적 압축으로만 '응결의 시학'을 이야기한다면 그것은 그의 시적 아름다움을 반만 말한 경우가 될 것이다. 실제 응결의 미를 이야기할 수 있는 것은 내용적 측면이 더 강하다. 이제 그것을 선생의 시적 이미지의 결을 따라 살펴보자. 선생의 시조를 가만히 들여다보면 일관되는 이미지가 몇 있다. 우선 들 수 있는 것이 '혼자 있음'과 관련된 고독의 이미지이다.

창문 곁에
담이 높다. 하늘
가려 답답한 담.

하긴 맘 속
사방
벽은
새 소리도 막는 걸.

담과 벽

새에 끼어서

밤낮 허물 궁리만.

— 「담과 벽 사이」 전문

이 시는 고원 시인의 현실적 상황을 상징적으로 보여 주고 있는 작품이다. 담과 벽 사이에 끼여 있는, 아니 좀 더 정확히 말해보자면 갇혀 있다고 할 만한 상태를 형상화하고 있다. 때문에 마음 속 벽은 사방으로 둘러쳐져 새 소리도 막는다 할 정도로 이 시는 극도의 고독과 상심을 드러내고 있다. 이러한 고독한 상황에 놓이게 된 연유는 분명치 않다. 심리적으로 노년의 생과 관련된다고 볼 수 있고, 기타 다른 개인적 사정으로 볼 수 있다. 전기적 생애를 두고 볼 때 가령 다음과 같은 시가 암시하듯 "한가위/가자는데/내 고향 어디든가"(「더 커진 고향」)처럼 고향 떠난, 특히 미국으로 이민간 사람의 슬픔이 원인일 가능성이 크다. 어떤 원인이든 시적 화자는 고독 속에서 고통의 의미를 삶의 진실로 여길 만큼 상심해 있다. 그것은 "'괴로움'을 선물로/태어나/야베스래.//(…중략…)//더 크게/많이 받았어./고통 뜻을 알겠어."(「야베스의 고백」)의 시에서 보듯 "고통 뜻을 알겠어"라는 고백까지 할 정도로 그의 삶에 깊은 그늘을 드리우고 있다.

이 점 고원 시조의 심리적 밑바탕을 이루고 있는 점이라는 것을 다시 확인할 필요가 있다. 왜냐하면 이러한 현실적 전제와 심리적 대응에 의해 그의 시적 특이성이라 할 응결의 시학이 나오게 되니 말이다. 상상력의 철학자이자 미학자인 가스통 바슐라르에 따르면 고독한 사람은 둥그렇게 응축된다고 한다. 마치 우리가 현실적 삶에서 지치고 외로울 때 웅크리고 자듯이 고독한 사람은 본능적으로 자기 방어를 하기 위해 자신을 움츠리면서 '둥글게 말아 보호한다'는 것이다. 이 점 고원의 시조와 관련지어 본다면 딱 들어맞는 경구가 아닐까 싶다. 고원 시조의 핵심은 바로 상처 입은 사람이 자신을 보호하기 위해 극도의 응축을 꾀하는 데에 있기 때문이다. 그 점 다음과 같이 해명될 수 있다.

고독은 인생의 큰 상처와 같다. 때문에 사람의 본성 상 그것을 벗어나고 싶어한다. 선생도 마찬가지일 것이다. 선생의 시에서 그것은 자신을 둘러싼 세계와 화합하는 것으로 나타난다. 선생의 최근 시에서 고독의 이미지와 대등하게 많이 나타나는 이미지인 '안다' '덮다' 등이 그것이다.

안개가 산이 되고
산이 금방 안개 되고

안개는
통이 크다.
하늘까지 덮었다.

안달난
세상도 안고
무던하다 안개산.

—「안개산」 전문

그림자가
그림자 안에서
만난다.

그림자가
그림자를 밟다가
서로 안아.

사람도

새도 하나다.
꽃 그림자 하나다.

—「그림자끼리」전문

이 두 편의 시는 대상과 대상이 합쳐져 하나가 된다는 시적 주제를 가지 있다. 두 편 다 '안다' '덮다' 라는 이미지를 쓰고 있으며 서로 존재의 겹침, 또는 포개짐을 통해 '하나' 가 되는 통합을 보여 주고 있다. 시학에서 우리는 그것을 동일성의 획득이라 부른다. 동일성의 획득은 시적 자아가 갈등과 불화의 관계인 세계와 합일하여 하나가 되는 것을 말한다. 동일성을 획득함으로써 시적 자아는 자신의 유한성과 고립성에서 탈피할 수 있다. 그 점 고원 선생도 본능적으로 느껴 모든 것들을 하나가 되게끔 만들고 있다고 볼 수 있는 것이다. 특히 '안개산' 이 바로 하나된 실체라 볼 때 그것을 '무던하다' 라는 평가를 내리는 것은 그와 같은 하나 된 존재에 대해 그가 미학적으로, 또 윤리적으로 이끌리고 있음을 드러내 보인 것이라 할 수 있다.

문제는 여기서부터 응결로의 미학적 운동이 시작되는 점이다. 응축이 모든 고독한 존재들의 본능이라면 고원 시의 특이성으로 따로 내세울 것이 없을 것이다. (그렇지만 사실 시사에서 이런 응축의 형태도 많지 않다) 그런데 응결을 고원 시의 특이성으로 이야기하게 된 배경은 바로 이 응축의 과정에서 맑게, 극도의 압축성을 지니면서 투명하게 응축의 미학이 전개된다는 점 때문이다. 고원 시의 중심은 이 안음, 겹침, 포개짐이 점차 더욱 압축되면서 극도의 투명성을 이루는 이미지로 승화되어 가고 있다는 점이다. 그 예가 다음과 같은 시가 아닐까?

무지개 동에 서고
맞은편엔
저녁놀.

눈부시게 색이 얼려
천지 기가
타오른다.

동서간
전선 복판에
새가 찍은 점 하나.

—「점 하나」 전문

이 시의 대상인 새는 동과 서의 기가 부딪쳐 형성된, 즉 동의 무지개와 서의 저녁놀이 합일되어 만들어진 존재라 볼 수 있다. 왜냐하면 전선 위의 새는 두 개의 기를 끌어당겨 그것들을 붙잡고 있는 그물코와 같은 존재이면서 두 개의 공간과 기의 균형점이 되고 있기 때문이다. 그 새는 '점 하나'로 표상되는데, 실제의 이미지로 볼 때 둥글고도 작은 형태다. 존재의 응축이 극도로 이루어져 새를 기점으로 많은 긴장이 발생한다. 시 또한 동서가 결합하고 하늘과 땅이 결합한 이미지를 제시함으로써 압축된 힘을 느끼게 한다. 고원의 시조는 바로 이러한 이미지 상 응축이 이루어져 시적 특이성을 갖게 되는 것이다.

그런데 그의 시적 응축이 여기에서 그치지 않는다는 점에 볼거리가 있다. 앞에서 잠시 언급했듯 그의 시는 맑게 응축되어 가는 특성을 지닌다. 마치 투명하면서 빛을 내는 수정이나 금강석과 같은 형태의 응축 말이다. 그것을 우리는 '응결의 존재'라 부를 수 있지 않을까? 그것은 그의 시에서 '별'의 이미지로 태어난다.

밤은 또
꿈을 배고
배가 불러 오른다.

세상 모든

무덤들이

큰 가슴을 내민다.

어둠을

키우고 살아

참 넉넉한

새 별빛.

─「쒸르레알리스트」 전문

지상과 하늘의 중간 지점에 걸려 있던 점 하나 새는 하늘로 올라가 밝은 별이 된다. 위 시 「쒸르레알리스트」에서도 별은 "어둠을/키우고 살아/참 넉넉한" 존재가 되고 있듯 밤하늘의 중심점이자 미학적, 윤리적 구심체이다. 그것은 삶의 지향점과 같다. 하늘에 떠 있는 수정이 고원 시가 획득한 미학적 결실인 것이다. 그 수정별은 결코 없어지지 않는다. 햇빛과 바람의 풍화작용으로부터도 벗어나 있다. 그 점에서 수정별은 마음의 상처나 고독의 문제로부터도 초월해 있다. 초현실주의자로 번역되는 제목도 바로 이 점을 상기시킨다. 그리고 무엇보다 심리적 지향점으로 이 응결의 대상은 바로 모든 사람의 번뇌의 대상이자 고원 선생의 고민거리인 "죽음은/더 크게 사는 일"(「새 얼굴」)과 관련된다는 사실이다. 응축은 모든 시련으로부터 내성을 지니며 방어하는 일을 담당하지만 무엇보다 죽음에 대한 공포로 자신을 지키기 위함이다. 그 점에서 응축의 승화로서 응결의 미학은 바로 고독과 죽음에 대한 미학적, 윤리적 대응인 셈이다. 여기에 고원 시의 가치와 아름다움이 깃들어 있다고 해야 할 것이다.

존재의 멀미,
혹은
환멸의 형식

제3부

이단(異端)의 노래
— 김혜영의 시

시인은

햇빛을 자르는 검객이다

(…중략…)

내 혀는

쓰라린 담즙에 길들여진

수직의 칼날

달빛이다

—「햇빛을 자르는 검객」 부분

1. 타락한 현실에 대한 부정의식

김혜영의 시는 순수한 의미에서 몽상적이지 않다. 오히려 사변적이다. 의
식이 날카롭게 곤두서 있어 보는 사람도 그에 반응해 의식의 고삐를 놓지 못

한다. 그녀의 시를 읽는 것은 하나의 날카롭게 곤두선 칼날과 마주한 것 같아 그 예기(銳氣)를 이기지 못할 경우 자칫 베일지도 모른다는 긴장감을 갖게 한 다. 시가 물질적 생활의 욕망으로 나태해진 오늘의 우리 일상을 사정없이 찌 르고 가르는 '파열(破裂)' 의 아픔을 주고 있는 것이다.

그렇다. 그런 점에서 그녀의 시는 예사롭지 않은 면모를 보여 준다. 김혜영 의 첫 시집은 단순히 세계의 아름다움을 노래하고 있는 전통적 서정시가 아니 라는 점에서보다 이 시대 현실의 문제적 화두를 던지며 다가서고 있다는 점에 서 예사롭지 않은 것이다. 이런 그녀 시를 굳이 틀을 지워 본다면 흔히 과격한 모더니즘시로 불러질 수 있는 전위시(前衛詩)에 가깝다. 여기서 전위시라 했을 때 그것은 단순히 형식적 차원의 실험성에 의거한 실험시를 가리키는 것이 아 니라 형식과 내용 양면에서 공히 이 시대적 관념에 도전하고 형식적 부정을 통해 새로운 문학적 진실을 찾기 위해 고투(苦鬪)하는 시를 가리킨다. 김혜영 의 시가 바로 진정한 의미에서 오늘의 현실과 형식에 도전하는 전위시라고 우 리는 칭할 수 있지 않을까. 전위는 앞서 나아간다는 의미 외에도 새로운 이념 을 제시하며 그것에 걸리는 당대의 각질화된 관념을 깨부순다. 그 점에서 역 사 지향적이며 주체 지향적이다.

나는 그것을 김혜영의 이번 시집의 시들 속에서 읽는다. 그녀의 화자들은 여전사다. 타락한 세계와 대결하며 여성으로서 진정한 자아를 찾기 위해 자 신의 실존을 투쟁의 한 가운데에 기꺼이 놓는다. 그녀의 시적 화자들은 늘 움 직이고 솟구친다. 이 행동의 가장 앞선 형태로 제시되는 것이 이 타락한 세계 에 대한 직시다. 즉 모순의 구체적 인식이다. 다음과 같은 작품들이 그런 느낌 을 주는 것들이지 않을까.

변방의 시민들은 굶주린 쥐처럼 이빨을 갈면서

시체를 뜯어먹는다는 소문이 돌았지만

강남 시민들의 배는 자꾸 불러만 갔습니다

비계에 짓눌려 오리처럼 뒤뚱뒤뚱 걸었지요

살을 빼는 것이 생존의 목표입니다

햇빛 에너지를 독점하려는 거대한 회사들이 증권 시장에서
돈놀이에 몰두하고 있을 때 썩은 시체의 피가
하수구에서 흘러 넘쳤습니다
—「햇빛 도시」 부분

분수에서 쏟아지는 물방울
먼지에 찌든 마네킹을 씻어 주고
쓰레기통에서 들려오는 웃음소리
물푸레나무 숲으로 걸어가는
기계들이 산소를 마신다
—「천년 왕국 · 2—사이보그 마을에 물푸레나무가」 부분

자본주의의 흡혈귀, 정글을 떠나라

정글에 홀로 살아남은 특공대 람보!
코카콜라를 꿀컥꿀컥 마시다 피식 웃는다
자본은 베트콩 혁명 전사를 이기는 힘이야
태양의 숲은 야금야금 잘려 나가고
정글에 시퍼런 문명의 혈관이 뻗어 나간다
—「호치민, 적도의 혁명전사」 부분

　그녀의 많은 작품들이 대부분 그렇지만 특히 이 세 편의 시는 김혜영이 오늘의 우리 현실을 어떻게 인식하고 있는지를 여실히 보여주면서 그녀의 시적 세계관을 드러내 주고 있는 작품들이다. 이 세 편을 관통하여 흐르고 있는 것은 자본의 제국주의화, 다시 말해 자본의 현대판 식민과 종속의 문제, 또 그와

쉽게 결탁되어 가는 기계문명의 비정함이다. 가히 전위의식에 입각하여 악마적 세계를 고발하고 있다. 오늘날 우리 사회의 악마적 현상이 창궐한다면 바로 자본과 관련되어 발생하지 않을까.

자본이 갖는 비인간화와 욕망의 공룡화, 이런 타락한 자본주의 문명은 그녀의 시에서 미국을 종주로 하여 세계를 패권적으로 다스리려는 반도덕성으로 곧잘 나타난다. 미국적 자본이 우리의 현실로 축약돼 나타나는 「햇빛도시」는 '쥐'와 '오리' '시체' 들로 넘쳐나는 혐오스러운 공간이다. 이 공간은 다시 '마네킹'과 '기계' 인간으로 환치되어 나타나는 것으로 보아 진정한 인간이 부정되는 사회다. 그 사회에 오직 활개를 치는 것은 자본의 힘, 즉 '람보'와 '코카콜라'로 상징되는 미국적 자본의 힘이 미친 듯한 속도와 강도로 세계를 잠식하고 재편한다. 그것은 악마적 힘이다.

이 힘에 대한 감지와 공포는 그것이 이성적 판단보다 직감적 영역에 속했음을 시인도 알았을까? 다음과 같은 시에서 그것을 본능적으로 드러내고 있다. 즉 "오, 달러, 달러, 달러, 자본이 황제야!/클린턴의 블루룸 전화기에 빨간불이 켜진다//(…중략…)//거대한 세계화의 물결에 쓸려 가던 세기말/자본의 힘은 악마의 유혹처럼 잔혹해 /슈퍼 강대국의 심장이 흔들리고/아시아의 노란 공포"(「위대한 유산」)가 바로 그것이다. 이 시는 자본주의 문명을 이끌고 있는 미국을 하나의 악마적 대상으로 느끼면서 그 대상에 대해 '노란 공포'로 표현되듯 감당할 수 없는 공포감을 가지고 있음을 보여 주고 있다. 때문에 이 미국이 자국의 이익을 위해 중동을 비롯 세계 여러 나라의 경찰 노릇을 하며 자본의 패권화를 이루어가는 현실, 곧 미국으로 상징화된 자본이 이 세계의 질서를 하나의 자본 논리로 귀속하려는 역사적 현실에 대해 지독한 공포감과 거부의식을 보이게 되는 것이다. 그것이 다음과 같은 시일 것이다.

바그다드 상공에서 빗방울처럼
화약 풍선이 쏟아져 내리자
배고픈 이라크 아이들은

> 후라이팬을 들고 나와
>
> 노란 계란을 받았다
>
> 노란 계란이 폭발해
>
> 붉은 핏방울이 방울방울 맺혀
>
> 사막의 살결을 이불처럼 덮어
>
> 아이들의 손과 발이
>
> 타들어간다
>
> —「잃어버린 메소포타미아」 부분

　자본의 침탈은 결국 무고하고 순수한 생명들의 손과 발을 태우고 피를 흘리게 한다. 세계가 하나의 악마적 이미지로 가득 차 있어 의식 있는 존재라면 공포감을 갖고 이것을 대하지 않을 수 없음을 보이고 있는 것이다. 이것은 그녀가 시를 대상과의 조화나 합일의 추구로 생각하기보다 대상에 대한 거리두기를 통해 세계와 대상의 본질을 파악하고자 하는 인식론적 경향이 강함을 보여주는 부분이다. 그 결과 그녀는 이 세계가 타락해 있을 뿐만 아니라 지독한 부조리로 우리 인간과 생명을 위협하고 있음을 드러내고 있는 것이다.

　그렇다면 그녀는 왜 이렇게 세계를 악마적 이미지로 느끼고 파악하게 되었을까? 이것을 알기 위해서는 신화원형 비평가 N.프라이의 말에 경청할 필요가 있다. 프라이에 따르면 악마적 이미지는 신의 질서에 대해 인간이 느끼는 소원감(疏遠感)과 무력감에 의해 발생한다고 한다. 그때 악마적인 인간세계는 일종의 자아(ego)의 분자 같은 긴장에 의해서, 즉 개인의 가치를 희생시키는 또는 고작 의무와 명예를 위해서 개인의 기쁨을 희생시키는 집단이나 지도자에 대한 충성심에 의해서 유지되고 있는 사회를 가리킨다. 이 말로 볼 때 김혜영이 느끼는 악마적 이미지의 산출도 개인의 가치가 실종되고 자본의 논리로 모든 것이 재단되어 신의 섭리, 즉 심원하고 영원한 가치의 상실에서 발생하고 있음을 알 수 있다. 특히 미국적이라는 이 자본에 의해 타락한 현실은 그녀의 뇌리에 신의 정의가 사라진 것으로 각인되며 그 결과 인간적이고도 생명적인 삶의 의미는 찾기 힘들 것이라는 절망이 팽배해 있는 것이다. 여기서 시적 화자는 악마적 현실이 구체화된 일상성의 폭력 앞에 괴로워하며 그것에 대해 조롱과 자학으로 맞서게 되는 양상을 취한다. 그 길은 참혹한 정신의 길이지만 의식 있는 존재의 실천적 저항의 의미를 띠는 것이기에 삶의 긍정성을 찾는 노력이라 평하지 않을 수 없다.

2. 일상성의 폭력과 풍자적 대응

자본의 전면화는 우리의 일상적 현실을 형식적 합리성과 도구적 효율성으로 모든 가치를 채워 버린다. 그것은 하나의 가치로 이 세상의 모든 존재들을 재단해 버리는 획일성을 의미한다. 따라서 그것은 절대적 압력으로 개인과 집단 생명체들의 삶을 강제하고 결정한다. 그 보이지 않는 이데올로기의 힘이 너무 거대하고 강압적이어서 빠져나갈 틈이 보이지 않는다는 데에 현대인의 고뇌가 있다. 김혜영도 이를 너무 깊이 인식하고 있었던 것일까. 다음과 같은 시를 통해 거대한 자본주의적 삶의 일상성이 하나의 틀이 되어 그녀의 삶을 가두어 버렸음을 폭로하고 있다.

문득
숨을 헐떡이며 질주하던 외뿔소가
거울 속으로 쳐들어온다

시체처럼 끌려가는 돼지 한 마리
돈을 쫓아 증권거래소를 떠돌다
책가방을 들고 대학의 강단을 오르다가
재즈가 흐르는 코헨 술집에서 술을 마시다가

헝클어진 머리카락으로 된장국을 만들다가

드르렁 드르렁 코고는 남편 옆구리를 쑤시다가

침대에서 떨어져 짜증을 부리다가

식은 밥을 꾸역꾸역 물에 말아먹다가

거울이 있는 방에서 잠이 든다

너무 오래도록 잠이 들어

꿈인지 생시인지도 모르는 잠

안방에 걸린

커다란 눈동자가 나를 깨운다

눈 밝은 사자가 거울 속에서

고함을 친다

거울은

천 개의 귀를 연다

—「눈 밝은 사자」 부분

　이 시는 주체의 자기인식의 어려움을 이야기하면서도 끝내 자기 정체성을 깨달으려는 몸부림이 주가 되고 있는 작품이다. 이 시에서 '거울'은 일상적 폭력에 마비되지 않은 시인의 자의식을 상징한다. 그런데 이 시는 그 거울이 "천 개의 귀를" 열게, 즉 자기 정체성을 깨닫게 되기까지에는 두터운 일상의 압력에 화자가 오래 고통스러워 했음을 암시하고 있다. 곧 "시체처럼 끌려가는 돼지 한 마리"로 자신을 비하시켜 표현된 데서 우리는 시적 화자가 비본래적 자아로 살아가고 있음을 알 수 있고, 이는 다시 일상적 압력에 의해 너무 오래도록 사물화된 존재로 살아왔음을, 즉 시적 표현에 따르면 "~다가"로 여러 의미 없는 존재로 방황하며 "너무 오래도록 잠이 들어/꿈인지 생시인지도 모르는 잠"을 자고 있었음을 알게 한다. 그것은 일차적으로 자본이 일상을 장악한 현실에서 현대인들은 "돈을 쫓아" 여러 피상적 존재가 되었다가 결국 아무런 생의 의미를 찾지 못한 채 잠들어 있는 존재나 마찬가지로 살 수밖에 없음을 보여 주는 것이다. 여기서 김혜영의 시적 인식이 시대사적 문제의 핵심을 겨누고 있음을 알 수 있다.

이 인식이 자기 자신에게로 향해 구체화될 때는 현대 자본주의 문명이 갖는 일상성에 억압된 사회적 존재로서 비애를 어느 정도 드러내게 된다. 다음과 같이 자신의 처지를 구체적으로 나타내는 시는 일상성의 폭력과 함께 거기에 상처 받는 자아의 모습을 보여 주고 있다.

> 이력서에 기입된
> 허름한 가족사와
> 쟁쟁하지 못한 학력과
> 단추 구멍 같은 눈과
> 구부정한 어깨 탓에
> 사자에게 먹이를 빼앗기고
> 허탈하게 터벅터벅
> 땅굴로 돌아오는
> 하이에나
>
> (…중략…)
>
> 열대의 태양은 시들지 않는다
> 하이에나의 가방은 무겁다
>
> ―「대학 강사 하이에나」 부분

자신의 현실적 처지는 '대학 강사'다. 그것은 자본주의 사회에서 고급 지식인이지만 사회적 제도의 모순으로 열악한 대우를 받는 '하이에나'와 같은 존재다. "사자에게 먹이를 빼앗기고/허탈하게 터벅터벅/땅굴로 돌아오는" 대학 강사는 자신의 자아를 사회적 맥락 속에 실현시키기보다는 노동력을 착취당하고 소외된 상태로 사회 제도적 압력에 짓눌려 살고 있음을, '터벅터벅'의 의성어와 "가방은 무겁다"란 표현으로 잘 드러내고 있다.

　때문에 이러한 일상성의 폭압은 그녀에게 부정과 거부의 대상이 되는 것은 당연하다. 그러나 그녀의 앞에 주어진 일상적 현실은 너무 거대하고 완강하여 변혁을 꾀하기가 거의 불가능하다. 이렇게 힘의 우열이 너무 분명하게 차이날 경우 자아는 자신을 둘러싼 현실에 대한 부정과 저항을 우회적으로 하게 된다. 즉 풍자와 해체의 대응이다. 다음의 시들이 바로 그러한 정신을 보여 주는 작품들이다.

　　역사는
　　허구로 짜여진 거미의 그물이다

　　영리한 거미가 새로 발굴한 고분에서
　　모락모락 김이 나는 사냥감을 발견해
　　꽁무니의 비단실로 칭칭 감는다
　　살인적인 논리……

　　뜨거운 피 흐르는 심줄을 삼킨다
　　검은 독 가득한 입안으로

　　(오, 행복한 오류의 역사여, 번성하라)

　　　　　　　　　　　　　　　　　―「거미줄에 걸린 아버지」부분

　　孔子의 아내는 흰밥을 짓고 설거지를 하고 실크 셔츠와 넥타이를 다림질하고 부전시장을 다녀와 세탁기 안에 담긴 물을 들여다보니 걸레처럼 머리가 헝

클어진 수선화가 있었네

   孔子의 아내는 모래 반찬을 만들고 청소기를 칼처럼 휘저으며 집안 곳곳을
돌아 다녔네 세련된 하녀를 둔 孔子의 기상은 드높아 창공에 구멍을 뚫었네

   빛의 구멍에서 알들이 쏟아져 내려와 하나 둘 새들이 깨어나 孔子의 몸을 쪼
아먹었다. 시간 도둑들이야!

   孔子의 시간이 모래시계 속으로 빨려 들어가고 아내는 허공에서 국화빵처
럼 웃었네 孔子의 아내는 늙은 孔子를 안아 젖을 물리고 있었네 오동나무 관이
그 집을 방문할 때까지

―「孔子의 아내」 부분

   일상적 현실에 대한 이러한 풍자적 대응에 오면 그녀가 부정해 마지않는 일
상성의 폭력의 정체도 조금씩 밝혀진다. 앞에서 보아 왔듯 그것은 일차적으
로 자본주의적 가치와 논리다. 그런데 위 시를 통해 보면 자본주의적 가치는
쉽게 역사의 전면에 부상하여 지배이데올로기로 작동하였음을 암시하고 있
다. 그것도 특히 "허구로 짜여진 거미의 그물"과 같은 것으로서 "행복한 오류
의 역사"라는 조롱을 받게 된다. 즉 '허구'라는 단어를 두고 볼 때 일부만에
해당하는 역사일 뿐이라는 것이다. 그것은 지배자들만의 역사, 다시 말해 동
일자 중심의 역사로 타자를 배제한 일방주의의 역사라는 인식이다. 이것은
역사에 대한 전복적 사고다. 그런데 이것이 「孔子의 아내」에 오면 더 구체화
된 문제로 좁혀진다. 즉 지난 역사는 남성 위주의 가부장적 제도의 역사라는
인식을 보여 주는 것이다. 특히 "孔子의 아내는 모래 반찬을 만들고 청소기를
칼처럼 휘저으며 집안 곳곳을 돌아 다녔네 세련된 하녀를 둔 孔子의 기상은
드높아 창공에 구멍을 뚫었네"라는 남성중심주의에 대한 조롱은 그 동안 그
녀가 비판하고자 했던 일상성의 폭력이 자본과 지배이데올로기, 즉 근대 자본

주의와 결탁한 가부장적 남성중심주의임을 분명히 하고 있는 것이다.

따라서 근대자본주의 가부장적 제도에 대한 거부와 부정은 김혜영 시의 본질적 국면이자 동시대 억압된 여성의 인간화 선언이다. 그 점에서 그녀가 자유와 자주성을 추구하는 차원에서 아나키즘 사상에 공명(共鳴)하는 것은 아주 자연스러운 일이다.

> 국가, 법, 감옥, 사제, 재산, 계급이 사라진 세상!
> 가네코 후미코가 연분홍 기모노를 입고
> 허공을 나비처럼 날아다녔다
>
> 난 일본 제국의 아나키스트였어
> 아무도 날 검열할 수 없었어
> 자유의 날개를 가진
> 날 꺾을 수 없었지
>
> 사랑하는 박열의 품에 안겨
> 콧노래를 부르며 책을 읽던 그녀가
> 봄비를 맞으며
> 나의 서재를 다녀갔다
>
> ―「가네코 후미코」 부분

김혜영에게 자유로운 존재의식을 가졌던 일본 여성 아나키스트 '가네코 후미코'는 하나의 이상적 여인상으로 다가온다. 특히 자신의 이념을 위해서라면 당시 파시즘화 되어버린 조국 일본마저 부정해 버린 가네코의 자주적 결단과 투철한 의식은 김혜영에게 여간 부러운 태도가 아닐 수 없다. 그래서 그녀는 아나키즘을 다룬 다른 시, 가령 "독재자 거미가/뒤꽁무니에서 힘껏 뽑아 올린 실이/툭,/툭,/끊어져//허물 허물 허물어지는 거미줄//중국 연변을 떠도는/이방인의 공허한 눈동자가 빛났다/아나키스트의 손은/불꽃에 그을린 나방의 날개/배고픈 하루가 철문을 닫는다 꽝!"(「아나키스트의 손」)에서도 독재자의 거미줄을 끊어 버리는, 일체의 압제와 폭력을 부정해 버리는 아나키스트의 손을 부러워하는 것이다. 그것은 역사의 구체적 장에서 이제 여성적 존재로서 남성 중심의 자본제적 삶의 방식에 거부를 분명히 하고자 하는 뜻임을 알 수 있다. 그 점에서 다음과 같은 시는 이념적 저항이 남성사회에 대한 형식적 부정정신의 소산으로 자연스럽게 솟아난 형태라 할 수 있는 것이다.

붉은 …… 붉은 혁명의 기수는 목마를 타고 불타는 만주 노을 속으로 달린다 …… 연분홍 혁명의 깃발을 가슴에 꽂은 대머리 여가수의 자주빛 비단 원피스에 우수수 낙엽이 진다 …… 모스크바 광장에서 레닌의 동상이 처형당하던 날 …… 키 작은 등소평이 거닐던 붉은 카펫트 만이 공산주의의 자존심을 화려한 작약 꽃으로 장식했다 …… 한 잔의 포도주에 자신을 익사시킨 남자의 붉은 육체가 대지 위로 떠내려가고 …… 낙원의 빠알간 사과를 따는 처녀 …… 금기의 빛 …… 붉은 빛 …… 아반테, 티코, 그랜저, 엘란트라, 프린스, 볼보, 프라이드의 행렬은 갈 수 없는 통제 아래 서 있다 …… 넘을 수 없는 벽 …… 구치소 옥상 위에 꽂혀진 빨간 브래지어와 팬티, 바람에 흔들리며 잊혀진 본능의 원시림을 떠올린다 …… 핏발 선 눈처럼 타오르는 용광로 …… 붉은 불꽃 …… 카바레 불꽃에서 블루스 추는 중년의 남자 …… 제철 공장에서 …… 밤새 도시락을 싸는 어머니 …… 군대 가던 날 비가 내렸다 …… 스무 송이의 붉은 장미를 그녀에게 남기고 …… 휴가 받은 나의 까까머리를 물끄러미 …… 모노드라마 찻집의 창문 너머 고호를 닮은 거리를 …… 무표정한 석고상의 눈빛 …… 커피잔에 묻어난 붉은 립스틱 자국 …… 붉은 눈물, 붉은 강물, 붉은 붉은 붉은
― 「붉은 깃발과 노란 꽃과 그리고 푸른 카펫트―캔버스 1」 부분

이 시는 논리적이고 합리적 효율성을 중시하는 자본주의적 방식, 특히 일관성과 통일성을 강조하는 남성 중심적 사고방식에 위배되는 글쓰기 방식을 보

여 주고 있다. 감성과 연상, 그리고 비약과 병치로 구성된 이 시는 다만 '붉은' 색채가 갖는 강렬성으로 어떤 의미의 연관성을 획득하고 있을 뿐이다. 그것은 논리적 이해를 통해 권위적 가치를 부여하는 남성적 글쓰기에서 벗어나 직관적 감성으로 화자의 심리적 현실에 동참하는, 즉 '공감' 하는 여성적 글쓰기의 한 사례를 보여 준다. 그런데 이러한 글쓰기는 종전의 방식으로 보자면 하나의 해체의 양상을 지니는 것인데 그것이 갖는 가치는 바로 기존의 질서와 가치에 대한 부정과 전복에 있다.

일찍이 마르쿠제는 전위예술을 논하는 자리에서 전위문학의 노력이란 곧 사실이 언어를 지배하고 있는 힘을 깨뜨리고, 사실을 설정하고 강요하고 또 거기서 이득을 보는 사람들의 언어가 아닌 새로운 언어로 말해 보려는 노력이라고 말한 바 있다. 이때 이 새로운 언어는 기존 사실의 힘이 점점 전체주의적이 되어, 모든 반대 세력을 흡수하고 모든 논의와 대화의 세계를 규정하게 됨에 따라, 모순의 현상을 드러내기 위해 점점 비합리적이고 모호하며 부자연스러운 모습을 띠게 된다. 따라서 미리 협잡으로 조작해 놓은 게임의 규칙에 대한 '위대한 거부' 를 뜻하는 '부정의 언어' 의 모색이 바로 전위 문학의 본질이라 할 수 있다는 것이다. 마르쿠제의 전위문학의 설명에 따르면 김혜영의 위와 같은 시적 표현과 발상이야말로 남성중심의 자본주의적 삶의 방식과 규칙에 위대한 거부를 표하는 부정의 언어가 되는 것이다.

따라서 김혜영의 전위적 발상과 형식적 부정은 동시대의 언어와 규칙을 찢는 칼날의 언어로서 '파열' 의 의미가 있는 것이다. 그 점 해설 앞머리에 제시해놓은 "내 혀는/쓰라린 담즙에 길들여진/수직의 칼날/달빛이다" (「햇빛을 자르는 검객」)란 표현이 얼마나 실제에 부합되는지 알 수 있다. 그리고 그 점은 다시 일본 여성 아나키스트 '가네코' 를 쓰는 시의 머리말 "자명고를 찢는다/둥둥 울음 우는 북소리/낙랑공주는 무슨 생각을 했을까" (「가네코 후미코」)하는 표현과도 의미심장하게 연결된다. 낙랑공주도 사랑이라는 이름의 자신의 자유를 추구하기 위해 여성적 존재에게 생의 '굴레' 로 상징화된 자명고를 자발적으로 '찢어' 버리고 있는 것이다. 그것은 가부장적 사회에 대한 여성적 주체성과 자유의지를 드러내는 것으로서 '파열' 의 의미를 띠고 있다. 김혜영에게 이러한 파열의 의미는 남성중심의 이데올로기에 대한 '신성모독' 이라는 방식을 택함으로써 좀더 이념적 형태를 통해 드러내고 있다는 데에 더욱 주목할 필요가 있다.

3. 신성모독과 여성적 정체성 찾기

예술가는 시대의 통념과 절연(絶緣)하여 '정신의 내적 필연성' 에 따름으로써 다음 시대를 창조해 내는 것이 본분이다. 그럴 때 기존 사실의 힘이 전체주의화되고 하나의 일상성이 되어 압력을 행사해 올 때 거기에 저항하는 것은 당연한 일이다. 김혜영이 자본과 결탁한 가부장적 질서의 비인간성과 반생명성에 대한 부정과 도전은 그러므로 오늘의 올바른 인간성과 생명성을 찾기 위한 힘겨운 노력으로 보아야 하는 것이다. 그래서 그녀가 다음과 같은 작품 등으로 일상적 현실 속의 문제들을 부정하고 악을 써대도 그것은 단순한 푸념이나 저주가 아니라 타락한 현실과 교조화된 이념에 대한 갱신과 저항의 의미를 실천하고 있음을 알 필요가 있는 것이다.

> 작은 영혼이 태양의 집을 뚫고 날아가더니
> 파란 풀밭에 앉아 노래를 부른다
>
> 태양이 시들어 우주의 집에서 폭발할 때
> 추락하는 빛은 태연하게 웃는다
> 소멸하면서 소생하는 빛, 나는 웃음 짓는 부처다
> 고뇌하는 신(神)의 아이들이 깔깔거리다
> 무거운 갑옷을 일제히 벗어 던지네
>
> ―「천년 왕국 · 3―추락하는 빛」 부분

황금에 싸인 부처는

그의 혀에서 나온 언어를 불살라 버렸다.

모든 신성한 언어는 거짓말이야

네 안으로 들어가는 길 이외에는

더 이상의 지름길은 없다.

바벨 도서관 창문은 어둠에 물들고

발뒤꿈치로 살금살금 숨어 다니던 고양이가

금서의 책장을 넘기면서

하얀 알몸에 붉은 글씨를 새긴다.

―「바벨 도서관」 부분

하늘도 땅도 없다 나도 너도 없다 시간도 공간도 없다

가고 오는 것도 없다 빛도 어둠도 없다

없다

애인도 없다

(당신이 바람처럼 홀쩍 떠났을 때

검은 빗물에 젖어 두 눈을 뜰 수 없었어)

미운 사람도 없다

(당신만 보면 메두사처럼 돌덩이가 되지)

삶도 죽음도 없다

(아버지 시체를 구더기가 다 파먹어도

아무 대답이 없었어)

부처도 예수도 없다

(불상은 왜 그렇게 비싸고

　　예수는 왜 벌거벗고 매달려 있는 거지)

　　하느님도 마음도 없다

　　(없는 하느님 때문에 사람들 많이 죽였지, 개자식들)

　　천국도 지옥도 없다

　　(없는 천국 팔아서 사업하는 사람도 많지)

—「無 無 無 無 없다, 라고 조주 선사가 말했다」 부분

　이 세 편의 시는 극단적인 부정정신으로 일관되어 있다. 그러나 이 시들에서 무엇보다 우선적으로 보아야 할 것은 '신성모독'이다. 신성모독이란 무엇인가? 바로 이단(異端)의 노래인 것이다. 여기서 이단이란 이때까지 정통이란 이름 하에 억눌려온 목소리를 말한다. 즉 동일자 중심 사회에서 억압되어 온 '타자'의 목소리인 것이다. 역사적 현실로 보자면 남성 중심의 가부장제 사회 속에서 타자적 존재로 소외된 여성의 목소리인 것이다. 따라서 여성이 남성 중심의 이데올로기에 재단되지 않으려면 남성들이 정통화해 놓은 법률과 규칙을 위반할 수밖에 없다. 그것이 바로 남성이 섬기고 있는 신성에 대한 모독 행위인 것이다. "나는 웃음 짓는 부처다" "모든 신성한 언어는 거짓말이야"라든지 "부처도 예수도 없다" "하느님도 마음도 없다" "천국도 지옥도 없다"는 부정들은 남성들이 세워놓은 질서와 이념에 대한 거부로서 신성모독의 행위인 것이다. 남성들이 자신들의 율법에 맞추어 신성의 권위를 내세운 것에 대해 시적 화자는 "(없는 하느님 때문에 사람들 많이 죽였지, 개자식들)" 하고 반응한다. 그것은 중세적 질서로 볼 때, 또는 아직까지 여전히 존속되고 있는 가부장적 자본주의 체제로 볼 때 마녀의 행위이거나 이단자의 일탈행위인 것이다. 즉 체제로부터 낙인찍히는 공포스러운 행위인 것이다.

　그러나 여기서 김혜영의 시는 또 한번 시니컬한 어조로 통쾌한 반전을 보여준다. 그녀는 오히려 마녀이기를 자청하는 것이다. 그녀가 "왜 여자는 사제가 될 수 없어요?"(「교황이 객관적인 원숭이에게 물었다」)라고 당돌하게 교황에게 물을 수 있는 용기를 가졌다는 점에서 가령 다음과 같은 마녀의 승인과 지

향은 그런 점에서 전혀 이상한 일은 아니다.

　신(神)으로 태어난 처녀. 풍만한 젖가슴에 신의 아들과 딸을 안고 칼날처럼
서늘하게 미소짓는다. 십자가 밑에서 울던 사람이 처녀의 가면에 손을 대자 그
순간, 아흔 아홉 개의 가면이 활짝 피어난다. 평원에서 문명이 움틀거리고 야
수 같은 마녀들이 검은 상복을 입고 날아다닌다. 검은 망토로 뒤덮인 도시의
밤은 낄낄거린다. 어둠 속에서.
—「아흔 아홉 개의 가면 · 6—괴물이 내린 저주」 부분

　내 방은 푸른 물결이 가득 차 있습니다
　가만히 들여다보면 시퍼렇게 멍든 자국이 반짝입니다
　버지니아 울프는 주머니에 돌멩이를 채운 채
　수면으로 떠오르지 말라는 주문을 외우며
　차갑고, 고독하고, 우울한…… 죽음의
　우즈강(江)으로 날아들었습니다

　푸른 달빛이 스민 창가에 다가와서
　그녀는 물끄러미 나를 바라봅니다
　우수가 깃든 그녀의 눈에
　물고기 한 마리 헤엄칩니다
　어항 속의 물고기가 입을 열었지요
　이 방에서 시체 냄새가 풍겨
　썩은 금붕어!

　어항을 사정없이 방바닥에 내던졌습니다
　성난 마녀처럼 일렁이는 검은 물결

울프의 눈빛이 날카롭게 변하더군요
예리한 화살이 심장을 파고 들어왔지요
유리 지붕을 뛰어 넘어야 해!
머리에 붉은 칸나 꽃이 피어나겠지
입안에 태양을 삼켜 봐

―「유리 지붕을 넘어」 부분

밤의 정령으로 마녀이기를 자처하는 김혜영의 의식은 그 동안 낮의 시간대가 남성이 주체로 하여 세워놓은 역사와 문명이라면 그것을 전복하여 밤의 역사와 문명을 새로 엮으로써 남녀평등뿐만 아니라 생명을 존중하고 관계를 존중하는 새로운 역사적 주체가 되고자 하는 것이다. 그것은 특히 페미니즘 운동의 선구자 '버지니아 울프'에 대한 의식을 통해 '유리 지붕'이라는 남성적 질서를 뛰어넘어야 하는 확고한 자의식의 획득으로 더욱 탄력을 얻고 있다. 그 장벽을 뛰어넘을 때에는 '붉은 칸나'로 대변되는 새로운 생명체의 탄생이 예고되어 있다는 점에서 기존 역사의 왜곡과 억압은 분명 해소되어야 할 문제로 시인에게 다가오고 보는 독자에게도 공감되는 일인 것이다.

그 점에서 김혜영이 다음과 같이 자신과 현실을 담담히 응시함으로써 진정한 자기 정체성을 찾기 위해 고뇌하고 있는 시는 보다 차분한 상태에서 실천 가능한 구체성을 탐색하고 있다는 점에서 주목할 만한 작품이다.

사각의 액자 안에 갇힌
나혜석이
경성대 갤러리 벽에 앉아있다

페미니스트의 훈장이
백마를 타고 달리던 선구자의 깃발처럼
빛바랜 사진 속에서

서글프게 빛났다

입꼬리가 처진 채 나를 응시하는 눈빛에
회색빛 구름이 일렁인다, 입에 재갈이 물린 듯
무겁다.

앞가슴이 패인 검은 자켓의
저 단추를 끄르면 저주받았던 마녀가
다시 환생할 수 있을까

유화 물감이 물든 손가락으로
이혼고백서를 휘갈겼던 도발적인 그녀에게
비릿한 아이의 젖 냄새 배어있고
고춧가루, 마늘 냄새가 난다

나혜석의 자화상은
무겁게 벽에 걸려 있다

왠지 냉담하고 차가운 시멘트처럼 굳어있는
표정 안에서 또 하나의
나를 바라본다

—「自畵像」 전문

    그녀의 이 시는 분노와 열정에 들떠 있는 상태가 아니다. 현실적 무게와 자신의 처지를 다 헤아리고 있다. 그러면서 1930년대 당시 "저주받았던 마녀"로서 나혜석이 여성운동의 선구자로 의미 있는 삶을 살았음을 생각하고 비록 비참하게 생을 마감했지만 "다시 환생할 수 있을까"를 묻고 있다. 그것은 바로

‘지금 여기’의 여성적 삶의 문제를 나혜석과 같이 자신이 해보겠다는 다짐과 각오 아니겠는가. 비록 시적 화자에게 나혜석의 초상화는 사각의 틀 안에 갇혀 있고 거기다 시멘트 벽에 무겁게 걸려 있지만 그 내부에서 터져 나오는 열정과 날카로운 의식에 자신이 ‘도발’되고 있음을 감추지 않고 있다. 그것은 나혜석의 “표정 안에서 또 하나의 나를 바라본다”는 자기 확인의식에서 볼 수가 있는 것이다.

그 점에서 이 시는 앞서 소개하였던 잠깨는 사자의 시, “안방에 걸린/커다란 눈동자가 나를 깨운다/눈 밝은 사자가 거울 속에서/고함을 친다//거울은/천 개의 귀를 연다”(「눈 밝은 사자」)의 구체적 내면화의 시라 부르지 않을 수 없다. 그 말은 이 시에 와서야 비로소 김혜영은 오래 자신의 현실적 고뇌와 역사적 전망에 입각하여 자신의 삶의 진실에 눈뜨게 되었다는 의미다. 그것이 특히 의식의 칼날로 자신의 허약한 존재의식을 깨뜨리고 온몸으로 동시대의 문제를 싸안고 달려가려는 정제된 열정을 보여 주고 있다는 점 또한 이 시대 여성시의 중요한 한 전범으로 높게 평가될 사항이다. 여기에 이르러 김혜영의 시는 실존적 측면뿐만 아니라 사회적 기능의 측면에서도 문학적 진정성을 확보했다고 보아도 좋을 것 같다. 그 점에서 우리는 앞으로 그녀의 시적 자아가 어떻게 거울 밖으로 나와 여성성의 대지 위에 굳건히 서서 생명과 자유의 아름다움을 노래하게 될지 기대하게 된다. 그 길은 험난하지만 그녀가 잘 헤쳐나 가리라 믿음이 드는 것 또한 그녀 시의 매력임을 우리는 알고 있다.

지루한 운명과 환멸의 형식

― 문성해의 시

　한 세기가 흘러도 현명한 석학의 말은 여전히 우리의 가슴을 울린다. 루카치는 「에세이의 본질과 형식」이라는 글에서 예술은 영혼과 운명을 제시한다고 했다. 영혼과 운명, 그것은 당대를 살고 있는 인간 존재의 본질을 일컬을 텐데 루카치는 이것이 예술의 형식 속에서 구현된다고 한다. 이 때 형식은 인간의 영혼과 운명을 담아내는 그릇으로서 시대적 현실 속의 미적 존재성을 드러내는 방식이라는 것이다. 루카치는 그 형식의 하나로 서정시에 관해 말할 때 시와 삶 사이에는 긴장이 갖추어져 있어야 한다고 말한다. 왜냐하면 긴장은 시와 삶 양쪽의 가치를 모두 창조해 내기 때문이라는 것이다. 그가 말하고 있는 긴장은 시의 사회적 응전, 즉 자본주의화 되어가는 20세기 초 서구 사회에 대한 시인의 항의 내지 불화를 의미한다. 그 긴장이 녹아든 지점 역시 예술의 형식임은 두말할 필요가 없다.

　루카치의 말을 되새길 때마다 우리 시대의 영혼과 운명이 어떤 형식으로 표출되어야 마땅할 것인가를 고민하는 것은 비평의 주된 관심사가 된다고 할 수 있다. 그렇다면 서정시로 후기 산업자본주의 사회를 보내고 있는 오늘의 우리 존재성을 드러낸다면 어떻게 드러낼까? 그것을 찾는 것은 비평뿐만 아니라 오늘의 예술가로서 시인이 해야 할 본원적 임무일 것이다. 그럴 때 문성해의 시는 이 물음에 대한 하나의 실마리로 다가온다. 문성해의 시는 후기 산업 자본주의 사회, 아니 보다 정확히 말한다면 소비자본주의 사회라는 이름이 더 적절한 현 자본주의사회 속의 삶의 방식을 '문제적'으로 보여 주고 있다. 그녀의 시는 인간이 자본과 욕망의 노예가 되어 어쩔 수 없이 '사물화'의 세계로 빠져드는 우울한 병리 현상을 예리하게 포착해 보여 준다. 그 점에서 그녀의 시를 감상한다는 것은 당대의 벌거벗은 우리의 영혼과 운명을 만나는 일이자 당대의 예술이 지녀야할 형식을 이해하는 일이 된다. 그것이 비록 고통스런 일로 발전할지라도 진실의 확인은 언제나 존재의 의미를 고양시키는 것이기에 가치 있는 일이다.

　사실을 알기 위해 그럼 그녀가 만든 시적 풍경 속으로 들어가 보자. 문성해의 이번 첫 시집의 풍경은 그녀가 당대를 살면서 고뇌했던 여러 겹의 삶의 결들로 구축되어 있다. 그 결들은 씨줄과 날줄로 얽히면서 문성해의 시적 풍경을 이루고 있는데, 여러 무늬가 다양하게 펼쳐져 있어도 하나의 주제로 수렴되어 가듯 그녀 의식의 중심으로 인도하는 이미지가 있기 마련이다. 그녀가 본능적으로 엮어 가는 이미지의 선을 따라가면 우리는 다분히 이물스럽고도 놀라운 다음과 같은 이미지를 만나게 된다.

비는 점점 거세어지고 움푹움푹 골이 패이는 거울

깨질 듯 끝내 깨지지는 못하고

사람들 얼굴에도 들러붙어

번질거리기 시작한다.

—「깨지지 않는 거울」 부분

겨우내 끌어 날랐을 물통이

물 흠뻑 먹어 번들거린다

물통에서 떨어진 물이 시멘트 바닥을 기어간다

멀어지는 할멈을 기를 쓰고 따라간다

―「가뭄」 부분

이 두 편의 시에 나타난 주요 대상은 '물'이다. '거울'로 표현된 대상은 빗방울이며, '물통'에 담겨 출렁대는 것도 물이다. 그런데 이 물은 생명을 기르는 물도 아니고, 강과 들판을 흘러가는 유장한 물도 아니다. 정화(淨化)를 상징하는 담백한 물은 더욱 아니다. 여기서 그것은 "번질거리기 시작한다"나 "번들거린다"에서 볼 수 있듯 '기름기'가 도는 물체로 나타나고 있다. 놀랍게도 문성해에게 물은 동물적 속성을 띠고 나타나고 있는 것이다. 이 때 동물적 속성이란 무엇인가. 그것은 '포식'과 관련된 동물의 욕망이다. 이 시들에서 물은 사람의 얼굴이나 물통에 묻어 동물적 욕망을 자연스럽게 환기함으로써 욕망에 붙잡힌 세계를 드러내고 있다.

그 점에서 이 시에서 우리가 느끼는 것은 흉물스러움이다. 시적 세계는 동물적 느물거림과 번들거림으로 혐오스럽다. 그것이 더욱 구체화된 표현은 다음과 같다.

정체를 알 수 없는 검은 물이 조금씩 흘러나오고
그 물을 찍어먹는 새앙쥐 눈알이 더욱 반들거리는 저녁

―「검은 비닐 봉지들의 도시」 부분

시적 세계로 "검은 물이 조금씩 흘러나오고", 그 물에 '새앙쥐'의 눈알이 '반들거려지는' 저녁이 제시되고 있다. 밝고 맑은 분위기가 사라지고 '검은 물' '검은 비닐'로 대변되는 어둡고 탁한 물질이 세계를 지배하는 풍경이다. 이 시에서도 '반들거리는' 이미지는 맑은 윤기가 아니라 동물적 욕망을 의미하는 기름기 도는 모습이다. 그 점에서 기름기 도는 새앙쥐의 눈알은 욕망을 좇아 이리저리 헤매는 소비자본주의사회의 타락한 현대인의 상징이다.

이러한 흉물스러움과 이질감이 그녀 시의 가장 심층부를 구성하는 풍경이 되고 있다는 점에서 그녀의 시적 세계는 동물과 곤충들의 느물거리고, 서걱대고, 쩝쩝대는 등의 즉물적 이미지로 가득 차 있다.

> 캄캄한 바깥에서
> 내 마음이 잉잉 운다
> 그대 창문 촘촘한 방충망에 걸려
> 내 은빛 날개가 갈갈이 부서지고 있다
>
> ―「들여다보기」 부분

> 풀들이 조금씩 조금씩 우리를 향하여 기어오고 있구나 애야, 쉿! 그만 울음
> 을 그쳐라 내가 굵다란 막대기를 준비할 동안, 너는 호주머니 속의 건빵을 집
> 어던지고 있으렴, 녹색 짐승들이 건빵을 먹으려고 몸을 일으킬 동안, 우리는 멀
> 리 멀리 달아날 수 있을 거야.
>
> ―「들녘에서」 부분

그녀 시에서 모든 대상들은 쉬이 동물화된다. 자신은 이미 '곤충'으로 날개
가 부서지고 있음을 실감하고 있고, 풀들마저 '녹색 짐승'으로 기어오고 있음
을 느낀다. 심지어 꽃들조차 "지린내가 진동하는/공터"(「백일홍」)에서 짐승
의 냄새를 풍기고 있고, 컨테이너 박스 속의 토큰 판매원인 "꼽추여자"는 "눈
부신 듯/조심스레 기어 나오는"(「자라」) '자라'로 표현되고 있다. '내 마음속
속살거림들"(「벌레소리」)은 '벌레소리'로 들려오고, "옥수수 열매들(도)/하
늘 향해 누런 이빨을 드러낸다"(「누설」). 온 세계가 모두 곤충이나 동물의 특
성을 가짐으로서 인해 그녀 시의 특권적 이미지는 동물적 감각과 욕망으로 질
서화된다.

그렇다면 그녀 시에서 이러한 동물적 이미지는 도대체 무엇을 말하는가?
그것은 인간이 동물과 같거나 동물보다 못한 상태로 존재하는 것을 말하고자
함이 아닐까. 인간이 동물이나 곤충으로 격하되는 것은 바로 인간의 비인간
화에 대한 신랄한 풍자다. 그러므로 인간과 인간을 둘러싼 세계의 풍경을 동

물적 감각과 욕망으로 구축하는 것은 문성해로 볼 때 타락한 세계에 대한 시인의 차가운 응전이다. 다음과 같은 시가 바로 그러한 표현이 아닐까.

　　목련이 내려다본다
　　뜨락에 흩어져 있는 신발들과
　　목련 나무 아래 묶여있는 개를,
　　개의 목을 파랗게 조여오는 쇠줄을,

　　이윽고 물이 끓으면
　　까맣게 그을린 껍데기가 벗겨지고
　　왁자지껄 국그릇이 돌아가고
　　목련나무 아래,

―「봄날」 부분

이 시는 세 가지 측면에서 문제적이다. 우선 내용적 측면에서 욕망에 사로잡힌 현대인의 행태를 시니컬하게 묘사하고 있다. 제 자신의 보신을 위해 타자의 생명을 아무 죄의식 없이 두드려 잡는 욕망의 무자비함을 냉정한 시선으로 그려 내고 있다. 두 번째로 이 시는 초점 화자를 '목련'이라는 사물로 내세워 비인간적 시점을 취하고 있다는 점이다. 이것은 욕망에 사로잡힌 인간의 타락한 행태를 차갑게 들추어내기 위한 방법적 대응이다. 이 시에서 사물은 메마른 어조로 사물보다 더 사물화된 인간의 타락한 속성을 증언한다. 그런 점에서 세 번째로 이 시는 내용과 문체 면에서 '봄날'이라는 가장 안온하고 화평한 날이 실은 욕망의 잔인함이 극에 달한 추악한 날이라는 주제의 아이러니를 풍자로 보여 주고 있는 점이다. 그것은 달리 N. 프라이가 분류한 악마적 이미지가 왜 이 시대에 나타날 수밖에 없는가를 보여 주는 것이기도 하다. 이 시의 전언으로 볼 때 욕망으로 세계는 동물적이 되면서 타락하여 악마적 비전을 띠게 된다.

문성해의 시는 이 점에서 대체로 대상과 거리를 두고 관찰하는 아이러니 정신을 보여 준다. 아이러니는 대상과 조화할 수 없는 '거리감'을 표현하기 위한 현대적 방법이다. 일차적으로 문성해의 시적 형식은 아이러니와 풍자로 세계에 대응하고 있다. 그런 점에서 문성해가 '봄날'을 노래하고 있지만 사실적 측면에서 볼 때 '겨울'을 노래하고 있는 셈이다.

이러한 타락하고 속화된 동물적 세계에서 자연스럽게 문제적인 것이 되는 것은 욕망의 무한 증식이다. 산업자본주의 사회에서 소비로 대표되는 욕망의 무한 증식은 자본주의 생리가 보여 주는 이윤의 무한 증식과 정확히 대응된다. 문성해의 시 세계에서 욕망이 공룡처럼 커져 끝내는 제 자신마저 집어삼켜야 만족하게 되는 것은 이러한 소비 자본주의 사회의 생리를 본질적인 측면에서 묘파(描破)한 것에 해당한다. 다음 시들이 그것이다.

먹어도 먹어도

보채는 저 붉은 입술 속으로

부지깽이를

마침내는

자신을 던져 넣어야 하는

하 막막한 사랑 하나를

—「난로」 부분

태양의 흑점이 자리한 그 얼굴을 어느 날 보게 되었다 그 동안 동굴은 여자를 먹여 살리기보다는 여자를 파먹고 산 것은 아닐까 어느 새 더 컴컴해진 구멍이 여자를 삼킬 듯 위태로워 보였다 무엇을 쑤셔 넣어도 채워지지 않을 것 같은 그 우묵하고 깊은 허방 속으로 조금씩 삼켜지는 마을 하나를 본 것도 같았다

—「코쟁이」 부분

'난로'로 상징화된 욕망은 "마침내는/자신을 던져 넣어야" 끝나는 법이다. '동굴'로 상징화된 욕망은 여자로 하여금 욕망을 추구하여 살아온 것이 아니라 욕망에 잠식당해 살아온 것임을 깨닫게 하고 있다. 이 시들에서 산업자본주의 사회에서의 삶이란 결코 욕망의 그물에서 벗어날 수 없으며, 끝내 욕망의 노예가 되어 허깨비처럼 살아가야 함을 가르쳐주고 있다. 때문에 동물적 욕망의 실체는 죽음으로 끝나고 마는 자기망각 내지 자기상실이다.

이 점에서 소비 자본주의 사회에서 욕망은 결코 달성되는 법이 없다. 특히 그 욕망이 진정한 욕망이 아니라 허위 욕망이기 때문에 지연은 더하다. 허위 욕망에 사로잡혀 끝없는 욕망을 추구하는 것은 '도로(徒勞)'와 같다. 무의미하고 허무할 뿐이다. 욕망의 무료함 내지 지리멸렬이 문제되는 것은 이때다.

> 패트병 한 개와 물고 뜯는 시간, 나는
> 이것을 단순해지기 위한 노력이라 부른다
> 썩은 고깃덩어리로 던져진
> 이 도시에서 단단한 무기질의 희망
> 얻기가 그리 쉬운가
> 누르기만 하면 입 발린 언약들
> 당장이라도 쏟아내는 자판기들아
>
> —「공터에서 찾다」 부분

욕망 주체로서 '개'가 된 내가 허위 음식으로서 '패트병'을 물고 뜯는 것은 욕망의 지배 하에 놓여 있기 때문이다. 패트병은 내게 아무런 충족을 주지 못한다. 그러나 욕망은 습관처럼 중독되어 있기 때문에, 이 시에서 말하는 것처럼 "무기질의 희망"에 사로잡혀 어떤 행사라도 해야 한다. 그 개의 욕망은 자판기로 표현된 곳의 '자동인형화'된 삶처럼 우리의 삶 역시 중독과 '도로'로 병들어 있는 생임을 보여 준다. 이 시에서 우리들 삶은 언제나 조작과 허위로 일관되어 진정성을 잃고 무료함 속에 방치되어 있음을 폭로하고 있다. 그렇기에 다음과 같은 시는 아예 더 노골적으로 지루하고 거짓된 삶의 모습을 비꼰다.

> 그녀는 매일 알록달록한 플라스틱 음식을 만드네
>
> 아침은 플라스틱 라이스버거
>
> 점심은 플라스틱 김밥과 플라스틱 가재구이
>
> 저녁은 플라스틱 계란말이에 플라스틱 미트 소스
>
> 매일 가스 불에 음식을 만들지만
>
> 매캐한 플라스틱 타는 냄새만 진동할 뿐,
>
> ― 「플라스틱 러브(Plastic Love)」 부분

욕망의 허위로 인한 비인간화, 비진정성, 비본래성 등은 이제 현 산업자본주의 사회 속의 인간의 본질이 되어 버렸다. 플라스틱과 같은 모조품에 생명의 활동과 작용을 기대하는 것은 인간의 비인간화가 더 진전될 것이 없는 막다른 상황임을 보여 준다. 이러한 삶에 방치된 인간의 영혼은 자연과 분리되고, 유기적 조화로부터 동떨어진 병든 영혼임에 틀림없다.

이러한 허위와 비자연적 존재에 대한 추구는 우리들 삶이 뒤집혀 있음을 입증한다. 그런 점에서 문성해는 풍자의 힘을 더욱 밀어 올려 전도된 세계의 감춰진 진실을 폭로한다. 그것은 당대의 역사적 현실의 대한 리얼리즘적 인식이다. 다음 시들이 그런 것이다.

> 가시 울타리에 날개가 찢긴 나비들 그 중 가장 모질게 찢긴 나비가 그날의 여왕이 되는 곳, 왼갖 잡새들 모두 그 아래 머리 조아리는 곳, 세상에서 가장 가벼운 영혼이 대접받는 곳으로 나비야, 청산 가지 않겠니? 그곳은 엄격히 말하면 푸른 탱자들 가시들이 창궐한 곳, (…중략…) 가시 울타리에 슬쩍 슬쩍 긁힌 상처들이 처연한 문양이 되는 곳, 피의 문양은 가문 대대로의 영광이로세, (…중략…) 봄만 되면 어김없이 사타구니를 벌리는 꽃들에게선 이제 매독

내가 나,

—「나비야, 청산 가자」 부분

굴속에서 우거진 나무와 풀이 발견된다면

사람들은 굴을 통과의례로 치르지 않고 그 속으로 소풍 갈 것이다

밤도 낮도 없는 그곳에서 도시락을 까먹고 종일 새처럼 지저귀다

돌아올 땐 바깥의 매서운 바람에 목을 움츠려야 할 것이다

그런 날은 이미 왔는지도 모른다

내가 아는 몇몇 굴의 입구는

벌써 풀과 나무들이 코털처럼 비어져 나와 있다

그 속으로 들어서면

언젠가 사라졌다던 영산과 짐승들 만날 수 있을까

열대 우림이 펼쳐진 사이로 익룡도 천천히 날고 있을까

멀리 고가도로 개설 작업이 한창이다

그 중에는 분명 안과 밖이 뒤집어지고 있는 굴이 있을 것이다

—「굴(窟)을 보는 방법」 부분

　전도된 세계의 풍경은 삭막하기 그지없다. 나비와 함께 찾아가는 '청산'은 "세상에서 가장 가벼운 영혼이 대접받는 곳"이자, "가시 울타리에 슬쩍 슬쩍 긁힌 상처들이 처연한 문양이 되는 곳, 피의 문양은 가문 대대로의 영광"이 되는 뒤집힌 곳이다. '굴'도 마찬가지. 통과의례로 지나가던 굴이 이제 영산과 익룡 등도 만날 수 있는 신비한 곳이 된다. 그러나 그 굴은 '갇힌 곳'이다. 뒤집힌 세계는 시적 화자들에게 상처를 준다. 상처 입으면서도 전도된 세계에 살지 않을 수 없는 것은 우리가 마주하고 있는 이 현실이 바로 '벽'이자 '감옥'이기 때문이다. 현실이 감옥일 때 그것의 뒤집힌 형상 역시 또 다른 감옥일 뿐이다. 그 점에서 이번 시집의 백미가 되고 있는 다음 시는 많은 동시대적 사유 거리를 남긴다.

아무리 기를 쓰고 올라가도

천장에 닿지 않는 벽

지붕에 닿지 않는 벽이 끝도 없이 이어져 있다

낙엽들과 토사물조차 비가 오면 어디론가 쓸려나가고

영원한 것은

오직 이 딱딱하고 소통불능의 벽 하나일 뿐

못 하나 쳐 있지 않은 그 위로

나무들과 잡풀들도 기를 쓰고 기어오르고 있다

취로사업 나온 사람들

문을 찾듯 보도블록을 열어젖히고들 있지만

그 속에 숨어 있는 붉고 거대한 벽을 또 발견할 뿐,

내려가는 길도

실은 오르막인 거대한 벽에 갇혀

여자는 심한 어지럼을 느낀다

—「걷는 여자」 부분

길이 벽으로 화한 세계는 전도된 세계일 것이다. 소통가능한 지역이 소통불가능한 영역으로 바뀌면서 '거대한 벽'으로 존재들을 가둔다면 그것은 단절된, 소외된 삶이 양산되는 것을 상징한다. 분열과 소외로 우울증이 내면화되기 쉬운 현대인들에게 단절과 갇힘으로 인한 '심한 어지럼'은 이제 피할 수 없는 운명일지 모르겠다. 그 피할 수 없는 지루한 운명에 대한 풍자적 대응이야말로 전도된 세계에 대한 절실한 응전이다. 타락한 현실에 대한 자기 부정은 더 나아갈 수 없는 존재의 환멸을 함축한다. 이 환멸의 형식이 타락한 영혼, 병든 영혼의 지루한 운명을 담아내는 그릇이 되는 것이다.

아도르노는 「시와 사회에 대한 강연」에서 근대 이후 넓게 퍼진, 산업혁명 이후 삶의 지배적인 힘으로 전개되는 세계의 사물화, 인간에 대한 상품의 지배에 대한 반작용 형태로 시정신은 나타난다 하여, 사물의 폭력에 대항하는 것, 곧 '인간화'를 시정신의 핵심으로 꼽았다. 때문에 아도르노에 따르면 서정시는 그 의미가 순수하면 할수록 세계와의 불화(不和)의 순간을 그 자신에 내포하고 있다는 것이다. 즉 서정시는 모든 개개인이 그 스스로에 대해 절대적이며, 낯설고 매몰차고, 압제적인 것으로 느끼는 사회적 상황에 대한 항의를 포함하고 있다. 이러한 불화, 또는 항의가 서정시에서 의미가 있게 되는 것은 그러한 불화, 항의가 근대 세계를 이루는 사회의 집단적 저류(ein Kollektiver Unterstrom)가 되고 있기 때문이다. 따라서 아도르노는 시인은 이러한 집단적 저류에 대해 관심을 가져야 하고 항상 이를 대변해야 한다고 역설한다.

이 내용으로 볼 때 문성해의 시는 바로 소비로 표상되는 산업자본주의 사회에 물화되어 가는 사람들의 집단적 저류를 대변하고 있는 셈이다. 그 점에서 문성해의 시는 욕망과 허위, 비생명성으로 메말라 가는 현대인의 지루한 삶을 관찰하고 그것에 일정한 형식을 부여함으로써 우리 시대의 문학적 형식을 얻고 있다. 지루한 생의 운명적 형식으로서 환멸의 양식.

그녀에게도 이러한 형식을 초월할 상(像)은 있다. 그녀의 유년의 추억에 해당하는 시, "하늘은 전체가 푸른 방이었다/나무도 너럭바위도 저수지도 모두 초록의 탯줄로 땅에 매달려/우리들처럼 무럭무럭 자라고 있었던 그때/세상은 막 물오른 완두콩 속처럼 안전하였다"(「푸른 방」)는 내용은 루카치가 말한 바 있는 원환적 전체성이 이룩된 세계다. 근원의 풍요로움으로 미래를 투사하는 경향적 형식이 될 만하다. 그러나 문성해의 기질은 이런 시와 안 맞다. 현실과의 냉정한 싸움을 통해 후기 산업자본주의 사회의 맹점과 급소를 발견하고 그것에 일격을 가하는 것을 원한다. 끝까지 가보고 아파함으로써 문제의 핵심을 찾기를 원한다. 그 점에서 문성해는 보다 크게 이 타락한 사회와 삶을 뒤집을 요량이다. 독자의 한 사람으로서 그것이 이루어지길 기대하며 보다 치열한 형식의 미래가 펼쳐지길 기원한다.

유동, 그 자유로운 정신의 존재방식

── 유지소의 시

1. 물의 상상력과 과정의 시

상상력의 지향을 따라가면 유지소의 시들은 언제나 흔들리고 물러져 어느새 물이 되어 아래로 흐르고 있음을 발견한다. 그녀 시의 이미지들은 아래로 아래로 흐르는 힘에 지배돼 컴컴한 땅으로 고여 드는 형상을 취하고 있다. 질척한 '늪' 이 되는 모습이 그녀 시의 대체적 풍경인 것이다. 그러한 풍경 앞에서 우리는 무엇이 그녀로 하여금 이와 같은 어둔 이미지를 만들어 내게 하는 것일까 하는 의문을 품어 보지 않을 수 없다. 왜 물이며, 물이라도 맑고 시원한 냇물이나 강물, 심원한 바다의 이미지를 제쳐 두고 '늪' 이라는 칙칙한 이미지에 붙잡히고 있는지 그 까닭을 알지 않으면 안 될 것 같은 예감이 드는 것이다. 그것을 제대로 알아야만 그녀 시를 저 깊이에서부터 받아들일 수 있으리라는 생각이 드는 것이다.

그렇지만 한 시인이 만든 시적 중심부에 가 닿기 위해서는 시인이 겪었을 삶의 무게를 그만한 고통으로 느껴보지 않고는 불가능하다. 그것은 한 시인의 내적 세계를 이해하기 위해서는 그가 만드는 시적 풍경 속에 들어가 다시 시인의 삶을 살아보아야 함을 의미한다. 그것은 시인의 의식과 동화됨을 뜻한다. 다시 말해 독자가 시를 제대로 감상하기 위해서는 시인의 의식이 되어 시적 풍경의 올과 실을 자신의 살결로 짜 보아야 한다는 말이 된다. 그 점에서 최상의 독서는 시적 풍경의 직조(織造) 내지 재구성이다. 그것은 곧 유지소의 시적 풍경을 짜기 위해서는 우리들 또한 그녀 시의 문양 속에서 하나의 운명으로 살아 보아야 한다는 말이기도 하다.

그랬을 때 '늪'으로 끌려들어가야만 했던 그녀의 세계를 살아 보기 위해서는 얼마나 많은 고통의 시간을 갖지 않으면 안 될 것인가 하는 점은 두말할 필요가 없다. 그것은 두려움이지만 또 한편으로는 매혹의 길이리라. 그 길로 주저 없이 나설 때 우리는 유지소가 만드는 시적 풍경의 진실을 알 수 있을 것이다. 그런 점에서 독서나 삶이나 의미를 찾아가는 도정은 일정한 용기가 필요한 법이다.

힘을 내어 유지소의 시적 풍경 속을 탐사하려 할 때 다음과 같은 시가 그녀 시의 도정을 여는 좋은 작품이 아닐까? 여기서부터 모험은 시작되는 셈이다.

> 모름지기 살아있는 것은 멈추지 않고 흘러가야지
> 꽃도 밧줄도 상투적인 비유도
> 엄마도 흘러가야지
> 우리집은 너무 거대한 의자야
> 난 의자가 싫어
> 엄마의 엉덩이에 깔린 엄마의 엄마, 엄마의 엄마의 엉덩이에 깔린
> 엄마의 엄마의 엄마의……
> "엄마!" 하고 부르면 일제히 엉덩이를 내미는 한 무리 의자들
> 의자도 흘러가야지
> 흘러가야지 삶이 멈추지 않지
>
> —「수련」 부분

흐르는 것은 물이다. 물은 또한 정형(定型)이 아니다. 무정형의 상태로 아래

로 아래로 내려가 알 수 없는 곳에서 고인다. 이 시에서 물은 "모름지기 살아 있는 것은 멈추지 않고 흘러가야지"라는 표현에서 알 수 있듯이 살아 있음의 표상이다. 물은 딱딱한 정형의 삶인 '의자'를 부정하고, '의자'와 같이 틀에 박힌 '엄마의 엄마' 삶을 부정하고 흘러간다. 그 점에서 이 시의 시적 전언은 '멈춤', 즉 정체(停滯)에 대한 거부다. 정체란 무의미한 일상에 포박되어 있는, 죽음과 같은 상태인 것이다. 따라서 그녀에게 흐름이야말로 살아 있음의 확인이다. 즉 깨어 있는 정신이다. 깨어 있음으로 자유로움이다. 그것은 자유로운 정신을 지닌 존재성의 획득으로 풀이된다. 그녀 시에 보이는 물의 상상력과 흐름의 이미지는 이러한 삶의 자유에 대한 갈망에서 비롯된다.

그런데 이 시를 다시 잘 살펴보면 시적 어조 속에 약간의 분노와 함께 허무함이 드러난다. 그것은 그녀의 삶이 이러한 흐름을 강렬히 열망할 정도로 정체되고 정형의 삶에 포박되어 있다는 것을 말해 준다. 곧 부자유스러움의 반증이다. 그 점에서 유지소의 시들은 현실과 이상 속의 괴리로 인한 열망과 환멸의 이중적 태도를 보여 준다. 그것은 어조로 볼 때 시니컬함이다. 냉소적 어조는 열망의 강렬함과 동시 그러한 열망의 덧없음을 보여 주는 세계 인식의 좋은 표지다.

이때 자의식은 분열된다. 꿈꾸기와 환멸의 이중주는 의식의 불꽃을 달아오르게 하여 뜨거움을 느끼게 한다. 이미지는 아래로 아래로 향하고 있지만 그녀의 시적 의식은 고통 속에서 불꽃을 피운다. 그 점에서 "나는 높은 곳으로/흘러가고 있었지/총력을 기울여 장례에 도달하고 있었어/두려움과 두근거림이/깃발을 흔들고 있었어"(「수련」)라는 이미지가 탄생하게 된다. 물은 "높은 곳으로/흘러" 갈 수 없다. 높은 곳으로 흘러 갈 수 있는 것은 고통으로 달아오른 의식의 불꽃뿐이다. 그런데 이 불꽃마저 그녀 시에서는 물로 변형돼 함몰될 수밖에 없는 운명을 가졌다는 점에서 시적 특이성을 간직하고 있다. 유지소의 여타 시들에서 볼 수 있는 이중적 분열 현상은 이와 같은 의식과 현실의 양면성에서 발생한다.

때문에 유지소에게 물의 상상력은 고통스런 삶의 상태를 드러내는 전형적 상징이 된다. 이것을 다음과 같은 시에서도 발견할 수 있다.

너도 없고,

나도 없고,

나무만 있었어,

천 개의 혓바닥이 새파랗게 질려 있었어.

—「늪」 부분

"천 개의 혓바닥이 새파랗게 질려 있"는 상태는 삶의 신산(辛酸)함을 말로 표현할 수 없는 정황일 것이다. 이런 상태에서는 자아의 온전한 파악이나 인식이 불가능하다. 굳이 말로 표현하자면 한없이 수렁에 빨려 드는 무기력함과 체념의 상태일 것이다. 때문에 고통과 굴종의 나날은 결국 '늪' 이라는 이미지로 귀착된다. 생활의 무의미함이나 부자유스러움이 아래로 아래로 하강하는 물의 이미지를 불러와 「늪」을 만들고 있는 것이다.

이러한 물의 상상력은 물의 질료성으로 인해 시 쓰기에도 영향을 미친다. 그녀 시의 풍경에 끝없이 움직이고 출렁이고 흔들리는 물질을 담을 뿐 아니라 이것을 담는 그릇에도 물의 물질성을 부여하고 있다. 다음 시가 그것을 말해 준다.

그리하여

사랑에 관한 한 나는

플라나리아가 되고 싶은 것이다

플라나리아, 플라나리아……당신, 눈을 감고 플 · 라 · 나 · 리 · 아.

— 불현듯 입술을 박차고 뛰쳐나갔다가 이내 돌아서서

혀를 감아 올리는

키스 같은; 머뭇거리지 않는; 완전한; 그리고 격렬한

> 만남에 관한 한 플라나리아의 자웅동체를
> 상처에 관한 한 플라나리아의 생체재생을
> 이별에 관한 한 플라나리아의 항문없음을
> 감정에 관한 한 플라나리아의 보호색을
> 거짓말에 관한 한 플라나리아의 일급수 수질을
>
> ―「플라나리아 2」부분

위 시에서 볼 수 있는 것처럼 그녀의 시는 시작도 끝도 없다. 그것은 모든 글쓰기가 과정 중임을 말해준다. 그것은 바로 형식적 측면에서 완결되지 않은 무형식의 글쓰기이자 이미지로 보면 물의 물질성을 드러낸 것에 해당한다. 즉 의식의 흐름 속에 그녀의 시는 존재한다. 과정은 완결이 아니다. 완결이 아니기 때문에 그녀의 삶과 인식은 늘 유동적이다. 유동적 인식은 흔들리는 삶, 흔들리는 가치관을 의미하며, 그것은 완결되고 제도화된 것들에 대한 거부을 의미한다. 왜냐하면 유동(流動)은 억압받고 상처 입은 자들의 존재방식이기 때문이다. 역사현실 속에서 그러한 존재들은 동일자 주변의 소외된 존재들이다. 즉 남성에 의해 억압받고 있는 여성적 지위와 심리를 유지소는 유동과 과정의 글쓰기로 대변하고 있는 셈이다. 이 시에서 하등생물로 그려진 '플라나리아'는 무정형의 원생동물로 물의 물질성을 가장 잘 대변하는 생물이자 소외된 존재의 상징물로 내용과 형식 양면에 작용하고 있는 것이다.

유동은 다르게 말하면 운동이다. 상태가 아니라 작용이고 힘이다. 그녀 시는 바로 의식의 흐름을 운동의 형태로 제시하고 있고, 의식의 운동이라는 측면에서 그녀에게 시 쓰기는 살아 있음의 표지인 셈이다. 따라서 문장도 완결 형식을 취할 수 없다. 의식의 솟구침이 그대로 반영되는 파편적 구조, 즉 단편으로 제시하는 병렬이나 병치구조를 자연스레 취한다. 병치구조는 현대인의 분열된 의식의 단편성을 보여 주는 대표적 기법이다. 유지소의 시가 완결의 시가 아니라 '과정의 시' '운동의 시' '파편의 시'로서 그 특징을 드러낸다는 말은 의식의 분열증상을 심각하게 앓고 있는 현대인의 심리를 드러내고 있다는 말이 된다. 특히 그 중에서 사회적 약자로서 소외된 여성의 심리적 정체성을 드러내고 있다는 말이 된다. 그 점에서 유지소의 시는 당대의 존재성의 문제를 정면으로 겨냥하고 있는 특성을 지닌다.

2. 존재의 탐구와 분열의 현상학

유지소의 시는 존재성을 탐구하는 인식의 시다. 그녀에게 시는 존재성을 인식시켜주는 통로이자 살아 있는 허무의 장이다. "나는 기계이고 싶다. 뻗을 팔과 다리는 있으나/고통도 없고 생각도 없는"(하이너 뮐러, 「햄릿 기계」)이라는 뮐러의 표현을 인용하는 까닭이 어디에 있겠는가? 그것은 결국 의식의 보유로 인해 발생하는 존재의 고통을 드러내고자 함이 아니겠는가? 때문에 그녀에게 인식은 고통이다. 유한한 인간 존재의 무화(無化) 과정을 인식한다는 것 자체가 고통이 되고 있다. 그래서 인식을 없애고 싶은 욕망에 사로잡힌다. 그것은 존재하되 존재성을 인식하지 못하는 존재가 되고 싶음이다. 그것은 인간으로서 불가능하다. 그렇기 때문에 유지소는 역설과 부정으로 자신의 욕망을 담아내고 있다. 다음 시가 그것을 보여 준다.

나는 어제부터(여기서 '어제' 란 내가 썼던 시간의 총체이다), 생각을 제거했고, 고통을 삭제했으며, 언어를 멈추었다, 나는 나무가 되기 위해 생애를 매진하고 있다, 밝고 부드러운 시간 속으로

세상에 태어나 자라지 않는 것은 없다, 시체도 부패와 소멸 쪽으로 줄기를 뻗으며 성장한다, 나무는 나의 사상과 번뇌가 붐비는 쪽으로 뿌리를 뻗어가고 있다, (여기서 나무란 '나 · 無' 와 동음동의어라는 것을 우리는 이미 알고 있다)

　나무에서 추락한 혓바닥이 내 발등을 핥는다, 나무가 분실한 하얀 꽃들이 내
미혹을 끌고 다닌다, 나는 나무 그늘에서 그늘로 옮겨다니며 내 그늘의 무거움
을 소화시킨다.

　나는 살아있는 나무(여기서 나무는 ‘나·無’를 동반하고 있다)를 갈망한다,
생각과 고통이 삭제된 나무, 환상이나 희망이 배제된 나무, 너에 대한 모든 관
념이 제거된 나무, 그래서 ‘나·無’로서 존재하는 나무

―「나,무」 전문

　나무는 상상력의 질서에서 가장 인간 존재를 잘 표상하는 대상으로 이야기
된다. 뿌리를 땅에 두고 머리를 창공에 둠으로써 인간 존재의 유한성과 지향
성, 즉 이중성을 상징하는 대표적 표상이 되는 것이다. 그런 점에서 나무는 상
상력의 가치로 볼 때 인간과 같다. 그런데 유지소에게 이 나무는 인간이되 좀
더 다른 의미로 사용된다. 즉 물의 물질성이 들어감으로써 무화의 의미가 활
성화되고 있는 것이다. “생각을 제거했고, 고통을 삭제했으며, 언어를 멈추”
는 일은 존재의 무화과정이다. 곧 물의 성징이 되는 것이다. 따라서 살아 있는
나무가 ‘나·無’로 되는 것은 삶과 죽음의 경계가 해체되는 물이 되는 것을
의미한다. 즉 물로서 나무인 것이다. 존재는 존재이되 “환상이나 희망이 배제
된” 상태에서 “나의 사상과 번뇌가 붐비는 쪽으로 뿌리를 뻗어”갈 수 있는 곳
은 유한적 상태를 초월해 있는 터전인 것이다. 그곳은 물의 영역이다. 물만이
그와 같은 염원을 달성해 줄 수 있다.
　그렇지만 이 시에서 물이 되는 것은 그렇게 고상하지 못하다. 오히려 앞에
서 보았던 ‘늪’의 이미지에 가깝다. 이 시에서는 그것이 “시체도 부패와 소멸
쪽으로 줄기를 뻗으며 성장한다”에서 단적으로 드러난다. 즉 물은 유지소에
게 죽음으로 ‘성장’하는 놀라운 역설적 존재로 등장하고 있다. 때문에 이 시
는 ‘소멸’로 소멸을 벗어나는, 즉 죽음으로 존재의 유한성을 벗어나는 질서를
구현하고 있다. 그것은 언어를 멈추는 것, 다시 말해 ‘나무’를 ‘나·無’로 변

형시켜 부정의 방식으로 언어를 사용하는 데서도 드러난다. 역설과 부정은 시인의 현존적 삶의 탈출에 대한 강렬한 열망과 그러하지 못한 자신의 실존적 삶의 도저한 고통을 상징한다. 존재성의 탐구는 그녀에게 갈망과 고통의 이중적 드라마를 안겨 주고 있는 셈이다.

이러한 이중성은 그녀 시에 자신의 존재방식을 이야기하는 표지가 된다. 다음 시에 보이는 시적 대상은 이번 시집에서 자신의 존재성을 한마디로 집약시켜 놓은 것에 해당한다.

내 생의 절반이 물 위에 떠 있다 파도치는 절망 아래 나는 자꾸 드러눕고 싶어진다 나의 완전한 실종을 고대하는 저 눈초리 내가 아직도 꼿꼿이 서 있는 것은 반칙이다 나의 잠행을 도와줄 동업자는 없는가 내 생의 절반은 물 속에 떠 있다 내 몸을 관통하는 두 갈래 길 나는 한 손에 목숨의 청구서를 들고 너의 묘혈을 파고 있다 마지막 식사, 마지막 사랑, 마지막 암호는 의심하라 또 의심하라

내 생의 경계선이 헐거운 못처럼 구름 속에 박혀 있다

—「찌가 떠 있다」 부분

〈살아간다〉와 〈살아낸다〉의 다른점은 무엇일까요

나는 속이 텅텅 빈 빈털터리이지만 꼿꼿하게 품위있게 살려고 일심으로 정진하고 있어요

바람이 짓밟고 가면 바람의 뒤꿈치에 넙죽 절을 하고 파도가 휩쓸고 가면 파도의 뒷구멍에 넙죽 절을 하면서

나는 삶과 죽음 사이에 꼿꼿하게 서 있어요

몸이 흔들린다고 마음까지 흔들리는 것은 아니랍니다

—「찌」 부분

존재론적 차원에서 인간 존재는 '찌'와 같다. 나무가 '나 · 無'로 된 것과 같이 찌는 끝없이 흔들리고 움직여 정확한 실체를 파악할 수 없다. 그러면서 삶과 죽음을 아우르고 있다. 죽음과 삶 모두에 존재성을 걸치고 죽음과 삶의 경계가 만드는 저 백척간두의 외줄타기로써, 그 절박한 고독으로써 인간 존재의 특징을 구현하고 있는 것이다. 이 시들은 물의 물질성이 굳이 고형화된다면 '찌'와 같은 형태가 되지 않겠는가 하는 점을 보여 준다. 흔들리고 경계에 걸쳐 있으며, 절대고독의 상태에 처단된 존재. 때문에 이 존재에게 "〈살아간다〉와 〈살아낸다〉"의 차이를 굳이 구별할 필요가 없다. 죽음에 처단된 존재에게 주동과 피동의 구별은 무의미한 일이기 때문이다.

이 점에서 자아는 무기력한 양상을 본질로 하게 된다. 무기력은 무거운 물의 성징이다. 그것이 일상적 삶의 현실과 만나게 되면 타락한 자아로 표출되는 것은 당연하다. 타락한 일상성에 대한 풍자는 현대시의 주요한 주제다. 그것과 연계 선상에 있는 병든 자아의 풍자 또한 마찬가지다. 유지소 역시 '똥자루'로 자신을 인식하는 것은 바로 자본주의적 삶에 포획된 무의미한 삶에 대한 반성이다.

기차가 멈추었다
잠시 벗어두었던 몸을 다시 입는 사람
거울을 꺼내들고 맨얼굴을 숨기는 사람
선반에 올려놓은 정신을 잊지 않고 챙기는 사람
먹다 남은 풍경을 쓰레기통에 버리는 사람

─────⇒
나가는 곳

탯줄을 끊고
아리랑 모텔과 시계탑 사이로

철벅철벅 떨어져 내리는 똥자루들

—「역」 부분

병든 자아는 병든 사회에서 시작된다. 그런데 이러한 병적 상황은 자본주의로 물질화된 현대의 삶 속에서는 필연적으로 발생할 수밖에 없다는 점이 문제적이다. 즉 타락한 일상과 타락한 일상 속에 살아가는 인간들은 본질적으로 타락한 존재일 수밖에 없다는 것이다. "잠시 벗어두었던 몸을 다시 입는 사람"으로 상징되는 현대인들은 의식의 진정성을 잃어버림으로써 욕망의 물질덩어리, 즉 무거운 물로서 '똥자루'가 되는 것이다.

따라서 진정한 자아로 다시 태어나는 길은 타락한 일상성에 균열을 가하는 것, 즉 일상적 질서를 거부하는 것, 그것은 다시 말해 현실적 원리에 대한 거부로서 '정신분열증' 환자가 될 수밖에 없다는 것. 여기에서 유지소 시의 문제성은 발생한다. 유지소의 시적 화자들이 보이는 정신분열은 진정한 자아를 찾기 위한 동시대적 몸부림이라는 점으로 해석된다는 의미다. 그 점에서 다음 시편들에서 보이는 분열적 영혼들은 당대 사회역사적 배경 속에서 진정한 자아를 찾기 위한 몸부림이라는 측면에서 깊이 이해하고 수용할 필요가 있다.

눈이 내린다

꽉 다문 제 4번 방의 입 속 가득 흰눈이 펄펄펄 내린다

하얀 천장이 펄펄펄 내린다 하얀 벽이 펄펄펄 내린다 하얀 침대가 펄펄펄 내린다 하얀 창문이 펄펄펄 내린다 하얀 핏물이 펄펄펄 내린다 하얀 눈물이 펄펄펄 내린다 하얀 그대가 펄펄펄 내린다 하얀 밀어가 펄펄펄 내린다 하얀 음악이 펄펄펄 내린다 하얀 C92.1이 펄펄펄 내린다 하얀 적멸보궁이 펄펄펄 내린다

—「제 4번 방」 부분

눈물의 빈혈 웃음의 빈혈 금전의 빈혈 열정의 빈혈 꿈의 빈혈 사랑의 빈혈

인정의 빈혈 직업의 빈혈 신념의 빈혈 도덕의 빈혈 ……

강력한 빈혈기계군요 당신은

(…중략…)

빈혈은 단지 욕망의 결핍증세일 뿐이다 ― 라고
말할 수는 없을 것 같아요
나는 당신을 욕망한 적이 없는데, 나는 당신이 무척 어지럽거든요
보세요 당신 앞에 서 있는 내 언어도 비틀거리잖아요

―「의사가 말했다」 부분

병든 자아는 황폐한 자아이자 불구화된 자아다. 타락한 일상 속에서 제 정신으로 살아갈 수 없음을 역설적으로 표현하고 있는 셈이다. 그녀 시에서 문제적인 것은 바로 모든 것이 '펄펄펄' 흘러내리는 의식의 곤두섬이다. 그것은 불안이자 의식의 빈혈로 상징되는 '현기증'이다. 이러한 현기증은 지구의 초고속 회전으로 상징되는 타락한 현실에 의해서도 발생하지만, 무엇보다 무기력한 현대 사회의 존재론적 특성에 의해서 발생하는 것이 특징이다. 즉 경계 위의 존재라는 것, 주변과 소외로 인간은 의사소통이 단절된 채 불안정한 상태로 관계를 형성해 살고 있다는 점에 의해 발생한다는 것이다. 따라서 여기서 '빈혈'로 상징되는 현기증은 불안의 내면화다. 이 점을 바슐라르는 "불행한 인간은 원시적인 의미에서 현기증에 사로잡힐 때 존재의 근저에까지 고독하다. 그의 생은 전락 그것이다. 이 전락은 그 자신의 존재 속에 실제의 심연을 열어 준다."고 말함으로써 고독한 존재의 심연과 그 심연에 처한 현기증을 잘 설명해 주고 있다. 유지소는 이를 '제4번방'이라는 절대적 공간으로, 또는 '빈혈 기계'라는 어두운 상징으로 황폐화된 현대인의 의식 세계를 직접 드러내준다. 이는 물의 무거움으로 인해 죽음의 상징성을 구현한 '늪'의 심상에 잘 부합한다. 즉 고통의 침잠이다.

이러한 고통을 겪는다고 자기의 진정성을 쉽게 찾을 수 없다. 그것이 현대인의 운명적 진실이다. 때문에 자기 정체성을 찾지 못하는 고통이 그녀 시의 주조를 이루는 것은 너무도 당연하다. 가령 "이젠 배가 고파요 아버지, 내 새끼들을 팔아서 밥을 사드릴게요 나는 어디 있나요 아버지, 나는 탈선하는 기차랍니다. 나는 기차가 죽어 가는 늪이랍니다. 나는 땡볕이랍니다. 아니, 나는 땡볕이 자라는 염전이랍니다. 나는 배가 고파요 나를 팔아서 밥을 사 먹어야겠어요(나 · 야 · 어 · 디 · 에 · 숨 · 어 · 있 · 니?)"(「망상어」)라고 중얼거릴 때 그것은 진정한 자아를 찾는 병든 자아의 고뇌에 찬 반성인 것이다. 인식의 고통을 '망상어'로 상징화하면서 자신을 '늪'으로 인식하는 것은 가열 찬 자기 탐색의 불꽃을 피우는 진정성에 해당한다. 그 점에서 그녀 시는 어두운 물빛 속에서 의식의 불꽃을 피워 내고자 하는 몸부림이다. 의식의 불꽃과 죽음의 물컹거림이 부딪치며 타는 연기와 냄새를 낭자하게 흘리는 풍경이 그녀의 시적 풍경인 것이다. 그것들은 모두 삶과 죽음의 존재성에서 자유로운 영혼으로 살고 싶은 원대한 인간의 전망을 그려 보이고 있다는 점에서 놀랍고 눈물겹다.

3. 일상언어의 부정과 자유정신

열망과 환멸로 분열되는 의식은 유지소의 시적 자아의 모습이다. 그렇지만 의식의 분열을 통해 존재는 역설적으로 삶과 죽음의 경계 위에서 외줄타기를 하게 됨으로써 살아 있음을 획득한다. 그것은 백척간두의 위태로움이 새로운 생명의 길로 나아갈 수 있는 통로가 됨을 암시하고 있다. 그런 점에서 유지소에게 백척간두는 위기이자 기회다. 긴장이 새로운 활력이 되는 것이다. 그 점 생명의 경각을 다루는 늪이와 긴장이 오히려 유지소에게 가벼운 마음을 불러오게 한다. 초개(草芥)와 같은 의연함이 그녀로 하여금 무거운 주제를 유희적으로 다루게 한다. 유희는 대상에 집착하지 않음으로써 자신의 자유를 확보한다. 자유로움이야말로 가벼움이다. 그녀 시가 존재의 심각성을 천착하면서 인식의 자유로움을 가질 수 있는 것은 이러한 자유로운 정신에 연유한다. 이 점은 그녀의 시적 언어의 사용에 잘 나타나고 있다.

시적 언어는 일상적, 과학적 언어 사용을 위반하는 것이다. 그 점에서 개인적, 정서적 언어로 규정짓기도 하지만 무엇보다 시적 언어의 특성은 일반적 언어의 규약을 벗어나는 데에 있으므로 역설적 성격이 그 본질이다. 유지소의 시적 언어는 그녀의 시적 주제에 걸맞는 형식을 취하고 있다. 그녀 시에 자주 보이는 언어유희는 내용과 형식에 부합하는 시적 언어다. 앞에서 본 것처럼 언어의 유희적 사용은 정신의 자유로움에 기반한다. 유지소에게 자유는 다른 그 무엇에도 양보할 수 없는 절대적 가치다.

이러한 언어유희는 그녀 시에 먼저 일상적 언어가 갖는 사회적 약속을 해체하는 것으로 나타난다. 이미 앞에서 '나무'를 '나·無'로 그 의미를 바꿔버린 것을 보았다. 언어의 재정립은 그녀 시에 의미를 형성하는 주요 기법이다. 다음 시편들이 그와 같다.

내 음성이 "너·무·해" 하고 너를 향해 돌진하는 순간 네가 사라져버렸어. 왜냐하면, 동시동작으로, 내 마음이 "너·無·해" 하고 단호하게 너를 삭제해버렸거든.

그 때, 기우뚱거리는 몸을 나무에 기대지 말았어야했어. 나무가 구부러진 손가락으로 쿡쿡, 나를 〈나·無〉로 인식했거든. 나도 삭제되고 말았어.

—「늪」 부분

솔직히 고백하건대, 나는 어젯밤에도 허물을 낳았다. 그래서 당신과 나 사이에는 너무 많은 허물이 있다.

그래서 당신과 나는 허물을 키우는 힘으로 산다. 허물이 커질수록 우리는 나비처럼 가벼워진다, 나비/나·飛/나·非/

—「나비」 부분

그녀에게 시적 언어는 새로운 존재의 현상을 인식시켜 주는 것으로 작동한다. 존재인식의 상황에서 '너무해'는 '너·無·해'로 받아들임으로써 사회적 약속을 위반한다. '나비'는 '나·飛', 또는 '나·非'로 전환된다. 이것은 언어의 속성을 개인적 국면에 전환시킴으로써 언어가 갖는 보편적 성질의 허위성을 노출시키는 것에 해당한다. 그때의 위반은 존재의 진실을 확인하는 그녀만의 수단이다. 그녀에게 사회적 약속은 인간 일반에 대한 이해에는 소용이 있으나 개별적 인간의 존재론적 국면과 실존적 국면의 진실을 다 담보해내지는 못한다는 것을 뜻한다.

시인에게 이러한 사회적 약속, 또는 사회적 일반화는 구속이자 무의미함이다. 개인적 존재의 진실은 언제나 누구에게나 '치명적 운명'으로 존재하는 만큼 언어의 일반성으로 그것을 담보해내지 못하는 것이다. 때문에 위반은 개인적 존재공간의 확보다. 그것은 개인적 영역의 확보로 나아가는 만큼 자유의 획득과 관련된다. 그녀 시에 보이는 이러한 언어유희의 시적 의도는 일상적이고 일반적 존재로 등질화 되는 것에 대한 거부 내지 저항의 표시다.

그 점에서 그녀 시의 언어유희는 다음 단계에서는 언어 사용에서 '부정의 부정'으로 이어지는 흐름을 택한다. 마르쿠제에 따르면 부정의 언어는 위대한 거부의 뜻을 품고 있는 부정정신의 상징이다. 즉 지배이데올로기가 미리 협잡으로 조작해놓은 게임의 규칙에 대한 '위대한 거부'를 뜻하는 '부정의 언어'의 모색이 바로 전위문학의 본질이라는 것이다. 그 점에서 부정정신은 기존 이데올로기에 대한 저항과 해체로 나아감으로써 제 존재의 특성에 맞는 삶과 형식을 확보하고자 하는 노력이 된다. 그것이 또한 전위의식을 가진 시가 되는 것인데, 이 점에서 그녀 시는 확실한 전위시라 할 수 있다.

뼈만 남은 물고기, 아니
뼈만 있는 물고기, 아니

뼈만 보이는 물고기, 아니

뼈만 보여 주는 물고기, 아니

네가 먹을 수 없는 것만 보여 주는 물고기, 아니

네가 삼킬 수 없는 것만 보여 주는 물고기, 아니

네가 씹었다 뱉어낼 것만 보여 주는 물고기, 아니

―「글라스 캣피쉬(Glass Catfish)」 부분

생각해보면 언어의 부정은 사실의 진실에 가까울수록 자연스러운 것이다. '글라스 캣피쉬'를 언어로 정의할 때 우리는 시인과 같은 부정에 의한 정의 말고는 그것을 규정지을 길 없음을 발견한다. 사실의 진실에 이르고자 욕망할 때 대상의 진실은 언어적 규정을 벗어난다. 가장 가까운 언어로 그것을 규정지어보려 하나 그것은 곧 거짓이라는 사실의 재확인만 있을 뿐이다. 그럴 때 '아니'라는 부정은 삶과 대상에 대하는 시인의 진실한 자세일 수 있다. 상식과 규범으로 기존의 힘들이 정의 내려놓은 것이 나에게 와서 존재론적 간극을 보여 줄 때 부정은 진정한 자아를 찾기 위한 몸부림이 된다. 기존의 힘들이 가설해 놓은 억압을 가로질러 진실의 극점을 찾아나서는 저항정신의 표출이 되는 것이다. 그것은 다시 말해 나의 존재성을 치열하게 추구하는 자유정신의 산물이다.

이러한 언어의 부정성에 대한 인식은 고착화된 존재에의 거부, 각질화된 이념에 대한 저항을 함축한다. 기존 질서에 대해 저장 반응을 보여 주고 관습화된 인식으로 세계의 진실에 대해 눈멀어 버리는 일에 대해 '낯설게하기'로 인식의 자동화를 경계한다. 때문에 부정의 언어는 새로운 진실을 발견하고자 하는 욕망이자 절대적 자유에 이르고자 하는 깨어 있는 존재의 행동 방식이다. 이러한 부정은 의심과 회의에서 출발하기 때문에 흔들림을 표상으로 하는 물의 질료성과 맞닿아 있다.

자유정신은 언어의 부정뿐만 아니라 형식의 부정에까지 나아간다. 형식은 하나의 틀이다. 틀은 세계를 이해하는 하나의 관점으로 그 유용한 바가 있지

만 그 틀만이 세계를 이해하는 하나의 통로로 설정된다면 세계 이해의 자율성
은 상실된다. 그때의 형식은 인식의 자유를 등질화하고 획일화시키는 억압
기제가 된다. 이것을 유지소도 극도로 기피한다.

내 마음은,

원생동물이다,

원생동물 중에서도,

욕망과 욕설과 욕정에 짓눌려,

납작해진 편형동물이다,

편형동물 중에서도 냉소와 냉혹과 냉갈령에,

소용돌이를 일으키는 와충류이다,

내 마음은 축축한 어둠을 사랑한다,

밝은 빛은 교활하다,

눈물에 굶주린 밝은 빛은 더욱 교활하다,

악담과 악랄과 악착을 뱃속에 내장한,

밝은 빛은 더더욱 교활하다,

나는 사랑하는 어둠을 보기 위해,

시력을 상실했다,

　ー「플라나리아 1」 부분

　「플라나리아 1」은 기존 시 형식에 대한 위반으로 시적 전언을 모색하고 있
다. 보통 시들이 왼쪽 정렬에 의해 그 의미를 드러낸다면 이 시는 오른쪽 정렬
을 통해 새로운 의미를 생성하고 있다. 이것은 새로운 독법을 요구하는 것으
로서 기존 틀에 대한 위반이다. 그 점에서 그녀 시에 보이는 형태시적 양상은
바로 기존 사실의 힘이 우세해져 하나의 억압으로 작동되는 체제에 대한 거부
의 의미를 함축하고 있다. 「辛」과 같은 형태시, 정제되지 않은 언어의 사용 등

은 바로 기존 언어 규범과 가치관에 대한 도전이다. 정제된 언어 형식은 기존의 힘이 자신의 체제를 쉽게 유지하기 위한 하나의 이데올로기인 것이다. 맥루안이 매체가 곧 메시지다라고 한 말을 떠올리지 않아도 기존 형식의 답습은 기존 체제의 순응임은 두말할 필요가 없다. 따라서 부정의 언어와 부정의 형식으로 말한다는 것은 도전이자 자유로서 철저한 신념과 용기가 필요함을 알게 된다.

이러한 부정정신이 극단화될 때 시적 자아는 타락한 일상에 포박된 자신마저 부정한다. 아니 그때의 부정은 진정한 자아를 찾아나서는 존재에게는 당연한 것이다. 그 점에서 유지소가 자신을 "나는 의심투성이, 사회부적응환자, 아니 나는 느림의 덩어리, 네가 무어라 불러도 상관없는 나는 순식간에 네 생을 소멸시키는 도구//나는 끊임없이 나를 부정한다 네가 하얗게 흔들렸기 때문에 나도 하얗게 흔들렸다 네가 나를 까맣게 잊었기 때문에 나는 너의 영원한 무덤이 되었다"(「카멜레온」)라고 언표화하고 있는 것은 철저한 자기 부정이자 자기 갱신이다. 이 때 부정은 자아의 변혁에서 그치는 것이 아니라 사회적 저항 메시지로 격상된다. 그것은 기표로서 저항할 뿐 아니라 기의로도 저항한다. 유지소에게 그것은 다음과 같이 나타난다.

나는 당신의 도플갱어이다

무엇이든
당신과 반대로
거꾸로매달려밥먹고
거꾸로매달려배설하고
거꾸로매달려지붕을낳고
거꾸로매달려절벽을읽는다

일급비밀인데, 내 집은 희망금지구역이다

— 「박쥐」 부분

　　기존 질서가 만들어 놓은 것은 역사적 변화로 인해 진실이 아닌 것이 된다. 그럼에도 그것을 지배이데올로기는 진실이라 주입하고 우리들의 의식과 행동을 강제한다. 이때 깨어 있는 존재라면, 특히 가장 예민하게 깨어 있는 존재로서 시인이라면 그러한 ‘환상’에 대해 매우 민감한 반응을 보이게 된다. 그것은 곧 진실과 현실의 괴리에 대한 드러냄이다. 「박쥐」라는 시는 바로 그와 같은 진실과 현실의 간극을 뒤집힌 형식으로 보여 주고 있는 것이다. 그녀가 말하고 있는 ‘도플갱어’나 ‘희망금지구역’은 기존의 질서로 보자면 부정적인 것이겠지만 새로운 주체와 자유를 찾는 사람들에게는 희망과 긍정의 대상이다. 그 점에서 유지소의 시는 존재론적 사유의 작품이면서 사회역사적 의미의 작품인 것이다.

　　이런 지평에서 타락한 사회적 자아에 대한 거부는 페미니즘적 사고를 보여 준다. “난 엄마처럼 살지 않을 거야”라는 발언은 존재론적 국면에서 역사사회적 국면으로 전화되는 부분이다.

　　　내 장래희망은
　　　〈난 엄마처럼 살지 않을 거야〉이다

　　　순종의 가시, 굴욕의 가시, 가난의 가시, 설움의 가시……
　　　발끝부터 머리까지 온통 가시로 만든 옷을 입고
　　　진종일 진흙뻘을 경작하는 여자

　　　순종의 주름, 굴욕의 주름, 가난의 주름, 설움의 주름……
　　　불려야할 재산이라곤 오로지 주름밖에 없다는 듯
　　　나날이 주름을 늘려가는 여자
　　　주름 속에 진흙뻘을 숨겨놓는 여자

—「가시연꽃」 부분

　이 시에 와서 우리는 그녀 시가 추구하는 존재성의 탐구와 운동의 시가 갖는 사회적 의미를 확인할 수 있다. 그녀는 여자에게 씌워진 온갖 사회적 굴레를 벗어버리기 위해 몸부림쳤던 것이다. 물의 상상력을 따라와서 물의 어두움과 무거움을 그녀의 의식의 불꽃으로 정화했을 때 거기 고요하면서 운명적 존재로 '가시연꽃'이 피게 됨을 발견하고 있는 것이다. 그것은 고통으로 고통을 초월할 때, 죽음으로 죽음이란 관문을 통과할 때 새로운 존재로 참된 존재성이 현현하게 됨을 말해주는 것이다. 역사적으로는 여성의 사회적 관념을 깨부숨으로써 진정한 인간으로 다시 태어나는 일이다. 그러한 성취는 손쉬운 열정과 행동으로 이루어질 수 없다. 그것이 유지소가 이번 시집에서 구축해 보이는 풍경의 의미다. 존재의 전부를 걸지 않고서는 새로운 존재의 계시를 발견할 수 없다는 것.

　새로운 존재성을 탐색하고 그것을 하나의 풍경으로 구축하는 일은 힘들고 고통스러운 일이다. 그렇지만 그것은 무의미로 흘러가기 쉬운 우리들 삶에 진한 무늬를 새기는 일과 같은 고귀한 일이다. 그러한 무늬와 풍경으로 우리는 삶의 자국을 이해하고 그 가치를 수용할 수 있다. 때문에 고통스러운 무늬일수록 값지리라는 것은 말해 무엇하랴. 유지소가 보이는 이 고통의 기록은 그 점에서 이 시대의 잊혀질 수 없는 음화로 남을 것이 확실하다.

환멸의 형식에서 동화(同化)의 어조로

— 유홍준 시의 의미

한 시인의 깊은 고뇌는 세계를 얼마나 어둡게 하는가. 생의 끔찍함을 증언하는 목소리에 우리들 또한 얼마나 두려운 현기증을 느끼는가. 시는 깊고 깊어 더 이상 길을 찾지 못할 때 저 속에서부터 치밀어 오르는 암담함. 내게 무슨 일이 일어났는가?

유홍준의 시를 읽으며 떠올린 생각들이다. 그의 시를 읽으면 어둡고 기괴한 현실에 부딪쳐 마음 둘 곳을 찾지 못한다. 그의 시는 생의 고통의 형식이자 '환멸의 서사'다. 서정시가 세계와의 일체감을 조장하여 따뜻한 동화의 감정을 북돋는 것이라면 그의 시는 고통스럽고 구역질나는 세계를 그려냄으로써 독자로 하여금 '거리'를 두고 바라보게끔 한다. 그때 세계는 하나의 끔찍하고도 추악한 현실의 이야기다. 그 점에서 그의 시는 자신의 내면을 표현하는 데에 치중하기보다 세계의 비정함을 폭로하는 데에 초점이 맞추어져 있는 '서사적 비전'을 갖는다. 그때 서사적 비전은 자아와 세계의 갈등을 전제로 대상과의 거리를 확보하여 비판적 시각을 갖게 하는 것을 말한다. 그의 시에 그나마 서정적 비전을 갖는 내면의 감정 표현도 자신의 불행했던 가족의 이야기로 구성됨으로써 서사화된다. 한 편의 끔찍한 잔혹극을 감상하는 느낌이라면 지나친 표현일까?

올해 4월에 나온 그의 첫 시집 『喪家에 모인 구두들』(실천문학사)은 이런 느낌을 주기에 아무런 부족함을 주지 않는 것들로 꽉 차 있다. 그 시집은 핏물과 죽음, 느글거림과 고통, 공포와 부정의 대상들로 온통 '물들어' 있다. 그렇다, 가히 악마적 세계라 불러도 좋을 시적 현실로 만연돼 있는 것이다. 다음과 같은 시가 그의 시집에서 흔히 볼 수 있는 전형적인 하나의 사례일 것이다.

소름이 끼친다 가슴 위에 닭털이 돋는다 날마다 심장을 졸이며 가슴 위의 닭털을 뽑는다 아무도 닭인 줄 모르지만 닭이 되어버린 것을 눈치챈 닭은 심각해진다 똥구멍이 부풀어 닭똥구멍이 되어간다 세월 간다 세월 가 저 닭들 닭대가리들 횃대에 앉아 蒙昧의 시를 쓴다 울음이 꽉 차서 터지지 않는 닭의 울대, 횃대를 움켜잡기 위하여 닭발 닭발톱을 기른다 몽매의 시를 놓치지 않으려고 하염없이 졸아댄다 졸음은 시의 균형이다 졸음은 독이다 잘못 판단한 독, 독자들이 자꾸 횃대를 흔든다 몽매의 닭 내가 횃대 위에서 떨어진다 독자들, 독자들의 힘에 의해, 닭은 몽매의 시를 놓친다 닭털에 똥이 묻는다 더럽다 나는 이제 양계장에 산다 똥 묻은 닭들이 사는 양계장에 닭이 된 나도 갇혀 산다 날마다 알을 낳아야 살아남는 양계장, 오늘도 냄새가 지독한 똥구멍으로 시를 내지른다 독자들에게 크기와 모양이 일정한 알들이 배달된다 알에 관해 의심하는 자는 없다 냄새가 지독한 입으로 알들을 먹을 뿐, 더러운 주둥아리, 더러운 똥구멍, 여기 한사코 그딴 알들은 낳지 않겠다고 똥구멍을 틀어막고 사는 닭이 있다

—「냄새가 지독한」 전문

이 시는 카프카의 '변신'을 보는 듯하고 또는 뭉크의 '절규'를 보는 듯하다. 산업사회의 소외된 존재가 얼마나 그 내부 깊숙이 병들어 있고 오염되어 있는가를 직접적으로 보여 준다. 그 점에서 유홍준의 시는 모더니즘의 시정신을 가장 잘 구현하고 있다. 부정과 회의, 고독과 염세의 정신으로 작품을 낯설게 만듦으로써 현실을 비판하는 모더니즘 미학에 충실하다. 모더니즘 미학

은 직접적 구체성을 확보하고자 한다는 측면에서 파편화된 감각 그 자체를 중시한다. 세계와 자아의 총체성을 상실한 현대 산업사회인들은 고립과 물질화의 단층에 갇혀 있다. 그것을 이 시는 '닭들 닭대가리들'로 격하시켜 양계장에 갇혀 사는 것으로 그려 내고 있다. 파편화된 심리적 진실성이 확연히 다가오는 부분이다. 그리고 우리들 삶이 얼마나 허접 쓰레기 같기에 '닭똥 냄새'나 풍기는 '더러운 똥구멍'으로 살아가는 것으로 그려 낼까. 고작 생산한다는 알도 병든 것일 뿐이다. 비생명적, 비인간적 세계. 그래서 시도 '몽매(蒙昧)'의 것으로 그려질 뿐이다. 철저한 현실 부정의 풍자시다.

이번 특집 신작시도 이와 같은 연장선상에 서 있다.

안개 자욱한 밤에 나는 보았다
주검의 모가지처럼
디룽거리는
디룽대는
외가닥 줄 끝을

또 어디선가 앰뷸런스 소리가 다급하게 흘러가고
죽지 않은 내가 가야할 곳은
언제나 모든 것의 반대편이라고 중얼거리는 밤에
그칠 것 같지 않는 안개와 잠음과
신음이 흘러나오는 공중전화 수화기

인적 드문 기차 건널목 근처, 유리파편 흩어진 공중전화부스에서
앰뷸런스에 실려간 주검이 남긴 잔액으로
손가락이 기억하고 있는 전화번호를 누르면
안개 저편에서 흘러오는
귀에 익은 그대의

號哭

뚜뚜뚜뚜뚜뚜……

―「안개가 흘러나오는 수화기」 부분

　이 시를 보면 산업자본주의사회에 살아가는 것이 얼마나 끔찍한 지옥인가를 여실히 보여 준다. 세계는 '안개'에 점령당해 있고 소통 가능한 전화선은 부서져 있다. 그것이 "주검의 모가지처럼/디룽거리는/디룽대는/외가닥 줄 끝"으로 표현될 때 삶의 위기감은 말로 표현할 수 없을 만큼 고조된다. 그래서 산업사회의 일상은 언제나 죽음과 나란히 놓인다. 시인은 이를 "또 어디선가 앰뷸런스 소리가 다급하게 흘러가고"로 표현해 내고 있다. 그런 상황에서 우리는 살고 있는 것이 아니라 현재 "죽지 않"고 있을 뿐이다. 그래서 그 죽지 않음의 영역은 "모든 것의 반대편"으로 나타난다. 죽음 앞에서 타자와의 연대성을 이야기하거나 동일성을 유지할 수 있으리라 보는 것은 허위일 가능성이 크기 때문이다. 고독과 고립, 더 나아가 분열만이 상존하는 세계, 그것은 시적 이미지로 '안개와 잠음과/신음'만으로 가득 찬 공간으로 그려진다. 때문에 그곳은 주검이 난무하고 죽음을 슬퍼하는, 아니 죽음마저 인간적으로 슬퍼할 수도 없는 '기계적인 호곡(號哭)'만이 있을 뿐이다. 이 삭막하고 비정한 공간이 우리의 산업사회의 일상이다. 시인은 그 점에서 산업사회의 급소를 매우 예리하게 찌르고 있다.

　우리의 일상에 대한 시적 일격에 대해 우리는 낯설어 하면서 충격을 받는다. 우리들 삶 자체가 생경하게 바라보여지면서 어떤 이질감에 의한 현기증을 느낀다. 그것은 소외의 현실을 소외 그 자체로 되돌려 보내 주는 데서 발생한다. 잘 된 모더니즘 작품은 작품 스스로가 오늘의 타락하고 소외된 현실을 우리에게 소외의 충격 그 자체로 되돌려준다. 유홍준의 상당수 작품이 이를 잘 실천하고 있다. 그 점에서 그의 시는 이 시대사적 의의를 획득하면서 그에 걸맞은 문학성을 갖추고 있는 셈이다.

다음과 같은 작품도 그것은 마찬가지다.

쓸쓸하다 61-1번

차고지에 가득찬 저 상여들

지치고 그늘진 상여꾼의 얼굴들

오늘도 무사히! 죽음을 살아낸 나는 61-1번 마지막 손님

누런 조의금 봉투 같은 서류봉투 끼고, 종점 구석에 쪼그려 앉아

토한다 이승의 술과 안주를 게워낸다

죽음의 저쪽에서 죽음의 이쪽으로 나를 태우고 온 61-1번

이 놈의 버스 꽁무니가, 이 놈의 상여들이

왜 이렇게 정다운지…… 찔끔, 눈물이 돋는다

—「종점」 부분

참 적막한 곳에 놓여진 의자

외톨박이 의자군, 오늘도

혼자뿐인 의자 단 한 번도

엉덩이가 따뜻해져 본 적이 없는 의자

누구랑 마주 앉아서

얘기를 하나, 얘기를 듣나

오늘도 검은 커튼 뒤에 앉아

혼잣말만 하는 의자

독백의 의자 그래도

단정한 의자군, 진짜보다 예쁜

가짜 꽃바구니 두어 개

제 곁에 가져다 놓고

—「사진관 의자」 부분

「종점」부터 보자면, 버스를 '기다란 상여'로, 버스 기사를 '상여꾼'으로, 버스 노선을 '운구 경로'로 비유하고 있는 이 시는 비유를 통해 무료한 우리들 일상적 삶이 죽음으로 가는 하나의 무의미한 행로일 뿐이라는 발견을 하고 있다. 그것은 삶에 대한 지독한 환멸의 형식이다. 환멸의 깊이가 얼마나 깊었기에 이승의 술과 안주를 게워 낸 다음, "이 놈의 버스 꽁무니가, 이 놈의 상여틀이/왜 이렇게 정다운지…… 찔끔, 눈물이 돋는다"고 너스레를 떨고 있겠는가. 삶의 허무함이 진득이 묻어 나오는 이 표현을 통해서 우리는 산업사회의 삶의 속성에 의해 '운구 경로에 붙잡힌 생'의 그 어찌할 수 없음의 깊은 절망을 맛보게 된다. 그에게 비유조차도 동일성이나 유사성을 발견하여 평정을 얻는 기법으로 쓰이기보다 이질감과 차이성을 드러내어 소외의 분위기를 환기하는 방법으로 쓰이고 있다는 측면에서 현대산업사회의 속성에 대응하는 방법론으로 작용한다. 그것 또한 문체적 측면에서 동시대의 모순을 담아내려는 직관적 인식으로 보아도 좋을 것이기에 하나의 의미 있는 진전이라 할 수 있지 않을까.

「사진관 의자」 또한 마찬가지다. 이 시는 그래도 어조 면에서는 애잔한 느낌을 준다. 그런 점에서 한결 인간적 감정이 배어 있는 시다. 그러나 대상은 바로 산업사회 속의 분열되고 고립된 현대인의 초상이라는 점에서 여전히 거리를 둔 객관적 응시다. 혼자 단정히 "진짜보다 예쁜/가짜 꽃바구니 두어 개/제 곁에 가져다 놓고" 앉아 있는 사진관 의자는 소통과 진실이 상실된 세계 속의 인간 존재를 상징한다. 그것은 사물화된 인간적 시점을 대변한다. 그런 사물화된 인간 존재에 대한 연민을 느끼고 있는 것이 이 시의 풍경인데 그 점은 예전의 시와 다른 분위기를 자아내게 한다. 어조와 시점에서 어느 정도 시에 시적 화자의 인간적 감정이 배어들게 함으로써 환멸에서 쓸쓸함의 정서적 상태로 이동하고 있음을 이 시는 보여 주고 있는 것이다. 그것은 첫 시집 이후 유홍준의 심적 상태에 어떤 균열이 일어나고 있음을 암시하는 것은 아닐까?

　그러한 심정 상태로 넘어간 것을 살피기 전에 이번에 발표되는 그의 여타 시들을 살펴보면 대부분 여전히 산업사회의 비인간성과 무의미함의 문제에 골몰해 있는 것을 발견한다. "마귀의 옷과 귀신의 음식을 파는 백화점 거리를 지나자/천국까지의 거리(를) 물어"(「천국 가는 길」) 오는 소경들, 그러나 그들은 사실 소경인 체하는 "짙은 선글라스 낀 젊은 여자들"로서 욕망의 천국을 만드는 것일 뿐이라는 시적 전언이 그 하나의 예다. 타락한 소돔의 거리를 '천국 가는 길'로 비튼 이 시는 '~네'라는 애잔한 어조로 전경화했지만 삶의 속 악함에 대한 한탄 내지 환멸의 감정을 숨길 수 없는 역설적 풍자로 실현되고 있다. 호떡을 시적 대상으로 한 시, "하늘의 壓印, 하얀 낮달이 종이배처럼 떠 있다/뜨겁게 달구어진 철판 같은 것이 세상이라면/지글지글 끓는 기름이 등 짝에/끼얹어지는 것이 生,"(「압인」)이란 시도 이 세계의 본질을 직설적으로 규명하여 삶의 고통의 형식을 직시하고 있다. 그렇지만 이 시도 어려운 살림 살이를 하는 호떡 파는 사람을 대상으로 하여 그런지 "구부정한 등짝에 가난의 압인이 꾸욱 찍혀 돌아가는 저녁"이라는 시 구절로 대상과 자신에 대한 연민의 시선을 드러내고 있다. 그 외 「謹弔」는 그의 첫 시집에서부터 일관되게 나오는 죽음의 형식으로서 삶의 문제를 드러내고 있고 「나의 뿌리」와 「국수」역시 첫 시집에서부터 일관되게 나오는 불행한 가족의 문제로 아버지와 어머니와의 고통스러운 지난 삶의 기억을 그려 내고 있다. 이들 시들은 어조의 농도에 다소 차이가 있을망정 타락한 현실에 타락한 모습으로 대응하는 위악적(僞惡的) 태도가 대부분 들어 있는 것이 사실이다. 그것은 모두 속악한 산업자본주의 사회에 대한 시인의 비판의식을 형상화한 것이라 할 수 있다.

　그런데 이번 일부 시에 와서는 예전에 볼 수 없던 시적 사고를 보여 주는 것이 있어 시인의 예사롭지 않은 시적 진전을 떠올리게끔 한다. 그의 시적 도정으로 볼 때 이것들은 매우 낯선 것이다. 그것은 다름 아닌 생명에 대한 경외와 사랑에 대한 믿음이 나타나고 있는 것들에서 드러난다. 다음 시가 그런 것들이다.

배춧잎을 갉아먹는

배추벌레를 찾으려면

배추 앞에 쪼그리고 앉아야 한다

배추 밖에서 배추 속의 배추벌레를 찾으려면

배추밭에 배추처럼 엉덩이를 땅에 붙이고

(내 사타구니 속 무엇이 땅 속에

뿌리를 박도록) 쪼그려

앉아야 한다

(저 배추잎사귀처럼) 생각 위에 생각을 겹겹이 싸며 생각해야 한다

잎 위에 잎을 쌓아 (생각 위에 생각을 쌓아)

내가 들어가 찾을 수 없는

푸른 배추 속 푸른

배추벌레!

—「배추벌레」 전문

한숨만이 식량이고 눈물만이 밥을 익히는 가난의 뜨물,

복권이라도 사 볼까? 아무렇게나

구석에 던져둔 생활정보지처럼 구겨져 어금니를 깨물면

참새처럼 예쁜 딸아이의 입술이

진달래처럼 빨간 딸아이의 목젖이

방점을 찍듯 또랑또랑 모국어 읽어 가는 소리……

아아 이것이 밥이었구나 이것이

밥, 이것이 책상이며 밥상인

책상의 비밀!

보이지 않는 눈물 흘리며 어린것의 머릿결을 쓰다듬으면

—「책상이며 밥상인 책상」 부분

한 편은 생의 환멸이 아니라 생의 비의(秘意)를 느끼고 있는 시형태고 또 다른 한 편은 시적 화자의 구체적 현실을 솔직하고도 따뜻하게 응시함으로써 삶의 진정성을 얻고 있는 작품이다. 우선 「배추벌레」란 시부터 먼저 보자면 이 시에 등장한 배추벌레는 종전 그의 시에 자주 나오는 타락한 존재를 상징하는 대상이 아니다. 이 시 속의 벌레는 말 그대로 배추를 갉아먹고 사는 자연적 존재로서 벌레다. 그것은 자연의 유기적 흐름 속에 놓여 있는 생명적 존재인데, 이 존재를 알기 위해서 시적 화자는 "배추밭에 배추처럼 엉덩이를 땅에 붙이고/(내 사타구니 속 무엇이 땅 속에/뿌리를 박도록) 쪼그려/앉아야 한다"고 하여 친근성을 보이고 있다. 여기서 무엇보다 눈여겨보아야 할 것은 대상과의 일체성을 갖기 위한 시적 화자의 자세다. 즉 대상과의 거리보다 대상과의 동일시를 위한 자신의 낮춤과 열림을 강조하고 있다. 그러나 그렇게 우리가 낮추고 마음을 열어도 "푸른 배추 속 푸른/배추벌레!"는 찾을 수 없다. 그것은 존재의 본질이자 생명의 신비이기에 우리의 겹겹이 쌓은 생각만으로는 도달할 수 없기 때문이다. 그 점에서 이 시는 생명의 본질과 비밀에 대한 외경(畏敬)의 자세가 나타난 점에서 유홍준의 시적 방법론으로 볼 때 특이한 것이다.

「책상이며 밥상인 책상」도 그 점에서는 마찬가지다. 유홍준의 대체적 시적 방법론은 현실의 파편화 내지 왜곡이다. 그 점 그로테스크하게 나타나 우리들 시선을 낯설게 만들고 소외의 충격을 준다. 그런데 이번 이 시는 현실의 모습을 사실 그대로 재현하고 있다. 시적 화자의 심리 상태도 자연적 상태 그대로 표현하고 있다. 그리고 무엇보다 시적 대상이라 할 수 있는 책상과 그것을 아름답게 사용하고 있는 딸아이에 대한 한없는 애정의 표현은 종전 시에서 도저히 찾아볼 수 없는 태도다. 그것은 자아와 세계 사이의 거리보다 동화를 중시하는 서정적 비전을 이 시들은 갖추었음을 뜻한다. 이 시들에서 와서야 유홍준은 비로소 서정적 감동에 눈뜨기 시작했다는 말도 된다.

　이러한 변화에 대하여 우리는 좋고 나쁨을 함부로 말할 수는 없다. 시인 개인으로 볼 때 차가운 현실인식에서 따뜻한 세계인식으로 전환함으로써 조화와 화해의 정서를 드러낼 수 있으니 심리적 평화를 누릴 수도 있을 것이다. 그 점은 다행한 일이다. 독자들도 어느 정도 시인의 평정 상태에 대해 좋은 마음을 가지게도 될지 모를 일이다. 그러나 문학사적 관점에서 볼 때 어쩌면 불행한 일일 것도 같다. 심도 있고 일관성 있는 좋은 모더니즘 시인 한 명을 잃고 고만고만한 서정시인 한 명을 보게 될지도 모르니 말이다. 이것은 시인의 선택에 달려 있지만 어쩌랴, 그보다 사실은 시인의 심리를 반응케 하는 세계의 변화에 더 많은 것이 달려있으니 어떻게 시인만의 문제로 돌릴 수 있을 것인가. 필자가 판단컨대 유홍준의 시적 세계의 도정은 지금 막 갈림길에 서 있다. 이것이 보다 한 단계 나은 시적 세계로 비약하기 위한 기회가 될 수도 있다는 점에서 우리는 숨죽이고 그의 행보를 지켜볼 필요가 있을 것 같다. 그의 발걸음이 어디로 향하게 될지, 그것이 또한 어떤 의미를 획득할지에 대한 관심 어린 주목만이 그의 시가 계속 우리 사회에 의미 있는 목소리를 던지는 데에 대한 응원이 되기를 기대하면서 말이다. 우리는 아직 다는 모르고 있다. 환멸과 동화라는 양식이 얼마나 먼 거리를 가지고 있으며, 또한 얼마나 쉬이 그 거리를 좁힐 수 있는지를. 그러한 관계 정립에 대해 시인만이 그것을 가장 잘 절실하고 깊이 있게 풀어낼 수 있을 것임을 믿는다.

올가미에 갇힌 생

― 정진경 시의 의미

정진경의 첫 시집의 시들을 읽어 보는 일은 고통스럽다. 그 고통은 우선 시 감상의 소통 맥락을 그녀 시가 완강히 거부해 보이는 몸짓에서 오는 듯 보이지만, 실은 그 맥락을 조심스럽게 헤쳐 가며 시적 중심부에 접근할 때 보게 되는 시적 자아의 절규로부터 발생하고 있다. 시적 진실에 접근할수록 그녀 시의 심층은 끔찍한 환부를 감추려는 환자의 증상과 유사하다. 때문에 고통의 날들에 대한 경험이 없는 독자라면 이를 쉬이 이해하기 어려운 일이 되고, 같은 고통의 체험을 가진 이라면 이 끔찍한 기록 앞에 아연함을 감추지 못하게 되는 것이다.

그러나 시는 시인의 삶에서 흘러나와 독자의 삶으로 흘러들어 새로운 삶의 체험으로 구성되는 것, 고통스럽다고 한 가여운 영혼의 뇌까림을 외면할 정도의 무신경은 아니다. 그렇기 때문에 그녀 시의 고통의 경로를 따라가 볼 필요가 있다. 그 길이 우리 삶의 고통을 바로 보는 일이자 고통에 내성을 갖는 일이 될 테니 말이다. 그 경로는 그녀 시에서 지속적으로 강렬하게 분출하는 대립적 이미지에 나타나 있다. 그것은 '갇힘'과 '열림'의 의미를 띠는 이미지 계열을 가리킨다. 이 두 이미지는 내적 필연성을 갖고 상호 관련된 것으로서 그녀 시의 긴장을 낳는 축이 되고 의미 해석의 실마리가 되고 있다.

시적 논리상 그녀 시의 본질적 이미지는 갇힘의 이미지가 주조를 이루는데, 그때 그 이미지는 그녀가 시를 쓰게 된 어떤 본질적 사연을 암시한다. 가령 다음과 같은 이미지들이 그런 역할을 한다.

비트에 매몰된 주검들이/시간의 칼날 위에 꽃 핀다

—「철쭉이 왜 붉어야 했는지」 부분

첫 번째 방 벽 속에서 전화벨이 울린다/질주해도 그 안에 갇혀 있는/구멍난 사라토가, 내 등에 작살을 꽂는다/흘린 마음 줍는 내가 그 방에 전시된다

—「여행용 가죽가방」 부분

은폐된 소리를 도굴한다 부장품처럼 견딘 소리뼈, 내 몸을 찌르는 귀무덤 도굴한다

—「소리가 온다」 부분

아무리 쪼아도 귀를 열지 않는 벽들/어느 왕조로 가는 지하통로 쇠창살을 흔든다/정 끝에서 튀는 돌 조각에/시간의 보청기를 끼운다/(…중략…)/광포한 바람을 가둔 지하 묘실 귀퉁이에/시대의 부장품처럼 버려진 나,

—「지하묘실에서」 부분

시집을 읽어가면서 먼저 부딪치는 갇힘의 이미지들이다. 여기서 나타나는 "매몰된 주검" "방 벽 속에 갇혀 있는" "은폐된 소리" "지하 묘실 귀퉁이에/시대의 부장품처럼 버려진 나" 등의 이미지는 시적 자아의 깊은 고립을 의미한다. 그녀는 세계와 차단된 채 고독한 존재로 방치돼 있다. 그렇게 말할 수 있는 것은 그녀의 다른 시, 가령 다음과 같은 구절 "빛이 없는 골방/내 자폐증은/깊은 바닥에서 꿈틀거릴 거예요"(「나를 튕겨 보세요」)로 볼 때 알 수 있다. 가히 병적이라 할 정도로 유폐된 상태다. 그래서 갇힘의 힘에 놓인 그녀의 자의

식은 그녀 스스로를 "독설을 파먹는 어둡고 깊은 분만실이 된다 음흉한 말의 먹이가 된다"(「과녁은 화살이 된다」)고 하거나 더욱 끔찍스럽게 "내 속의 아나콘다 입을 벌리고, 균열하는 나를 본다 공격할 발톱쯤은 언제나 감추고 있는, 공중파 어디에나 수렁은 널려 있다/(…중략…)/스스로 나는, 올가미가 된다"(「아나콘다 다이어트」)고 고백하고 있다.

　여기서 우리는 잠시 생각해 볼 필요가 있다. '올가미' 라니, 무엇이 그녀로 하여금 자신의 생애 자체를 '독설을 파먹는 어둡고 깊은 분만실' 로 여기게 하고, 그것도 모자라 '올가미' 로 자신을 학대하는 것일까? 그녀의 다른 시 "세상 모든 짐승들이 뿜어내는 숨소리의 올가미에 나는 깔려 있었어요 어둠을 찍어 짐승들은 내 뇌리에 벽화를 하나씩 그리기 시작했어요"(「알타미라 벽화」)란 시적 전언도 그렇다면 그러한 고통의 절규였다는 말인가. 이런 고통스럽고 참담한 시들을 읽어 가다 보면 독자로서 우리는 무엇이 그녀로 하여금 이 생을 깊은 심연으로 보게 하며 거기에 갇혀 헤어 나오지 못하게 할까 하는 의문을 품지 않을 수 없다. 그러한 원인을 시적 정보로부터 직접 찾을 수는 없다. 그것이 더 답답한 상황을 만든다. 그러나 그녀 시를 찬찬히 읽어 보면 그러한 고통의 직접적 원인은 아닐지라도 그러한 고통을 만든 먼 원인이 됨직한 것들을 보게 된다. 다음과 같은 시들이 그게 아닐까?

> 집요하게 혀뿌리를 붙드는 부레
> 혓바닥을 누르는 말의 포자에
> 나는 갇혀 있다
> 가죽 부대보다 질긴 부레가 있어야
> 여자라고 하시던 어머니
> 어눌거리는 생각을, 말을
> 목젖 뒤에 감추고 산다
>
> ― 「어둠의 터널」 부분

잃어버린 무의식에

외면했던 내 의식에

참형 당한 기억의 몸뚱이에 무작정 렌즈를 들이대는 상처

—「상처는 눈이 된다」 부분

우선은 여자로서의 삶이 그녀로 하여금 자신의 생을 갇힌 것으로 인식하게
했음이 틀림없다. 그 점에서 정진경의 시는 일정 부분 페미니즘 시각에서 해
명될 필요성이 있다. 특히 여성적 언어로 자신을 말하는 것이 얼마나 고통스
럽고 어려운지에 대해서는 구모룡 교수가 시집 해설에서 잘 밝혀 놓았으니 여
기서 길게 이야기할 일은 아니다. 다만 억압된 여성성 못지않게 그녀 시의 고
통의 내용을 파악하는 데에 도움이 되는 것은 정확한 정보는 없지만 "외면했
던 내 의식"의 한 자락이다.(이 의식도 억압된 여성성과 그리 멀리 떨어져 있
는 것이라 보이지는 않지만 내용상 다른 느낌을 준다) 그것은 그녀에게 감추
고 싶었던 그 어떤 것이자 현재에는 '상처'로 남아 있는 것이다. 대개 이 상처
란 것은 성인이 되기까지 자신의 이성으로 도저히 이해되지 않는 상황에서 발
생하는 고통의 내용으로 흔히 콤플렉스라 부르는 정신적 외상을 가리키는데
정진경 시의 고통의 환부도 여기에서 발생했지 않을까 싶다. 구체적으로 그
것이 무엇인지까지는 우리는 알 수 없고, 알 필요가 없을 것이다. 그러나 정신
적 외상을 안고 사는 사람이라면 그것이 현실적 삶에 늘 간섭하여 삶 그 자체
가 고통의 연속이 되는 것을 잘 알 것이다. 그래서 정진경도 불쑥 다음과 같이
주억거리는가. "영혼은 비탈진 그래프/피뢰침 끝에 온 붉은 선, 파르르 떤다"
(「비탈진 그래프」) '파르르 떠는 영혼'은 그 고통에서, 다시 말해 생이 부여하
는 '올가미'로부터 부단히 벗어나고 싶어 했을 것은 분명하다. 그녀 시에 갇
힘의 이미지 못지않게 '터짐'과 '열림'의 이미지가 변주되는 것 또한 이와 관
련되어 있다. 아니 더욱 그녀 시에서 이것은 강력한 의미를 낳고 있다.

거울 위로 용솟음치는 역사의 질긴 뿌리

　　　　　　　　　　　　　　　　　　　　　　　— 「21세기 입주를 앞두고」 부분

　　　죽음을 넘어서려는 천 년 전 굳은 혀가

　　　묘혈을 타고 올라

　　　점쟁이들 입을 훔친다

　　　　　　　　　　　　　　　　　　— 「혀는 묘혈을 타고 올라」 부분

　　　시대의 어느 동굴에서 튕겨온 파열음인지 혈관 속에 끓는 분노 씹으면서 사

　　랑해야지

　　　　　　　　　　　　　　　　　　　　　　— 「사랑해야지」 부분

　　　몸에 갇힌 소리가 범람하고 있었네

　　　걸어다니는 소리강,

　　　귀 잘린 내가 신호음에 밀려가고 있었네

　　　　　　　　　　　　　　　　　　　　　　　— 「홍수」 부분

　　이 시들 역시 시집을 읽어가면서 순서대로 뽑아본 '열림' 이미지들이다. 열리기 위해서는 닫힘과 갇힘의 상태가 전제되어 있어야 하는 것은 당연하다. 우선 터져 나오는 이미지만 뽑아보면 "용솟음치는 역사의 질긴 뿌리" "묘혈을 타고 올라" "동굴에서 튕겨온 파열음" "몸에 갇힌 소리가 범람하"는 것 등이다. 모두 의미상 거울, 묘혈, 동굴, 몸 등의 갇힘의 명사적 상태를 전제로 하여 그 위로 솟구쳐 나오는 이미지들을 질서화하고 있다. 그 솟구치는 것들은 물론 억압된 욕망일 것이다. 상처나 사회적 제도로 억압된 본래적 자아의 진정한 소리일 것이다. 그 점에서 자신을 "걸어다니는 소리강"이라 표현한 부분은 참 적절한 발견이라 생각된다. 특히 그 억압된 내면의 소리가 범람하여 하나의 사회적 소통 맥락으로 볼 때 '파열음'과 같은 거칠고 찢어지는 듯한 소리가 됨으로써 고통 그 자체를 상징하는 이미지 체계는 본능적이면서도

놀라운 느낌을 주는 대목이다. 이런 이미지 변주에서 의미의 일관성과 체계성을 확보하고 있다는 점은 정진경의 시적 성취가 만만치 않다는 것을 증명해 보인다.

그렇게 볼 때 정진경의 시적 진실은 자신의 내면을 고통스럽게 억누르고 있는 어떤 완강한 실체와의 싸움이다. 그 점에서 시는 하나의 고통의 일지와 같은 것인데 그것이 얼마나 고통스러운지는 시인이 "쇠고리를 동여맨 거미가/진액을 뿜어낸다"(「풍경에 거미줄」)에서 보여 주듯 자신의 '진액'을 뽑아내 '시 쓰기'로 결행하고 있음에서 우리는 짐작할 수 있다. 그런데 그 고통스러운 시 쓰기 끝에서야 "모든 것이 벌거숭이로 남은/어느 오후/껍질이 터져야 씨앗이 보이는 방/그녀는 그녀를 방생한다"(「방생」)는 시적 전언을 얻게 되는 것으로 보아 시 쓰기가 조금 그녀 삶의 평형과 안정을 찾아주는 방어기제가 됨도 우리는 알 필요가 있을 것 같다.

하지만 여전히 그녀 시는 갇힘과 터짐의 길항 속에 당분간 놓여 있을 것 같다. 그것이 진정한 자아를 찾기 위한 탐색과정으로서의 싸움이니 만큼 안쓰럽지만 애정을 갖고 지켜볼 대목이다. 그녀가 "수십 개 못으로 악몽을 고정한 듯 보철가면 뒤에 숨은 그의 얼굴, 혈관이 없다"(「自覺夢」)는 가면의 삶에서 자신을 방생하고 건강하고 진정한 자아로 솟아나서 대 사회적 발언을 씩씩하게 할 날을 기대한다. 첫 번째 시집은 그러한 정신적 탐색과정을 주절주절 내뱉은 경향이 강했다 한다면 이제 앞으로 나올 두 번째 시집에서는 보다 정제된 정신의 선들이 들어서기를 기원한다.

분열의 현상학

— 박강우 시의 의미

박강우의 이 기이한 시집 한 권을 어떻게 읽어야 할까? 전통 시문법으로는 도저히 해명되지 않는, 신비와 수수께끼로 마냥 뒤얽혀 있는 이 미로 같은 텍스트 앞에서 어떤 독자는 매혹을 느낄 수도 있겠지만, 아마 대부분의 독자들은 '이거 도대체 무슨 소리 하는 거야' 하는 볼멘 심정으로 시집을 내팽개치거나 아님 그렇게 쓰는 시적 의도를 알았다는 짐작으로 '그렇고 그런 시집 하나 또 나왔군' 하는 반응을 보일지 모르겠다. 시적 전언이 명확히 독자에게 전달되지 않을 때 우리는 갑갑증과 함께 나도 모르는 영역에 혹시 시인이 가닿아 있는 것이나 아닐까 하는 선망도 가지게 되지만 어찌됐든 뭔가 알아야 말이라도 하지 하는 불만 섞인 심사는 박강우의 시집을 읽는 독자에게 전혀 부당한 것이라고는 말할 수 없다. 그의 시는 억압과 은폐의 기이한 심리적 장치속에 시가 하나의 정신 질환의 임상 기록같이 난해하면서도 동시에 신비한 구석을 갖추고 있는 것이 틀림없으니 말이다.

그런 점에서 그의 시를 읽어 내는 것은 독자의 입장에서 볼 때 매우 많은 심리적 에너지를 요한다. 이 바쁜 세상에 무슨 대단한 일이라고 한 시인의 내면에 감춰진 그 사연을 이렇게 애써 살펴볼 필요가 있을까 생각하는 분들은 건성건성 시집을 건너뛰며 보다가 슬며시 손에서 시집을 놓아 버릴 것이다. 그

럴 때 그의 시는 곧 먼지에 쌓이고 곰팡이가 슬면서 책장 안에서 조용히 숨을
거둘 것이다. 그의 시적 표정으로 볼 때 어쩌면 그것이 당연한 결말일지도 모
르지만 그것은 그의 시를 제대로 알지 못한 상태에서 끝나는 것이기에 가슴
아픈 일이다. 어떤 시집이든 시집 한 번 읽어 봤다는 것이 중요한 것이 아니라
그 시집의 세계가 만든 공간 속에서 자신의 삶으로 살아 보는 것이 중요하지
않을까.

대저 시는 무엇인가? 바로 존재의 탐구이자 구원의 양식 아닌가. 한 시인이
남과 다르게 자신의 존재성을 드러내고 그것을 통해 삶의 의미를 찾아 나가는
노력이 ‘진지’하다면 그러한 방식에도 주목해 바라보아야 할 가치가 있지 않
을까? 그 가운데 새로운 방식을 통한 세계의 이해라는 인식의 재미도 발견한
다면 그것 하나만이라도 그 시들은 가치 있다. 박강우의 시는 독자에게 전하
는 시적 내용에도 문제가 있지만 그 전언의 방식에도 많은 문제적 요소를 내
포하고 있다. 그 점에서 박강우의 시는 정서적 읽기를 통한 공감적 이해보다
대상의 분석적 읽기를 통한 인식적 이해로 나아가서 존재와 존재성을 구성하
는 당대의 특징을 되새겨 볼 일이다.

우선 그의 시를 탐사하기 전에 시인이야말로 가장 자신의 삶과 존재성에
대해서 예민한 사람들인 것을 인정하고 시작하자. 박강우의 시야말로 예민하
다 못해 선병질적 내밀함을 갖고 있기 때문이다. T. S. 엘리어트는 시인만이
가질 수 있는 능력이 따로 있다고 말하고 있다. 신화적 감수성을 문명사회에
서도 부려 쓸 수 있고, 일상적 현실의 여러 이질적 체험들을 하나의 의미 있는
이미지로 통합하여 의의 있는 패턴을 만들어 낼 수 있다고 한다. 박강우의 경
우도 이러한 능력을 갖추고 있는 것은 분명하고 더 나아가 유년의 체험과 성
인이 된 현실 속에서 갈등하는 삶의 의미를 제 나름의 시문법으로 구성해 내
고 있다.

그 점에서 박강우 시작(詩作)의 미덕은 깊이 감추어져 있는 내면의식의 천
착을 통해 일상적 시간과 공간의 불가역성을 뛰어넘어 변치 않는 삶의 본질적
요소가 있다면 무엇일까 하는 점을 탐색하는 데에 있다. 그것이 더욱 미덕으

로 다가오는 까닭은 그것을 어설프게 주의주장이나 감상의 형식으로 제시하는 것이 아니라 시집 전체에 걸쳐 하나의 미학적 형식으로 미로를 건설하여 독자 스스로 체험하게끔 하고 있기 때문이다. 독자는 자칫 시간과 공간을 초월한 이 의식의 미로에 갇혀 헤맬 공산이 크지만 일단 이 미로에 들어 출구를 찾고자 애쓰는 동안 어둠 속을 빠져나오는 저 그리스 신화 속의 '아드리아네의 실' 처럼 저마다 존재의 진실 한 가닥씩을 찾아내, 아니 만들어내 나오게 된다. 존재의 구원은 언제나 바로 자기 내부에 있다는 역사의 교훈을 생각할 때 박강우의 시는 독자로 하여금 자신의 내부를 보다 본질적이고 생생하게 경험케 하는 점에서 주목되는 작품이다. 그 점에서 그의 시는 늘 의식과 무의식의 경계 지점에서 갈등하는 오늘의 현대인들에게 자아의 정체성을 찾아 떠나도록 하는 인식의 촉매제라 할 수 있다.

그럼 작품 속으로 들어가 보자. 박강우는 매우 짓궂으면서도 재치 있는 사람이다. 그의 시집 전체를 하나의 수수께끼로 구성하여 독자로 하여금 그의 시적 의도를 애써 찾도록 하는 점에서 짓궂고, 이 게임에 독자가 지쳐 포기하지 않도록 여러 곳에 흥미 있는 실마리를 흘려 두고 있는 점에서 재치 있다. 그의 시적 구성과 전개는 상당히 고도의 전략을 구사한 것으로 보인다. 그 점에서 그의 시집을 제대로 읽기 위해서는 그의 시집 곳곳에 가설된 전략적 장치들을 확인해야 한다. 따라서 정보 확보 측면에서 가장 앞에 제시된 「진단서」란 작품을 그냥 스쳐 지나가서는 안 된다. 이 작품은 그의 세계를 탐사하는데에 없어서는 안 될 나침반과 같기 때문이다. 이 작품을 지표로 삼을 때 우리는 그의 얼기설기 뒤엉킨 동굴 속으로 들어갈 수 있는 단서를 잡은 셈이다.

「진단서」는 실제 병원에서 사용되는 진단서 양식에 현재 그의 일상적 삶의 상태를 기록해 놓고 있는 것으로 시의 종류로 볼 때 형태시 내지 해체시 경향에 들어간다.(그 점에서 그의 시는 쉽게 전부를 인용해 볼 수 없는 불편이 있다. 그의 시집을 살펴봐야만 해설자의 내용을 알 수 있는데 이러한 불편 역시 시인이 의도하고 있는 전략, 즉 나중에 볼 욕망의 직접성과 관련 있지 않을까 한다.) 이 시를 보면 그가 전통 서정시 형태로 그의 시적 욕망을 표현해 낼 수 없음을 확인하고 그의 들끓는 내면을 바로 직접적 사물의 구체성으로 전달할 수 있는 방법을 찾고 있음을 알 수 있다. 실험시 혹은 전위시라 일컬어지는 이런 시들은 바로 전통적 의식과 그 의식을 구성하는 매체에 대한 부정에서 시작된다. 그것은 박강우의 시적 내용과 제시방식이 전통적 가치관이나 소통방식에 회의를 가지고 있음을 드러내고, 더 나아가 보다 구체적 접촉을 원하는 측면에서 내면의식의 '직접성'을 따르는 형식을 추구하고 있음을 보여 준다.

이 작품의 내용은 묘하게도 실제 시인을 시적 화자로 등장시키고 실제 시인의 직업인 병원의 업무를 등장시킨다. 그런 점에서 시를 고상한 가공이나 승화라 믿는 전통적 이념을 거부한다. 삶 그 자체가 시라는 '미적 자유이론'에 근거하여 작품을 쓰고 있다. 1부에 계속되고 있는 핸드폰 문자메시지나 광고 전단지, 로또 복권 등의 제시는 우리 일상적 삶이 사실은 얼마나 시적인 것으로 구성되어 있는지를 역설적으로 생각하게끔 한다. 그에게 '시적'이라는 것이 따로 언어적 조작으로 이루어지는 것이 아니라 현실적 삶에서 우리의 인식에 전환을 가져오는 그 어떤 대상이 있다면, 그리고 그것을 시라는 문학 제도 속에서 실현시킨다면 그것도 훌륭한 시가 된다는 생각에 입각해 있다. 이러한 정신은 대체로 기존의 고정화된 관념이나 제도에 얽매이지 않으려는 자유주의자들의 태도에서 발생한다. 그 점에서 이 시를 통해 볼 때 박강우는 기존 시에 대한 인식에서 자유롭거나 최소한 기존 서정시의 형식에 거부의 의사를 밝힌 것으로 볼 수 있다. 이는 그의 시집이 의식의 자동화, 형식의 관습화를 거부함을 의미한다.

또 다른 측면에서 「진단서」는 그의 일상적 자아이자 시적 자아인 '박강우'라는 인물이 현재 정신적 질환에 시달리고 있다는 병적 진단을 내리고 있다는 점에서 문제적이다. 그 점에서 이 시집 전체를 관통하는 전제는 그의 시적 자아는 '병든' 존재라는 점이다. 특히 시적 언명을 통해 볼 때 정신분열증을 앓고 있는 존재로 그려지고 있다. 이 점 「진단서」의 일부 내용을 통해 알 수 있다.

눈을 뜨면 새집 안이었다

개똥지빠귀가 나의 울음 소리를 흉내내었다

울부짖는 자궁 속에 머리를 처박고

빨아먹는 살점

내가 먹는 약은 붉은 내장이었다

개똥지빠귀가 꽃단장을 하고

태엽 인형을 따라 춤추었다

서늘한 목덜미가 떨어져 나갔다

—「진단서」 부분

이 표현은 우선 정신 질환으로 보자면 환각 증세 내지 망상에 해당한다. 내적 충동과 경험을 외부세계의 지각 심상으로 투사하는 것이 환각이라면 개똥지빠귀의 울음소리와 머리를 처박고 먹는 살점, 목덜미가 떨어져 나가는 것 등은 내부의 혼란을 외부의 감각으로 겪는 환각 증세다. 또 망상을 명백한 증거가 있더라도 변하지 않는 현실에 대한 잘못된 해석으로 본다면 이 시적 전언은 전부 망상이다. 왜냐하면 이 시는 시적 화자의 왜곡된 세계인식을 보여주고 있기 때문이다. 여기서 시적 비유를 망상으로 보는 것은 아니다. 박강우의 시는 비유의 차원을 넘어 현실과 비현실의 경계를 확정짓지 못하고 의식의 분열을 드러내고 있는 경우다. 그 점에서 그의 시는 정신분열증의 징후를 전반적으로 드러내고 있다.

분열의 원인은 이 시를 통해 보면 '새집증후군'이라는 말에서 알 수 있듯이 현재 그의 실존을 둘러싸고 있는 환경이다. 그러나 그의 다른 시편을 통해 보면 그것은 조금씩 모호한 것으로 제시되고, 그의 시집 전반을 통해 볼 때는 유년의 삶에서 발생한 어떤 상처로 인하여 발생하지 않았겠느냐 하는 추측이 가능하다. 그것을 보여 주는 좋은 사례이면서 이러한 분열증이 그의 시에서 신비와 미로의 양면적 특성이 됨을 잘 보여 주는 한 편의 시가 있다. 이 시는 그의 혼란된 의식과 행동의 표현이 어디에서 연유하는가를 암시해 주는 하나의 실마리가 된다는 측면에서 그의 표제시와 함께 중요한 작품이다.

> 　아빠!, 오늘 같은 날은 노크 없이 방에 들어와 내 옆에 누워줘, 반복 재생되는
> 카바티나처럼 오늘은 나의 젖가슴을 만져도 돼, 젖가슴을 파헤쳐서 춤추는 악
> 몽을 사로잡아 유리병에 가두어줘, 빨간 리본을 병목에 묶어줘, 그날의 비 오는
> 아침 시간 같아, 무신론자들이 차창에 와 부딪혔지, 전날 밤, 병원에서 성조숙
> 증이랄까봐 두려워하며 나는 아빠 품에 안겨 잠들었지, 오늘도 그렇게 재워줘,
> 구급차에 실려오던 우울한 성감대들은 모두 침대에 묶여 거대한 돋보기로 지
> 져졌어, 아! 보고 싶지 않아, 아빠의 입술로 눈을 가려줘, 나의 팔다리를 숨겨
> 줘, 아빠도 들리지, 오늘도 무신론자들이 몰려와 두드리는 리듬에 맞춰 악몽이
> 춤을 추고 있어, 나의 팔다리가 녹아 없어지는 것 같아, 아빠! 하지만 나의 눈은
> 마지막까지 녹지 않을 거야, 약속해줘, 아빠의 내장 안에서 나의 성감대들이 완
> 성되는 날, 내장을 힘차게 뚫고 나오는 날
> 　내게 어울리는 예쁜 속옷을 찾아줘
> 　빨간 리본으로 허리를 묶어줘
>
> 　　　　　　　　　　　　　　　　　　　　　　　 ―「숨은 그림 찾기」 전문

이 시도 망상과 환각에 빠진 시적 자아의 모습을 보여 준다. 아빠의 성적 접
촉, 춤추는 악몽과 구급차, 팔다리가 녹아 없어지는 것 같은 느낌 등은 환각이
자 망상의 증상이다. 더욱 이 시는 근친상간의 성도착증까지 보여 준다. 일반
적으로 금지된 성적 욕망은 억압의 대상이 된다. "구급차에 실려 오던 우울한
성감대들은 모두 침대에 묶여 거대한 돋보기로 지져졌어"라는 표현은 바로
금지된 욕망의 억압을 상징화한 것이다. 그때 자아는 큰 고통에 빠진다. 이 고
통은 바로 사회적 통제에 대한 병든 자아의 본능적 반응이자 저항의 단초가
된다. 이 시적 자아는 욕망과 금기, 즉 야성과 문명 사이에서 방황하고 갈등하
는 존재론적 숙명을 보여 준다. 욕망은 가장 동물적이고 인간적인 것인데, 세
계는 그것을 억압한다. 그에 대한 거부와 상처가 세계와의 소통을 비튼다. 병

든 자아는 은폐와 저항 속에 자신만의 공간, 자신만의 정체성을 확보하고 싶어한다. 이것은 세계 속에서 "내게 어울리는 예쁜 속옷을 찾"고 싶은 데서 알 수 있다. 그렇지만 그것은 자신의 욕망을 충족시키고 있다는 환상 속에서 이루어지는 망상이다. 그런 측면에서 볼 때 이 시는 욕망적 자아가 사회적 자아, 주체적 자아로 성장하지 못하는 심리적 국면을 여과 없이 보여 준다. 특히 이 시는 '숨은 그림 찾기'라는 제목으로 억압과 은폐의 심리적 드라마를 담고 있어 독자로 하여금 시인의 의도를 찾아 헤매도록 하는 유인적(誘引的) 성향을 가진다.

결국 이 시를 통해 볼 때 분열의 원인은 그의 성장기에 치렀어야 할 성적 욕망의 승화가 정상적으로 이루어지지 못했음에 있다고 볼 수 있다. 외디푸스 콤플렉스 단계에서 그는 아버지로 상징되는 금기와 질서를 사회화, 개별화, 문명화로 나아가는 통로로 받아들이지 못하고 개인의 본질적 욕망을 억압하는 상처로 받아들였음을 추측해볼 수 있다. 그것은 이번 시집의 표제시가 되고 있고 그의 시집 전편에 등장하는, '(새)엄마'라는 상징화된 성적 충동의 모습에서 알 수 있다.

새엄마는 침실 벽에 창문을 그리고
창문을 열고
발뒤꿈치를 들어 내다본다
새엄마의 종아리에서 피어나는 찔레꽃

창문을 기웃거리는 나의 눈을
찔레꽃이 찌르고
새엄마는 피 흘리는 나의 눈을 열고
병든 앵무새를 먹어보렴
찔레꽃이 깔깔 웃는다

새엄마는 나의 속옷에 창문을 그리고

창문을 열고

병든 앵무새를 꺼내어

이렇게 먹는 거야

머리부터 한 입 베어물고

찔레꽃이 깔깔 웃는다

—「섹시한 새엄마」 부분

　이 시에서 시적 화자는, 그것이 여성화된 경우든 남성화된 경우든 욕망의 대상을 갈구하고 있다. "창문을 기웃거리는 나의 눈"은 욕망에 사로잡힌 본능적 자아의 표상이다. 그러나 이 자아는 언제나 사회적 금기로 인하여 "피 흘리"고, 다만 내 안에 있는 욕망의 강렬성으로 인해 욕망의 대상이 되고 있는 '새엄마' ―그에게 새엄마는 엄마의 다른 이름이다. "엄마의 발가락을 갉아먹으며/새엄마들이 자란다"(「애인 만들기」)에서 볼 수 있듯 엄마에 대한 욕망의 직접 표출이 '근친상간'이라는 사회적 금기를 자극시키므로 그것을 완화하기 위해 '새엄마'란 호칭을 쓸 뿐이다. ―에 의해 구원을 받음과 동시에 타락을 경험한다. 그에게 욕망은 너무나 강렬한 것이어서 이 양가적 매혹이자 위협에 벗어날 수 없다. 그때의 자아는 양면적 현상 앞에 노출되어 충동과 절제의 이중적 드라마를 겪는다. 그리고 이것이 뜻대로 안되었을 경우, 즉 사회적 금기에 의해 자아의 욕망이 상처 입을 때 공격과 방어의 논리로 세계를 왜곡한다. 결국 그의 시에서 보이는 시적 화자의 공격과 방어는 같은 의미를 띠는 것으로 세계에 상처 입은 욕망적 자아의 고통과 저항의 표출이다. 때문에 '병든 앵무새'는 그의 욕망의 자아이자 욕망을 자유롭게 풀어내지 못하는 병든 자아의 상징이다.

　이러한 관점에서 그의 시에 나타나는 성도착증을 이해할 수 있다. 가학증과 피학증 모두 욕망의 대상을 완전히 소유할 수 없는 절망에서 발생한다.

엄마의 젖가슴을 포크로 찌른다

(…중략…)

엄마의 발가락을 포크로 찌른다
—「애인 만들기」 부분

나무 둥치 뒤에서 여자아이들이 까르르 웃었다 나는 여자아이 하나를 끄집
어내어 발가벗겨 널었다
—「표본실」 부분

나는 우리들 중 한 명을 발가벗겨
옷장에 가두었다
옷장 안은 무덤으로 가득 찼다

(…중략…)

우리들 손에는
잘린 손들이
한 움큼씩 들려 있었다
—「위대한 손」 부분

심지어 가학과 피학의 이중적 양상을 동시에 보여주기도 하는 이러한 이미
지들은 욕망과 세계의 압력 사이에서 진로를 찾지 못한 억압된 자의식의 표출
이다. 그 점에서 그의 시적 자아들은 매우 억압되고 왜곡되어 상처 입은 자아
들이다. 이런 자아들은 언제나 자신의 욕망을 환기하거나 충족시켜주는 상황
이나 사물에 이끌린다. 또 하나 그의 시에서 문제시되는 페티시즘적 측면도

이렇게 이해될 수 있다. 물품음란증이라 불리는 이것은 성적인 흥분에 이르기 위해 무생물을 이용하는 심리적 상태다. 이것도 일종의 성도착증이다.

> 새엄마는 마루에 누워 잠들고
> 나는 새엄마의 은팔찌를 책가방에 넣고 달린다
>
> (…중략…)
>
> 남겨진 새엄마의 속치마를 책가방에 넣고
> 나는 돌아온다
>
> —「애인 죽이기」 부분

이 시에서 욕망의 실체를 상징하는 '은팔찌'와 '속치마'는 욕망의 대리 충족을 시켜 준다. 그 점에서 끝없이 시적 화자는 욕망의 실체, 즉 '엄마'라는 욕망의 덩어리에 달라붙고자 한다. 욕망의 대상에 집착하는 이러한 박강우의 시적 화자의 특성을 두고 이승훈 교수도 '구강 단계의 성욕 고착'이라 하였다. 그의 지적은 참으로 적절해 보인다.

이러한 금지된 성적 욕망의 양면성에 의하여 자아는 세계의 폭력으로부터 상처 입고 더 나아가 지속적으로 '감시' 받고 있다는 생각을 가진다. 그것도 일종의 망상 형태로 나타나는 것이지만 그의 시에선 분열증의 현상 중 하나로 나타나는 감시 콤플렉스가 이에 해당한다. 감시는 경계심을 유발한다. 경계심이 많은 사람은 대인 관계에 불안정한 면모를 보이고 자기 파괴적 행동으로 상대방을 위협하거나 만성적으로 대상에 대한 인지적 왜곡을 일삼는다. 다음 시들이 전형적으로 그와 같은 모습을 보인다.

> 발가벗은 나는
> 모자를 쓰고 걸어간다

여자들이 모자를 뺏어 우물에 빠뜨린다

나는 엄지손가락을 붙잡고

우물 속으로 뛰어내린다

— 「나는 바지를 입을 수 없다」 부분

내가 이분법으로 분열을 시작하자

그놈들은 나를 벽 속에 묻었다

— 「겨울잠 1」 부분

물고기와 나와 바다는 깃발 아래 모여 앉아

새엄마가 밤이 되기를 기다리고 있어

아침 꽃병이 되어

물고기와 나와 바다를 안아 주길 기다리고 있어

— 「새엄마의 물고기와 나 그리고 바다」 부분

이 세 편의 시는 세계에 의해 발생하는 감시 공포와 함께 그 공포로부터 벗어나 마음의 안정을 주는 욕망의 실체를 기다리는 모습을 그리고 있다. 이러한 시들은 대체로 욕망의 대상으로부터 버림받았다는 공포, 혹은 버림받을 것이라는 두려움이 원인이 된다. 그의 시에 자주 보이는 의존형 인물의 등장이나 혼란된 말, 혼란된 행동 등은 분열증의 현상이자, 버림받는 데에 대한 자기방어이자 공격이다. 이를 달리 분리불안이라 할 수 있다. 이 분리 불안은 애착대상(부모)과 함께 있지 않거나, 혹은 친숙한 상황이 아닌 곳에 있는 경우에 극도의 불안이나 공황 증세를 보이는 경우를 말한다. 이 증세는 유년기에 부모로 상징된 애착대상과 분리될 때 고통을 경험하면서 발생한다. 정상적 성장이면 이러한 분리불안은 극복된다. 그러나 그 분리가 유년기에 너무 충격적으로 이루어진 경우 성인이 되어서도 이러한 불안이 반복된다. 박강우의 시적 자아는 이것에 강하게 물들여 있다. 특히 이 불안은 모든 동물들에게서도 나타나는 강력한 생물학적 뿌리를 두고 있어 원초적이다. 그런 점에서 박강우의 시는 존재의 원초성을 탐구하고 있는 셈이다.

한편 박강우의 시는 억압된 욕망을 표출하기 위해 세계와 갈등 속에서 비정상적 행동을 하는 것도 보인다. 그것은 강박증이다. 강박적 사고는 원치 않는 무의미한 생각들이 지속적으로 머리 속으로 들어오는 것을 말하며, 강박행동은 반복적인 의식(儀式, ritual)적 행동을 일컫는다. 다음 시가 그런 예다.

집중하다보면 불길함은 팍팍한 이것이 되지, (…중략…) 잠시라도 집중하지 않으면 팍팍한 이것은 사라지고 세상은 다시 돌고 돌아 점액질은 살과 뼈로 분리되게 돼, 살과 뼈가 맞닿는 곳에는 팍팍한 이것이 항상 기다리고 있어, 나는 집중해야 돼, 섬뜩하게 다가오면 피할 수 없어, 아주 천천히 기다리며 집중해야 돼, 어차피 세상은 돌고 도는 거니까

—「원심분리기」 부분

이 시는 전형적으로 강박증에 사로잡힌 자아의 모습을 보여 준다. "나에게 집중해야" 안심할 수 있는 것은 세계를 상실하고 나만이 남는 고립적 자아의 특성이다. 욕망의 달성을 스스로의 환각으로 채우고자 할 때 이와 같은 행동이 나타난다. 그 점에서 박강우의 시적 자아는 자폐적 증상도 지닌다. 그의 시는 자폐증의 일반적 증상이라 할 수 있는, 다른 사람에 대한 인식이 현저하게 결핍되어 있다. 즉 사회적, 정서적 상호교류가 결핍되어 나타난다는 점이다. 나와 나의 욕망, 그리고 욕망의 대상만 존재할 뿐이다. 이는 원초적 인간의 존재성을 드러내 주긴 하나 사회적 존재로서 인간성을 외면하는 한계를 보여 준다. 비정상적인 언어 사용도 일종의 자폐적 증상이다. 예를 들어 "분해와 조립이 마주 앉아 설계도를 그린다/분해는 가위를 들고/조립은 드라이버를 들고"(「업그레이드—performance 4」)와 같은 진술은 세계에 대한 정상적 의사소통을 포기하고 자기 내면의 의식만을 초점화해서 표현한 왜곡된 언어 행위다. 그때의 언어 질서는 무의식의 심층에서 떠오르는 연상이기 때문에 현실

적, 논리적 의미로 설명되지 못한다.

이상으로 볼 때 박강우의 시는 전체적으로 욕망을 둘러싼 상황과 사물에 대한 편집증적 기억의 표출이다. 그 점에서 그의 시는 대사회적 문맥을 고려하지 않아 보인다. 개인적 상처에 의한 병든 자아의 우울한 일상을 보여 주고 있는 것이다. 그러나 다시 생각해보면 그의 시는 병든 자아를 통해 병든 사회를 보여 주고 있어 사회적 문맥을 획득하고 있는 것도 같다. 그것이 보다 분명한 사회적 병리 현상으로 나타난다면 현대산업자본주의 사회가 실은 얼마나 제도적, 구조적 차원에서 광포한 억압 기제가 되는가를 드러내 주는 하나의 단초가 될 수 있을 것이다. 그의 시는 그 점에서 역설적으로 현대인의 정신적 상처를 예민하게 드러낼 한 초상이 될 자질이 충분히 있다. 다음 시편이 그와 같은 가능성을 보이고 있는 작품인데 이 시를 보면 개인적 고통이 어떻게 사회적 문맥에서 해석될 수 있는지를 알 수 있다.

그들은 마네킹인가
나는 그들이 만든 머리통 없는 마네킹인가

마네킹이 그들은 아니라고 말한다
마네킹이 나는 그들이 아니라고 한다
그들과 나는 어떻게 다른가
—「나는 그들과 어떻게 다른가」 부분

남자 마네킹이 칫솔을 들고
여자 마네킹의 눈을 닦는다
—「무성생식」 부분

이 두 편의 시는 세계의 존재들이 자기에게 정상적 소통을 할 수 없는 '마네킹' 같은 존재들로 인식되고 있다는 의미다. 이는 산업사회의 사물화를 보여

주면서 소외와 고립의 심리적 현상을 드러내 준다. 생명과 진정이 사라진 상태의 인간관계는 마네킹의 사회이며 무성생식의 사회일 뿐이라는 전언은 현대사회의 맹점을 주의주장으로 전달하는 것보다 몇 배 더 생생한 무서움을 환기하고 있다.

이러한 것을 고려할 때 박강우 시의 매혹은 그 무서움 내지 고통의 생생함, 즉 직접성이다. 분열증의 환자에게 가장 무서운 점은 '마음 속에서 사실인 것은 그 사람에게 진실로 존재하는 것이다'란 사실이다. 의식과 현실의 경계가 무너지고 심리적 충동과 공포가 그대로 현실에서 이루어진다. 그것은 정신질환자에게는 무서운 것이지만 문학의 자장 내에서는 신비로운 것이 된다. 바로 문학이 갖는 이미지의 기능을 가리키는 것 아니겠는가. 바슐라르가 그토록 강조하는 '이미지를 통한 존재변환의 힘'! 여기서 묘하게 박강우의 시적 이미지는 분열증의 속성에서 상상력의 특이한 질서로 전화되면서 새로운 생명력을 획득한다. 그리하여 그의 시는 매혹이면서 고통이고 혼란이면서 하나의 실존적 진실로 우리 앞에서 펼쳐지게 되는 것이다.

그렇지만 여기서 우리는 박강우 시의 도정(道程)에 대해 다음과 같을 말을 해야 할 필요성을 느낀다. 그의 시는 기로에 서 있다는 것. 즉 그의 시가 앞으로 좀 더 자폐적이고 분열증적으로 나아가 하나의 혼란된 기호로 끝날 것인가, 아니면 그의 분열적 증상이 당대의 사회현실에 압력을 받는 대다수 현대인의 심리적 전형성을 구체적으로 드러내 보여 주는 것으로 나아갈 것인가 하는 점. 그 점에서 루카치의 다음과 같은 말이 박강우의 시적 도정에 꼭 참고가 되어야 하겠다.

우연성으로부터 필연성으로 나아가는 것, 그것이 곧 모든 문제적 인간이 나아가는 길이다. 이러한 길이 필연적이 되는 까닭은 일체의 것이 인간의 본질을 표현해 주기 때문이고, 본질 이외에 어떠한 것도 표현하지 않고 또 그것을 하나도 남김없이 완벽하게 표현해 주기 때문이다.

—「플라톤주의, 시와 형식」 부분

　여기서 '문제적 인간'이란 그 당대의 사회적 현실, 또는 사회적 모순을 가장 본질적이고 전형적으로 드러낼 수 있는 사람, 즉 예술가를 말한다. 이 글은 루카치가 진정한 시인, 곧 예술가들이 나아가야 할 길을 제시한 내용이다. 우연성으로부터 필연성으로 나아가는 것이란 의미는 문제적 인간이 느끼는 우연적 현상이 사회적 객관을 반영하는 필연성으로 귀착되어야 한다는 의미다. 우연성이 필연성이 될 수 있는 까닭은 문제적 인간이 느끼는 우연성이 '인간의 본질을 표현'하기 때문이다. 이는 결국 박강우의 시가 개인의 우연적 상처를 사회적 병리 현상의 전형적 형상으로 승화시킬 수 있어야 한다는 말이기도 하다. 따라서 그의 시는 정신분열이 발생할 수밖에 없는 사회적 토대에 대한 구체적 탐색으로 나아가야 한다.

　그의 고통과 욕망이 우리들 모두의 초상이 되기까지 그는 더 얼마나 깊이 쓰라리게 앓아야 하는가를 생각하니 마음 편치 않다. 그렇지만 그것이 시인의 운명이고 시인의 영예임을 생각한다면 마음 평화로우리라. 그 점에서 평화는 고통의 다른 얼굴이다.

존재의 멀미와 가위눌림

— 남진우와 심재휘의 시

1. 존재의 멀미

어떤 시는 읽고 난 뒤 차츰 내면을 뒤흔들어 여러 날 멀미를 앓게 한다. 시가 힘을 가지고 있음을 보여 주는 사례인데, 다음과 같은 시가 그런 경우가 아닐까.

> 어린 시절 텅 빈 마루에서 홀로 잠이 들면
> 호랑이 한 마리 산에서 내려와 나를 물고 갔다 한다
> 고요한 한낮 지나 서서히 해가 저물녘
> 깊은 잠에서 깨어나 사방을 두리번거리면
> 호랭이한테 물려갔다 돌아온 것이지
> 식구들은 웃으며 말하곤 했다
>
> 내가 잠이 든 다음
> 살그머니 수풀을 헤치고 내려온 호랑이 한 마리
> 시내를 건너고 신작로를 가로지르고

비좁은 골목을 돌고 돌아 살짝 열린 대문을 지나

햇살 눈부신 저편 마루에서 곤히 자고 있는 나를

저윽이 바라다 본 것일까

뜨거운 호랑이 아가리에 물린 채

몇 개의 산과 들을 뛰어넘는 동안에도

나의 깊은 잠은 끝없고

오직 지나가는 바람만이 귓가에 윙윙거릴 뿐

제 집 동굴에서도 여전히 잠만 자는 나를

호랑이는 이리 굴려보고 저리 굴려보고

혀로 핥아도 보았다가

너무 심심한 나머지 다시 돌려주기로 한 것일까

호랑이 입에 물려

집으로 오는 동안

화르르 져내리는 꽃잎 속에 아슴아슴 먼 길이 떠오르고

마악 대문을 열고 마실 나서는 어머니가

에그머니나 놀라 외치는 소리에 옜다 내던지고

호랑이는 다시 먼 산으로 가버린 것일까

지금도 잠이 들면

나를 데려가기 위해 다가오는 호랑이의 나직한

발소리가 들린다 내 귓가를 맴도는 더운 숨결 내 몸에 와 닿는

타는 눈빛 내 잠 속에서 한껏 아가리를 벌리고

단숨에 나를 삼켜버리는

저 호랑이

― 남진우,「먼 산 먼 길」전문 (『문학사상』, 2003년 11월호)

이 시를 읽으면 이상하게 멀미가 난다. 그것이 초여름쯤일까. 조금은 덥기도 하고 조금은 바람 불어 선선한 한낮 졸음에 겨워 마루에서 잠들곤 하면 제법 낮잠이 달았는지 시간이 꽤 흘러 언제나 선득선득 몸이 떨리는 해질 무렵 깨어나는데, 그때마다 잠들기 전의 환한 대낮에 길들어 있던 내 정신이 금방 깨어난 상태의 저녁 어스름에 적응하지 못하고 한참 동안 어질어질해 했다. 그때 내 어머니도 그런 어질머리를 알아채고 "호랭이한테 물려갔다 온 게지" 하고 말했던가. 말했던 것 같다. 아들의 두리번거리는 모습은 갓 태어난 아기의 그 모습 아니었을까. 천진한 자식에게 놀리는 말로 할머니나 어머니는 그런 말을 했을 터지만 진짜 호랑이한테 물려 갔다가 다시 살아 돌아온 것처럼 온몸이 으스스 떨리고 추웠던 것은 무엇 때문이었을까. 저녁 어스름이 설핏 마루로 들어서면 호랑이가 다시 오는가 싶어 냉큼 방안으로 뛰어 들어갔던 기억도 남아 있다. 그 어질머리는 성인이 되고 도회지로 나오면서 사라졌다. 가끔 대낮에 영화 보러 극장에 들어갔다가 저물 무렵 바깥으로 나올 때 어린 시절 그와 같은 시간상의 간격에서 발생하는 이질감이 조금 들기도 했지만 그것은 어린 시절 그것과 견줄 바 못 되었다. 그러나 그 어린 시절 어지럼증과 같은 멀미는 내내 내 가슴에 남아 현실 속에서 조금이라도 어지러움을 느끼게 되면 그 시절 그 공간의 나로 데리고 간다. 그것이 나의 근원이기나 한 것처럼, 그리고 그러한 경험은 두 번 다시 못할 것이라는 안타까움을 대동하면서.

남진우의 이 시는 내 어린 날의 한 풍경을 떠올려 준다. 아니 농경문화에 살아봤던 사람이면 누구나 가슴 한 켠 추억으로 간직하고 있을 법한 내용을 끄집어 내준다. 그 점에서 이 시를 읽으며 갖는 주된 감정은 그리움이다. 돌아갈 수 없는 시간, 돌아갈 수 없는 공간. 시인은 이를 '아슴아슴 먼 길' '먼 산'으로 표현한 것일까. 호랑이가 사람과 살던 역사적 유년기 역시 '먼 옛날'의 일이듯이 우리들 존재의 근원에서 느껴 보았던 그 안온하면서도 쓸쓸한 생의 멀미는 이제 꿈속에서나 맛볼 수 있는 '먼 일'이 되었다. 그러나 먼 일이 된 그 감정은 웬일인지 우리들 생의 중간 중간에 불쑥불쑥 솟아나 가슴을 찌른다. 그것은 제법 강한 충동과 여파를 가지고 세속적 삶에 지쳐 있을 때, 혼자만의 시간에 몸 맡기고 있을 때 밀고 올라와 잠시 우리의 영혼을 흔든다. 호기심과 두려움이 교차된 욕망처럼 현실의 나를 잊는다는 성가심과 두려움을 무릅쓰고 잠시 그때 그곳의 나로 돌아가고 싶은 것이다.

그러나 그것은 꿈에서나 가능한 일. 어린아이로 돌아갈 수 없고, 고향의 그곳으로 가 본들 지붕은 개량화되었고 도로는 포장되어 영 유년에 맛봤던 설핏한 어둠의 단내와 스산함을 볼 수 없다. 그렇기에 어린 그 때의 경험은 더욱 강렬해지고 더욱 요요해진다. 안타까움은 점점 더 힘을 얻어 살을 붙이고 뼈대를 갖추어 제 실체를 드러내고자 한다. 그래서 시인은 노래하는가. "지금도 잠이 들면/나를 데려가기 위해 다가오는 호랑이의 나직한/발소리가 들린다 내 귓가를 맴도는 더운 숨결 내 몸에 와 닿는/타는 눈빛". 귓가에 들리는 발소리, 피부에 와 닿는 더운 숨결, 타는 눈빛. 그것들은 너무나 생생하고 강렬한 느낌의 것들이어서 화자에게 어지럼증을 유발하는 것이다. 때문에 그것들은 어린 시절 별 생각도 없는 채 직감적으로 알아 버렸던 생의 비밀이자 본질인 그 어질머리의 감각 아닐까. 그 감각은 하나의 느낌으로 돌고 더 나아가 단순히 일회적인 것으로 그치지 않고 앞으로 내 삶의 전체를 채워 버릴 것 같은 확신으로 또 발전한 것은 아닐까. 그렇지만 그 확신은 사는 동안 미심쩍어지고 덩달아 느낌도 사라져 간다. 그렇게 사라져 가는 것이 일상이다. 따라서 일상 속에서의 우리 생활이란 대체로 흐릿한 단조다. 그 단조로운 흐름 속에 불현듯 어떤 상실감이 들고 그 상실감의 근원을 추적해 보면 결국 유년의 그 스산하면서도 정겨운 어질머리의 감각이 일상적 삶 속에 짓눌려 있음을 발견한다. 그래서 느낌과 확신을 다시 가지려고 감각을 부르는 일, 즉 꿈을 꾼다. 꿈, 간절한 기원으로서 그 느낌을 복원하기 위해 시인은 호랑이를 부르는 것이다. 불러 실제로 "내 잠 속에 한껏 아가리를 벌리고/단숨에 나를 삼켜버리는/저 호랑이"를 이제 느끼는 것이다. 그것은 결국 무엇을 말하는 것일까. 그것은 유년의 한나절 경험이 단순히 지나간 것으로 그치지 않고 지금의 내 삶뿐만 아니라 내 생애의 모든 분야에서 그 강렬한 감각으로 생의 본질적 의미에 대한 탐색을 끝없이 하게 만드는 동력임을 말해 주는 것이다.

그런 점에서 이 시는 단순히 유년 시절의 그리움만을 쓴 것이 아니다. 그것보다 유년 시절 맛본 생의 비밀에 대한 탐색이다. 즉 호랑이를 상징으로 한 존재의 눈뜸에 대한 시적 탐색인 것이다. 그것을 설명하자면 다음과 같다. 어떤 존재든지 눈뜰 때 가장 눈부시고 가장 강렬한 경험을 갖게 된다. 그 눈부심과 피부의 강렬함으로 인해 존재의 깨어남은 언제나 멀미를 동반한다. 때문에 이 멀미의 본질은 존재가 눈뜨게 되기까지의 존재의 구멍으로서 시간의 터널을 그 안에 내포하고 있다. 따라서 현실에서 우리가 시차에 적응하지 못해 어지럼증을 겪는 것과 마찬가지로 존재의 탄생은 무(無)라는 구멍 위에 나타남처럼 어떤 울렁거림을 필연적으로 갖고 있다. 그것은 다시 말해 멀미를 느끼는 일이 바로 존재의 깨어남에 대한 반응이다. 그런 점에서 멀미를 느끼고 있을 때 우리는 자신의 존재성을 인식한다고 말할 수 있다. 어지럼증이 가시고 일상으로 돌아가면 자신의 존재성은 감추어진다. 그러나 어지러움은 너무 강렬하여 그것이 감각으로 존재할 뿐 이성으로서 확신되는 것은 아니다. 때문에 존재의 깨어남 역시 직관적 영역의 문제지 이성적 영역의 문제가 아니다. 그것은 그리워함으로써만 맛볼 수 있는 어떤 내용이다.

그렇게 볼 때 남진우의 이 시는 바로 존재의 태어남에 대한 시다. 멀미를 발생케 하는 요소로 존재의 구멍이자 터널, 즉 존재가 다시 태어나기까지의 시간 터널을 호랑이가 물고 갔다 다시 데려온 시간으로 형상화하고 있다. 이 시에서 나의 존재성은 그 알 수 없는 큰 존재, 호랑이가 "저윽이 바라다 보"는 순간 잠시 나타난다. 그러나 나는 알 수 없다. 호랑이가 제 집에 데려가 "이리 굴려보고 저리 굴려보고" 있을 때도 나의 존재성은 드러난다. 그러나 나는 알 수 없다. 내가 뭔가 눈치를 채는 순간은 바로 존재가 태어나는 순간, 즉 생의 멀미를 느끼는 순간으로서 시에서는 "집으로 오는 동안/화르르 져내리는 꽃잎 속에 아슴아슴 먼 길이 떠오르"는 비몽사몽(非夢似夢) 상태의 순간이다. 그 순간 큰 존재와 내가 하나로 이어져 있다는 것을 느낄 수 있는데, 그것은 묘하게 깨어나면 확인할 길 없다. 그래서 "다시 먼 산으로 가버린 것일까" 식으로 추측만 할 뿐인 것이다. 여기서 느낌은 있되 확신으로 만들지 못하는 존재성의 안타까움이 들어있다. 시는 그 점에서 그 원초적 느낌을 더욱 뚜렷한 느낌으로 만들어가는 과정이지만 결국 확신에 이르지 못하는 안타까움, 확신에 이를 수 없는 무상감을 질서화한 것으로 볼 수가 있지 않을까.

바슐라르는 『대지와 의지의 몽상』이란 저서의 중력의 심리학을 논하는 자리에서 불행한 인간이 원시적인 의미에서 현기증에 사로잡힐 때는 존재의 근저까지 '고독' 하다고 말한다. 그가 말하고자 하는 중심 뜻은 인간은 존재의 근거를 사유할 때 필연적으로 제 존재 밑바탕에 있는 심연을 의식하여 현기증, 즉 멀미를 앓는다는 것이다. 때문에 바슐라르에게 있어 현기증은 생의 전락에서 발생하는 감각으로서 자기 존재에 대한 의식을 갖는 순간의 감각을 의미한다. 그것은 곧 호랑이한테 물려 갔다 다시 자기 존재성을 찾기 위해 두리번거리는 아이가 겪는 어질머리의 감각과 무엇이 다를 것인가. 다만 이 아이는 할머니나 어머니가 항상 주변에서 그 존재의 구멍에 빠지지 않게끔 따뜻한 애정의 실꾸리를 걸어 넣고 있다는 안도감이 따로 있을 법하다. 그 점이 또한 그리움이자 안타까움의 요소 아니겠는가. 지금의 우리는 이 존재의 나락에 빠져들려 할 때 그 구멍에서 벗어날 수 있는 아무런 실꾸리 하나 갖지 못했으니 말이다. 남진우의 시는 그리움과 멀미와 사색과 안타까움을 버무려 넣으면서 나이든 존재와 관련하여 왜 시를 써야 하는지를 보여 주고 있는 것 같다.

2. 가위눌림의 미학

우리는 살아가면서 문득 자신이 얼어붙는 것과 같은 것을 경험할 때가 있다. 손발이 점점 곱아져 가고 숨도 가빠오는 느낌, 그런데 이럴 때 보면 육체는 얼어붙고 있지만 의식은 이렇게 있으면 안 되는데 하는 걱정으로 깨어 있어 더욱 고통스럽던 기억, 즉 몸과 마음이 따로 놀아 더욱 애가 달아하던 기억

을 갖고 있다. 우리는 그것을 가위눌림이라고 부르는데 특히 꿈에 자주 경험
하곤 한다. 그때의 고통은 매우 강렬하여 내 경우 꿈에서 꽤 오래 뒤틀다가 흠
칫 깨어나곤 하는데, 깨어난 뒤에도 상당 시간 고통이 남아 있어 그럴 때면 기
분이 정말 말로 설명할 수 없이 이상하다. 무엇보다 죽음에 대한 공포에 질렸
다고 표현할 수 있을까. 그만큼 가위눌림은 우리 삶의, 아니 존재의 근원적인
측면을 생각하게 해 주는 경험이라 할 수 있다. 심재휘의 다음과 같은 시가 그
런 경우가 아닐까.

강남대로의 가을 저녁 한 때를
아무렇게나 횡단해 놓은 보도를 건너네
한쪽 길에서 다른 쪽 길로 건너가는 일
서두를 게 아니라는 것을 알면서도
횡단보도에 들면 느긋해지지 않네
깜박거리는 신호등의 건너편 세상은 멀기만 하네

건너오던 사람과 어깨를 부딪치고
첫사랑처럼 비틀거렸네 가방에서 쏟아지던
쓸쓸한 시절들 길바닥을 더듬거리는 나에게
손 내밀어준 한 여자를 사랑했네 훗날
나는 그 순간을 행복했다고 말하려네
하지만 가을 저녁 횡단보도는
아직 위험하다네

길어진 빌딩들의 그림자 나에게만 엎어지고
보도의 중간에서 나는 어둡고 무거워져서
무서워져서 자꾸 돌아보고 싶네 그러나
돌아보면 멀어지는 사람들 그들을 따라 가기에도

너무 늦었네 이제는 너무 늦었네 어느 쪽이든지

신호등은 자꾸만 푸른 빛을 감추려 하네

바라보면 얼마 남지 않은 것도 같은데

길을 무사히 건너 좌우로 사라지는 사람들

나도 그들처럼 가까스로 편안해지고 싶은데

횡단보도에서는 늘 조급하다네

오늘 저녁은 유난히 숨이 차다네

그렇지만 이것도 곧 끝날 것이네

한 쪽 길에서 다른 쪽 길로 건너가는 일

힘들지만 또 순식간이라네

—심재휘, 「횡단보도」 전문(『시와사람』, 2003년 겨울호)

    심재휘의 이 「횡단보도」의 시는 바로 그 가위눌림의 고통을 다시 내게 일깨워준다는 점에서 바로 존재론적 문제를 제기하고 있는 작품이다. 꽉 조여오는 심장의 두근거림이 조금 부담스러울 정도의 통증을 유발하고 있지만 이 시가 독자의 몸과 정신에 울림을 주어 같이 공명케 하고 있다는 점에서 무엇보다 살아 있는 시라 할 수 있다. 생각건대 시가 성공하려면 독자의 가슴에 우선 맺혀야 하지 않겠는가. 그런 점에서 보자면 이 시는 삶의 한 단면을 포착하여 생의 그 스산함과 동시 죽음에 처단된 존재로서의 인간에 대한 연민을 보여주고 있다는 점에서 독자의 가슴에 울혈을 만들고 있다.

    우선 이 시는 한없이 느려지는 모습을 취함으로써 그 고통을 구체화해 보여준다. 손발이 곱아가듯 횡단보도에 들어선 시적 화자의 동작은 느리다 못해 "어둡고 무거워져서" 쉽게 건널목을 건너지 못한다. 아예 건너지 못할 것을 염려하여 "자꾸 돌아보고 싶"지만 "그들을 따라 가기에도/너무 늦었"음을 깨닫고 있는 데서 그 고통은 가중된다. "이제는 너무 늦었네"라고 두 번 거듭 늦어 버렸음을 탄식하고 있는 시적 화자의 목소리에는 생의 돌아갈 수 없음에 대한 깊은 회한이 묻어 있다. 거기서 더욱이 "어느 쪽이든지/신호등은 자꾸만 푸른 빛을 감추려 하"는 긴박한 상황은 시적 화자로 하여금 "횡단보도에서는 늘 조급"할 수밖에 없게 만든다. 마음은 초조하고 다급하지만 몸은 오히려 "숨이 차"고 "무거워져서" 발이 헛도는 가위눌림의 고통. 고통이 이중삼중 더해지나 시적 화자에게는 이 상황을 쉬이 벗어날 방도가 주어져 있지 않다는 점에서 더욱 갑갑함을 불러일으킬 따름이다. 한없이 느려진 발걸음에 한없이 무거운 생이 얹혀져 발이 배배 꼬이는 다급함과 슬픔이 적절하게 녹아 있는 작품이다.

두 번째로 이 시의 고통은 상실의 감정이다. 시적 화자가 횡단보도를 쉬이 건널 수 없는 사정은 "건너오던 사람과 어깨를 부딪치고/첫사랑처럼 비틀거렸네"에서 볼 수 있는 것처럼 이미 상처 입어 나약한 존재이기 때문이다. 즉 "손 내밀어준 한 여자를 사랑했네"에서도 볼 수 있듯 사랑을 잃고 홀로 살아가는 사람의 슬픔을 노래하고 있다. 그것은 횡단보도를 건너는 지금 사랑을 잃은 시적 화자로서는 조그마한 충격에도 내성을 갖지 못하고 그 상처의 아픔에 흔들리기 쉽다는 의미다. 따라서 이러한 상실의 정서는 시간의 덧없음과 즉각 결합하면서 삶의 무상함을 노래하는 내용이 된다.(특히 이 부분의 표현과 정서는 기형도의 시를 연상케 한다. 기형도의 「빈 집」의 구절, "장님처럼 나 이제 더듬거리며 문을 잠그네/가엾은 내 사랑 빈 집에 갇혔네"거나 「그집 앞」의 "나 그 술집 잊으려네/이 세상에 같은 사람은 없네/그토록 좁은 곳에서 나 내 사랑 잃었네"의 생의 무상함과 상실감은 심재휘의 이 시와 좋은 상호조응의 작용을 이룬다. 둘 다 상실과 관련해 시간의 덧없음을 탄식의 어조로 표현하고 있는 점은 인간의 원형적 반응 측면에서 생각해볼 수 있다.) 상실의 고통을 가장 잘 드러내는 것이 시간의 고통일 것이다. 따라서 언젠가는 죽어야 할 존재로서 인간이 시간에 처단된 존재라는 인식은 근원적인 고통을 불러일으킨다.

마지막으로 이 시의 고통은 바로 두 번째 언급한 것과 관련 있는 것으로서 우리들 삶의 '순식간'에 대한 파악에 있다. 횡단보도 건너는 일, 즉 "한 쪽 길에서 다른 쪽 길로 건너가는 일/힘들지만 또 순식간이라네" 에서 알 수 있는 것처럼 삶은 순식간의 것이다. 한 생애에서 다른 생애로 가는 도중의 삶은 "순식간" 의 어떤 것처럼 덧없을 따름이다. 그 순식간이 실은 얼마나 내부에 많은 심연을 갖고 있는지는 경험해 본 자만 알 수 있다. 모든 사물과 행위들은 이 "순식간" 에 빨려 들어와 "가까스로" 구성된다. 순식간만이 주어지기 때문에 모든 일들은 "가까스로" 완성될 뿐이다. 그것은 삶의 원천적 비애다. 그러나 이 시의 시적 화자는 아직 이 순식간의 그 짧음에도 불구하고 그 순간보다 더 느려져 하나의 점이 되고 있다. 즉 순식간 안에서 심연의 존재가 되어버린 채 방치되어 있는 것이다. 거기서 발생하는 정서는 고독이다. 존재의 고독, 횡단보도는 순식간에 건너야 할 대상이지만 이 시적 화자에겐 한없이 늘어난 심연과 같다. 심연 안에 갇혀 있는 하나의 섬이 되어 있다고나 할까.

그 점에서 표현하는 바는 달라도 그 의미는 서로 통한다는 점에서 그의 다른 시에 나오는 '섬' 이란 단어를 주목해 볼 필요가 있다.

독한 그리움 견뎌야 하는 나의 말들도
이제는 염전 바닥에 모두 벗어버리고요
빈 집 빨랫줄에 널린 생선처럼
속없이 바싹 마르고 싶었습니다
그저
한 사나흘
아무도 찾지 못하는
차라리 저문 바다의 섬이었으면 싶었습니다

—「한 사나흘」 부분

생의 고독을 견뎌 내는 방식은 바로 "속없이 바싹 마른" 상태로 있는 것이거나, "저문 바다의 섬" 으로 있는 것이다. 그것들은 초월을 의미한다. 인간적인 감정을 다 버리고 초연한 마음으로 홀로 있는 것. 일정 부분 시간의 풍화작용을 거슬러 존재할 수 있는 영원성의 표상들로 "속이 바싹 마른 것"이나 "섬"이 등장한다. 이것들은 여기서 되고 싶은 것들로 표현되고 있지만 「횡단보도」에서는 이미 한 생애에서 한 생애로 건너가는 강물 속에 방치된 섬으로서, 즉 시적 화자 혼자 스스로 보도 한 가운데 버려진 존재로 표현되고 있다. 그런 점에서 「횡단보도」와 「한 사나흘」은 연작시적 의미를 가진다고 볼 수 있는 것이다. 가위눌려 고통받는 존재의 고독을 직접 육박하여 보여 주고 있는 것이 「횡단보도」라 한다면 그것의 심리적 평정과 초월을 통해 우회적으로 존재의 고독을 보여 주는 것이 「한 사나흘」이기 때문이다. 여기서 이 두 작품을 이어주는 매개체가 바로 한 개의 고독한 점으로서 '섬'의 이미지다.

길을 건너는 일이나 물을 건너는 일은 같은 것일 것이다. 피안에 쉬이 닿지 못하고 표류하는 것이 삶의 일반이겠지만, 삶의 고통을 특히 얼어붙는 듯한 가위눌림으로 표현한 데에는 주목을 끌 만한 부분이 있다. 그것은 죽음이라는 인간 존재의 근본적 조건에 대한 사색이자 적실한 형상화이기 때문이다. 그 점에서 심재휘의 「횡단보도」는 오늘날 사회적 관계 속에서 한없이 느려지고 지연됨으로써 삶의 그 어찌할 수 없는 무상함을 가질 수밖에 없는 현대인의 슬픔을 당대적 상징을 통해 잘 드러낸 작품으로 평가할 수 있겠다.

기억과
저항의
변증법

제4부

3·15의거와 민족저항시

1. 20세기 한국사와 민족저항문학

지난 20세기 한국사는 두 가지 큰 과제의 전개를 보여 준다. 하나는 반봉건으로서의 민주화운동, 다른 하나는 반외세로서의 자주화운동. 이 두 운동은 20세기 우리 민족이 놓여 있는 현실을 보여 주는 것이면서 어떤 방향으로 우리 민족사가 나아가야 할지를 여실히 가리켜주는 가늠자다. 여기서 자주화운동은 해방 전에는 항일독립운동으로, 해방 후에는 분단극복운동으로 나타났고, 민주화운동은 반민주적인 세력과 체제에 대한 저항운동으로 나타났다. 결국 두 운동은 우리가 지난 세기 민족운동이라 부르는 것으로 수렴되면서 한국 근현대 민족사의 큰 흐름을 반영하고 있는 것들이 되는 셈이다.

이러한 한국사의 흐름을 가장 잘 대변하는 문학이 있다면 그것을 우리는 민족문학이라 부를 수 있을 것이다. 즉 민족운동의 역사적 산물로서 그것의 명칭 역시 민족문학일 수밖에 없을 것이다. 그런데 이러한 민족문학은 그것이 반(反)봉건, 반(反)외세의 본질적 성격으로 말미암아 저항문학이라는 색채를 띠지 않을 수 없다. 20세기 한국 민족문학은 바로 봉건주의에 반대하고, 우리 민족을 침범하는 외세에 저항하지 않으면 안 되는 역사적 배경을 바탕으로 하고 있기 때문에 저항의 속성을 본질적으로 내포하지 않을 수 없는 것이다. 그 점에서 민족문학은 그 가장 핵심적 성격을 드러내는 측면에서 바로 저항문학 이다라고 말해도 지나치지 않는다. 임중빈이 저항문학의 특성을 개체의 탈출 구를 모색하는 데 그치는 것이 아니라 인간 연대성에 대한 굳은 신념으로써 역사적 공동체의 활로를 마련하는 그러한 태도의 문학이라고 본다[1]고 했을 때 이 점이 잘 드러난다. 임중빈의 말로 볼 때 저항문학이 바로 민족문학이 되 기 때문이다. 즉 저항문학을 두고 "역사 공동체의 활로를 마련하는" 것이란 말에서 저항의 실체가 곧 역사공동체로서 민족의 민주화와 자주화를 추구하 는 것임을 단적으로 드러내고 있기 때문이다.

그 점에서 민족문학, 또는 저항문학은 민족저항문학이란 이름으로 수렴될 수 있으며, 이 용어는 20세기 한국 민족사의 모순을 인식하고 거기에 대한 변 혁의지를 담고 있음은 물론 그러한 내용을 바탕으로 사회적 실천을 지향하는 문학이라 정의할 수 있다. 이러한 민족저항문학의 흐름은 20세기 한국사로 볼 때 크게 구한말의 의병문학, 일제 하에서는 항일저항문학, 해방 공간에서는 새로운 국가 건설과 남북 통합을 위한 문학, 남한만으로 볼 때 이승만 정권 이 후부터는 반독재, 반부패의 저항문학, 민족 분단을 극복하기 위한 통일문학 등으로 전개되었다고 할 수 있다. 그러나 엄밀한 의미에서 민족운동은 민주 화운동과 자주화운동 모두를 포괄하는 것으로 나타난다고 볼 때, 의병운동을 배경으로 하고 있는 의병문학은 민족 자주성에 대한 의식은 강하게 나타나나, 민주화에 대한 자각은 미흡하다는 측면에서 본격적인 민족저항문학이라 하 기에 곤란한 측면을 보인다. 위정척사운동이 민주주의보다 조선이라는 국가 정통성을 되찾으려는 점에 초점이 가 있었던 점을 생각해보면 알 수 있다. 그 점에서 3·1운동 이후 항일 저항문학이 본격적인 민족저항문학의 출발이다. 왜냐하면 3·1운동의 경우 경술국치 전의 주권수호운동 단계에서 남아 있던 근왕(勤王, 왕조복고적) 운동적 성격을 청산하고 독립운동을 공화주의 운동으

---

1) 임중빈, 「저항문학의 자세」, 『부정의 문학』, 한얼문고, 1972. 24~35쪽

로 전환시킨 중요한 계기가 되었고, 그로 인해 3·1운동은 의병전쟁이나 애국
계몽운동과 같이 일부 계층에 한정된 운동을 넘어서서 전체 민족적 운동으로
나타났다는 점에서 근대민족운동의 시발점이 된다고 볼 수 있기 때문이다.
3·1운동은 전체 식민지시대를 통한 최대 규모의 민중운동이며 따라서 항일
운동과 민주주의운동이 결합된 민족운동이다.[2] 공화주의(민주주의)에 대한
본격적 인식과 민족 자주성에 대한 전체 민족적 힘의 표출로 3·1운동의 특성
을 규정지어 볼 때 이는 근대민족운동의 방향성을 정립한 것이라 볼 수 있다.
즉 이후의 민족운동 역시 3·1운동의 역사적 성격을 충실히 계승함은 물론 그
것의 심화 발전이어야 할 것이라는 전제가 달려 있는 것이다. 그 점에서 내용
적 측면에서 부분적이고, 계층적인 측면에서 소수에 의한 운동들은 민족운동
의 연속선상에서 볼 때 일정한 한계를 지니고 있다고 볼 수 있다.

　이러한 내용에서 볼 때 해방 공간은 민족저항문학의 심화와 확대가 제대로
이루어질 수 없었던 시기라 할 수 있다. 좌우익의 대립은 물론 계파 별로 민족
의 힘들이 찢어져 역사 공동체로서의 전망을 도출하고 실천할 수 없는데다가
한국 전쟁의 발발로 말미암아 모든 운동이 정지 상태로 들어갔기 때문이다.
다시 말해 민족사적 입장에서 볼 때 3·1운동 이후 본격적인 민족운동은 1960
년 4·19혁명, 곧 3·15의거를 기다려야 했던 것처럼 본격적인 민족저항문학
의 발생도 3·15의거 이후로 볼 수 있는 것이다.

　일반적으로 4·19혁명의 이념은 한 마디로 독재의 타도와 부정과 부패에 대
한 항거다. 혁명의 밑바탕에는 진정한 민주주의와 자유에 대한 정열이 깔려
있다. 그것은 전 인류에게 보편적으로 적용될 수 있는 민주주의의 기본원리
가 되는데, 이는 4·19혁명이 민주주의를 우리의 피와 살로 만들려는 최초의
자주적인 노력이란 점에서 부각될 필요성이 있음을 말해준다. 즉 최초의 자
발적인 민주주의운동으로서 가치를 갖고 있다. 이 점은 4·19혁명의 시발점이
자 그것의 역사적 구체성을 띠고 있는 3·15의거에도 그대로 적용될 수 있는

---

2) 강만길, 「4월 혁명의 민족사적 맥락」, 『4월 혁명론』, 한길사, 1983, 16~17쪽

내용이다.

그것은 3·15의거의 역사적 의의를 정리한 다음과 같은 글을 보면 알 수 있다.

3·15의거는 첫째, 해방 이후 최초로 민중이 연대, 조직화하여 전개한 민족운동이요 민주화 운동이었다. 의병전이나 3·1운동 등으로 이어진 끈질긴 우리의 민족운동이 3·15의거 현장에서 그 맥을 있고 있음을 의미한다. 해방 전의 민족운동 차원에서 한 단계 발전한 민족적 자각이었다. 구시대의 반봉건적인 민족운동을 청산하고 반독재 민족운동을 태동시키는 전환점을 이루고 있는 것이다. 둘째, 민족운동의 미래 지향성을 뚜렷이 제시하고 있다는 점이다. 3·15의거는 반독재운동에 그치지 않고 반외세 통일운동으로 나아가는 동시적 과제를 수행하고 있었던 것이다. 근대 민족운동이 반봉건에서 반외세 운동으로 나아갔다면, 3·15의거 역시 반독재 투쟁에서 점차 반외세 평화통일 회복정신이라는 민족운동의 목적성을 향해 나아가고 있었다. 셋째, 민주주의 발전을 위한 구조 변혁을 구체적으로 수행하고 있었다는 점이다. 정치적으로 국민주권주의의 표방, 경제적으로 누적된 정경유착과 지나친 징세구조를 타파하려는 상황인식, 사회적으로 사상적 자유주의 표출로서 교원노조 추진 등 사회적 인권 회복운동의 성격을 지니고 있었다. 넷째, 3·15의거는 이후 한국 현대사에서 민주, 민권투쟁의 역사적 좌표가 되고 있다는 점이다. 민족이 문화적 생활공동체임을 다시 한번 확인시켜준 3·15의거는 현대적 의미에서 한국민족이 안고 있는 제반 모순을 가장 먼저 파악하고 해소하는 생명력을 발휘했다. 그로서 진정한 한국민주주의의 전통을 뿌리내리게 하는 시발점이 되었다. 의거의 물결이 4·19혁명, 10·18부마항쟁, 5·18광주항쟁, 6·10민중승리 등으로 계승되는 역사적 좌표가 되고 있다.[3]

---

3) 3·15의거기념사업회 편, 『三·一五 義擧史』, 휘문출판사, 2004. 612~613쪽

이상으로 볼 때 3·15는 해방 후 한국 정치현실을 총체적이고 근본적으로 인식한 최초의 민족운동으로 한국 민족운동사의 역사적 좌표임은 물론 민중 저항운동의 정신적 자양을 대어 주는 역사적 결절점(結節點)이라 할 수 있다. 이러한 3·15의거를 바탕으로 나타난, 그리고 3·15정신을 계승한 문학을 생각해볼 수 있는데 이 글은 바로 그러한 문학을 살펴보는 것을 목적으로 한다. 3·15의거가 일어나기까지의 마산을 주축으로 하는 경남의 문학적 흐름을 한 절로 살펴보고 3·15의거와 문학적 현상, 그리고 3·15의거 이후 그 정신이 어떻게 계승되어 가는지를 살펴보겠다.

2. 3·15의거 이전의 경남 민족저항시

모든 혁명이 그렇듯이 3·15의거가 역사 속에서 갑작스레 출현한 것은 아니다. 혁명이 일어나기까지 혁명을 이끌어내는 현실모순의 누적이 보이고 거기에 대응하는 일련의 움직임이 있기 마련이듯이, 3·15의거가 있기 전부터 이승만 부패독재정권의 모순은 꾸준히 노출되었고 여기에 대응하는 움직임으로서 민족저항시를 쓰는 사람도 있게 마련이다. 그 움직임들이 일정한 계기를 만나 폭발적으로 터져 나올 때 혁명의 깃발이 올라가는 것은 당연하다. 경남에서 보이는 이러한 저항시의 실체는 3·15의거나 그것을 배경으로 하는 3·15 민족저항시의 출현이 자연스럽게 나올 수 있는 토대를 제공하고 있다는 점에서 주목을 요한다.

알다시피 1950년대는 한국전쟁으로 인해 반공이데올로기가 전 국민을 휘어잡고 이승만 독재정권의 유지를 위한 도구로 쓰이는 시기였다. 그래서 민주화에 대한 열망은 국가보안법 등 악법과 부당한 정치권력에 의해 탄압 받아 내면화될 수밖에 없었는데 일부 경남 시인들은 여기에 과감히 도전하고 저항하는 목소리를 내었다. 즉 마산을 비롯한 경남이 일찍부터 외래문화의 접경지로서 사회주의 사상 등 진보주의적 사상의 세례를 받음으로써 사회현실에 대한 적극적 대응을 할 수 있는 곳으로, 즉 민주화 운동의 출발지로서의 모습을 보여 줄 수 있었던 것이다.

이것은 해방 전 사회주의적 색채를 지녔던 김용호와 이주홍, 아나키즘 사상에 한때 경도하여 일제에 저항의식을 지녔던 아나키스트 박노석, 홍두표 등의 작품에 바로 이승만 정권의 타락상을 비판하는 내용이 들어 있는 것으로 유추해 볼 수 있다. 다음 작품들이 이 시기 대표적인 그런 시들이다.

> 그러나 여기 그 무서운 〈바구미〉보다도
>
> 五十萬倍나 더 쌀을 먹은
>
> 엄청난 사람 〈바구미〉가 있어
>
> 農民의 피땀을 짜 먹나니
>
> 이제 農民의 이름으로
>
> 쌀 먹는 亡國虫 人間 〈바구미〉들의
>
> 그 더러운 모가지를 뭉청 잘러
>
> 저 荒蕪란 들판에 섰는
>
> 허수아비와 나란히
>
> 竹槍에 끼어 달아 두라.
>
> ― 홍두표, 「警告 ―審判臺에 오른 農林部 大疑惑事件을 보고」 부분
>
> (『嶺文』 12집, 1954)

우리에게 내일이면 이 같은 빈곤에서 해방케 한다고 약속한 자여! 묻노니 〈뱃대지 곤디창〉에 기름진 무리는 대체 어느 족속들이냐. 내일에의 약속은 공수표로 퇴색된 지 오래고 오늘마저 없어지려는 시간 앞에 다가서는 괴물, 그것은 바로 너희다.

그러나 나는 너희를 원망하기 먼저 나 자신을 바보였다고 저주하노니

보라! 저 하늘이 푸르러 있고 대지의 흙이 검어 있는 한, 나를 속인 것은 너희

가 아니라 진실로 그것은 나 자신이었다는 切齒에서다.

— 박노석, 「나를 속인 것은 ─絶糧 농촌지대를 가다」 부분(경남일보, 1958. 2. 15)

전쟁 후 이승만 정권은 전쟁의 참상을 정치 지도의 명분으로 삼아 부패와
독재의 정치를 합리화해 가게 된다. 홍두표의 위 시는 이 시기 타락한 위정자
들에 대한 가혹한 풍자로 현실저항적인 시가 되고 있다. 당시 부패정권에서
일부 위정자들이 국민의 혈세를 자신의 배를 불리는 용도로 사용하고 있음을
통렬히 풍자하고 있는 것이다. 시인은 타락한 집권자들에게 '경고' 조로 "그
더러운 모가지를 뭉청 잘러/저 荒蕪란 들판에 섰는/허수아비와 나란히/竹槍
에 끼어 달아 두라."고 격앙된 목소리를 내고 있다. 이러한 비판의 목소리는
결국 이승만 정권이 독재 세력화되어감으로써 점차 부패와 타락의 길로 나아
가게 될 것임을 예견하고 거기에 저항하는 의미를 간직하고 있다. 홍두표는
3·15의거 전부터 이러한 현실 비판적이고 저항적인 의식을 가지고 있음으로
인해 3·15의거가 발생한 1960년 4월 13일 부산일보에 "銃칼 앞에서도 무섭지
않아/怒濤처럼 앞으로 내닫던 그 모습이여.//무르익은 앵도같이 빨─간 너희
들 피!/그 피! 방울방울이 땅 속에 스며/해마다 해마다 그 날이 오면/또한번 피
지 못한 꽃봉오리 트리니/거기 우리들 마음의 塔을 세우고/너희들 이름 부르
며 통곡하리라.//기름보다도 더 진한 너희들 피는/메마른 祖國의 땅을 적시었
구나/너희 아깝고도 억울한 넋은/풀지못한 千秋의 恨 슬픈 노래 부르며/밤과
낮으로 이 江山 三千里를/훨훨 날아 지키라." (「꽃봉오리채 떨어진 꽃송이들
이여─馬山事件의 銃彈에 쓰러진 學生들의 靈前에」)는 작품을 발표함으로써 즉각
적으로 의거에 동참하고 3·15의 정신을 고취하는 데에 자신의 정신적 좌표를
세우고 있음을 볼 수 있다.

경남일보에 실린 박노석의 작품은 이승만 정권이 일반 민중들에게 허황한
환상을 심어 주고 있다는 사실에 대한 분노와 일부 "〈뱃대지 곤디창〉에 기름
진 무리"로서 집권 계층이 보이는 차별적 불평등과 부패에 대한 분노를 강렬
한 어조로 분출하고 있다. 자신의 어리석음마저 저주하고 있는 이 시적 화자

는 '절치(切齒)' 곧, 분을 못 이겨 이를 가는 저항적 존재가 되어 갈 것임을 드러내고 있다. 이승만 정권의 말기적 현실에서 민중적 지식인이 갖는 저항의 한 형태를 이 시에서 볼 수 있다고 할 때, 3·15의거의 필연성이 왜 경남에서 발생할 수밖에 없는지를 알 수 있게끔 한다는 측면에서 이 시는 의미심장한 작품이라 하겠다.

3. 3·15의거와 민족, 민중, 민주화로서 저항시

3·15는 크게 4·19혁명의 범주에 들어간다. 그렇지만 4·19혁명의 정신을 본격적으로 출현시키는 것은 마산 3·15에 의해 이루어졌음이 분명하다. 그것은 역사학자들이 3·15를 마산 시민과 학생들이 당시 이승만 독재 정권에 대해 부정, 불의, 독재에 항거하여 자유, 민주, 정의를 쟁취한 민중 항쟁사로 규정하는 데서 알 수 있다. 김윤식도 4·19혁명의 구체성과 실체는 3·15에 있다고 분명하게 말하고 있다.[4] 3·15의 순수성과 역동성이 계기적 원인으로 주어지지 않았다면 4·19혁명의 발생도 쉽지 않았을 것이다. 그 점에서 3·15의거가 곧 4·19혁명의 특성을 결정짓는다고 말하여도 지나친 말은 아니다.

3·15의거의 역사적 과제는 당시 민족 해방이 이루어진 우리 역사의 당면 과제에서 반민족적인 문제를 해결해야 하는 점에 있음이 분명하다. 정치, 경제, 사회, 문화 전반에 걸쳐 반민족 세력, 즉 친일세력이 국정을 농단하고 있었기에, 또 거기에서 독재정권이 이루어졌기에 3·15의거는 당연히 이전의 민족운동과 밀접한 관련 하에 전개되고 있다고 보아도 무방하다. 또한 3·15의 지향성이 민족운동의 그것과 맥을 같이하고 있다는 점도 기억할 만한 것이다. 분단에서 통일로의 지향이 그것을 의미한다. 3·15는 분단된 현실에서 독재정

---

4) 김윤식, 3·15 기념사업회 편, 불휘, 「4·19혁명에 대한 『지금 마산은』의 의의」, 『너는 보았는가 뿌린 핏방울을』, 2001, 440~445쪽

권을 타도하고 국민주권국가를 수립하는 일에 그치지 않고 나아가 분단현실의 극복, 즉 통일지향성을 뚜렷이 밝히고 있는 민족운동이라는 사실이다. 이점은 4·19혁명의 성격을 민주화운동의 성격과 함께 민족통일운동으로서 4·19라는 점을 강조하는 것과 통한다.[5] 3·15와 4·19에 의해 장면 정권이 수립되자 3·15의거 발상지인 마산에서 특히 영세중립화 통일 운동이 전개됐다는 점, 즉 1960년 11월 초순 당시의 사회대중당 마산시당 준비위원장 김문갑을 위원장으로 하여 한국영세 중립화 통일 추진 위원회가 결성되었다는 점은 3·15의거의 민족운동사적 가치를 잘 드러내준다.[6]

이러한 3·15의거의 문학적 형상화는 아무래도 현장성보다는 추모성 내지 기록성의 의미를 많이 내보이고 있다. 그러나 그러한 시들 중에서도 3·15 정신이 갖는 민중운동으로서, 또한 민족운동으로서 성격을 드러내는 시가 꽤 창작되었는데 그러한 시들은 3·15의거 발발 이후 당대 정치 현실에 저항하는 김용호의 「내 몸에는 植民地 냄새가 난다」와 「해마다 4월이 오면」, 김태홍의 「馬山은」「祖國이여」, 유치환의 「뜨거운 노래는 땅에 묻는다」「안공에 포탄을 꽂은 꽃」, 이주홍의 「꽃들에 부쳐」, 정공채의 「하늘이여」 등의 시로 나타난다. 이 시들은 반공이데올로기로 묶여 있던 현실비판의 목청을 민중 혁명의 열기 속에서 다시 복원하고 자유와 평등에 입각한 민주주의 사상의 성숙을 표방하고 있다. 그뿐 아니라 친일세력과 미군정에 의해 형성된 반민족적 현실에 대한 비판을 통해 민족통일에 대한 전망을 보여 주는 데로 나아가고 있다.

이를 각자 살펴보면 무엇보다 3·15의거에서 마산의 시민과 학생들의 역동적 민주주의에 대한 열망을 가장 잘 담아내고 있는 작품이 김태홍의 다음 시일 것이다.

馬山은

---

5) 강만길, 위의 글, 19~24쪽
6) 『三·一五 義擧史』, 562쪽

고요한 합포만 나의 고향 마산은

썩은 답사리 비치는 달그림자에
서정을 달래는 전설의 湖畔은 아니다.

봄비에 눈물이 말없이 어둠 속에 괴면
눈동에 彈丸이 박힌 소년의 시체가
대낮에 표류하는 부두―

학생과 학생과
시민이

〈전우의 시체를 넘고 넘어―〉
民主主義와 愛國歌와

목이 말라 온통 설레는 부두인 것이다.

(…중략…)

진통이
아우성이 소년의 피가
분노의 소용돌이 속에
또 하나의
오―움직이는 세계인 것이다
氣象圖인 것이다.

― 김태홍, 「馬山은!」 부분(부산일보, 1960. 4. 12)

김태홍은 1960년 마산 3·15의거를 당시 혁명의 와중에서 강렬한 톤으로 노래하고 있다. 학생과 시민이 "民主主義와 愛國歌"를 소리 높여 부르는 현실을 "분노의 소용돌이"라 표현하여 분명 "움직이는 세계"임을 인식하였다. 즉 의거의 역동성과 방향성을 인식하고 그것의 가치를 선창하고 있는 것이다. 그것은 현실 개혁을 구체적으로 표방하고 지지하고 있는 작품이라는 점에서 전후 민중 민족문학의 시작이라는 의미를 갖는다. 유치환과 이주홍의 현실비판적인 작품들도 그런 의미의 연장선상에서 이해할 수 있다. 특히 민중의 자발적 민주주의 운동에 대한 의미부여는 박양균의 다음 시에 더 잘 그려지고 있다.

> 아— 얼마나 매력적인 학생이라는 이름이냐
> 아—얼마나 영광인 학생이 긍지이었더냐
> 그들은 불길처럼 터졌다.
> 빙화(氷花)처럼 싸늘하게 외쳤다.
> 자유다.
> 부정은 물러가라.
> 정말 누가 타일러서가 아니라
> 스스로의 발의로써 일어선 항전.
>   — 박양균, 「無名의 힘은 진실하였다—4·19를 전후한 시국을 말한다」 부분
>
> (국제신보, 1960. 4. 27)

학생의 순수성과 열정으로 민주, 자유, 정의를 추구하기 위해 "스스로의 발의로써 일어선 항전."이라는 표현은 3·15민족운동의 성격을 너무나 잘 규정하고 있다. 그 점에서 이 시는 당대의 역사적 현실에 3·15를 비롯한 4·19혁명의 역사적 의미를 한층 문학적으로 심화시키면서 사회적 통합이라는 문학의 사회적 기능을 충실히 다하는 민족저항시라 할 수 있다.

더 나아가 이러한 민중적 저항과 투쟁의 의미를 김용호는 심화시켜 민족 통

일을 통한 새로운 조국건설의 전망을 제시해 보인다는 점에서 한층 의미 깊은
민족저항문학의 한 전형을 보여 준다. 다음 시가 그런 한 예다.

火山이 터졌다. 불길이 용솟음쳤다.
억눌렸던 憤怒의 地熱이 일시에 치솟았다.
警報는 三月十五日! 내 故鄉에서 울렸다.
남쪽 바다의 성난 파도가 그 信號였다.

(…중략…)

〈四捨五入〉도 〈사바사바〉도 〈빽〉도 〈나이롱국〉도
〈白晝의 테로는 테로가 아니란〉 傑作도
〈가죽잠바〉도 그렇다 겨레를 좀먹는
모오든 語彙들랑 없어져야 한다.

가난과 싸우며 정성껏 바친 우리들의 稅金이
〈鍍金한 愛國者〉들에게 橫領당함을 拒否한다.
그 어느 政黨도 着服함을 頑強히 拒否한다.

民族과 祖國의 이름으로 欺瞞을 일삼는
政商輩와 아첨의 무리들은
송두리째 뿌리를 뽑아야 한다.

人民에겐 遵法을 强要하며
不法을 恣行하는 爲政者는 없어야 한다.
있어서는 안 된다. 그리고
모든 〈貴하신 몸〉은 다시 나타나선 안 된다.

우리들의 나라! 사랑하는 내 나라는
人民으로 이루어진 人民을 爲한
人民의 眞正한 나라라야 한다.
　　　— 김용호,「해마다 四月이 오면—모든 光榮은 「젊은 獅子들」에게」 부분

(조선일보, 1960. 4. 28)

이 시는 마산에서부터 시작된 민중의 민주화에 대한 열망이 타락한 위정자와 반민족적 세력들을 송두리째 일소(一掃)하고 "人民으로 이루어진 人民을 爲한/人民의 眞正한 나라라야 한다."는 인민민주주의를 노래하고 있다. 그런데 이 시는 이러한 인민을 위한 나라가 겨레를 좀먹는 세력, 민족과 조국을 기만하는 무리들을 물리친 뒤 건설되는 나라임을 분명히 밝힘으로써 민족적 통일에 대한 전망을 함축하고 있다. 즉 반외세의 암시 속에서 민족통일의 사상을 은연중 주장하고 있는 것이다. 이는 반공이데올로기에 묶여 있는 민족문학의 활로를 열어 보여 준다는 점에서 의미심장한 작업이다.

이러한 저항적 민족문학은 역사의 증언적 성격을 지니는 것 또한 필연이다. 자유와 민주, 정의를 위한 희생의 기록, 즉 피 흘림에 대한 목격과 증언의 소리는 역사의 무의미한 반복을 끊고 역사를 앞으로 전진케 하는 바탕이 된다는 점에서 중요하게 바라볼 대상이다. 다음과 같은 것이 그런 예일 것이다.

나는 보았다
최루탄이 처박힌 김주열 군의 얼굴을
그 위에 덮인 피묻은 태극기를

나는 들었다
하늘을 찢는 만세소리와
불의, 부정을 규탄하는

분노의 함성을

나는 보았다
피보라 속에 쓰러져 간
그 수많은 젊은 꽃들을
자랑스러운 죽음들을

아아 나는 보았다
「내 아들아 민주주의 위해서 잘 죽었다」고
눈물조차 보이지 않든
어머니의 얼굴을
그 눈을

그리고 나는 알았다.
총칼로서도
민권(民權)을 뺏을 수 없다는 것을
인민의 불타는 염원은
그 누구도 꺾을 수 없다는 것을
— 정영태, 「피로 뿌린 씨 來日은 꽃피리」 부분(『항쟁의 광장』, 1960. 6. 10)

　보고 깨달음은 자유와 민주를 위한 힘의 확산을 위해 필요한 기능이다. 특히 발터 벤야민의 말처럼 적대자에 대한 증오와 희생정신은 해방된 손자들의 이상에 의해서가 아니라, 짓밟히고 억눌린 선조들의 이미지에 의해 자라고 북돋아지기 때문[7]에 민족저항시의 성격으로서 고난에 대한 증언은 중요한 특성을 지닌다. 정영태의 위 시는 바로 그러한 증언적 성격에 의해 운동의 주변

---

7) 발터 벤야민(반성완 역), 『발터 벤야민의 문예이론』, 민음사, 1983. 352쪽

인들이 의식적으로 민주화운동의 정당성에 대해 자각해 가는 과정을 보여 줌으로써 정신의 고취를 통한 운동의 확산에 민족저항시의 중요한 기능이 놓여 있음을 보여 준다.

4. 3·15 정신의 계승, 또는 역사적 부활

3·15의거의 민주화와 민족 통일에 대한 전망은 당대의 현실에서만 중대하게 작용하는 것이 아니라 후대에도 그 영향을 중대하게 끼치고 있다는 데서 운동사적 의의를 갖는다. 즉 경남을 비롯한 전국 각성된 지식인과 민중에게 4·19혁명을 비롯한 3·15의거 정신의 계승은 민주주의 발전과 분단극복의 전망에 대한 실천성을 갖게끔 한다. 이는 역사발전에 민족운동의 정신들이 기여하고 있는 중대한 국면이다.

이러한 3·15 정신의 계승은 우선 또 다른 독재정권이 들어선 70년대에 들어와 확연히 나타난다. 70년대의 저항시는 박정희 군부 독재정권에 대항하여 발생한다. 이는 그럴 수밖에 없는 것이 1961년 5·16군사쿠데타가 발생하면서 쿠데타 세력이 3·15 정신을 왜곡하기 시작하는 데서부터 잉태되었다고 할 수 있다. 독재 권력이 72년 유신헌법을 제정, 발효하면서 독재의 가혹한 탄압을 노골화하자, 민주주의의 성스런 피 흘림을 경험한 경남 문인들은 자유와 민주를 위한 저항시를 불가피하게 쓸 수밖에 없게 되었다. 그런 점은 반민주적 반민족 세력에 대한 저항의식이 경남 사람들에게 3·15의거 이후로 연면(連綿)히 흐르고 있었다고 말할 수 있는 대목이다. 그것은 1979년 10·18부마항쟁을 비롯하여 1987년 6·10민중항쟁 승리를 일구어낸 지역이 바로 마산, 즉 경남 부산으로 나타난 데서 확연히 알 수 있다.

그러한 시들 중의 하나를 든다면 바로 이선관의 다음과 같은 시일 것이다. 그 시는 바로 당대의 시대 현실의 한가운데에 우뚝 서서 유신헌법의 부당함을 질타하고 있어 70년대 민족저항시의 한 전형을 이룬다.

우리나라는 민주공화국이다.

그렇다!

우리나라는 민주공화국이다.

그렇다니깐.

우리나라는 민주공화국이다.

그래…….

우리나라는 민주공화국이다.

……그래.

우리나라는 민주공화국이다.

……허긴 그래.

—이선관, 「헌법 제일조」 전문(『인간선언』, 1973)

이 시는 유신헌법이 제정되던 1972년에 쓰여졌다. "우리나라는 민주공화국
이다"란 행의 반복과 그 대답의 변주로 인한 반전의 풍자가 시적 묘미를 일으
키고 있다. 즉 당시 유신헌법이 제정됨으로써 우리나라가 민주공화국인가 하
는 심각한 의문을 제기하고 있는 것이다. 이것은 당시 부도덕한 군부독재에
대한 강렬한 비판이자 저항이라 볼 수 있다. 이선관은 이 시 외에도 「애국자」
「독수대」 등의 시를 그 당시에 발표하여 현실참여적인 시인이란 칭호를 받으
면서 유신군부독재 세력과 맞섰다.

이러한 3·15 정신은 8, 90년대 한 후배 시인이 자신의 시적 지향을 어디에
두어야 할 것인지를 고백하는 시에서도 여실히 볼 수 있다. 정일근의 다음과
같은 시가 바로 그런 경우일 것이다.

마산의 삼월이 나에게 분노를 가르쳤다. 누런 황사바람이 두척산을 넘어와 마산의 하늘을 가리기 시작하면, 홍문처럼 적조가 발생하는 합포만의 검고 죽은 파도가 마산의 바다를 덮기 시작하면, 나는 마산의 삼월이 가르쳐주는 분노를 배웠다. 민족과 국가를 총칼로 모독하는 정권에 대해, 민중과 인권을 군홧발로 짓밟는 독재에 대해, 산처럼 일어서서 바다처럼 펼쳐졌던 그 해 삼월 마산의 분노, 그 뜨거운 분노의 방식을 배웠다. 피가 끓는 분노에, 화살촉으로 날아가 과녁을 꿰뚫어 버리고 싶은 분노에 잠들지 못하고, 펜에 붉은 잉크를 적셔 시라는 이름으로 또박또박 기록했다.

분노가 나를 종마처럼 달려가는 마산의 시인으로 키웠다.

그리고 나는 삼월의 분노가 시월의 분노를 낳는 것을 지켜보았다. 월영동 449번지에서 시작한 분노가 마산을 뒤덮던 그 날 불종거리에 서서, 익명의 시민들이 모여 민주의 종을 울리는 그 자리에 서서, 분노가 사랑에서 나오는 것을 나는 보았다. 분노가 없으면 사랑이 없다는 명제를 나는 배웠다. 내 나라 내 땅에 대한 사랑이 없다면, 내 민족 내 이웃에 대한 사랑이 없다면, 누가 자신의 몸을 던져 시월의 조종을 울렸겠는가. 그해 삼월의 그 분들도 그러했으리. 조국에 대한 사랑이 없었다면 삼월, 마산 거리로 뛰쳐나갔겠는가. 사랑이 없었다면 총탄에 어린 꽃잎같은 목숨 던져 피의 꽃을 피웠겠는가. 기억하라, 사랑은 분노의 원천이었으니, 마산의 삼월은 분노가 아닌 사랑이다.

이 땅의 분노가 피웠던 가장 아름다운 사랑의 꽃이다.

— 정일근, 「분노가 없으면 사랑도 없다」 전문(『3·15의거』, 1999. 10. 31)

분노가 곧 사랑이 될 수 있는 경우는 바로 정의에 입각한 분노일 것이다. 그것은 바로 3·15의거에 나타난 불의에 참지 못하는 저항정신을 일컫는다. 시적 화자는 "마산의 삼월이 나에게 분노를 가르쳤다."고 고백함으로써 3·15정신이 내면화된 것을 드러낼 뿐 아니라 "삼월의 분노가 시월의 분노를 낳는 것을 지켜보았다"고 하여 3·15민족운동이 10·18부마항쟁이라는 역사적 성취를 일구어 내는 밑바탕임을 인식하고, 더 나아가 자신의 생애를 결정짓는 내용으로서 그 분노가 자신을 "마산의 시인으로 키웠"음을 밝히고 있다. 이는 한 역사적 사건이 얼마나 유기적으로 여러 역사와 인간들에게 얽혀 있는가를 잘 보여 주는 내용이라 하겠다. 그 점에서 정일근의 이 시는 3·15의거의 역사적 부활에 대한 기록이자 그 정신의 현창(顯彰)이다.

그 점에서 3·15의거 정신을 표방하는 저항시는 독재와 분단이 아직 우리 사회에 남아 있는 한 계속될 수밖에 없다. 민족의 올바른 삶을 찾아가는 길은 요원하기 마련이므로 민족운동도 계속될 것이고 그것을 형상화하는 민족저항문학도 계속될 것이다. 그 점에서 박두진이 "우리는 아직도/우리들의 깃발을 내린 것이 아니다/이 붉은 鮮血로 나부끼는/우리들의 깃발을 내릴 수가 없다.//우리는 아직도/우리들의 絶叫를 멈춘 것이 아니다./그렇다. 그 피불로 외쳐뿜은/우리들의 피 외침을 멈출 수가 없다.//불길이여! 우리들의 隊列이여!/그 피에 젖은 주검을 밟고 넘는/불의 怒濤, 불의 颱風, 革命에의 前進이여!/우리들 아직도/스스로도 못 막는/우리들의 피 隊列을 흩을 수가 없다./革命에의 前進을 멈출 수가 없다."(「우리들의 깃발을 나린 것이 아니다」, 『학생혁명시집』, 1960. 7. 10)는 선언은 합당한 것이자 현재에도 절실히 요청되는 것이다. 아직 우리는 혁명의 깃발을 내릴 때가 아니다. 3·15의거를 통해 우리는 계속 둔감해져 가기 쉬운 우리의 역사의식을 흔들어 깨워야 하고 이를 반영하는 민족저항문학을 통해 역사의 부활에 대한 전망과 믿음을 지켜낼 수 있어야 할 것이다.

광주항쟁시에 나타난 죽음의 의미

1. 5월 광주항쟁과 저항문학

80년대 한국문학을 제대로 이해하기 위해서는 1980년 5월에 벌어진 광주항쟁을 제대로 알지 않으면 안 된다. 5월 광주항쟁은 70년대 문학과 80년대 문학을 가르는 계기로서의 의미도 갖고 있지만 그것보다 20세기 한국 사회의 본질적 모순을 집약적으로 드러낸 것으로서 의미를 더 크게 갖고 있다. 그리고 그러한 광주항쟁의 의미는 25년이 흐른 지금에도 여전히 우리에게 탐구되어야 하고 실천되어야 하는 내용으로 주어지고 있다. 광주항쟁은 끝나지 않은 진행형의 민중운동인 것이다.

그렇다면 5월 광주항쟁은 과연 그 동안 우리에게 구체적으로 무슨 의미가 있었는가 하는 것을 살펴보는 것은 문제의 핵심에 다가가는 일이 될 것이다. 이 경우 직접 항쟁을 경험하고 그것에 대해 문학적으로 격렬한 반응을 보이고 있는 김준태의 말이 의미심장하다. 그에 따르면 광주항쟁은 첫째, 집단적 휴머니즘, 집단적 공동체정신, 집단적 생명정신의 옹호를 배우게 하였고, 둘째, 80년 5월과 광주는 고유명사가 아니라 보통명사로 쓰이게 되었다는 점에서 분파주의의 장벽을 뚫은 것, 셋째, 분단의 의미에 대한 처절하고도 통철한 각성을 심어 주었다는 것, 즉, 동학혁명, 3·1운동, 4·19학생혁명, 부마항쟁과 더불어 80년 광주항쟁이 소위 역사의 큰 에너지와 깨우침을 동시에 비전처럼 제시해 주었다는 것, 특히 80년 광주는 우리의 처지가 분명코 제3세계임을 자각케 한 일대 각성제이기도 하였으며 이와 더불어 제1세계 제2세계 특히 미국의 위치를 더듬게 하였다는 것, 넷째, 예술 장르의 종합화, 혹은 민중예술의 타 장르의 포용화를 가져다 주었던 역할기능으로써 바로 그 촉진제이었다는 것(김준태, 『5월과 문학』, 남풍, 1988. 19~21쪽 참조) 등의 의미를 띠고 있다. 이러한 지적을 통해 보면 광주항쟁은 20세기 한국 사회의 민족사적 모순이 결정적으로 터져 나와 그것의 모든 본질과 문제점을 드러내고 그것의 극복 방향성을 제기한 '결절점(結節點)'으로서의 의미를 지니는 것으로 보인다. 즉 20세기 한국 민족사의 모순이 결정적으로 집약되어 나타나고 그것의 극복 대안으로서 민족, 민중 운동의 전형성이 최고조에 다다른 역사적 실체의 의미로 보인다는 것이다. 그 점에서 광주항쟁은 민주화운동이라는 전체 틀 속에서 민중이 실제 권리를 쟁취하기 위해 직접 전선에 나서고 투쟁을 보여 준 최종 단계의 '민중항쟁' 이라는 이름에 걸맞다고 할 수 있다.

　이러한 점은 우리 20세기 민족사를 다시금 생각하게 만든다. 잘 알다시피 20세기 한국 사회는 크게 두 가지 모순의 복잡한 뒤엉킴과 해결의 과정이라 할 수 있다. 대체로 근대화의 추구와 결과에 따라 나타나는 민족모순과 계급모순이 그것인데, 일제에 의해 국권을 상실한 시기는 이러한 모순들이 첨예한 의식 형태를 띠고는 있었지만 양 모순이 습합된 상태로 온존해 있는 모습을 보임에 반해, 해방을 맞고 나서 분단과 독재에 의해 한국 사회는 계급모순과 민족(분단)모순이 일순 희석되는 경향을 띠었다가 신식민지적 예속 자본주의의 현실로 인하여 계급모순과 민족모순은 더욱 심화되는 경향으로 나타났다. 분단과 독재 체제는 민중의 자유를 억압하고 민족의 활로를 막아 버리는 모순으로 인하여 해방 후의 민주화운동은 반독재 투쟁으로서 계급 모순적 성격을 일차적으로 보이나 그 이면에 민족모순에 대한 저항적 성격을 필연적으로 보이고 있다. 그것은 해방 후 4·19혁명과 그것의 계승으로서 부마항쟁, 5월 광주항쟁에 나타난다. 그 점에서 광주항쟁은 자유와 민주화의 요구를 일차적으로 보이나 그것은 민족분단이라는 근본적 모순의 해결 없이는 달성될 수 없음을 확인한 운동이라는 점에서 의의를 갖는다.

그런데 특히 광주가 이러한 계급과 분단이라는 민족사적 모순의 표출지로 나타나게 된 것은 광주가 동학농민전쟁에서 의병으로 또한 광주 학생 반제투쟁운동 등으로 이어지는 민중운동의 전통과 맥락이 혈연적으로 실존하고 있었고, 유신 독재의 모순에 의한 지역 민주화운동 단체의 성숙이 있었던 데다, 무엇보다 박정희 독재체제 기간 동안의 지역간 불균등 개발로 인해 농촌 소비 도시의 역할밖에 할 수 없었던 광주나, 전남의 차별의식이 만연해 있었다는 점, 그리고 지역적 대표로 내세우던 김대중 씨의 좌절과 고난이 광주 시민의 경험과 합치되는 등의 배경에서 터져 나오게 됐다고 볼 수 있는 것이다.(황석영, 전남사회운동협의회 외, 『5·18 그 삶과 죽음의 기록』, 풀빛, 1996. 21~22쪽 참조) 이러한 구조적 차별과 제약, 그에 따른 민주의식 성장의 인과 관계로 인하여 광주항쟁은 단순히 광주지역의 문제가 아니라 한국 사회 전체의 민주화의 문제를 집약 표상한다고 말할 수 있다.

그런데 문학사적 측면에서 볼 때, 20세기 한국의 이러한 시대사적 흐름에 대해 그러한 모순을 인식하고 그 문제를 적극적으로 대응하는 문학이 한국문학에서 가장 중요한 문학이라고 하지 않을 수 없는 것을 발견한다. 즉 당대의 권위적이고 모순적인 폭압에 대한 자주적, 민주적, 현실적, 지역적 저항을 하는 문학이야말로 가장 20세기 한국사의 중심을 질러간 문학이라 할 것이다. 우리는 그것을 저항문학, 즉 항쟁문학이라 부를 수 있다. 임중빈은 저항문학의 특성을 개체의 탈출구를 모색하는 데 그치는 것이 아니라 인간 연대성에 대한 굳은 신념으로써 역사적 공동체의 활로를 마련하는 그러한 태도의 문학이라고 본다.(「저항문학의 자세」, 『부정의 문학』, 한얼문고, 1972) 그의 말을 참조해서 볼 때 저항문학은 앞에서 제기됐던 두 가지 모순에 대해 직접적이고 구체적인 표현을 제기함과 함께 작가 역시 당대의 역사적 현실에 사회적 실천을 견지하면서 역사적 활로로서 전망을 담고 있는 문학이 된다. 모순과 질곡의 민족 현실에 대한 적극적이고도 가열 찬 변혁의지를 드러내 보임으로써 자유와 민주의 민족적 삶을 추동해 간 경우의 문학이 바로 그것이다.

그 점에서 5월 광주항쟁에 응접하여 그러한 이념을 구현하고 실천하려는 5월문학, 즉 광주항쟁문학이야말로 현대문학 속에서 볼 때 이와 같은 저항문학의 가장 합당한 형식이자 민족문학사의 의미 있는 형식이 된다.

2. 저항의 본질로서 죽음, 그리고 반독재, 반외세

그런데 5월 항쟁문학에서 이러한 저항성을 드러내고 고취하는 핵심적 요소가 있다면 그것은 무엇일까? 그것은 무엇보다 바로 죽음, 또는 죽음의식이라 하지 않을 수 없다. 즉 투사들의 숭고하고 장엄한 죽음 이야기가 항쟁문학의 핵이 된다. 그 점에서 광주항쟁문학의 핵심적 이미지와 주제는 항쟁투사들의 죽음이라는 데에서 찾을 수 있고, 이 죽음의 형식과 의미에 대한 이해가 이러한 문학을 이해하는 첩경임을 깨닫게 된다. 광주항쟁시의 이해에도 이 점은 마찬가지다. 광주 항쟁이 계엄군의 무력으로 진압된 직후 문화적 활동으로 당시 지역신문에 가장 먼저 발표된 김준태의 시가 이를 잘 드러낸다.

아아 광주여 무등산이여
죽음과 죽음 사이에
피눈물을 흘리는
우리들의 영원한 청춘의 도시여

우리들의 아버지는 어디로 갔나
우리들의 어머니는 어디서 쓰러졌나
우리들의 아들은
어디에서 죽어서 어디에 파묻혔나

우리들의 귀여운 딸은

또 어디에서 입을 벌린 채 누워 있나

우리들의 혼백은 또 어디에서

찢어져 산산이 조각나 버렸나

하느님도 새떼들도

떠나가 버린 광주여

그러나 사람다운 사람들만이

아침 저녁으로 살아 남아

쓰러지고, 엎어지고, 다시 일어서는

우리들의 피투성이 도시여

죽음으로써 죽음을 물리치고

죽음으로써 삶을 찾으려 했던

아아 통곡뿐인 남도의

불사조여, 불사조여, 불사조여

(…중략…)

아아 우리들의 도시

우리들의 노래와 꿈과 사랑이

때로는 파도처럼 밀리고

때로는 무덤만 뒤집어쓸망정

아아 광주여 광주여

이 나라의 십자가를 짊어지고

무등산을 넘어

골고다 언덕을 넘어가는

아아 온몸에 성처뿐인

죽음뿐인 하느님의 아들이여

—김준태, 「아아 광주여! 우리나라의 십자가여!」 부분

이 시는 광주항쟁시의 전형적 모습을 담고 있는 데다, 항쟁시가 필수적으로 갖는 죽음의 의미를 잘 보여 주고 있다. 이 시에서 광주는 한국 사회의 모든 모순이 결집된 곳으로서 나타난다. 그것은 "이 나라의 십자가를 짊어지고/무등산을 넘어/골고다 언덕을 넘어가"고 있는 형상에서 제시되고 있다. 십자가를 짊어짐으로써 원죄로 가득한 인류를 대신해 예수가 희생되었듯, 당시 민족사적 모순으로 가득 찬 한국 사회를 대신해 광주(시민)가 희생양이 되었다는 의미를 보이고 있는 것이다. 이 부분에서 광주항쟁은 '대속의식(代贖儀式)'으로 죽음의 의미를 지닌다. 이 때의 죽음은 다수를 위한 희생의 의미를 띠는 만큼 성스러운 의미가 된다. 그것은 슬프면서도 분노에 찬, 그러면서 장엄한 의미를 지니는 죽음이다.

이러한 죽음은 다시 현실 속에서 반드시 있어야 할 삶을 추구해야 하는 의미로 확산되고 있다. 그것은 "죽음으로써 죽음을 물리치고/죽음으로써 삶을 찾으려 했던" 것에서 찾을 수 있다. 희생은 새로운 삶의 창조로 이어지지 않을 경우 무의미한 것이다. 그 점에서 한 죽음이 다수의 새로운 삶을 불러올 수 있는 것으로써 승화되지 않으면 안 된다는 것을 이 시는 말하고 있다. 즉 죽음으로 진정한 삶을 추동하지 않으면 안 된다는 이야기를 하고 있는 것이다. "죽음뿐인 하느님의 아들"에서 볼 수 있듯 여기에서 죽음은 진정하고도 신성한 삶의 다른 이름이다.

또 이 죽음의 의미는 화자의 격정적이고 절규어린 목소리로 나타난다는 점에서 생각할 거리를 남긴다. 즉 죽음의 의미가 남아 있는 사람들로 하여금 새로운 삶을 바로 이 현실에서 달성하라는 촉구의 메시지로 전해져 온다는 점에서 문제적이다. 그 점은 모든 항쟁문학이 그렇듯 죽음의 의미는 바로 부당한 세력과의 싸움을 인지시키고 거기에 독자로 하여금 적극적 동조를 유도하는 역사 사회적 상황성이 있음을 환기한다. 그것은 필연적으로 죽음의 표출과

죽음의식의 문맥화는 현재적 삶의 대한 문제 제기의 성격을 지닌다는 것을 말해 준다.

그 점은 다음 시가 잘 보여 준다.

> 그러나 역사에서 사는 길 이기는 길
> 그것 곧 죽음이다 5월이 그것 알으켜 줬다
> 아아 죽음으로 이 땅 역사를 살고 있는 5월혼들이여
> 아직 암흑의 시대 저 깊은 압제의 사슬 속에서
> 신음하고 있는 이 땅 5월한들이여
> 그대들의 5월은 오늘 우리들에게 무엇인가!
> 5월은 있는 자와 없는 자의 싸움이었다
> 5월은 찾은 자와 잃은 자의 싸움이었다
> 5월은 외세에 붙은 자와 외세를 거부하는 자들과의 싸움이었다
> 5월은 분단과 통일의 피나는 싸움이었다
>
> — 홍일선, 「5월한 5월혼」 부분

이 시에서 우리는 광주항쟁시에 나타난 죽음의 의미를 분명히 알 수 있다. 그것은 항쟁에서 발생하는 죽음이 억압자와 피억압자의 생존투쟁의 결과이자, 장차 우리 민족, 민중적 존재가 마땅한 삶을 살아가기 위해서는 필연적으로 부딪칠 국면임을 현재의 독자에게 깨우쳐 주고자 하는 데 있다. 그러면서 그것은 우리 역사 사회적 맥락 속에서는 계급적 모순과 민족적 모순이 어떻게 결부되는지를 가르쳐 주고 있다. 광주시민이 죽음을 불사하여 무엇을 지키고자 했으며 무엇과 싸워야 했는지를 이 시는 알려 주고 있는 것이다. 즉 압제의 사슬로 상징화된 독재 권력과 그에 기생하고 있는 매판 세력에 맞서 우리의 정당한 권리를 어떻게 싸워 쟁취해야 할 것인지를 보여 주고 있는 것이다. 이 점에서 이 시는 일반 기층 민중에게 어떻게 살 것인지를 알려 주고 그것에 따른 행동의 실천을 촉구하고 있는 시라 할 수 있다.

이러한 점과 관련하여 정명중은 "5월항쟁은 물론 역사적, 정치적 그리고 지역적 고립의 산물이다. 횡축으로는 남북분단(반공 이데올로기), 그리고 종축으로는 영남과 호남의 분리(지역주의)가 맞물려 이루어진, 이른바 독재권력의 통치전략인 한국판 아파르트헤이트(Apartheid)에 의해 필연적으로 발생할 수밖에 없었던 사건이었다."(「5월항쟁의 문학적 재현」, 『기억투쟁과 문화운동의 전개』, 역사비평사, 2004. 참조)고 말하고 있다. 즉 5월항쟁은 독재 권력의 통치전략에 따른 민족사적 모순의 표출에 의한 것임을 분명히 밝히고 있다. 횡축과 종축의 고립의 산물이라는 지적이 그것인데 이를 통해 볼 때 당시 역사적 상황에서 모순 폭발은 곧 어디에선가 임계점을 맞이할 수밖에 없었음을 드러낸다. 독재 권력에 맞서려는 민중의 자발적 의식은 필연적으로 존재의 운명을 걸고 생존투쟁을 할 수밖에 없음을 말해주는 것이다. 그 점에서 광주항쟁이 역사적 필연성에 따른 불거짐이라면 거기에 내접하고 있는 이 시들 역시 사회역사적 민중의식의 성장에 따른 필연적 산물임을 보여 준다.

그것은 다시 이러한 문학이 민중의 생존운동, 민주화운동이라는 이름으로 나타날 수밖에 없음을 보여 주는 근거가 된다. 당시 광주항쟁시가 필연코 운동적 성격을 지닐 수밖에 없는 것은 이런 사정이 들어 있는 것이다. 5월항쟁문학을 선도해 간 김진경의 다음과 같은 글은 그러한 항쟁문학의 사정과 의의를 잘 드러내고 있다.

'5월시'가 운동성의 방향을 선택할 때 그 근거로 마련해야 할 것은 무엇인가? 우리는 그것이 지역문화의 매체로서 지역의 분야별 운동에 깊이 뿌리를 내려가는 길이라 믿는다. 1980년대 초반에 '5월시'가 맡고 있던 몫은 '5월'을 중앙으로 끌고 오는 것이었다. 체제 쪽에서 '5월'에 대한 정보를 차단하고 '5월'을 광주의 특수한 문제로 호도하려는 상황에서 이것은 우리 동인에게 부여된 필연적인 몫이었다.

— 「지역문화론」(『5월』 제5집, 청사, 1985)

이 글에서 김진경은 '5월시'가 지역별 민주화 운동의 뿌리가 되어야 함을 역설하고, 그것이 곧 체제로 대표되는 독재 세력에 대한 저항운동임을 분명히 밝히고 있다. 가히 소명적 차원에서 반독재 투쟁의 운동성을 광주항쟁문학은 가질 수밖에 없음을 보여 주고 있는 것이다.

이러한 독재 세력과의 투쟁의식은 반외세로서의 저항의식을 불러온다. 홍일선의 작품에 죽음으로서 저항하는 부분 중 "5월은 외세에 붙은 자와 외세를 거부하는 자들과의 싸움이었다/5월은 분단과 통일의 피나는 싸움이었다"는 표현은 민족모순에 대한 근원적 사고를 요청한다. 즉 분단모순이 해결되지 않은 상태에서 우리 민족의 자주적이고 민주적 발전은 미국과 소련이라는 제국주의적 개입이 배제되지 않고는 파행적으로 이루어질 수밖에 없음을 인식하게 되었다는 것이다.

이미 그것은 김준태의 분석에도 보았지만 오근석이 "광주항쟁은 군부독재의 본질을 적나라하게 폭로함에 그치지 않고 미국의 성격 인식에 커다란 계기를 이루었다. 이제껏 미국은 '민주'와 '자유', 그리고 '혈맹'으로서 파악되어 왔지만, 바로 그렇게 믿었던 미국이 광주의 무참한 살육전에 병력 동원을 승인하고 또한 각종 성명을 통해 광주항쟁을 비난했던 것이다. 이는 그간 은폐되어 온 미국의 성격이 광주항쟁이라는 모든 모순의 폭발사태에 임해 더 이상 감춰질 수 없었음을 알려 주고 있다."(『80년대 민족민주운동』, 논장, 1988. 14쪽 참조)고 밝히고 있는 데서 명확히 알 수 있다.

이러한 저항의 인식은 1980년 12월 9일 광주미문화원 방화사건, 즉 미국과 한국의 우호적인 관계에 대하여 비판적인 문제제기를 촉발시킨 사건으로 발전한 데서 역사적 현실로 확인되고 있다. 이는 또 이후 훨씬 충격적인 1982년 부산 미문화원방화사건으로 연결되어 나타난다는 점에서 당시 항쟁시에 나타난 죽음의 의미는 매판적 외세에 대한 저항의 의미로 확산되고 있음을 볼 수 있는 것이다.

광주항쟁시에 볼 수 있는 이러한 반외세 의식은 80년대 대투쟁의 시기 미국에 대한 본질을 깨우치는 계기로 지속적으로 작용했는데 이러한 의식을 한 열사의 자작시에서 직접 볼 수 있다.

붉은 꽃잎 흩날리는 봄날에도
우리는 아니다. 인간이 아니다
홍건한 핏물 묻히어
짜릿한 햇살 줄기 사이
흘러내리는 꽃잎들처럼
우리의 구호가 피 토하며 떨어져
아니다 아니다 사람사는 세상이 아니다
80년대 공장 굴뚝 위로
피어오르는 화장터의 살 타는 냄새
그 오랜 분신, 노동자의 검은 세포들이
먹장구름 뭉퉁한 눈물로
꽃잎 부둥켜 안고 울어도
아니다 아니다

(…중략…)

분노로 출렁이는 댓잎 너와 나의
살기를 모아 우리 가슴에서
돋는 피의 톱날 세워
미제국주의가 박아 놓은 식민의 철기둥
잘라버리기 전 아니다 아니다
우리는 인간이 아니다

— 양영진, 「식민의 봄」 부분

이 작품은 1988년 10월 10일 부산대 교정에서 투신자살한 부산대 대학생

양영진이 쓴 시다. 이 시 또한 군부독재에 대한 저항이자 이를 배후에서 조종하는 미제국주의에 대한 원한의 표현이다. 80년대 저항문학의 가장 큰 특징이 우리 민족의 현실을 이러한 질곡과 모순의 상황으로 이끌어가는 근본적 원인에 대한 탐색이라 할 때, '민족, 민중, 사랑' 이라는 유서를 남기고 투신자살한 양영진의 이 시는 80년대 항쟁문학의 전형을 보여 준다. 미제국주의의 식민지적 지배에 대한 사슬을 끊어 버리기 전에는 올바른 삶을 누릴 수 없다는 자각과 함께 그러한 현실에 저항하기 위해 목숨을 내놓는 결단은 극도의 신념에 찬 행동이다. 열사로 불려지는 이러한 행동은 현실 저항 문학의 본령을 이루는 부분이라 해도 결코 지나치지 않을 것이다. 반미의식과 함께 민족 자주적 삶과 통일에 대한 의식을 갖는 것은 광주항쟁문학에서 그 자양을 이어받은 것이라 할 수 있다. 이러한 반독재, 반외세의 내용을 시적 주제로 삼고 있는 시는 저항의 본질로 죽음이 그려지고 있다는 사실이 특징이다.

3. 증언, 혹은 진실투쟁으로서 대항담론

항쟁문학의 본질은 항쟁 투사들의 숭고한 죽음을 통해 부당한 독재와 매판 세력에 대한 저항과 응징을 독자의 가슴에 새기고자 하는 것이다. 그 점에서 광주항쟁시에 나타난 죽음의 의미는 다시 역사의 증언이란 의미로 나아간다. 여기서 증언은 단순히 역사를 기록한다는 의미를 넘어 역사의 실체에 대한 규명과 진실의 보존이란 의미를 지닌다.

정찬영에 의하면 원래 증언은 한 세대가 앞 세대들에 의해 자극을 받아 자신들에 대한 새로운 발견을 할 수 있도록 유도하는 데에 그 의미가 있다고 한다. 그것은 정치적 이데올로기적 압력과 실정법의 통제 등으로 형성된 공식적인 언술을 불신하는 데서 발생한다는 것이다.(『한국 증언소설의 논리』, 예림기획, 2000. 참조) 이 점 당시 군부 독재가 공적 언술을 통제하는 상황에서 항쟁 투사들의 죽음을 역사적 사실에 부합하게 증언하여 민중항쟁의 진실을 기록해둘 필요성이 제기되는 데서 알 수 있다. 이 점에서 항쟁시는 필연적으로 죽음의 내용을 기록하고 증언하는 증언문학의 성격을 지닌다. 다음 시들이 그것을 잘 보여 준다.

오월 어느날이었다
80년 오월 어느날이었다
광주 80년 오월 어느날이었다

밤 12시 나는 보았다
경찰이 전투경찰로 교체되는 것을
밤 12시 나는 보았다
전투 경찰이 군인으로 교체되는 것을
밤 12시 나는 보았다
미국 민간인들이 도시를 빠져나가는 것을
밤 12시 나는 보았다
도시로 들어오는 모든 차량들이 차단되는 것을

아 얼마나 음산한 밤12시였던가
아 얼마나 계획적인 밤 12시였던가

(…중략…)

아 게르니카의 학살도 이렇게는 처참하지 않았으리
아 악마의 음모도 이렇게는 치밀하지 못했으리

— 김남주, 「학살 2」 부분

광주를 무참하게 깔아뭉갤지 모른다는 소문이 파다하던 날

YMCA에 모여 고향 땅 사수를 결심하던

광주시민군 지원자들의 모습을 잊을 수 없다

잘 사는 사람들과 글깨나 깨친 사람은

아아 미래의 이 나라 지배층들은 씨도 없이 떠나간 거리에

그 어느 때보다 불타는 눈으로 용기백배해 모여들던

구름 같은 사람들의 모습을 잊을 수 없다

아아 눈이 뚱뚱 부어 광주를 뜨지 못하던

넝마주이에서부터 예비군 중대장 출신 아저씨

아직 귀가 새파란 중학생 소년

(…중략…)

한사코 떠나기를 종용하던 사람들 앞에서

방아쇠를 당기는 법만 가르쳐주면

억울하게 죽은 동생의 넋을 달래겠노라고

다짐하며 떠나지 않던 간호원 누나

— 박몽구, 「도둑 없는 거리−십자가의 꿈 · 61」 부분

이 시들은 1980년 5 · 18광주항쟁 당시의 역사적 현장을 사실적 기록에 가깝게 그려 내고 있다. 물론 서정 장르의 특성상 작가의 주관적 감정이 개입되어 독자들에게 시인의 정서적 태도에 감응하게 하는 것을 주요 목적으로 하고 있으나, 그것보다 이 내용을 통해 광주항쟁의 역사적 실체를 일반 민중들이 바르게 인식하여 줄 것을 요구하는 바가 더 큰 목적이다. 그 점에서 역사적 증언으로서 항쟁시는 예술의 기록성과 기록의 예술성을 통일 지향하여 하나의 새로운 예술의 방법으로 정립하고자 하는 경향을 가진다. 이 광주항쟁시가 보이는 증언의 속성들은 바로 이와 같은 경향을 지니며 이 시들 속에 보이는 죽

음의 내용들은 바로 공적 담론에 의해 왜곡되기 쉬운 역사적 진실을 바로 드러내 주는 역할을 한다.

정명중은 이에 대해 "5월항쟁은 고립의 산물이었고, 그러한 고립을 벗어나기 위해서 5월문학은 독재권력의 부당함을 고발하는 한편 희생자들의 정당성을 알려 내야 했다. 따라서 정권이 독점한 정보생산 유통·매체가 직조해 낸 갖가지 흑색선전들, 이를테면, '5·18은 남한 내 고정간첩과 불순분자가 결탁해서 일으킨 폭동이다' 를 불식시키는 일, 곧 인정투쟁이 5월문학의 중요한 과제로 부각된다."(앞의 책, 참조)고 말함으로써 항쟁시의 증언적 의미를 분명히 밝히고 있다. 이 발언이나 항쟁작품의 내용을 통해 볼 때 광주항쟁문학은 또 다른 차원에서 지배자들에 의해 짜 맞춰 놓은 공적 담론과 또 다른 한 판의 대결을 펼치는 투쟁임을 알게 된다.

그 점에서 증언의 형식과 미학으로서 항쟁시는 지배담론에 대한 대항담론의 성격을 띠게 된다. 그리고 대항담론의 성격을 지니는 만큼 투쟁의 효율적 성취를 위하여 미학적 효과가 절대적으로 요청된다. 다음 시가 이러한 성격을 잘 살려 내고 있다.

> 엄마는 계림동 오거리를 걷고 있었어요 그날
> 비가 내리고 초파일 질퍽한 봄비가 내리고
> 이상한 쇠붙이가 엄마와 나를 찔렀어요.
> 나는 갓 일곱 달 된 어여쁜 태아
>
> — 고규태, 「나는 첫아이였어요」 부분

이 시는 계엄군에 의해 무참하게 찔려 죽은 임신부와 그 배 속에 잉태되어 있는 태아의 입장에서 잔인하고 비정한 계엄군의 폭력을 고발하고 있는 작품이다. 그런데 시적 화자를 배 속의 태아로 설정함으로써 태어나지 못한 생명의 한과 함께 독재 권력의 폭력성을 효과적으로 폭로하고 고발하고 있다. 이점 일반 민중의 한 사람이 갖는 죽음이 얼마나 후대의 사람들에게 효과적인 역사 인식을 갖도록 촉구하고 있는지를 알 수 있게 한다.

　이러한 점은 발터 벤야민의 말에서 간취할 수 있다. 벤야민은 일찍이 「역사철학테제」란 글에서 "억눌린 자들의 전통이 우리들에게 가르치고 있는 교훈은, 우리들이 오늘날 그 속에서 살고 있는 〈비상사태〉라는 것이 예외가 아니라 상례라는 점이다"고 하여 억압의 현실이 부당한 역사적 압력으로 상존한다는 점을 일깨워 주고, 우리들에게 필요한 것은 그러한 억압적 현실에 대한 증오와 희생정신이란 점을 강조한 뒤, "증오와 희생정신은 해방된 손자들의 이상에 의해서가 아니라 짓밟히고 억눌린 선조들의 이미지에 의해 자라고 북돋아지기 때문이다."라고 말함으로써 고난의 기억이 갖는 소중함을 피력하고 있다. 즉 항쟁의 고난에 대한 기억이 바로 현재의 우리 삶의 방향성을 정립하는 데에 매우 크게 작용할 것이라는 점을 말해 주고 있는 것이다.

　그 점에서 역사적 사건의 정확한 의미를 기억하는 것은 역사적 후손이 되는 우리들이 마땅히 지녀야 될 덕목이다. 왜냐하면 기억은 과거를 표상하는 한 양식이며, 과거의 일을 재현하는 능력으로서 중요한 '사건'은 기억의 유한성 속에서 지워지거나 사라져 버리는 것이 아니라 기억에 의해 지속적으로 우리 삶을 지배하고 있기 때문이다. 나간채에 따르면 "기억의 정치는 계급, 성, 지역갈등 및 권력투쟁 등과 맞물려 격렬한 기억 투쟁의 차원을 결부시키기도 한다. 역사적 기억의 구조화에 의해 한 사회, 한 민족 성원들의 집단적 정체성 및 자긍심의 형성과 공동과업의 설정에 일정한 방향을 제시하고 틀을 잡아 주기도 한다. 그래서 기억의 정치는 격동, 혼란, 분열을 겪고 있거나 겪었던 사회에서 집합체별 재통합의 구심점 형성을 위한 이데올로기 투쟁의 면모도 띠면서 사회 및 정치 과정의 중심부에 자리 잡게 된다."(「서장 : 문화운동 연구를 위하여」, 『기억투쟁과 문화운동의 전개』, 역사비평사, 2004. 참조)고 한다. 역사적 사건에 대한 바른 기억은 개인과 집단의 올바른 정체성을 심어 주는 데에 절대적으로 필요하다. 다시 말해 진실을 찾아 올바르게 기억하는 것은 지배자들의 담론에 휘둘리지 않는 민중적 주체성을 확립하는 일이다. 그 점에서 대항기억을 형성하고 확립하는 운동의 하나로 증언문학이, 그 중에서 항쟁문학으로서 증언문학이 갖는 의미는 매우 깊다. 이는 앞의 광주항쟁의 역사적 진실을 보여 주고자 하는 증언시에서 이미 발견한 사실이다. 증언 형식으로 나타난 광중항쟁시의 죽음의 의미는 바로 그 점에서 대항기억을 통한 대항담론의 의미가 된다. 그것은 권위적이고 교조적인 담론을 깨뜨리고 민주적이고 역사적 활로를 모색하는 열린 담론의 의미를 갖는다.

4. 죽음의식의 공유와 죽음에 대한 경계

죽음은 죽음 자체로 홀로 완결되는 사건은 아니다. 정진홍에 따르면 가족 구성원 가운데 한 사람의 죽음, 좀더 넓은 공동체 안에서의 어떤 사람의 죽음은 그 가족이나 공동체 전체가 함께 겪는 사건이라고 한다. 하나의 죽음이 일어나면 뭇사람들은 직접적이든 간접적이든 그 죽음과 함께 참여할 수밖에 없다는 것이다. 그렇기 때문에 그 가족이나 공동체는 불가피하게 그 죽음을 마치 '살아 움직이는 현실' 처럼 여기고, 삶을 공유하듯이 그렇게 죽음도 공유하지 않을 수 없게 된다고 한다.(정진홍, 『만남, 죽음과의 만남』, 궁리, 2003. 131쪽 참조) 이것을 조금 더 진전시켜 생각하면 앞에서 이야기한 바 있듯이 죽음은 새로운 삶이자 공동체에게 새로운 삶을 요구하는 본질적 속성을 갖고 있다고 볼 수 있다.

죽음은 죽음으로 그저 없어지는 그러한 것은 분명 아니다. 사람들이 서로 관계망을 짜고 그 속에서 살아가는 공동체의 삶 안에서 일어나는 죽음은 그 죽음 이전에는 예상할 수 없었던 새로운 삶의 내용을 그 공동체의 삶 속에다 빚어낸다고 해야 할 것이다. 그런 점에서 죽음은 살아 있다. 아니 정확히 말하면 살아남아 있는 공동체의 운명에 각인되어 있는 것이다. 이것으로 볼 때 광주항쟁에서 보였던 죽음은 일부 작품에서 살아남은 자의 슬픔과 부채의식 내지 소명의식으로 전이되는 것을 발견한다.

네 이름이 불려질 때마다

강의실은 적막과 비애의 메아리만 울려왔다.

너는 지금쯤 메가폰을 잡고

백목련 활짝 핀 캠퍼스 어디선가

도둑처럼 왔다 빠져나가는 봄기운에 들떠 있을까

(…중략…)

끝내 당당하게 일어서는 네가

남 몰래 어두운 골목에서 변소에서

천 갈래 만 갈래 찢겨진 절망

고독의 쓰라린 가슴을 쥐어뜯는

스물넷의 여자인 줄 알고 있으므로 부끄러웠다

한번도 지친 표정을 짓지 않는

늘 웃는 낯의 널 생각할 때마다

난 돌아와 평온할 수 있었지만

넌 결코 강의실과 교수님을 잊지 않고

캠퍼스의 자유와 추억을 잊지 않음을 알았으므로

살을 저미는 아픔으로 네 이름을 듣는다

흘러내리는 유리창의 물방울마다

푸른 쑥잎으로 다가오는 네 얼굴을 본다

—임동확, 「봄이 오는 강의실에서」 부분

　　임동확의 이 시는 항쟁의 주체가 사라진 현실 속의 살아남은 자의 슬픔과
부끄러움을 드러내고 있다. 그것은 일정 부분 항쟁의 와중에 서지 못한 회한
과 항쟁의 결실을 이어가지 못하는 자신의 무력함에 대한 자책 등이 어우러져
크게 부채의식이란 이름의 내용으로 불려지는 것들이다. 그렇지만 이 시의

핵심은 항쟁의 주체로서 보였던 투사들의 죽음이 갖는 의미를 어떻게 내면화할 것인가를 고민하는 데에 있다. 그것은 "푸른 쑥잎으로 다가오는 네 얼굴을 본다"라는 아주 빼어난 감성적 표현에서 간파할 수 있다. 즉 투사들의 죽음이 살아남은 공동체의 일원인 시적 화자에게 앞으로 어떤 삶을 살아가야 할지를 되새겨 주는 각인작용이라는 점에서 그것은 죽음의 공유 내지 현실화로서 삶으로의 전이 현상이다.

이러한 죽음의 공유 또는 내면화는 그것이 긍정적인 차원과 부정적인 차원에서 논의될 수 있다. 긍정적 차원의 이야기는 이미 앞에서 많이 논의한 바 있어 생략한다. 여기서는 부정적 차원의 내용으로 하나만 지적하고자 한다. 즉 죽음의 시가 작가나 독자에게 하나의 신성화된 존재로 미화되어 여기의 현실을 비춰주는 조명등의 역할을 상실하는 경우다. 그것은 낭만적 현실인식을 부추겨 역사인식을 호도(糊塗)할 수도 있다. 대상의 신비화는 독자의 현실적 감각을 무디게 하거나 대상의 이미지에 압도당하게 함으로써 주체로서 자신의 역할과 사명에 대해 몰각케 할 가능성이 있다. 그 점에서 여전히 필요한 것은 과학적 관점의 죽음에 대한 의미부여다. 과학적 역사인식에 기반을 둔 죽음시가 역사발전의 계기와 미학적 감동을 더 크게 발생시키게 된다는 점을 상기할 필요가 있는 것이다. 그 점에서 80년대 전반을 가로질러 다음과 같은 죽음시가 광주항쟁시에 보인 죽음의 의미를 가장 잘 계승한 것이 되지 않을까.

한 노동자가 죽어갔다.
낡아빠진 기계 품에 눌려
모습도 알아볼 수 없는 송장으로 변했다.

열아홉 살 나이에 세상 구경
한번 제대로 하지 못한 채
우리 곁을 떠났다.

하도급이라 사람 대접 한번 못 받아 보고

실습생이라 임금 착취당하고

어른 아니라 시키면 시키는 대로 일했다.

사람이 죽어가는데 구급차조차

움직이지 않고

그것도 모자라 차를 가로막고

들여보내지 않는 일에

우리들은 가슴이 터지고 말았다

— 김해화, 「죽음」 부분

한 하급 노동자의 비참한 죽음을 통해 예속 자본주의적 모순의 실체를 극명하게 드러내고 있는 이 시는 죽음에 특별한 신비화를 부여하지 않고 있으면서 독자의 가슴으로 하여금 민족사적 모순에 대해 심각하게 생각하게끔 하고 있다. 이 시에서 죽음은 역사적 변혁의 계기와 그 계기를 역사적 주체로서의 받아들이게 되는 민중적 관점을 매개하는 내용이 되고 있다. 그 점이 이 시의 미덕이다. 그것은 광주항쟁시에 줄곧 나오는 역사 폭발의 내적 동인을 응축하여 보여 주는 것에 해당한다.

이상으로 볼 때, 죽음의식, 나아가 죽음의 감정은 오늘의 자본주의적 근대가 안고 있는 모순의 내용을 가장 심층부에서 보여 주고 그것의 극복 필요성을 가장 강력하게 환기시켜 주고 있는 형식임을 확인할 수 있다. 그에 따라 결국 죽음의 시는 새로운 삶, 정당한 생명을 말하는 방식임을 깨달을 수 있는 것이다. 죽음은 그 자체가 문제에 대한 해결이라 하기엔 곤란하지만 죽음을 통해 보다 정화되고 순수한 삶을 추구하고자 하는 인간의 본능적인 욕망이라는 점에 대한 인식이 필요할 것 같다. 이와 같은 차원에서 이러한 죽음을 반영하고 있는 죽음 시 또한 불의(不義)한 역사 현실을 정화하면서, 역사사회적 맥락

에서 민중, 민주, 민족의식의 발전에 지대한 기여를 함으로써 우리 민족의 주
체적 삶에 그 만큼 큰 기여를 하고 있음을 인정하여야 하겠다.

반역의 상상력과 역사의식

— 정진업의 시 세계

 지역문학총서 7번을 달고 월초(月礁) 정진업 시 전집이 박태일 교수(경남대)의 엮음으로 출간되었다. 일찍부터 경남 지역문학의 한 표상이라 수 있는 정진업 시인의 시는 이제나 저제나 전집으로 엮어지기를 고대한 작품이라 할 수 있는데, 그 동안 아무도 선뜻 손을 못 대고 있던 차 이번에 박태일 교수가 여러 곳에 흩어진 자료를 꼼꼼히 찾아 전집으로 엮어 내는 큰일을 하였다. 작고한 시인에게나 그 가족은 물론 정진업 시를 통해 경남문학의 일단을 살펴볼 수 있게 된 독자들에게 큰 기쁨이 아닐 수 없다.

 이번에 박태일 교수의 손으로 꾸려진 전집은 정진업 자신이 시집으로 낸 자료뿐만 아니라 여러 사정으로 초기 시집에 실리지 않은 작품들을 대거 발굴하여 '초기 시집 미수록 시'라는 부를 만들어 편집하고 있고, 무엇보다 시인이 앞서 발표한 것을 나중에 다시 실으면서 개작한 것을 원문과 대조시켜 어떻게 퇴고하였는지를 알게 해 주는 편집 방법에서 자료의 실증성이 돋보인다. 무릇 전집을 엮는 이는 자신의 주관적 관점에서 대상 작가의 작품을 확정할 것이 아니라 객관적이고도 실증적 관점에서 대상 텍스트를 확정하여 후대 연구자의 객관성을 확보해 주어야 할 것이다. 그 점에 비추어 볼 때 이번 정진업 시 전집은 객관성과 실증성이 매우 선명하게 확보되고 있어 텍스트적 가치가 크다. 먼저 시 전집이 나왔으니 곧 수필과 소설, 희곡 등 정진업 산문집도 발간해 정진업 문학 세계를 총체적으로 규명할 수 있게 되기를 바란다.

그런 점에서 시 전집만으로 정진업의 문학세계를 온전하게 살펴볼 수 없지만 그의 문학적 열정이 시에 집중되어 있는 만큼 시 전집을 통해 우리는 정진업 문학 정신의 일단을 살펴볼 수는 있다. 이 글은 박태일 교수가 엮은 시 전집의 내용을 따라 정진업 시적 세계와 정진업 시적 텍스트가 그 시대와 오늘에 어떤 가치가 있는지를 살펴보고자 한다.

먼저 정진업의 시 작품은 그의 문학적 이력에 비추어 볼 때 그리 많은 편은 아니다. 초기 시집에 미수록된 작품을 포함하여 『풍장』(1948), 『김해평야』(1953), 『정진업작품집 1』(1971), 『불사의 변』(1976), 서사시 『인간 안중근』(1979), 『아무리 세월이 어려워도』(1981) 등이 있다. 그런데 이 중에 『정진업작품집 1』의 작품은 대부분 『불사의 변』에 다시 실려 있고, 『인간 안중근』은 하나의 서사시란 점에서 그가 작고한 1983년까지 시력 40여 년이 넘는 기간에 비추어 볼 때 작품 수가 얼마 되지 않은 과작(寡作)이다. 주로 초기에 활발한 활동을 보이다 6, 70년대로 넘어오면서 작품 활동이 뜸해지고 있음을 발견할 수 있다. 이러한 것은 당대 사회적 상황과의 응전 때문이다. 일제 말과 해방을 맞은 시작 초기에 정진업은 문학을 통해 당대 사회에 참여하는 열정을 가졌다. 그러나 분단이 고착화되고 반공 이데올로기의 억압으로 우리 사회가 반민주적이 될 때 정진업은 그의 사상적 자존을 위해 침묵했다. 그 점에서 정진업의 작품은 주로 초기 작품에 그 정수(精髓)가 담겨 있는 형태가 되고 있는 것이다.

그렇지만 정진업의 시적 세계는 그의 정신적 지향점이 일정하게 유지된다는 점에서 큰 특징을 지닌다. 그것은 바로 시대 현실에 대한 '바로보기'다. 이는 곧 현실에 대한 참여의식과 함께 우리 민족의 역사적 현실에 대한 그의 시적 전망을 가리키는 말이기도 하다. 초기 시와 후기 시에 공통되는 이러한 경향의 시를 뽑아보면 다음과 같다.

크게 외치는 것 세계인류는 보고 들어라 잉크와 잉크 속에 파묻힌 영원한 것

사랑과 아름다운 것은 아직도 먼 데 있는가

눈 눈 수많은 눈초리가 신문을 덮는다

동반구 한 귀퉁이에서 문화와 자유와 평화와 정의를 위하여 우리들은 펜과
기계와 땀으로 이렇게 싸워 왔다
—「신문—3주년에 제하여」 부분(1949. 9, 시집 미수록 작품)

그렇지!
끝내 살고 보아야 할 건 목숨이고
보고 살아야 할 건 인간인 것이다.
—「불사의 변」 부분(『불사의 변』)

아무리 세월이 어려워도
목숨과 바꿀 수는 없다.
살고 보아야 할 것이요
보고 살아야 할 것이다.
—「아무리 세월이 어려워도」 부분(『아무리 세월이 어려워도』)

이 세 편을 굳이 나누자면 초기, 중기, 말기의 작품들이다. 그런데 세 편의
작품에 일관되는 이미지는 바로 '본다' 는 것이다. 즉 '눈' 을 부릅뜨고 현실을
직시한 채 살아야 한다는 내용이다. 이러한 이미지는 바로 현실에 대한 비판
적 인식의 표출을 뜻한다. 즉 현실주의적 인식 및 행동의 필요성과 그것의 필
연성을 보여 주는 것이다. 그 점에서 정진업의 시적 상상력은 역사의식 내지
현실인식을 전제로 하여 발동하고 있다. 이 점을 잘 보여 주는 초기 시편들은
다음과 같다.

인민의 발이 간다

인민의 발이 온다

내 땅 찾아 인민은 돌아오고

우리 겨레는 흙두더지 되어

바다를

바다를 건너오는데

오 나라는 언제나 될 것이뇨?

—「인민의 발」 부분(1946. 5, 시집 미수록 발표작)

모든 예술은

예술가의 것이 아니라

예술가 그 자체의 것도 아니라

아니 그 누구의 것도 아니라

오로지 인민의 것이요

인민을 위하여만 있는 것이요

인민을 위하여 만들어지는 것

그러면

인민을 위한 예술의 씩씩한 행진 앞에

돌을 던지는 놈은 대체 누구뇨

(…중략…)

역사에 반역하는 자

몽땅 하늘의 저주가 있으리니

우리는 잠자코 우리의 길만 걸어가자

정의는 오직 단 하나

진리는 불멸 오

시인의 노래는

인민의 감격과 더불어 영원한 것인데

노래 못하는 시인이여

노고지리도 철이와 우노니

우리의 슬픔을랑

꽃씨처럼 뿌리며

인민의 대오 속으로 깊이 들어가자

—「일식—공위(共委) 축하예술제에 오장환, 유진오씨에게」 부분

(1947. 7. 9, 시집 미수록 발표작)

이 시는 해방을 맞는 당시 우리 민족의 역사적 현실과 전망에 대한 시인의 의식을 보여 주고 있다. 여기서 무엇보다 주목되는 점은 '인민'과 '역사'라는 시어를 사용하고 있는 점이다. 이 시들에서 인민은 무산대중을 말한다. 즉 프롤레타리아라는 계급의식의 대상이다. 그 점에서 일차적으로 정진업은 사회주의적 세계관[1]을 이들 시에서 피력하고 있다. 부제에 언급되고 있는 오장환, 유진오도 당시 사회주의 운동을 하던 사람들임을 고려할 때 「일식」은 사회주의 건설에 매진하자는 다소 선동적인 시라 볼 수 있다. 때문에 그가 말하고 있는 '역사'는 바로 사회주의 국가 건설이다. 이를 그는 민주라 칭하고도 있는데, 문맥에 따라 살펴보면 바로 사회주의 국가 건설의 염원임을 알 수 있다.

나뭇가지 사이로

---

1) 정진업의 사회주의적 색채에 대해서는 이성모, 「1950년 정지용과 정진업」(『시와 비평』 제7호, 불휘, 2003.)을 참조할 것. 그에 따르면 광복기 정진업은 당시 조선프롤레타리아 문학동맹의 중앙집행위원과 아동문학 분과위원을 맡고 있던 이주홍과 친교를 맺으며 역시 사회주의 색채를 띠고 있는 김정한과 김용호, 유치환 등과 교류하면서 해방기 조선문학가동맹 중앙집행위원회 아동문학부 위원장인 동시에 시부 위원으로 이름을 올려놓고 있었다. 또 1949년 전향 선언하여 반공 강연 차 부산 마산을 순회하러 왔던 정지용과도 친교를 맺게 되기도 한다고 한다. 여기서 일정 부분 정진업은 사회주의 사상에 대한 공명을 하고 있었음을 파악할 수 있다

　　철창을 노리고

　　이룩한 민주의 나라

　　이리 더딤을 한탄하면서

　　밖에서 내 다만 참답게

　　일하겠노라

　　인욕(忍辱)의 벗에게

　　머리 숙이며 가는

　　밤마다 정이 드는

　　나의 골목길이 있다.

—「골목길」 부분(『풍장』)

이 시에서 말하는 '민주의 나라'도 철창에 갇혀 고문당하는 벗이 추구하고 있다는 점, 그리고 시의 발표 시기가 사회주의 사상을 본격적으로 탄압하기 전인 1948년 이전임을 고려해 볼 때 사회주의 국가 건설로 해석된다. 시인은 인민이 주인 되는 나라란 뜻으로 '민주의 나라'란 시어를 쓰고 있는 것이다. 이 점을 '민주주의 국가' 건설의 염원으로 해석하는 것은 잘못이다.[2]

따라서 「일식」에서 "역사에 반역하는 자"란 바로 사회주의 국가 건설에 걸림돌이 되는 자본주의와 봉건주의 세력이 된다. 그는 자연스레 봉건주의에서 부르주아 자본주의로 그 다음에 사회주의가 도래할 것이라는 역사의식을 지니고 있다. 이는 당시 지식인들 사이에 퍼져있던 마르크스의 사적 유물론의 관점이다. 때문에 다음과 같은 시는 사회주의 혁명의 관점에 서 있는 역사적 주체에 대한 시로 파악된다.

　　천둥에 하늘이 깨어지고

　　광풍에 땅이 뒤집혀도

---

2) 이월춘, 「정진업 시 연구」, 경남대 교육대학원 석사논문, 1992. 37쪽

너는 이 世紀의 사나이다.

유형지 가는 적적(寂寂) 벌판

백웅(白熊)의 울음소리 처연하고

눈 쌓인 태고림 속에

오로라의 쇠사슬 스쳐 간

발자국마다

역(逆)하는 피는 얼어 떨었으리라

(…중략…)

오너라

천둥과 광풍과 또 그 무엇이

한꺼번에 몰려와도

너는 이제 세기의 사나이다

알가슴 맞대고

피의 노호(怒號)를 들으며

모두가 가는 길을 따르자

— 「모두가 가는 길을」 부분(『풍장』)

그러나 바다여!

너의 노여움을 내가 아노니

태고 적 홍수인 양

사오나온 해수로

이 오욕의 거리

박쥐들 나덤비는

하수도를 휩쓸어

해심(海心) 깊이 집어 삼켜라

— 「바다 1」 부분(『풍장』)

이 두 편의 시는 세기말적 전환을 노래하고 있다. 즉 자본주의에서 사회주의로의 세기말적 전환을 '세기의 사나이'와 '사오나온 해수'로 상징해내고 있는 것이다. 이때 세기말적 전환을 이루는 역사의 주체는 당대의 지배 이데올로기에 대해 저항하는 주체가 된다. 즉 부르주아 자본주의에 대한 반역의 주체가 되는 것이다. 이를 정진업은 "오로라의 쇠사슬 스쳐 간/발자국마다/역(逆)하는 피는 얼어 떨었으리라"로 형상화내고 있다. 그 점에서 그의 시에 등장하는 '반역'의 이미지는 바로 인민의 진정한 자유와 평등을 추구하는 저항정신이자 유토피아의식인 것이다.

때문에 다소 낭만적으로 보일지 모르는 다음 시도 전체적인 관점에서 살펴본다면 그의 사회주의 국가 건설에 대한 염원의 연장선상에 있는 작품이라고 보아야 할 것이다.

강남으로 가자

거기는 내 어버이 밭 갈고 길쌈하시는 곳

봄이 오면 뒷산에 올라

두견꽃 따서 입에 물고

어깨동무하고 뛰놀던 곳

거기는 우리 형이 나 돌아오면

논밭 주어 농사를 배우게 하겠다는 곳

여름이면 뜰 앞에 석류꽃 피어 흐드러지고

앞들 밭이랑에서

참외 냄새 그윽이 풍겨오는 곳

거기는 내 누이가 농부의 아낙이 되어

어렵지 않게 살아가는 곳

가을이면 풍성한 오곡백과를 거두어

누이와 웃으며 돌아오던

아 그 호젓한 들길을 어찌 잊으리?

—「강남으로 가자」 부분(1947, 시집 미수록 발표작)

이 시는 해방기에 민족 이산의 현실을 다루고 있는 작품으로서 다소 관념적이고 낭만적인 '강남'이라는 공간을 통해 가족 공동체의 낙원을 노래하고 있다. 그 점에서 이데올로기적 요소를 배제하고 있다고도 볼 수 있지만 당시 정진업이 추구하는 새나라 건설의 염원과 결부지어 볼 때 이는 논밭의 평등한 주인이 되어 노동의 즐거움과 풍요로움을 맛본다는 내용이다. 이는 곧 사적 소유의 차별에서 벗어나 농민이 농토의 주인으로 농사짓는 일의 전체성을 이루어내는 유토피아의식의 표현이다. 그렇지만 이때의 유토피아의식은 원시 사회주의 공동체에서 발생하는 낙원의식에 가깝다. 그 점 정진업의 시에서 사회주의 사상으로서 유토피아의식이 일정하게 구체화되지 못하는 한계를 보이는 부분이라 지적할 수 있겠다.

이러한 한계는 다시 그의 사회주의 의식이 곧잘 민족주의와 결부되는 데서도 찾아볼 수 있다. 실상 정진업의 시는 민족주의적 색채가 더 강하다. 이는 일제로부터 해방되던 당시 여느 지식인들이 보였던 점이라 그 만의 한계로 보기 어렵다. 다음과 같은 시가 거기에 해당한다.

우리의 최후의 피 한방울까지를 노리며

온갖 좋은 것 다 차지하여 살던

너희의 歷史도 곤두박질을 하여

바람에 구름 밀리듯 쫓겨간 무리여!

그렇게 극진히도 모시던
신조(神祖)와 선재 분묘는
어찌 짊어지고 가지를 못하였느냐?

(…중략…)

보기 싫어라
모진 족속의 뼉다귀여
그 뼉다귀를 핥는 자들이여
어서 충성되이 본국으로
모시고 돌아가라

(…중략…)

우리 모두 산에 올라
石築을 뜯고
비석을 뽑아 팔매를 치자
우리의 한방울 피가 될
씨앗을 부리기 위하여
沃土를 좀먹는 비석을 뽑아
팔매를 치자

—「碑石」 부분(『풍장』)

　이 시는 대화족(大和族)으로 지칭되는 일본 제국주의의 패퇴와 함께 그들의
잔재가 아직 일소되지 않는 것에 대해 맹렬히 비난하고 있는 작품이다. '모진
족속의 뼉다귀'와 '그 뼉다귀를 핥는 자들', 즉 친일부역자들의 청산을 기원

하면서 그리되지 못하고 있는 현실을 강하게 비판하고 있는 것이다. 특히 '碑石'이라는 치욕스러운 역사적 기록을 깨끗하게 하고자 하는 당시 지식인들의 의식을 잘 보여 주고 있다. 이 점에서 그의 시는 민족주의적 요소와 사회주의적 요소가 섞여 드는 경향을 보인다. 즉 사회주의적 민족주의 계열에 서는 것이다.

이러한 시적 특성으로 인해 그의 시는 일정 부분 계몽적 성격을 지닌다. 즉 선동성을 지닌다. 그것은 바로 정론적 글쓰기와 통한다. 정진업은 해방을 맞아 1947년 경남교육 편집장으로 일하다 1948년 부산일보 문화부장으로 일한다. 이는 당시 지식인으로서 당대 민중들에게 역사적 전망을 가르칠 필요성을 그가 내내 지니고 있었음을 뜻한다. 때문에 그는 언론인의 직분과 시인의 직분을 겹쳐 인식함으로써 정론 성격의 시 쓰기를 행하는 것이다. 다음 시가 그와 같은 대표적인 작품이다.

8 · 15는 새로운 날이어야 하였다.

아! 목이 타서 목에서 피비린내 치솟도록 소리 질러 부르던 그 날을 맞으러 저 굶은 어린놈이 어미를 찾으러 남문 밖을 발톱이 닳도록 걸어가듯 그렇게 악착같이 기리던 8 · 15는 진정 새로운 날이라야 하였다.

제국주의는 팔랑개비처럼 돌다가 물레방아처럼 물을 감고 돌다가 사격표인 양 밑 빠졌다 건곤일척 왜신(倭神)은 자살을 하고 전쟁미망인은 여섯 살 아래인 이국 제2세와 야합하였다.

우리의 노래는 해방이었다 톰스의 노래였다. 아! 흘린 피와 연달아 넘은 죽음과 크낙한 사랑은 종시 헛되지 않았다

그러기에 8 · 15는 종시 새날이어야 하는 것이다 넘어진 제국주의만 장송할 것이 아니라 끝끝내 새것을 노래하는 날인 것이다 펄럭이는 깃발 무수한 찢겨진 깃발 속에 1945년 8월 15일 이항염제(以降炎帝)의 소금땀과 칼날의 서릿발 속에 일어선 새로운 나라 그것은 세계와 영토와 인민과 함께 자라는 데모크라시 그것은 해마다 굳어가는 연륜이다.

― 「새로운 날」 전문(광복절 헌시, 시집 미수록 작품)

이 시는 8·15광복의 의의를 당시 민중들에게 깨우쳐 주고 있다. 그 점에서 규범의 시적 진술이다. 이 시는 특히 신문에 기념시로 실림으로써 당대 사람들에게 고취와 선동의 계몽적 목적을 수행하고 있다. 박태일은 전집 해설에서 정진업의 이러한 시적 특성을 두고 '공론시'라 칭한다. 즉 "개인에 치우치지도 않고, 탈역사적 상상력의 지평으로도 결코 물러서지 않는 구체적 현실주의와 공론 감각은 우리 근대시에서 쉬 찾을 수 있는 보기가 아니다"[3]라고 정진업 시를 평하면서 언론 시인의 정론성을 주목하여 '공론시'라는 용어를 쓰고 있다. 그의 용어 선택과 의미부여는 정진업의 시적 세계에 잘 부합되는 진술이다.

이러한 사회주의와 민족주의의 결합된 역사 변혁의 인식은 당시로 볼 때 상당히 급진적 특성을 지녔다. 그 점에서 김정한의 『풍장』 시집 머리말은 눈여겨볼 만한 대목이다. 즉 김정한은 "예술이란 것이 일부 특권을 가진 무리들의 전유물이었던 때에는 그들의 위선적 송덕물이었으며 위안물이었던 만큼 시인은 그러한 무리들의 총애를 받았고 불우한 인민대중의 선망의 표적이 되어 있었지만 인류사의 발전은 예술을 그러한 무리들로부터 다시 인민의 것으로 돌려놓았다. 그러므로 오늘날의 시인에게는 누구를 위해서 시를 쓰느냐가 단순히 시의 기교를 닦는 것보다 선결문제인 동시에 저버리지 못할 의무일 것이다. 이러한 의미에서 정진업 씨의 시는 그 보는 바 눈이 어디까지든지 '인민의 눈'이었고 노리는 바 또한 '인민의 요구'란 점에서 높이 평가되는 바로서 소위 음풍농월과 값싼 감상을 웅얼거리는 낡은 축들과 절로 구별되며 오늘날의 옳은 민족문학의 수립을 위하여 그 노력과 공이 크다 하겠다."라고 하여 사회주의 문학관을 피력한 뒤 그에 합당한 작품이 정진업의 작품이라고 추켜세우고 있다. 발문을 쓴 김용호도 "관념의 작품화가 아니라 행동의 작품화의 단계

---

3) 박태일, 「민족시의 한 지평, 정진업의 공론시」, 『정진업 전집 Ⅰ 시』, 세종출판사, 2006. 448쪽

에 도달하였다."라고 하여 정진업 시의 현실주의적 요소와 저항적 요소를 잘 지적해 내고 있다. 이들의 사상적 배경도 사회주의임을 고려할 때 정진업 시의 현실주의적 요소가 사회주의적 민족주의로 구현됨을 알 수 있는 것이다.

보통의 경우 이러한 시적 세계관은 6·25전쟁과 분단의 고착 등으로 우리 사회에서는 후퇴하지 않을 수 없는데 정진업의 경우에도 이는 마찬가지다. 그렇지만 정진업은 역사사회적 현실에 대한 비판적 인식을 포기하지는 않는다. 그 점 여전히 현실주의적 요소를 지니고 있다고 할 수 있다. 다음 시가 그것이다.

가려운 곳을 긁어 다오.
피가 나도록
견딜 수가 없구나.
머리를 긁어
피를 내는 게
안으로 응혈 짓느니보다
한결 시원할
그밖에 쓸모없는
손톱인 것을

(…중략…)

죽음은 오직
한 번밖에 없는 것
죽어서 되살아 오는 건
장미라는 가시꽃의
이름이다.
시인이라는 면류관의

꽃이다.
가려운 곳에
피가 나서
긁어 부스럼이 될지라도
어찌 가려운 것을
참으라고 하느냐?

(…중략…)

죽음은 오직
한 번밖에 없는 것
죽어서 되살아오는 건
역사라는
사람의 발자취다.
시인이라는
시집의 유산이다.

가려운 곳을
긁어 다오.
피가 나도록
그밖에는 쓸모없는
손톱인 것을

─「손톱」 부분(『불사의 변』)

이 시에서 시인은 '손톱' 이라는 무기로 사회의 가려운 곳을 '피가 나도록' 긁어야 하는 존재임을 말하고 있다. 가려운 곳이 구체적으로 무엇인지를 밝히고 있지는 않지만 당대의 사회적 현실로 볼 때 부조리와 독재일 것이다. 이를 정진업의 『불사의 변』 후기의 내용, 즉 "진실과 정의의 시정신에 입각한 나머지 인생과 사회에 다소라도 참여할 수 있었다면 그것으로 후회는 없는 것이다."라고 말하고 있는 데서 추측해 볼 수 있다. 이 글에서 정진업은 여전히 대사회적 긴장을 풀지 않고 있는 정신을 보여 주고 있다. 때문에 그에게 시, 또는 시인은 사회적 현실에 대한 희생의 '면류관'이자 죽어서 되살아 오는 역사의 발자취다. 즉 시는 역사변혁의 절대적 수단이자 통로인 것이다.

이러한 시와 시인에 대한 인식은 그가 번역한 무정부주의 사상과도 연관된다. 그는 허버트 리드가 쓴 『시와 아나키즘』을 번역하였다. 이 책에서 리드는 시인을 두고 "창조하기 위해서는 파괴가 필요한 것이다. 그래서 사회를 파괴하는 기폭자는 바로 시인이다. 나는 시인이 필연적인 아나키스트로서 우리가 과거로부터 계승해 나왔을 뿐 아니라 미래의 이름 아래 인민에게 부과하려고 하는 국가에 대해서 그 모든 조직의 개념을 반대하지 않으면 안 된다."[4]라고 말하고 있는데, 이 시인의 개념에 정진업은 찬동하였으리라 여겨지는 것이다. 그 점은 그의 시가 리드가 말하는 '필연적 아나키스트로서 시인'의 상을 이미 앞의 여러 시들에서 보여 주고 있기 때문이다.

그렇지만 그의 시가 전부 행동과 이념을 강조하는 인식의 시인 것은 아니다. 이념이 좌절될 때 갖는 회한은 그의 시에 존재론적 차원의 깊이를 부여한다. 다음 시가 그러한 한 예일 것이다.

삶은 유형의 먼 눈길
검은 발자국은
평행으로 낙인을 찍고

버리고 간 너의 순결 같은
흰 눈 위에

---

4) 허버트 리드, 정진업 역, 『시와 아나키즘』, 형설출판사, 1983. 26쪽

나는 붉은 베고니아 빛

피를 뱉는다.

눈은 내려 자취도 없이

열띤 체온에

녹아 흐르는데

돌이킬 수 없는

회한의 지문은

손바닥에서 영 지워지지 않는다.

— 「삼월」 부분(『정진업작품집 1』)

누구의 시집을 읽다가

다이얼을 돌려도

시간은 이미

공간으로 편입된

충족할 길 없는

권태와 무료인 것을.

이제는 눈을 붙여야지

자정과 새벽

그 사이를 알리는

무슨 운명처럼 두려운

닭 울음소리.

— 「닭 울음소리」 부분(『정진업작품집 1』)

　　이념이 좌절된 시대에 그는 "삶은 유형의 먼 눈길"로 느끼고 "붉은 베고니아 빛/피를 뱉는다." 회한의 깊이가 '베고니아 빛 피'로 절묘하게 형상화되고 있다. 동시에 그 깊은 좌절과 쓰라림은 「닭 울음소리」에서는 "무슨 운명처럼 두려운/닭 울음소리"로 형상화되면서 섬뜩한 감각적 인상을 준다. 시각과 청각적 이미지가 자신의 고뇌를 드러내는 이미지로 이렇게 의미심장하게 쓰일 수 있다는 점이 놀랍다. 그 점에서 정진업의 시는 감성과 감각의 이미지 측면에서도 꽤 선명하고 깊이 있는 울림을 갖고 있다.

그렇지만 이상의 시적 전개로 볼 때 정진업의 시는 역사적 현실과 밀접한 긴장관계를 보이는 리얼리즘시로 볼 수 있다. 특히 민족의 역사적 현실에 대한 비판과 전망 제시는 민족문학의 한 전형을 일찍부터 보여 준 셈이다. 민족문학의 시작을 우리는 보통 60년대 작품부터 잡고 있는 경향이 있는데 정진업의 위와 같은 작품들은 4, 50년대에 이미 민족문학의 지평을 열고 있는 셈이라 평할 수 있겠다. 그리고 특히 지역에서 민족적 삶과 전망을 충실히 반영하고 있는 정진업의 작품은 지역성이 어느 때보다 주목되는 이 시기에 더욱 주목되는 작품이 된다 하겠다. 그의 작품이 여러 방면의 학자들에게 풍성히 연구될 날이 빨리 오기를 기원해본다.

벼랑의 정신

― 강영환의 시

한 편의 시가 이번 시집 전체를 울리고, 더 나아가 보는 사람마저 떨게 하고 있다. 그것은 예시(豫示)일까, 증언일까? 나는 수용인가, 거부인가? 운명을 둘러싼 외롭고 강인한 형상 앞에 우리의 영혼은 이리 닫고 저리 내달으며 번민한다. 비장한 결단을 촉구하고 있는 저 형상 앞에서 우리의 마음은 도전의 팽팽함과 일상의 무기력함으로 분열되면서 사로잡힌 자의 고통을 맛본다. 하나의 시가 우리의 눈과 마음을 휘감아 오래 생각하게 하는 그것. 시가 갖는 힘일까, 위엄일까? 아니 어쩌면 시의 운명?

강영환 시인의 시를 읽으며 문득 원초적 의미에서 시인의 운명과 독자의 운명을 생각한다. 아니 시인과 독자를 아우르는 시의 운명을 생각한다. 시인은 예로부터 선지자, 예언자라 하지 않았던가. 강영환의 시를 보면 오늘의 현실에서도 시인은 본질적으로 선지지가 되지 않으면 안 되며, 독자는 그 선지자의 말을 따라 전진하고 갈구하는 민중이 되지 않으면 안 된다는 것을 깨닫는다. 진정한 시는 그러한 시인의 운명과 독자의 운명을 필연적으로 내포하고 있어야 하는 것이다.

이 복잡한 사실과 그 사실에서 발생하는 울림이 이번 시집의 한 편의 시에서 발생하고 있는 것을 나는 보고 있다. 이러한 현상을 뭐라 해야 하나? 시인의 각성? 아니면 시의 운명? 그것도 아니면 독자의 운명? 역시 문제는 운명이다. 무슨 운명이든 누구의 운명이든, 운명을 아는 자의 행동에선 놀라운 빛이 뿜어 나오기 마련이다. 그런 점에서 우리는 운명을 아는 자와 그렇게 되기까지의 계기에 경배해야 한다. 그 경배를 바쳐도 아깝지 않은 강영환의 놀라운 그 한 편의 시는 이렇게 펼쳐진다.

> 외줄 위를 걸어가는 거미는
> 흔들림 속에서 침묵할 줄 안다
> 그러다가 투명한 말 속으로 걸어가서
> 눈치 없이 건너온 줄을 돌아본다
> 거미는 낡은 길 위에다 다리를 풀고
> 벼랑을 향해 걸어가는 일만 남아서
> 부릅뜬 눈이 그늘을 본다

—「거미의 생」 부분

이 시는 우선 초연(超然)은 아니다. 초연은 운명으로부터 달관한 사람의 태도다. 이 시는 운명을 깨우치고 그러한 운명에 도전하는 자의 모습이 드러나 있다. 운명에 달라붙어 분노하고 적의를 불태우는 움직임. 그 점에서 이 시의 운명은 화자를 생의 한가운데로 불러내고 있는 어떤 힘의 실체다. 그렇다면 도대체 이 시가 말하는 운명은 무엇이며, 그러한 운명에 대응하는 시적 화자의 생각은 무엇인가? 그것을 알기 위해서는 우리는 얼마간 더 많은 생각의 길을 돌아야 한다. 시인이 고뇌했을 만큼의 시간과 번민의 내용을 안으로 내면화해 보아야 한다. 그렇게 하지 않으면 운명은 누구에게나 그 만큼의 색조와 강도로 나타나지 않기 때문이다.

다시 들여다보면 이 시에서 거미는 본능적으로 자신의 운명을 거부하지 않고 그것을 온몸으로 받아들이고자 하는 모습을 보인다. '외줄 위'라는 삶의 터전은 한 치의 눈돌림도 허용하지 않는 가파른 운명을 상징한다. 그 위에서 거미는 운명을 깨닫고 수용한다. "흔들림 속에서 침묵할 줄 아"는 것은 운명의 가파름을 알고서 그것을 수용하고 극복하기 위한 순연한 태도다. 그러나 이때까지의 거미는 아직 운명과 맞서있는 것은 아니다. 왜냐하면 거미가 그런 아슬아슬한 생존의 터도 능숙하게 넘어갈 수 있는 것은 자신의 몸에, 자신의 생리에 그러한 실존의 상황을 타고 넘어갈 수 있도록 하는 물질이 구비되어 있기 때문이다. 그것은 본능에 이미 주어진 상태다. 비록 보통 존재들이 할수 없는 외줄 위의 삶이라 하더라도 거미에게는 주어진 운명, 주어진 본능 속의 삶이다.

그럼 운명을 안다는 것은 무엇인가? 그것은 바로 운명에 맞서는 것이 아닐런가. 이 문제는 줄을 건너 '되돌아보기'에 의해 발생한다. 그때 거미는 진정으로 자신의 운명에 대해 의식하고 자각한다. 그것은 "눈치 없이 건너온 줄"에서 암시되고 있듯 되돌아보기 전에는 의식되지 않은 일이다. 의식되지 않는 일이란 없는 일이며, 무의미한 일이다. 의식에 포착됨으로써, 즉 되돌아봄으로써 자신의 삶은 어떤 의미의 광휘를 지닌다. 본능적 생리에서 깨달음이라는 변화를 가진 '의식'의 덧보태짐은 바로 그의 생존의 터가 이제 '벼랑'으로 바뀌는 일이자 그 벼랑을 걸어가야 하는 일로, 즉 운명을 걸어야 하는 일로 전화되는 것이다. 그 점에서 의식은 무엇인가? 바로 자기존재에 대한 되돌아봄이자 세계에 대한 자기 존재의 실현 과정이 아닌가. 거미는 이제 외줄이 아니라 '벼랑'이라는 길을 걸어야만 비로소 자기의 생이 완성될 것임을 깨닫는다. 같은 생존의 터라 할지라도 운명, 즉 존재의 본질에 대한 각성이 있기 전과 후의 그 의미는 천양지차(天壤之差)다. 바슐라르도 불행한 인간이 원시적인 의미에서의 현기증(즉 의식)에 사로잡힐 때는 존재의 근저까지 고독하다고 하면서 생의 전락으로서 자신의 존재 속에 실제의 심연을 경험한다고 하지 않았는가.

그 점에서 운명, 그 존재의 가파름을 내면화한 벼랑을 쳐다보는 마음은 도전과 분노, 적의 등의 역동적 힘이 가득 찰 수밖에 없다. 그것은 그러한 힘이 비로소 삶의 의미를 깨우쳤다는 표시로 분출되기 때문이다. 시행의 "부릅뜬 눈”으로 “그늘을 본다”는 것은 바로 이 운명에 대해 지지 않겠다는 시적 화자의 역동적 마음이자 깨우침이다. 여기서 운명의 힘과 그 운명의 힘에 대응하는 시적 화자의 강인함은 변증법적 관계로 엉켜 들고 동화된다. 대상과 주체는 상호 동질적 관계로 정립되는 것이다.

그렇지만 이 시에서 우리를 흔드는 것은 자신의 운명으로 내세우고 있는 ‘벼랑’의 이미지다. 거미는 이미 낡은 길에다 다리를 풀고 있는 것으로 보아 지치고 왜소해진 상태다. 그 참담한 현실에서 더욱 가파르고 위태로운 벼랑을 자신의 운명으로 선택하고 있는 것은 놀라운 일이다. 시적 표현으로는 “벼랑을 향해 걸어가는 일만 남”았다고 말하지만 진실은 그 벼랑의 운명을 외면하지 않겠다는 화자의 단단한 자세에 의해 벼랑은 ‘불려 오고 있는 것’이다. 그것은 자기에게 주어진 진정한 운명을 만나고 그것에 자신의 온 영혼과 몸을 던지겠다는 각오의 다른 표현이다. 이것은 거미의 입장에서 볼 때 두려움과 위기를 피하지 않겠다는 강인한 의지, 즉 정신이 물질화된 ‘벼랑의 정신’이 아니겠는가!

주체인 인간은 다루는 대상에 의해 그 심리적 성숙의 단계를 판정받을 수 있다고 바슐라르는 말한다. 모래나 흙을 가지고 노는 것과 벼랑을 타는 것은 같은 것일 수 없다. 강영환이 그의 의식의 심리적 투사로 벼랑을 떠올리게 된 것은 이제 그의 의식 성장 단계가 평범한 일상을 넘어 어떤 초인의 경지를 지향하고 있음을 보여 주고 있는 것은 아닐까. 이 벼랑의 정신이 바깥으로 나타나면 그것은 도전과 직시다. 분노의 표정으로 바라본다는 것은 그 대상에 대해 자신의 운명을 걸겠다는 의지의 피력이다. 그것은 흔히 고매한 정신으로 일컬어지는 ‘올바름에 대한 치열함’의 표출 아니겠는가. 세속적 삶에 비추어 말한다면 타락한 시대의 불의(不義)에 맞서 싸우는 지사적(志士的) 정신의 표상 아니겠는가.

그 점에서 이 시에서 우리는 강영환의 이번 시집의 기조를 읽을 수 있다. 이 기조는 그의 시를 단순한 측면에서 사회비판적인 언사나 마음의 각오를 다잡는 내용으로 볼 수 없게 하고, 보다 존재론적이고 본질적인 측면에서 자신과 세계의 운명을 생각할 수밖에 없는 상황에 시인이 이르렀음을 알게 해준다.
그것이 모든 시에 배어들면서 다음과 같은 시도 그가 얼마나 이런 정신으로
살고 싶어하는지를 알게 해준다. 그 점에서 그의 모든 시는 하나의 의미망으
로 관통되어 있다.

> 눈을 뜨니 사방이 수렁이다
>
> 끈적끈적한 진흙 방이다
>
> 목에까지 차오르는 죽음을 뱉으며
>
> 잡을 지푸라기 하나 남지 않은 외진 곳
>
> 아침이 오고 다시 밤이 되어도
>
> 다가오는 불빛도 없이 소리칠수록 더 깊이
>
> 목을 죄는 올가미가 침묵을 부른다
>
> ―「늪」 부분

　"사방이 수렁"이라는 표현은 한계상황에 거주하는 화자의 심리를 드러내
고 있다. 시인의 나이로 보나 지위로 볼 때 현실적 삶이 한계상황이지는 않을
것이다. 그렇지만 시인은 언제나 자신과 자신을 둘러싼 현실의 갈등 속에서
죽음을 의식하는 한계상황의 심리를 갖는다. 이러한 한계상황은 세계에 대한
자아의 각성을 동반하지 않으면 나타나지 않는다. 그 점에서 한계상황의 인
식 자체가 바로 세계에 대한 화자의 도전의식을 상징한다. 바로 벼랑의 정신
이 구체화되어 나타나고 있는 것이다. 따라서 강영환에게 세계는 벼랑이거나
늪이거나 관계없이 실존적 자아를 위협하고 그 생존의 의미를 박탈하려는 힘
으로 인식되고, 그와 함께 자아는 그 도전해 오는 세계에 응전하기 위해 대상
의 강도만큼 단단해지고 날카로워지며 강인해지는 변화를 가진다. 인식의 전
환을 통해 존재의 전환을 겪고 있는 것이다. 이때 대상과 주체는 물질의 특성
을 공유하며 정신적으로 동화된다. 그 점에서 강영환에게 세계는 자아의 표
상이며, 자아는 세계의 응집이다.

　　그 점을 잘 보여 주는 시가 다음과 같은 것이다. 강영환 시인이 추구하는 벼
랑의 정신이 어떻게 내면화된 일관성으로 나타날 수 있는지를 잘 알게 해주기
때문이다.

> 한 발은 지상에 또 한 발은 지하에
> 그 조건에 전세금을 걸었다
> 계단을 내려서면 벌써
> 눈은 어둠에 익숙해지고 몸도 반은 지하다
>
> 주머니를 털어 마련한 제라늄 분도
> 잎 하나는 햇빛에 두고
> 다른 하나는 그늘에 두고
> 사는지 죽어 가는지 모르던 때
> 물은 얼룩을 타고 벽에 숨어들었다
>
> ── 「반 지하」 부분

　　경계적 삶 또는 삶의 위태로움을 이 시는 보여 준다. 반 지하의 삶을 통해
우울한 의식을 반영하고 있다. 삶의 신산(辛酸)한 풍경을 다루고 있는 이 시는
앞의 '벼랑의 정신'을 구현한다. 삶을 안주의 공간에 두지 않는 것이 벼랑의
정신이다. 이 시의 시적 화자도 반은 지하에 반은 지상에 그의 거처를 두는 것
은 안주를 통한 삶의 무의미에 빠지지 않기 위해서다. 무의미에서 빠져나오
는 일은 가파름과 위기를 동반하는 일이다. 그것은 일종의 실존적 선택이다.
비록 이 시는 표면적으로는 가난이라는 이름에 의해 사회적 궁지에 몰린 것으
로 보이고 있지만 극한 상황에서 자신의 운명을 보려는 시적 화자의 의지를
감출 수 없다. 그것은 "물은 얼룩을 타고 벽에 숨어들었다"란 시적 구절이 단
순히 가난에 의한 슬픔만을 환기하는 것으로 볼 수 없다는 데에 나타난다. 고
통 받는 사람들이 대면할 수 있는 운명의 모습이 저와 같은 불길하고 음험한

형상은 아닐까. 슬픔을 넘어 훨씬 내밀해지고 치명적이 되어가는 삶의 징후를 보게 될 때 우리는 또 다른 전율에 빠질 수밖에 없는 것이다. 불길한 흔적을 보되 그것의 실체는 보이지 않는 나날의 확인, 그것은 운명과 조우한다는 느낌이 분명할 것이다. 그때 시적 화자가 그러한 운명이 오는 곳을 피하지 않고 찾아간다는 것은 바로 운명과 맞서 운명의 힘을 느껴 보려는 강인한 자세 그것을 드러낸다고 볼 수 있는 것이다. 운명과 운명을 보려는 정신의 부딪힘, 그 충돌에서 이는 불꽃의 황홀함이 이 시를 지배하고 있어 우리의 감상도 남다르게 되는 것이다.

　　이러한 점은 강영환의 이번 시집 곳곳에서 볼 수 있다. 특히 다음과 같은 작품은 벼랑의 정신이 얼마나 호쾌하고 아름다운 모습으로 전화되어 갈 수 있는지를 보여 준다는 점에서 의미심장하다.

　　　　그대 횃불처럼 눈부신 저항을 닮아

　　　　넝마 한 겹을 흔들며 벌판을 간다

　　　　더 많은 무서리와 더 작은 별빛을 온몸에 받으며

　　　　몸 그릇을 훨훨 비우고 혼자

　　　　빛나는 벌판을 눈에 새긴다

　　　　　　　　　　　　　　　　　　　　　　　　—「벌판에서」 부분

　　이 시는 벼랑의 정신이 호방함과 의연함으로 확대되어 가는 모습을 보여 준다. 의식의 싸움을 통해 저항의 미학을 세우려는 노력까지 보인다. 벼랑은 수직의 높이를 통한 정신의 치열함을 상징하는 데에 초점이 가 있다. 그렇지만 이 시에서 강조하는 "빛나는 벌판"은 그러한 벼랑의 상징을 바탕으로 자신의 몸마저 비우는 대범함과 의연함으로 승화된다. 이 시 역시 '벌판'이란 운명의 대지 속을 선선히 시적 화자는 나아가고 있다. 그의 실존적 결단은 언제나 명확하고 거침없다. 그 결단의 내용이 대체로 "그대 횃불처럼 눈부신 저항을 닮아"라는 내용을 통해 볼 때 역사적, 현실적 저항임을 알 수 있다. 즉 비리와 불의가 판치는 당대 역사적 현실에 대한 치열한 비판의식이 심미적으로 전개되고 있는 것이다. 특히 이 시에서도 표현된 "눈에 새긴다"라는 구절의 선명성과 중요성을 통해 볼 때 '보다' 와 '알다' 의 의미가 시인에게 얼마나 중요한 실천적 행위인가를 알게 된다. 실천은 올바른 역사적 전망과 운명의 부름에 대한 자각이 있느냐에 따라 그 정도가 달라진다. 자각과 전망의 압축적 의미를 강영환은 '부릅뜬 눈' , 또는 '눈에 새기' 는 것 등으로 형상화함으로써 존재의 자의식이 얼마나 중요한지를 환기해 놓고 있다.

그 점에서 강영환 시인에게 중요한 것은 올바른 인식과 함께 그것을 실천할 수 있는 능력, 즉 용기다. 운명을 피하지 않고, 운명의 급소를 찌르며 거슬러 올라 마침내 운명으로부터 자유로워지는 존재. 그것은 지극히 어려운 일이지만 강영환의 의식 속에 깊이 뿌리박혀 있다. 강렬한 화두로 자리 잡고 있는 것이다. 가령 다음과 같은 시는 그러한 시인의 의도와 의지가 가장 본질적이고 심미적으로 표출되어 나타난 것이기에 아주 아름답다 못해 처절해 보이기까지 한다.

내 가슴을 열어 들여다보지 말라
남 몰래 피운 동백꽃이
서릿발 돋은 신 새벽을 불사르고 피었다가
툭, 뚝, 모가지 째
눈길 홀로 걸어간 발자국을 남겼다
무슨 상처를 밟고 지나갔는지
발자국마다 고여 있는 피는
퍼내어도 마르지 않는다

하늘이 내린 눈밭에다
낮은 어느 누가 남긴 흔적일까
나는 꽃을 가르고 들어간다

꽃 안에 다시 붉은 꽃

가슴 깊이 떨어져 피어 있다

눈물로도 지워지지 않는 꽃은

떨어져도 그 가슴이 시리다

─「붉은 동백꽃」 전문

지사의 표상일까. 동백꽃은 서릿발 같은 의기(義氣)로 자신의 몸을 던지고 있다. 모가지 째 툭, 뚝 자신의 몸을 불사르고 가는 이러한 존재는 함부로 그 속을 들여다 볼 수 없다. 제 전존재를 불사르기까지 그가 먹었을 마음의 고뇌와 삶의 무게는 보통 사람이 추측할 수 있거나 감당할 수 있는 것은 아니다. 그런데 시적 화자는 그러한 무게를 지닌 대상, 동백꽃에 대해 "나는 꽃을 가르고 들어간다"고 적시하고 있다. 그것은 동백꽃이 갖는 붉은 산화(散華)의 무게 못지않게 자신의 삶에 대한 산화가 준비되었음을 밝히는 태도다. 세계에 대해 도전적 인식을 거쳐 세계 수용과 초월의 심리가 저 안에는 들어 있는 것이다. 그 점에서 시인에게 동백꽃은 바로 세계에 대한 자신의 실존적 참여와 그 참여를 통한 자아실현의 의미를 상징하는 실체다. 그 실체에 투사된 시인의 마음은 의연하고 강인하면서 처연하여 읽는 사람으로 하여금 의분과 함께 슬픔을 갖지 않을 수 없게 하고 있다. 그 점에서 이 시에 와서 우리는 강영환이 만나는, 만날 수밖에 없는 운명의 정체에 대해 조금 알 수 있게 된다.

그 운명에 대한 슬픔과 안타까움이 어찌 우리 독자만의 몫이겠는가. 이 슬픔과 의분은 운명을 아는 지사라 해도 어쩔 수 없을 것이다. 예수도 그의 운명을 알고 하나님께 가능하다면 그 잔을 받지 않게 해달라고 빌었지 아니한가. 시인이 일상의 나날에서 비애와 분노의 감정에 휩싸이는 것은 그러므로 너무나 당연하다. 다음 두 편의 시는 인간이기 때문에 어쩔 수 없이 품게 되는 슬픔과 분노의 감정을 드러내고 있어 안타까운 마음을 불러일으킨다. 그러나 그의 시는 거기서 멈추지 않고 한 발짝 앞으로 나아가 그것의 승화를 위해 애쓰는 시적 화자의 모습을 본질적으로 추구하고 있다는 점에서 장엄한 이야기다.

끓어오르는 분노를 어찌 할까

말초 신경을 건드리는 날카로운 조명 앞에서 발가락 끝이 오르가즘이다

얇은 가슴에서 퍼내는 가느다란 소리에도 손가락은 하늘을 감아쥔다

덫이 없고 사슬이 녹아든 하늘 아래 이 분노는

다시없이 캄캄한 지상을 맨발로 뛰게 하느니

그 동안 풀어 넣었던 어눌한 말 앞에 무릎 꿇었던 반벙어리 시간들

이제는 말끔히 허리 펴고 눈감고도 갈 수 있는 나라

조명은 눈부신 햇살로 온 몸에 흐르는 선을 비춘다

하늘을 차고 오르는 빛나는 몸뚱이

긴소매에 붉은 꽃을 피운 노을의 분노가 어둠이 된다

— 「나의 춤」 전문

노란 햇빛 가득한 창가에서 귀를 자른다

어둠이 진득하게 흘러나오는 귀를

쓸모없는 소리들이 첩첩 고여 썩은 냄새에 저린 귀를

내다 버리기 위해 서늘한 칼에 희망을 건다

귀 속 어둠은 듣기를 거부한지 오래

오랜 소리만 쌓인 것이 아니라 눈물도 함께 쌓여

몰래 농축된 귀청을 뽑아내 식탁 아래로 굴려 보낸다

수천의 입이 들어 와

집을 튼 귀가 검은 물을 밀어내 보지만

나팔관을 붙들고 늘어지는 혀의 칼에

울면서 토해내는 소리가 현기증을 부르고

그것은 눈 속의 색깔마저 흩어 놓는다

함부로 쓴 입이 삐뚤어져 귀에는 썩은 물이

물이 입 속으로 흘러간다
세상의 막장이 되어가나 보다

―「반 고호의 귀」 전문

이 두 편의 시는 나약해지기 쉬운 자아에 대한 엄격한 분노와 그것을 통해 의미 있는 생을 얻으려는 각오가 '낭자히' 펼쳐지고 있다. "덫이 없고 사슬이 녹아든 하늘 아래 이 분노는/다시없이 캄캄한 지상을 맨발로 뛰게 하"여 마침내 희망의 나라로 그를 이끈다. 또 "쓸모없는 소리들이 첩첩 고여 썩은 냄새에 저린 귀를/내다 버리기 위해 서늘한 칼에 희망을 건다"고 하여 타락하고 부정적 자아의 모습을 엄격하게 잘라 버린다. 그러한 행동 가운데 따르는 고통과 분노, 그것들이 그의 시 전체를 짙게 물들이고 있다. 자기 정화를 통해 세상의 정화를 목적으로 하는 이러한 시적 화자의 모습은 바로 앞서 보았던 동백꽃의 투신과 다름없다. 그것은 하나의 희생을 통해 다수를 살리기 위한 제의 같아 보인다. 그렇기에 그것은 성스러운 희생이자 완성이다.

그 점에서 강영환의 시는 근본적으로 존재론적 문제로 역사적, 사회적 권역의 문제를 해결하기 위한 내용으로 전환된다. 역사사회적 상상력을 바탕으로 자신의 존재에 대한 철학적 탐색이 이번 시집의 주요 사항인 것이다. 가령 다음과 같은 시들이 그의 존재론적 고뇌를 가능케 했던 계기가 무엇인지를 알게 해준다.

벚나무 아래 지나가던 봄이
뭇매를 맞고 땅에 떨어져
봄을 도둑맞은 사람들이 남아
함성으로 촛불을 켠다

―「지상의 봄」 부분

아파트를 짓기 위해 까맣게 깎아놓은 산

돌 틈에 풀씨들이 싹을 틔우고 섰다

봄 아니라도 날개를 펴고 하늘을 부르는 손짓

누가 보아 주지 않아도

어눌한 사투리를 끼워 넣으며 기다리기라도 한 듯

금새 빈칸을 채워 나가는 하얀 웃음들

줄곧 푸른 생을 기다리고 있었을까

아니면 스스로 찾아 나선 것일까

빈칸은 채워지기 위해 있다지만

누군가가 만든 빈칸 앞에서 막막해 하며

캄캄한 절벽을 혼자 오르는 풀씨

독한 그들이 내 이웃이다

— 「빈칸을 채우며 · 1」 전문

이 두 편의 시에서 검출되는 것은 분노와 함께 연대의식이다. 그것은 민중과 관련된 리얼리즘 인식임을 우리는 금방 알 수 있다. 민중의 분노와 저항의 심리가 봄을 도둑맞은 것으로 표현되고 있는 시는 역사적 상상력이 발동된 것이다. 또 빈칸을 채우는 풀의 강인함을 통해 바닥의 힘, 민중의 힘을 표출하는 그 아래 시도 역사적 상상력에 기댄 리얼리즘 작품이다. 모두 억눌린 것들에 대한 애정과 믿음을 통해 역사적 전망에 대한 그의 신념을 보여 주고 있다. 이 시들 속에 나타나는 생명들은 약한 존재가 아니다. "캄캄한 절벽을 혼자 오르는 풀씨/독한 그들이 내 이웃이다"란 표현에서 볼 수 있듯 그것들은 희망과 능동성을 몸에 두르고 강인함을 무기로 삼고 있다. 그 점에서 벼랑의 정신은 혼자만의 고독한 결의가 아니다. 민중의 가없는 힘과 끝없는 사랑은 강영환이 근자에 새롭게 경험한 사실일지 모른다.

그러한 깨달음이 분노와 절망 가운데 민중에 대한 연대의식을 표현한 「끊었던 담배를 다시 붙이며」에서도 나타나고, 「주검을 남긴 사내 앞에서」도 잘 나타난다. 모두 당대의 부조리한 현실 앞에서 쓰러져 간 민중의 동지에 대한 안타까움과 세상에 대한 삭일 수 없는 분노를 형상화해 놓고 있지만, 이러한 시는 근본적으로 민중적 세계관에 입각한 위로와 연대, 그리고 그것을 통한 희망의 메시지를 아프게 아로새긴 역사의 증언으로서 의미를 갖는다. 이 증언 앞에서 우리의 자세 또한 겸허해질 수밖에 없는 것이 아닌가.

그렇지만 분명 벼랑의 정신은 누구나 쉽게 이를 수 있는 삶의 자세는 아니다. 거기에 이르기 위한 처절한 정신적 경로를 우리는 너무나 잘 알고 있다. 그 점에서 민중들의 위기의식과 강인함은 열악한 생존의식에서 자연스럽고 자발적으로 생긴다는 점에서 아직 응집된 정신이라 하긴 어렵다. 그런 점에서 강영환은 민중과 연대하면서 동시에 민중의 나약함과 어리석음을 이끌고 헤쳐 나가는 선각자가 되지 않으면 안 된다. 그의 치열한 정신으로 민중의 미래를 예언해야 하며, 그러한 역사를 피우기 위해 벼랑으로 몸을 날리지 않으면 안 되는 것이다. 그 점에서 "나는 그대 가까이서/미친 듯이 타는 벚꽃이었다"(「지는 꽃들」)라는 시인의 탄식은 외로움과 함께 그의 절체절명의 삶의 위기감, 그리고 그 위기에서 오는 역설적 신명을 잘 보여 주는 부분이라 하겠다.

그 점에서 다음과 같은 시는 잔잔히 자신의 삶을 되돌아보면서 어떻게 살아야 할지를 형상적이면서도 사변적으로 잘 어우러져 제시한 품격 높은 시라 하겠다. 벼랑의 정신이 어떻게 일상에서 내면화될 수 있었는지를 추적할 수 있는 바탕이 된다는 점에서 문제적 작품이다.

그 집은 수리 한지 칠 년이 지났지만 비가 새기는 마찬가지다
동란 중에 피난 와서 미군이 버린 캔 조각을 이어 붙여 바람 앞에 세운 집
지붕 위에 골탈도 칠하고 모래도 뿌려 녹이 스는 것을 막기도 했지만
산복도로에 사는 어느 집도 안에서 피는 녹을 몰랐다
품에 드는 연탄가스를 거부 못해 삭아내리는 살을 알지 못했다
그 낡은 집에서 무너지는 것은 살만이 아니었다
대들보도 서까래도 토담도 빠져나갔다

뼈도 목울대도 쉽게 무너져 내렸다
집은 알고 있었다 언젠가의 무너짐을
지붕이 있던 자리에 파랗게 뜨는 하늘이
홀로 가는 집을 버리게 했다
몇 개의 보따리가 떠난 뒤 하늘이 무너졌다
나는 집을 버렸다

—「집을 버리다」 전문

    이 시가 강조하는 것은 안주에 대한 포기다. 집으로 표상된 우리의 일상적 운명은 늘 비가 새고, 무너져 내리며, 아까운 것들이 빠져나간다. 그것에 집착할수록 우리의 운명은 자신을 배반할 뿐이다. 그때 의식 있는 자라면 어떻게 해야 할까. 그것은 바로 무자각적인 운명을 버리고 진정한 운명과 만나는 일이다. 이 시에서는 그것을 "나는 집을 버렸다"는 단호한 언사로 표현하고 있다. 집을 버리는 행위 이것 또한 보통의 결단이 아님을 우리는 알고 있지 않은가. 그러나 진정한 삶을 찾기 위해서라면 우리는 세계의 비정함에 자극받아 단호한 정신을 가질 필요가 있을 것이다.

    삶의 위기는 항상 새로운 출발을 약속한다. 이 시는 안주해 살고 있는 우리들 일상적 자아에 대해 통렬하게 꾸짖고 있는 작품이다. 반성은 쉽다. 그러나 자신의 전 존재를 변화시키는 반성은 삶과 죽음의 경계, 그 위태로움에 놓여 있지 않으면 안 된다. 그런 점에서 이 시는 누구나 자신의 운명이 부르는 벼랑으로 나아가기를 권고하고 있다. 생의 부식을 관찰하고 소멸의 불가피성을 초월하여 존재론적 참됨을 지향하는 벼랑의 정신. 그것이 이번 시집에 강영환이 아로새겨 놓은 복음이다.

존재의 비상(飛翔)과 추락의 변증법

― 김완하 시의 의미

김완하의 최근 시가 묘한 긴장을 띠고 있다. 그의 시가 이러한 모습을 띠는 것은 예전에 볼 수 없는 현상이다. 그의 시는 대체로 평화롭고 조화로운 세계의 구현에 있었다. 그런데 이번 시에 와서 질적인 변화의 한 속성을 보여 주고 있는 것이다. 그의 시가 이러한 변화를 가지게 된 까닭은 그의 시적 탐사의 변화 때문으로 보인다. 그의 이런 시적 탐사 태도가 이전에 전혀 없었다고 한다면 시적 진전으로 볼 때 거짓말이 되겠지만 내용상 볼 때 새로운 느낌을 줄 만큼 색다른 것도 사실이다. 시의 도정(道程)으로 볼 때 그의 세 번째 시집에서 이런 태도의 싹을 보이다가 지금에 와서야 본격적으로 터져 긴장된 이미지를 만들고 있다. 이러한 변화는 그의 시적 진전으로 볼 때 필연성을 띠는 것으로 보이기는 하나 매우 이례적 느낌을 준다. 그렇다면 무엇이 그의 시로 하여금 이러한 긴장을 불러오게 한 것인가? 그것을 알기 위해서는 그의 시를 얼마간 되돌아가 살펴 현재에 이르지 않으면 안 될 것이다.

김완하의 첫 시집부터 세 번째 시집까지 일관되게 전개되어 오는 이미지는 매우 낭만적이면서 인도주의적 정신을 불러일으키는 세계, 즉 풍요롭고 충만한 세계의 이미지들이다. 흔히 서정시의 미학이라 할 수 있는 자아와 세계의 동일성을 이룩한 상태의 심상들이다. 다음의 시들이 그러한 이미지의 전형적

예가 아닐까.

별들이 아름다운 것은
서로가 서로의 거리를
빛으로 이끌어 주기 때문이다
하루의 일을 마치고
허리가 휘어 언덕을 오르는
사람들 발 아래로 구르는 별빛,
어둠의 순간 제 빛을 남김없이 뿌려
사람들은 고개를
꺾어 올려 하늘을 살핀다
같이 걷는 이웃에게 손을 내민다

—「별·1」부분(『길은 마을에 닿는다』, 1992)

그 나무 둘레는 내 양손을 다 펴서도 다섯 아름이나 두르고서야 둥치를 잴
수 있었지. 그 육중한 나무 둥치를 안고 있으면 그 안으로는 무엇이 오르내릴
까 곰곰이 생각하다가, 밤이면 가지 끝마다 별들이 주렁주렁 열릴 때 별들이
가지 위에 내려앉아 나무와 무슨 얘기를 나눌까 생각하다가 그때 나는 문득,
이 세상을 살아가며 내가 끌어안아야 할 일들을 어렴풋이 떠올리기도 했었지.

—「우리 마을 나무」부분(『그리움 없인 저 별 내 가슴에 닿지 못한다』, 1995)

밤은 인간들이 욕망을 배설해
더럽혀놓았을 뿐,
보드라운 가슴 안에 어둠은
싱싱한 빛과
휴식을 가득 채우고 있다

우리는 밤의 따스한 내장 속에

고치를 트는 한 마리 잠 벌레

— 「밤」 부분(『네가 밟고 가는 바다』, 2002)

각 시집에서 손에 잡히는 대로 뽑아본 것들이다. 이 세 편의 시에 나타난 특징들로 우리는 김완하의 시적 자질을 설명하는 데에 아무런 지장이 없다. 우선 세 편의 시에 고루 나타나고 있는 것이 세계와 자아 사이에 단절이 없다는 것이다. 그것은 한 마디로 루카치가 꿈꾸었던 '원환적 전체성(圓環的 全體性)'을 이룬 세계의 표상을 말한다. 즉 동일성을 이룬 세계의 구현이다. 그것은 분열과 소외의 질병으로 고통의 나날을 보내고 있는 우리 현대인들에게 하나의 구원의 느낌을 주고 있다. 그 점에서 김완하의 시는 바로 '지금 여기'의 우리들에게 심리적 충일성과 지향성을 경험케 하는 하나의 의미 있는 대상이다. 별과 나무와 밤 등 인간을 둘러싼 세계와 교감하며 동질성을 확인하는 행위는 이 지상에 태어난 인간 존재의 진정성에 대한 하나의 큰 해답이다.

두 번째, 인간 존재는 이 지상의 모든 존재들과 동화되어 감으로 인하여 유한성을 극복하고 무한성을 향해 나아가는 존재로의 비상, 즉 '별'로 대표되는 천상지향적인 것에로의 합일의 내용을 보여 주는데 여기서 김완하 시의 중요한 또 하나의 특징이 발견되는 것이다. 그것은 상승적 이미지로 분출되는 특징을 말하는 것이다. 김완하는 여러 시에서 별과 나무, 산 등 이 지상에서 천상으로 솟아오르는 존재의 이미지를 취함으로써 고귀하고 영원한 것에 대한 지향을 보여 주고 있다. 이 점 김완하 시가 인도적이면서 위대한 낭만주의적 정신을 가졌다고 말할 수 있는 근거가 된다.

세 번째는 이러한 시적 진실을 의식적인 면에서, 그보다 더 중요하게는 본능적 측면에서 깨달아 앎으로써 시가 어떠해야 함을 알게 되었다는 사실의 확인이다. 즉 이 지상의 무의미한 삶의 일 중에서 시만이 그러한 가치의 핵심에 이르게 된다는 확신, 다시 말해 "그때 나는 문득, 이 세상을 살아가며 내가 끌어안아야 할 일들을 어렴풋이 떠올리기도" 할 수 있게 되는 것 안에는 시적 운명(시를 써야 함)을 맞아들이지 않고는 무엇 하나도 의미 있는 일을 할 수 없다는 사실의 확인 겸 수용의 태도가 녹아 있다는 점이다. 그 점에서 김완하에게 시는 인간 존재의 구원의 표상일 뿐 아니라 무엇보다 시인 자신의 구원의 밧줄인 셈이다. 때문에 시는 김완하에게 더없이 절실하고 생생하게 살아 있는 그 무엇이라 하지 않을 수 없다.

　이러한 시적 주제는 그의 시적 도정에서 삶의 변화에 따라 약간씩의 변주를 보이긴 하나 일관된 형태로 나타나고 있다고 할 수 있다. 그러다 세 번째 시집을 내는 시점을 전후하여 김완하는 새로운 긴장을 드러내고 있다. 그것은 세 번째 시집 해설을 쓴 김문주가 '견인(堅忍)' 이란 말로 암시해 놓은 것이기도 한 것이다. 바로 존재의 무상함에 대한 내적 저항이다. 이번 특집시에 본격화돼 나타나는 것이기도 한데 그것은 작고 단단해져 응집된 형태를 취하는 것이 특징이다. 존재는 죽음과 고통 등 제 실존의 의미를 풍화시키려는 힘에 자신을 지킬 수 있는 형태, 즉 결정(結晶)된 모습을 취하기 마련인데, 그 응집에는 많은 에너지가 압축될 것은 불문가지일 것이다. 때문에 그러한 내적 지향에서 폭발적 긴장이 발생하는 것은 불가피한 현상이다. 가령 다음과 같은 시가 그러한 경우가 아닐까.

　　한 생애 마지막 땅에 눕고
　　그가 살아온 생의 기억을 묻으며
　　한줌 황토로 변할 때
　　하늘 한 자락 관 위로 덮였다

　　하나의 봉분이 솟고
　　싸늘한 오후를 지키는
　　하나의 발자국

―「下棺」 부분

이 시는 바로 죽음에 대해 시인이 존재론적 차원에서 성찰하고 있는 작품이다. 종전의 시들에서 죽음이 없는 것은 아니나 다분히 낭만적 차원에서 어떤 전체와의 합일로 미화되었다면 이 시는 보다 현실적 차원에 내려와서 탐구되고 있다는 점이 특색이다. 즉 실제 죽음의 상황에 직면한 우리 인간의 모습을 관찰하고 있다. 다만 여기서 중요한 것은 '봉분'의 이미지다. 실제 봉분은 우리들의 일상 현실에서 발견되는 것이기는 하나 시 속에서 그것은 단순히 무덤을 가리키는 것이기보다 다른 의미를 띠고 나타난다. 즉 이 시에서 봉분은 "하나의 발자국"이라는 이미지로 변주됨으로써 삶의 '증거'라는 의미를 획득한다. 물론 그 증거로서 발자국은 바람에 쉬이 사라질 운명에 처해 있는 것이 일반적 진실이다. 그러나 여기서, 그 생의 증거로서 발자국은 다시 무엇보다 동그랗고 단단하게 구축된 구조물, 즉 봉분이 되면서 쉬이 바람이나 시간에 사라질 존재가 안 된다는 점이다. 즉 실존의 증거로서 '발자국—봉분'은 일정 부분 시간의 풍화에 이겨내고 영원성을 획득하는 존재로 승화되어 간다는 것이다.(두 번째 시집에서 이와 의미는 다르지만 비슷한 분위기를 자아내는 시가 있어 인상적이다. 그것은 "미동 없이 치솟은 나무 우듬지/시퍼런 저 하늘로 솟구쳐/휘이익,/온몸으로 그어 놓은 한 획"—「나무 속을 들여다보기까지」이다. 여기서 나무로 표상된 존재를 두고 하늘로 치솟은 상승적 이미지를 부여한 것은 제쳐 두고라도 '한 획'이라는 아주 응집된 힘의 실체로 묘파한 것은 놀랄 만한 발견이다. 그것은 지상에도 발붙이고 있고 천상에도 잇닿아 있으면서 무엇보다 '한 획'이라는 단단함에 의해 쉬이 사라지지 않을 영원성을 획득하고 있기 때문이다.) 여기서 이번 김완하 시의 새로운 긴장이 시작된다고 할 수 있다.

김완하에게 있어 보다 영원성을 띠는 존재로 등장하는 것은 '별'이다. 그의 여러 시에 별로 합일되어 가는 시적 자아의 염원을 볼 수 있다. 그때 별은 바로 존재의 무상함을 견뎌내게 하고 삶의 무의미를 치유해 주는 상징물로 작용한다. 그 점에서 '별'은 가장 전형적 응집의 상징이자, 더 나아가 밝음이라는 미적 가치까지 부여하여 '응결(凝結)'의 시학이라 부를 수 있는 대상이 되고 있다. 그렇게 볼 때 "싸늘한 오후를 지키는/하나의 발자국"으로서 '봉분'은 바로 지상의 '별'이다. '싸늘한 오후'가 죽음이라는 삶의 비정한 진실을 암시하고 그것을 '지키는' 것이란 이미지가 그러한 진실을 받아들이는 것이자 초월해내는 심리상태를 뜻한다고 해석한다면 '봉분'은 바로 세계의 어둠을 지켜보고 그것을 이겨내는 '별'과 다를 것이 없기 때문이다.(이 점은 어쩌면 죽음 자체를 낭만적으로 본 것이라 할 수 있다. 그 점에서 김완하의 시는 본질상 낭만주의다.)

그 점에서 이번 시에 상당수 나오는 견고성의 이미지와 투명성의 이미지는 바로 '응결'의 시학이라는 이름 밑에 수렴될 수 있는 이미지들로 바로 위와 같은 긴장을 형성하며 김완하 최근 시의 시적 특이성을 드러내 주는 자질이 된다. 다음 것들이 그와 같은 것들이 아닐까.

갈대는 어느새 칼날로 서고
버들은 낭창낭창한 허리로
회초릴 들어 허공에 휘둘러 댔다
하나의 세력을 몰아내고
또 하나의 세력이 지배해버린
화분 속의 고요가
겨울 한복판을 칼질하고 있다

—「화분」부분

간밤 퍼부은 눈발에
뒷숲 새들 떠나고
눈 덮인 계곡엔 물이 얼어
그 투명함으로
나는 불면의 숲에 갇혔다

　　나에게,

　　새벽은 영영 돌아오지 않았다

—「一泊」 전문

「화분」이란 시 속에 등장하는 '칼날' 과 '회초리' 는 시의 전체 내용상 볼 때 자연의 매서운 섭리를 상징하고 있다. 황국이 죽은 자리에 갈대와 버들이 대신 들어서 새로운 생명의 터전을 일군 것을 말한다. 그러한 용어를 쓴 것도 모자라서인지 시인은 여기에 '칼질' 이라는 날카로운 이미지마저 부여하여 심리적 완결성을 꾀하고 있다. 거기에는 그럴 만한 사정이 있을 것이다. 그것은 앞에서 보았던 존재의 무상함에 대한 대응은 날카롭고 단단해질 필요가 있기 때문이다. 황국은 쉬이 자신의 목숨을 내놓았다. 따라서 새로운 목숨은 황국보다 보다 질기고 영원할 필요가 있다. 죽고 다시 태어나는 것은 자연의 섭리지만 그 섭리의 한 끝을 '타면서' 보다 영원성을 가질 수 있다면 시인이나 우리 모두에게 얼마나 행복할 것인가.

그 행복함은 우리 유한적 존재로서 인간이 가질 수 없는 것은 분명하다. 「一泊」은 그 점에서 고통의 형상화다. "나에게,/새벽은 영영 돌아오지 않았다"는 전언은 바로 그와 같은 고백일 텐데 그러한 고백이 나오게 된 배경에는 "계곡엔 물이 얼어/그 투명함"이 존재의 무상함에 대한 사색, 즉 '불면의 숲' 을 만들어 놓았기 때문이다. 이 시는 존재의 응축이 강렬하게 이루어져 영원성으로 나아가기보다 응축 과정의 맑아짐(응결)으로 인해 거기에 자기를 비춰보는 자기 반성적 자세가 전경화(前景化)되고 있다. 그 점에서 이 시 역시 존재의 응집의 역학에서 발생하는 긴장을 자연스럽게 내뿜는다.

그러나 무엇보다 이번 시들에서 이러한 존재의 긴장이 내적 응집으로 향하는 데서 전부 발생한다고 보는 것은 일면적 관찰이다. 응집의 긴장은 밖으로 흩어버리려는 힘과 안으로 뭉치려는 힘과의 싸움, 즉 풍화의 힘과 견인의 힘과의 싸움에서 발생함을 잊어서는 안 된다. 때문에 그 두 힘을 고스란히 느끼게 하면서 존재의 거처를 다부지게 붙잡고 있는 이미지가 있다면 그것이 더욱 긴장을 많이 발생시킬 것임은 당연한 일이다. 김완하의 이번 시에서 이러한 두 힘의 싸움은 그의 시적 도정으로 볼 때 자연스러운 싸움, 즉 천상 지향적 움직임과 하강 지향적 움직임의 갈등으로 나타난다. 이 힘의 싸움에서도 긴장이 존재하는 만큼 응집의 이미지가 나타나고 있고 무엇보다 견인과 풍화의 두 힘의 갈등이 빚고 있는 의미를 그대로 변주하고 있다는 점이다. 즉 상승은 존재의 영원성을 지향한다는 점에서 견인의 의미를 함축하고 있고 하강은 추락의 내용으로서 죽음을 뜻하기에 풍화의 의미를 내포하고 있다. 중요한 것은 이와 같은 긴장적 국면이 김완하 시에 다양하게 나타나고 있고 이것은 모두 삶과 죽음이라는 두 힘의 길항(拮抗) 작용이라는 점이다.

이번 특집시에서 상승과 하강의 이 두 힘의 작용은 존재의 비상(飛翔)과 추락의 국면과 얽혀 있다. 상승과 하강의 힘이 '날개' 나 날개와 같은 의미 맥락을 가진 '나뭇잎' 에 주어질 때 이 두 힘의 작용에 의해 존재는 비스듬히 날 수밖에 없다는 것, 즉 그것이 생의 실존이라는 사실을 깨우쳐 주고 있다. 이번 시에서 그것을 확연히 보여 주는 작품이 「허공이 키우는 나무」란 작품이다. 그런데 이 작품을 보다 깊이 이해하기 위해서 우리는 그의 세 번째 시집에 있는 이와 같은 시적 지향을 보여 주는 작품이 먼저 있음을 살펴보아야 할 것 같다.

네가 밟고 가는 길이 너의 길이다

네 발자국이 너를 따라가리라

차갑게 빛나는 겨울나무 하나 네 뒤를 따르고

네 발자국에 괸 고독이 너를 밀고 가리라

— 「눈길」 전문(『네가 밟고 가는 바다』, 2002)

이 시에도 '발자국'이 등장하고 있다. 그 발자국은 존재의 흩어짐을 막고 실존을 증명해 줄 수 있는 표지가 되고 있다. 존재의 무상함을 달래 줄 수 있는 삶의 증표와도 같은 것. 그런데 문제는 그러한 증표에 이중적 힘이 밀고 당기고 있음을 볼 수 있다는 것이다. 그런 이중적 힘의 개입으로 발자국은 의미 있는 대상이 된다. 즉 "발자국에 괸 고독이 너를 밀고 가리라"에서 보듯 발자국은 '밀고 가리라'의 자장(磁場)이 작용하는 터가 되고 있다. 여기서 우리는 '밀다'에서 발생하는 힘의 작용을 섬세히 느껴 볼 필요가 있다. 미는 것은 어떤 눌어붙는 힘과의 싸움을 전제로 한다. 존재가 한 곳에, 더 나아가 한 순간에 눌어붙는 것은 아래로 떨어지려는 힘(중력)을 말한다. 그것은 정지이자 곧 죽음이다. 존재가 존재로서 의미 있는 것은 아직 그러한 추락의 힘에 대응하여 움직일 수 있음이다. 이 시는 그런 점에서 아직 존재의 의미를 충분히 보여주고 있는 상태다. 그런데 문제는 그 발자국을 밀어 올리는 힘이 여간 힘들어 보이지 않는 데에 있다. 아래로 잡아당겨 멈추게 하려는 힘이 밀고 나아가려는 힘 못지않게 강렬하다는 느낌을 이 시는 주고 있는 것이다. 그 점에서 이 시는 생의 실존을 분신쇄골의 힘으로 저 도저(到底)하게 눌러오는 하강의 힘에 응전하는 시지프스의 고통을 생생하게 느끼게 해주는 것이다.

이러한 힘의 갈등과 긴장의 드라마는 이번 「허공이 키우는 나무」에 와서는 새롭게 변주된다. 보다 아슬아슬한 백척간두(百尺竿頭)의 자리로 옮겨 놓음으로써 이제 이 두 힘의 싸움은 생사존망의 절체절명(絶體絶命)의 상태임을 나타내고 있다.

새들의 가슴을 밟고
나뭇잎은 진다

허공의 벼랑을 타고
새들이 날아간 후,

또 하나의 허공이 열리고

그 곳을 따라서

나뭇잎은 날아간다

허공을 열어보니

나뭇잎이 쌓여 있다

새들이 날아간 쪽으로

나뭇가지는,

창을 연다

— 「허공이 키우는 나무」 전문

이 시에서 문제되는 구절은 "허공의 벼랑을 타고/새들이 날아간 후,//또 하나의 허공이 열리고/그 곳을 따라서/나뭇잎은 날아간다" 부분이다. 이 시를 가만 읽어 보면 나뭇잎은 바로 새와 동일시되어 있다. 새나 나뭇잎이나 허공이 열리는 부분, 그곳은 어느 곳이나 '벼랑'이기 마련인데, 그 곳을 따라서 날아간다. 그 날아감은 '벼랑'이라는 위태로운 상황 속에 상승과 추락의 변증법적 힘이 작용함으로써 묘한 균형을 이루고 있는 상태라 할 수 있다. 즉 '비행'은 상승과 하강, 가벼움과 무거움, 삶과 죽음 등의 이원적 힘의 갈등 장소이자 생의 실존을 상징한다. 그 실존의 절대성과 절박성, 즉 가파름을 시인은 '벼랑'이라는 이미지로 드러내고 있다. 허공은 벼랑이고 벼랑은 일촉즉발이면 어느 쪽으로든 나뉘는 경계다. 다만 그 경계는 추락으로 더 깊고 많은 열림을 포함하고 있다. 그렇게 볼 때 김완하의 이 시는 백척간두에서 생과 사를 선(禪)하는 고승의 태도와 닮아 있다. 한 치라도 잘못 발을 디디면 억겁 나락의 길로 떨어지는 경계(문) 앞에서 한 촉의 의식의 불을 피우고 진리를 붙잡고자 애쓰는 선승의 모습이 이 시의 내면적 모습이라면 지나친 것일까?

상상력의 철학자 바슐라르도 『공기와 꿈』(정영란 역)이라는 책에서 "생의 약동이 인간화하는 약동이 되는 것은 다름 아니라 높은 곳을 향한 여행을 통해서이다."라고 말하고 있다. 즉 정신심리적 활력은 즉각적으로 하나의 표고(標高)가 된다는 것인데 그것은 김완하의 시적 진실과 잘 들어맞는다. 김완하가 오랫동안 보여준 존재의 고양에 대한 그의 고귀하고 가열 찬 의지적 노력은 그의 시적 이미지의 체계를 점점 더 높은 곳으로 오르게 하면서 그것의 위험, 즉 죽음과 무의미로 전락할 두려움의 문제도 구조화해 놓고 있다. 그의 초기작에는 단순히 높은 곳에의 동경으로서 동화의 상태만을 제시했다면 이제 높은 곳에 이른 정신에게 생의 실존적 진실로서 하강의 힘을 진정한 실체로 새기고 있는 것이다. 그것은 생의 진실에 한 걸음 다가가는 일이자 시적 진실에 도달하는 길이기도 하다.

김완하는 존재의 비상과 추락이라는 변증법적 긴장이 하나의 삶의 실존이라는 인식에 이르면서 거기서 더 한 걸음 나아가 그것에 가장 알맞게 대응하는 길이 무엇인가 하는 사색도 보여 준다. 그것은 절대절명의 힘에 주눅 들지 않는 것, 즉 '유희' 의 정신을 발견해 내는 것이다. 이 시에서 유희는 바로 "벼랑을 타고" 에서 보이는 '타는' 것이다. 그것은 장난으로서의 유희가 아니라 승화로서 유희다. 마치 광대가 백척간두의 줄에서 자신의 생애를 걸어 넣고 줄타기를 하는 것과 다름없다.(이러한 장엄한 유희 정신은 한 지고한 생애를 표현하는, 그의 두 번째 시집의 「한 시대의 암벽을 타고」에서도 일정 부분 같은 의미를 띠고 나타난다. 거기서 시인은 "불현듯,/한 시대의 암벽을 타고/곧게 걸어간 사람의 뒷모습이/수평선 위로 떠오른다"고 노래하고 있다. 여기서 '타는' 것은 마찬가지 의미다. 죽음과 삶의 경계를 노니는 것, 즉 가로지르는 의미를 띠는데 다만 이 시는 '암벽' 의 의미를 두고 볼 때 무거움이 더욱 가중돼 있다. 시대적 폭압에 맞서 항거한 의인을 형상화한 만큼 이미 의로운 죽음의 힘이 많이 작용한 까닭인가 싶다.) 그것을 두고 만용이라 부를 수는 없다. 높은 곳에 올라가 보지 못한 자는 광대가 왜 그 높은 곳에서 그리 위험해 보이는 데도 불구하고 줄을 '타며' 자신의 삶의 의미를 찾으려 하는 까닭을 알지 못한다. 아니 좀더 자연적 진실로 말한다면 지상의 모든 높아지는 것들은 다 그만한 높이에 해당하는 벼랑의 깊이를 갖는다. 그 점에서 다시 바슐라르가 "모든 가치부여작용은 수직화이다"라고 경구처럼 말한 심리적 진실을 우리는 새겨들어야 하지 않을까. '타는' 것은 아직 삶과 죽음의 경계에서 살아 있다는 실존의 표지이자 죽음의 나락으로 떨어지기 전에 의식의 불꽃을 붙잡고 있는 행위이다.(의식을 불꽃을 붙잡는 행위로 비행과 유희의 본질을 말한다면 그것은 '시 쓰기'의 미적 진실을 말한다고 할 수 있다.) 삶과 죽음의 두 힘을 이렇게 거대한 우주적 장에서 데리고 '놀아' 볼 수 있다면 비록 점점 그 힘이 아래로 떨어져 간다 해도 아름답다고 해야 하지 않을까.

그러나 우리의 일상생활에서 이러한 원대한 놀이는 사실상 불가능하거나 가능하다해도 순간적이다. 그래서 매번 우리는 어느 경계 한 쪽에 머물거나 높이의 고양에 동참하지 못한다. 김완하의 다음과 같은 시는 바로 그러한 일상적 인간의 서글픔을 잘 토로하고 있다.

봄날 꽃들 강 건너갈 때면
꽃들은 구름다리 밟고 건너고
강은 구름 징검다리로 건너는데
나는 뒤따르지 못하고
강기슭에 오래도록 서성인다

—「구름다리」 부분

강을 건너지 못하고 강기슭에 오래 서성이는 시적 자아는 바로 높이와 추락의 변증법적 힘의 싸움에 동참하지 못한 자아의 모습이다. 그에게 남는 것은 막연한 동경이거나 아니면 그러한 힘의 실체에 참가하지 못한 자신에 대한 자조뿐이다. 그런 점에서 이 시는 정신위생학 상 앞의 시들만큼 건강하지 못한 작품이다. 자신의 운명과 존재성에 얹어지는 현실적 구속을 이 시가 암시해 보이고자 하는 시적 의도를 못 읽는 바 아니나 시적 구조와 긴장의 발생 면에서 이 시는 한 경계를 놓침으로서 느슨한 시가 되고 있다. 「허공이 키우는 나무」와 같은 상상력으로 말한다면 강 위에서 '타는' 어떤 이미지를 발견하고 강을 넘어가는 가운데서 물이 갖는 흡력(중력)과 흡력에 저항하는 어떤 부력적 동작의 실체를 변증법적 힘의 작용으로 보여 주었어야 했다.

그러나 이것 또한 범상한 인간의 행위는 아닌 것, 그래서 일상적 인간의 서글픈 소회가 이와 같은 시로 나타난다고 이미 앞에서 말했듯 어쩌면 이러한 시적 진술이 진실일지도 모른다. 그러나 다시 바슐라르의 말을 인용한다면 시란 본질적으로 새로운 이미지들에 대한 갈망이라는 점에서 강 이 편에 남는다는 전통적 관념에 안주한다면 그 동안 상승과 추락의 상상력을 통해 인간 존재의 고양을 추구하기 위한, 김완하 시인 스스로 고집스럽게 밀고 올라온 상상력의 싹들을 주저앉히는 결과가 되지 않겠는가. 삶과 죽음의 변증법적 투쟁과 그 갈등의 드라마가 보다 심대하게 열리는 장이 현재의 김완하다운 시임을 다시 주지시키며 그런 고통의 변주를 기대한다. 그것은 지나친 요구는 아닐 것이다. 왜냐하면 시인의 정신 못지않게 독자도 '놀이'에 동참하고 싶은 욕망이 있으며 무엇보다 독자는 시인의 처절한 사투에 보다 더 많이 '논다'는 것을 명분으로 내세울 수 있기 때문이다. 안쓰러운 마음을 품으면서 시인의 건투를 빈다.

선지자의 노래

— 류명선의 시

1. 풍자와 환멸 사이

류명선 시인의 일관된 시적 주제는 타락한 현실 비판이다. 첫 시집 『고무신』(1983)에서부터 이번 여섯 번째 시집 『새벽 4시 15분』에 이르기까지 변하지 않는 태도와 주제는 부정한 시대 현실에 대한 올곧은 저항과 비판 정신이다. 그의 이러한 시적 태도와 주제는 기존에 발표되었던 「환희를 피우며」라든지 「반골」이란 연작시, 또는 「그러면, 시인이여」 「공사장 앞에서」 「그 날까지」 등 여러 시에 나타난 바 있다. 대체로 억압받는 민중적 관점에서 부당하고 폭압적인 독재 세력과 그에 빌붙어 기생하는 금권 세력에 대해 질타하고 민족적 관점에서 통일에 대한 간절하면서도 열렬한 그리움을 노래하고 있다. 그런 점에서 류명선 시인의 시는 크게 보아 현대 역사의 암울한 중심부를 관통해 가는 민중 · 민족시다.

이번 시집의 시적 풍경 또한 여기서 벗어나 있지 않다. 시대가 많이 민주화되었다고 널리 평가되고 있는 지금의 상황에서도 그의 시적 태도는 사회의 부조리한 부분들을 날카롭게 비판한다. 가령 다음과 같은 시가 대표적일 것이다.

이 말도 못하고 저 말도 못하고

아무 말도 못하고

쥐 죽은 듯이 살고 있다, 너로 하여금

언제까지 아무 소리도 못하게 만들려나

속으로 힘들구나, 참았던 오줌보다도

좀 속 시원하게 뭔가 좀 보여다오

모두들 말만 잘 한다고 하니

그 말만 또 믿고 기다리고 있으니

이 땅에 지상 낙원은 아예 바라지 않으니

못 가진 자 좀 허리 펴고 살도록 해 다오

점점 멀어져가는 세상 공기가 너무 탁하니

목구멍에 목말라 갈구하는 게 무언지

눈 좀 크게 뜨고 살펴 봐 다오

 '국민의 정부' 라 허울 좋은 간판이 찢겨져 가는데

제2건국이라는 깃발이 축 처져 있는데

자꾸만 말만, 말만 배부르게 하느냐

이 말도 못하고 저 말도 못하고

지금 쥐 죽은 듯이 숨만 쉬고 있다

너로 하여금

—「너로 하여금」 전문

이 시는 국민의 정부라 호칭하며, 제2건국이라는 그럴싸한 구호를 내세우며 등장했던 김대중 정부가 사실은 얼마나 현실 기만적이며 반민중적인지를 고발하면서도 힐난하는 작품이다. 그 점에서 "허울 좋은 간판이 찢겨져 가는데"라든지 "제2건국이라는 깃발이 축 처져 있는데"라는 풍자적 어조는 "못 가진 자 좀 허리 펴고 살"아야 하는데 그렇지 못한 현실과 그들 "목구멍이 목말라 갈구하는 게 무언지" 집권층이 제대로 알아야 하는데 이 역시 그렇지 못하는 답답한 현실 인식에서 발생한다. 그의 의식으로 볼 때 현실은 여전히 암울한 시대의 연장이다. 이것은 시집 서문에 "민주화를 이루면서 우리 사회가 달라진 게 많다고 하지만 나의 눈에는 예전이나 지금이나 별로 새로운 게 없고 다만 '민주주의' 라는 것이 무언지 조금은 느껴지는 것 같다"는 언급에서 보다 구체화되어 나타난다. 세상은 여전히 민중에게 어둡고 그 어두움으로 인해 민족 또한 전망이 보이지 않는다. 그의 이러한 현실 인식은 그의 시적 진실과 치열성에 순도를 더한다.

때문에 류명선 시인의 시선은 현실 그 자체에 대해 날카로운 날을 세운다. 상층부 권력이 타락해 있음으로 말미암아 사회 현실 또한 타락해 가고 있음을 못 견뎌하고 있는 것이다. 특히 권력과 물질에 사로잡힌 이 시대적 도덕의 해이에 대해 그의 시적 어조는 날카롭다 못해 시니컬해지고 있다. 다음과 같은 시가 바로 그런 경우다.

세상이 변하니 유행가사도 변했구나

엄마는 어디 갔나

어디에 갔는지 가르쳐 주마

엄마는 늙은 총각 만나 잘 살고 있단다

핏줄도 지금의 세상 앞에선

아무런 필요도 없는

오직 돈 잘 벌고 꿀같이 달달한 사랑만 있다면야

팽개쳐버리는 건 시간 문제다

지조 따윈 구석기 시대 유물이란 걸

너희들도 어서 커서 빨리 배우도록 해라

귀찮게 굴지 말고 내 삶 내가 사는데

의리가 어디 있나 나만 좋으면 그 뿐이지

엄마는 어디 갔나 자꾸 노래 부르지 말고

아빠하고 부디 새 엄마 만나

똘똘 뭉치고 잘 살아라
엄마는 어디 갔나 자꾸 뻔한 노래 부르지 말고
이젠 잊어버리는 게 상책이다.

─「新 풍속도」 부분

제 아이들마저 버려두고 욕망만 좇아 집을 떠나버리는 여성 화자를 내세워 요즈음 가족 붕괴 현상을 풍자하고 있다. 비판할 대상이 하도 기가 차니 어조가 비꼬는 태도로 일관하고 있다. 그것은 그만큼 우리 현실의 타락 정도가 위험 수위를 훨씬 넘어서고 있음을 말해 주고 있는 것이다. 어느 선에 가서는 비판마저 이제 무의미해질지 모른다는 생각이 드는 지점에 왔다는 의미이기도 하다. 이 시는 그 점에서 풍자와 환멸의 경계에 서 있다.

그 점은 곧 류명선 시인의 시에 타락한 현실에 대한 비판마저 무색하게 됨으로써 현실에 대한 건강한 긴장을 갖기보다 세상에 대한 지독한 염증을 드러내 보이게 되리란 것을 가리켜 준다. 즉 환멸의 양식이 이전 시집보다 많이 나타나리란 점을 예고해 주는 부분이기도 하다는 뜻이다. 잘 알다시피 환멸은 비판적 대안을 염두에 두기보다 일체의 부정과 자학으로 소모적인 성격을 띤다. 때문에 그러한 시가 쓰여지고 많아지는 것은 시인에게나 사회 현실에게 전혀 이롭지 않다. 즉 시인과 그 시인이 살고 있는 현실 모두 병들어 사회 건강 지표나 재생(자정) 지표에 빨간 불이 들어온 것으로 볼 수 있는 것이다. 다음과 같은 시가 전형적인 환멸의 양상으로 그런 우려를 낳게 하지 않을까?

세상은 참 우습다
우습다 생각하니 더 우습다
더 우스우니 이젠 슬프다
슬프다 보니 눈물이 난다
눈물이 나다보니 늘 우울하다
우울하다 보니 이젠 우습다

우습다, 세상이란 게

참 우습다 지 잘난 맛에 산다고

지 잘난 그릇 대로 온갖 짓 해 대도

부끄러운 줄 모르니

이젠 내가 부끄럽다

내가 부끄러우니 내가 또 슬프다

슬퍼서 우니 내가 우습다

내가 우스우니 너도 우습다

하 하 하…… 우습다

세상 참 우습다

—「세상 길에서」 전문

　이 시의 어조는 정신분열증상에 가깝게 아주 참담한 감정을 내비치고 있다. 현실의 부도덕함이 시적 화자에게까지 영향을 주어 가치관의 혼란은 물론 감정의 극심한 변동을 유발하게 함으로써 정상적인 의식을 가진 사람으로 볼 수 없게끔 한다. 그 점에서 이 시는 오늘날 타락한 현실 속에서 살아가는 현대인의 한 불안한 내면세계를 그려 보였다는 의의는 갖고 있으나, 그러한 현실에 쉬이 정복당하고 인간의 주체적이고 의지적인 긴장을 갖지 못한 채 극단적 감정에 휘둘리는 모습을 보임으로써 병든 자아를 보여 주고 있다. 이것은 시인의 태도 면에서도 생산적이지 못하다. 즉 세상에 대한 혐오로 나아가는 것을 말해 주기 때문에 시의 품격 면에서나 대사회적 관계에서 얻을 게 없어진다는 뜻이다. 시적 긴장을 잃어버린 채 즉흥적 감정에 휩싸여 표피적 충동으로 시의 내용이 터져 나와, 넋두리가 될 공산이 크다. 이러한 우려를 낳게 하는 시들을 몇 편 꼽자면, 「지겨운 장난」 「반백이 되면」 「동물의 왕국」 「혁명」 「병든 시인에게」와 같은 것이 되지 않을까 생각한다. 이것들 중 어떤 작품은 일정한 형식적 완성도를 갖추고는 있으나 내용적 측면에서 병적 파탄을 드러내는 것 같아 주의를 요한다.

　　따라서 문제는 그가 어느 만큼 이러한 환멸의 양식을 풍자의 양식으로 끌어올리느냐 하는 점일 것이다. 이 시점에서 시인은 이번 시집의 시에 풍자와 함께 풍자 정신이 약화된 환멸이 공존하고 있음을 확인하고 이에 대한 자기 검증 내지 응집이 요구된다 하겠다.

2. 소명의식과 시인의 길

　　자기 검증이나 응집은 쉬이 이루어지는 것은 아니다. 앞에서 류명선 시인에게 지속적인 태도와 주제가 있다고 말할 수 있는 것은 그에게 부단히 자기 검증이나 응집을 할 수 있는 어떤 정신적 바탕이 내재하고 있기 때문이다. 그것은 바로 기독교적 소명의식이다. 종교적 성찰과 자각에 관련된 시편들은 맑으면서도 엄정한 느낌을 주고 있다. 이 종교적 소명의식은 타락한 현실에 대한 비판적 시선의 근원이 되면서 자신의 나약함과 느슨함에 대한 치열한 자기 검열을 시행하고 있다.

　　　　지난 하루의 반성과
　　　　또 하루의 회개가
　　　　새벽 두 시의 초침 속에서
　　　　째깍거리는
　　　　내 목숨의 종소리처럼
　　　　기막혀 오는데
　　　　너는 어째서 숨 고르며
　　　　아직도 자고 있느냐
　　　　자고 있느냐

— 「아직도 자고 있느냐」 전문

이 시가 종교적 엄정성을 잘 보여 주는 시편이 아닐까 한다. 현실적 타락에 휩쓸려 들어가는 현실적 자아에 대해 내면적 자아(절대자일 수도 있다)는 가혹하게 자기 비판의 칼날을 들이댄다. 아직 깨어있지 못하고 잠들어 있는 자아에 대해 종교적 반성과 회개로 깨어 있기를 요구하는 것이다. 그것은 '새벽 두 시'로 표현되는 의미심장한 시간대에서만 가능한 이야기다. 깨어있다는 것은 단순히 잠들어 있지 않다는 것을 의미하지 않는다. 남들이 잠들어 있는 시간, 그리고 남보다 일찍 일어나야 하는 시간, 곧 민중을 대신하여 역사의 운명을 볼 수 있고 느낄 수 있는 시간대이어야 함을 의미한다. 때문에 그것은 가장 고단한 시간대이자 예민한 시간대를 가리킨다. 그것은 바로 역사의 중심부이자 첨단의 시간대가 아닐까? 종교적 의미로 말하자면 신의 부름에 가장 잘 감응할 수 있는 시간대 말이다.

그 점에서 류명선 시인에게 '새벽'의 시간은 그의 시적 진실에서 아주 중요한 의미를 가진다. 새벽은 나의 어리석음을 벗고 신 앞에 순수한 존재로 다시 서는 시간이자, 그 순수함으로 민중을 위한 선지자의 가능성을 확인하는 시간이다. 시집 표제가 되고 있는 다음과 같은 시가 바로 그와 같은 의미를 가진다.

나 언제나 너를 잊지 않았듯이
너 또한 나를 잊지 말아라
헛된 세상 물결 속에 힘든다 해도
내가 너를 사랑하듯이
너의 사랑도 누구에게나 주어라
봇물처럼 터지는 저 푸른 강 건너
그리운 그 나라로 갈 때까지
너의 마음을 다해 정성을 쏟아라
복된 꿈은 그저 생기는 게 아니다
너가 갈망하는 흔들림 속에서 자라는 것

언제나 마음 단정케 하여

바르게 일어서는 법을 익히고

무엇이 정직한 생각이었는가를

다시 한 번 느낄 수 있는 시간을 가져라

새벽 4시 15분

내가 다시 너에게 온다해도

너가 나를 알지 못한다면

그게 얼마나 가슴 아픈 일인지 모른다

그 언제 너는 깨어나 진정 나를 알겠느냐.

—「새벽 4시 15분」 전문

‘새벽 4시 15분’은 이 시에서 단순히 말해진 시간대는 아니다. 보통 잠들어 있기 쉬운 시간으로서 가혹한 자기 검열과 명징한 의식으로 응결되어 있지 못하면 만날 수 없는 시간이다. 누가 새벽 4시 15분에 깨어 있을 것인가. 시적 화자는 어리석은 인간을 단죄하고 있는 신의 어조이기도 하고 자신의 나약함을 꾸짖는 준엄한 양심의 소리이기도 하다. 그 점에서 이 시와 그의 시에 자주 나타나는 새벽이라는 시간의식은 바로 그의 준열한 현실 의식이기도 한 것이다.

그의 시간의식과 관련지어 생각해볼 때 시인이야말로 특별한 시간에만 나타나는 신의 부름과 꾸짖음에 예민하게 반응하는 사람일 수밖에 없다. 류명선 시인은 그런 점에서 가장 시인의 직분과 됨됨이에 대해 잘 알고 있는 사람이다. 일찍이 남들이 다 자는 한밤중에 깨어 어둠의 진실을 뚫어지게 쳐다보는 ‘올빼미’(미네르바)를 시인으로 비유한 시가 생각난다. 류명선도 이 점을 본능적으로 체득하고 있다고 해야 할까? 그 점이 종교적이면서도 민중적 관점에서 자기 반성과 세태 비판을 하는 그의 시에 시적 진정성이 살아 있다고 말할 수 있는 근거가 된다.

때문에 시인은 시의 길, 시인의 길에 대해 끊임없이 고뇌와 모색을 하지 않을 수 없을 것이다. 이때 시인은 단순히 생의 즐거움을 노래하는 목동의 차원으로 가지 않는다. 류명선에게 시인은 민중의 고통을 대변하고 시대의 어둠을 간파하는 자로서 특별한 예지력을 갖지 않으면 안 될 선택받은 존재다. 그것은 고통의 형극을 자신의 존재됨으로 받아들이면서 민중의 올바름과 행복을 위해 헌신해야 할 선지자의 형상을 띠는 것이다. 여기서 류명선에게 시와 종교는 합일한다. 다음 시가 바로 그런 예다.

> 시인은 이 세상에 가장 귀중한 택함 속에
> 이름하는 사람이다
> 이 시인의 길을 가기 위해
> 내 자신의 부끄러움을 먼저 깨닫고
> 언제나 영혼의 푸른 날개를 달기 위해
> 날마다 참다운 뉘우침을 통해
> 이웃에게 먼저 사랑을 나누어 주자.
>
> 시인은 자신의 삶을 통해 승화된 시를 쓰고
> 그 시가 이 세상의 어느 것보다 값진
> 보석임을 알고
> 시를 통해 세상을 구원하자.

—「시인의 길」 부분

꽤 긴 시에 속한 일부분이다. 이 부분만 보아도 류명선은 시인을 어떤 존재로 보고 있는지 알 수 있다. 시적 내용으로 볼 때 시인은 "가장 귀중한 택함"을 받은 사람을 '이름하는' 것이다. 그것은 신으로부터의 택함이다. 때문에 "언제나 영혼의 푸른 날개를 달기 위해" 그의 시적 도정으로 볼 때 늘 '깨어' 있어야 하고, 더 나아가 깨어 있는 정신으로 역사의 현실에 참여하여 민중들에게 "사랑을 나누어 주"어야 한다. 즉 "시를 통해 세상을 구원"해야 하는 존재다. 그것은 말이 시인이지 바로 선지자의 모습이다. 그 점에서 류명선 시인에게 시인은 선지자와 같은 존재로 포개진다. 시와 종교의 내면적 일치가 이루어지는 것이다. 그 점은 류시인의 시에서 행복한 장면이다.

그러나 이 시는 너무 일반화된 주제를 제시한다는 점 또한 문제임을 알아야 한다. 시인이 가져야 할 투철한 정신세계에 비해 형식은 너무 안이하게 짜여져 있다. 특히 정신의 치열성을 가다듬어야 할 이런 내용의 시에 청유형 어미는 너무 계몽적 목소리로 흘러감으로써 시적 긴장을 떨어뜨린다. 그런 점에서 시적 화자 스스로 정신적 치열성을 가다듬는 것은 좋으나 일부 시에 그것이 자신의 포즈로 보이게 할 우려가 있게 만든다든지(「구도의 길에서」「성령」 등), 남의 부족함을 비판적으로 질타하기보다 어떤 조롱 같은 느낌이 들게 하는 것(「노래방에서」라든지 「병든 시인에게」 등) 등은 문제점으로 검토해 보아야 하지 않을까 생각된다. 그것은 종교적 엄정성과 현실적 비판성이 느슨해진 부분을 말하는 것이기에 시적 진정성이 훼손되는 부분이라 하겠다. 그 점과 관련하여 시인의 정신적 각성이 요구된다 하겠다. 사실 시인은 부단한 자기반성의 응결이자 그것의 표출 아니겠는가? 그 점은 류명선 시인의 작품에서 확인되는 만큼 앞으로 계속적인 기대를 가져도 좋을 부분이라 생각한다.

신명과 응결

— 성선경의 시

성선경의 시를 읽으면 마음이 복잡해진다. 왜냐하면 어떤 시에서는 한바탕 신명난 우리 가락에 빠져들었다가, 또 어떤 시에서는 가난과 슬픔으로 인한 삶의 애잔함에 젖어들었다가, 또 어떤 시에 가서는 아주 맑고 맑은 서정의 세계에 취해 있다가, 또 어떤 시에 이르러서는 그가 불혹(不惑)을 지나면서 품게 된 존재의 무거움에 읽는 사람이 괜히 쩔쩔매게 되는 경우가 있기 때문이다. 그래서 자칫 그의 시적 동선을 놓치게 되면 사방팔방으로 드리워진 시의 가지들에 의해 미로에 빠지는 심정이 드는 때가 종종 있다. 거기에 그가 엇박자로 그려내는 온갖 생명과 물상들이 이 시의 가지에 앉아 노래 부르면 우리의 눈과 귀는 그만 황홀경에 빠져 하루나 이틀은 좋이 무엇엔가 홀린 채 지내기 일쑤다. 그래서 그의 시는 생각건대 복잡한 모자이크 아니면 우리의 호기심을 끝없이 자아내는 미궁 같다.

그 점에서 그의 시를 읽는 일은 우선 한두 마디로 표현하기 어려운 복잡한 감정, 곧 설렘, 쓸쓸함, 기쁨, 고통 등의 여러 감정이 번갈아 오고 가게 됨을 맛보는 일이다. 그의 시는 인간 삶의 총체성을 폭넓게 보게 하는 어떤 국면을 분명히 간직하고 있다. 한 편 한 편이 삶의 여러 양상과 정신적, 정서적 상황에 대응해 있는 것이다. 때문에 그의 시는 감정의 풍부성에도 불구하고 현실적이다.

그러나 다시 바라보면 그의 시는 한 편 안에 소리도 있고, 애잔도 하고, 맑고 맑은 빛을 갖고 있으며, 존재의 무게도 실려 있어 단순히 현실을 반영한 것에 그치지 않는다. 그의 시는 현실적 삶의 응전이기도 하면서 보다 지고한 세계로의 나아감을, 즉 단독적인 한 작품으로서 갖는 선명성을 지니면서 그것들이 서로 어깨를 두르고 얼기설기 얽어져 하나의 무성한 숲의 형식으로서의 복잡성을, 즉 초월성을 이룬다. 때문에 그의 시를 제대로 감상하는 일은 매우 힘든 일이다. 성선경의 시는 분명 요즘 젊은 시인들이 극단적으로 쓰는 실험적 성격의 작품이 아닌데도 쉬이 그 실체를 잡기 어렵게 한다. 그것은 그의 시 안에 감상해야 할 무엇이 말 그대로 입체적이고도 압축적으로 존재한다는 말이지 않을까? 풍부성과 진정성이란 이름으로 바꾸어 불러도 좋을 그것을 나는 '신명과 응결(凝結)'로 부르고 싶다. 신명은 설렘과 기쁨의 여러 감정을 포괄하는 것으로, 응결은 쓸쓸함과 고통의 여러 감정을 내포하는 것으로 본다면 대조적인 듯한 이 양가적 감정이 어떻게 성선경의 시 속에 작동하며, 어떻게 이것이 진정한 인간 존재의 드라마를 보여주게 되는지를 파악하는 데에 그의 시 감상의 초점이 놓여있을 것은 당연하다.

그의 시적 중심부에 이르기 위해 우리는 그의 최근 시집 『몽유도원을 사다』(2006)의 한 작품을 살펴볼 필요가 있다. 거기에서 그는 그가 추구하는 시적 지향이 무엇인지 잘 보여 주고 있다.

하늘이 맑은 것은 자주 울기 때문이라고
나도 눈물을 머금고 먼 하늘을 우러러본다.

내 젖은 발목으로
얼마나 먼 길을 돌아왔는지
진흙의 깊은 수렁 어떻게 건너왔는지
뿌리 깊은 마음의 상처들이 얼마나

큰 구멍으로 자릴 잡았는지
아는 이 누구 하나 없다고

울다 눈물 걷으며
하늘을 향해
쭉 고개를 든
불 밝힌 연등 하나.

―「연밭에서」 전문

이 시의 아름다움은 고통의 전화(轉化) 내지 승화에 있다. 삶의 신산(辛酸)함을 시적 화자는 부정하지는 않는다. 고난이 나를 "하늘로 향해/쭉 고개를" 들게 하는 원동력임을 이 시의 시적 화자는 알고 있다. 그 고난이 삶의 정처 없음 내지 무료함을 쫓아내고 살아있음의 의미에 대해 되돌아보게 한다. 삶과 존재에 대해 다시 돌아보는 것, 그것은 바로 '인식의 불'을 밝힌 것이라 할 수 있는데, 위 시에서 그것은 "불 밝힌 연등 하나"의 이미지로 나타나고 있다. 존재의 삭막함의 처지에서 우주의 중심으로서 하늘 아래 쭉 고개를 내민 연등의 이미지는 자아 각성의 성스러운 이미지가 된다. 깊은 수렁과 마음의 상처로 단련된 영혼은 눈물로 정화되면서 밝은 빛을 뿌리며 우주의 한가운데로 솟아나는 것이다. 그 점에서 고난은 그의 삶과 인식을 깊게 하고 선명하게 하는 하나의 중요한 가치 지표다.

이러한 인식은 이번 특집시에 와서 더욱 분명하게 나타난다.

내 영혼의 슬픈 그림자를
뿌리처럼 알게 된 날이 언제였던가
꽃 핀 그날부터 나는 외롭네
내게는 눈이며 입이었던 것이
내게는 불이며 물이었던 것이

너는 어찌 늘 갓 잠 깬 새벽으로만 오고

나는 어찌 늘 늦은 저녁으로 당도하는가

내 꽃 피는 봄날이 때늦은 것 아닌데

네 잎 지운 그날이 이른 것도 아닌데

너는 어찌 강 저쪽에서 울고

나는 어찌 강 이쪽에서 우는가

내게는 잎이며 꽃이었던 것이

내게는 희망이며 눈물이었던 것이

너와 나의 두 손

영원같이 마주잡지 못하고

우리는 서로 비켜가는 해와 달 되어

내 안에서만 피는 꽃

내 속에서만 지는 잎

무릇 사랑이라는 거겠지

무릇 꽃이라는 거겠지.

—「슬픈 상사화」 전문

이 시가 강조하는 것은 '생의 엇갈림'이다. 그것은 생의 불가역성에 해당하고, 돌이킬 수 없어 빤히 두 눈 뜨고 지켜보아야만 하는 심정과 같은 것, 곧 지극한 아픔으로 생의 그 어찌할 수 없음을 받아들여야만 하는 상태에 놓이는 것과 같은 것이다. 따라서 이 시에서 왕성하게 일어나는 것은 그러한 생의 엇갈림을 냉정한 눈으로 지켜보는 인식의 자세, 비록 시에서 '울고' '우는가'의 감정적 영탄으로 처리되고 있긴 하지만, 생의 진실을 처절한 고난 끝에 받아들이는 마음의 자세다. 그 수락의 표지가 "무릇 사랑이라는 거겠지/무릇 꽃이라는 거겠지."에 잘 나타나고 있다. 납득적 어조로써 끄집어내고 있는 '사랑'과 '꽃'이라는 상징적 의미가 이러한 생의 엇갈림의 고통에서 발견되는 진리임을 명확히 하고 있는 것이다. 때문에 이 시의 전언은 '외로워' 하는, '슬퍼'

하는 존재가 됨으로써 나는 비로소 진정한 영혼을 가지게 되었네라는 깨우침이다.

　이러한 고통의 역설적 전화는 생의 양면적 진실의 발견으로 나아간다. 양면은 대등이요, 대등은 순환이다. 이 지상을 살아가는 모든 고통에 찬 존재들은 바로 양면적 존재로서 대등하다. 대등하여 서로 호응하고 의지하여 순환적 질서 속에 편입될 필요가 있다. 다음 시가 바로 그와 같은 인식을 보여 준다.

　　　내가 저 봄풀로 가네

　　　봄풀로 가서 내가 푸르네

　　　내가 푸르니 저 봄풀들 내게로 오네

　　　내게로 와서 봄꿈 푸르네

　　　아주 춘분(春分)이나 청명(淸明)으로 흔들리며

　　　내가 네게로 가서 푸르게 봄풀이 되고

　　　네가 내게로 와서 푸르게 봄꿈이 되고

　　　내 발목이

　　　네 발목이

　　　우뚝 우뚝 힘쓰는 봄

　　　곡우(穀雨) 가랑비 촉촉이 젖으며 답청(踏靑)

　　　너도 봄 푸르고 나도 봄 푸르네

　　　내 발길 네 이마

　　　푸르네 푸르네.

　　　　　　　　　　　　　　　　　　　　　—「답청(踏靑)」 전문

　봄풀과 나와의 교감과 상생은 생의 양면적 진실을 꿰뚫어본 사람에게 자연스러운 일이다. 고통이 기쁨이 되고, 기쁨이 고통이 되는 생의 양면적 진실의 터득은 봄을 맞아 밟는 것이 살리는 것이요, 살리는 것이 또 다른 무엇을 위해 죽는 것임을 느끼게 된다. 곧 이것은 삶과 죽음이 돌고 돌아 서로가 서로를 견인하는 힘이란 것을 알게 되는 경우라고 할까. 그리하여 대등과 순환 속에서 깨닫게 된 "내 발목이/네 발목이/우뚝 우뚝 힘쓰는 봄"이란 역설적 합일은 생의 충실감을 얻게 된 경지에 이르게 하는 것이다.

그런데 이 시에서 무엇보다 눈여겨보아야 할 점은 가락이다. 반복과 대구, 대조의 표현에다, '~네'의 영탄적 어미의 운율은 한 바탕 절절한 가슴속의 사연을 노래하는 것 같다. 이 점은 앞에 나왔던 시 「슬픈 상사화」에서 더 잘 나타난다. 흥얼거림 속에서 기쁨이 생겨나고, 그러면서 알 수 없는 대상과의 합일에 대한 기대로 설레다가, 막상 합일에 대한 좌절로 인해 노래 가락은 애잔함을 뒷맛으로 남긴다. 그렇지만 이 애잔은 다시 기쁨과 기대로 순환될 것임을 가락의 주술성에 의해 암시된다. 그의 시에서 가락은 신명과 애잔함을 함께 물들여 움직이게 한다. 이것은 우리네 전통적 민요 속에서 발견되는 한과 신명의 상호작용과 맥락을 같이한다. 그 점에서 성선경은 우리 민족의 핏줄과 전통의 가치를 잊지 못하고 있는 몇 안 되는 시인 중의 한 사람이다. 「답청」에서는 가난하고 짓밟히는 존재들이 우뚝 우뚝 일어서고 힘쓰는 모습을 그려 보임으로써 민중적 가치와 전망을 담아내고 있다. 이 역시 전통 민요에서 발견되는 민중적 세계관의 현대적 계승이다.

이 점은 성선경 시에서 강조해야 할 중요한 덕목 가운데 하나다. 전통과 핏줄에 대한 무한한 애정은 바로 뿌리의식이자 주인의식이라 고쳐 말해도 무방하기 때문이다. 제 존재성에 대한 성찰은 자기 뿌리에 대한 바른 인식과 그것에 대한 가없는 애정에 있다. 그의 시는 민중적 삶에 대한 올바른 응시, 혹은 기억과 그것의 가치를 발굴해내는 데에 집중된다. 최근 시집 『몽유도원을 사다』에 실려 있는 「청학재 시편」 연작시는 바로 이 점에 부응한다. 이번 특집시에서도 계속되고 있는 4편의 「청학재 시편」 연작시도 마찬가지다.

늦어서야 학교에서 돌아온 나는 바람 빠진 풍선같이 배가 고픈데 사랑으로 들라고 외할아버지 오셨다는데 고놈 양반이다 큰절을 올리는데 어이구 많이 컷구나 쌈지를 여시는데 나는 아이구 좋아라 분이 뽀얗게 난 곶감같이 단데 그

만 할아버지 손사래 치시며 애들 버릇없어진다고 호령하시는데 나는 에이 씨
그만 녹은 쮸쮸바같이 풀이 죽는데 자꾸 무릎이 아파오는데 내 용돈이 저기 저
렇게 날아가는데 할아버지는 자꾸 몇 대조 몇 대조 기억에도 없는 선조 말씀만
하시는데 오금쟁이가 저려오는데

    인사로 건네는 바람 한 점
    부챗살로 ↑ 펼쳐지는
    오뉴월 해도 길어
    소설책이 한 권이다.

—「청학재(淸鶴齋)시편−외할아버지 오신 날」 전문

이 시의 내용은 외할아버지의 방문으로 인해 어린 손자가 겪게 되는 애틋한
경험의 기록이다. 즉 기억 속의 외할아버지와 할아버지의 정겨운 정담이 "소
설책이 한 권" 될 정도로 그윽하고 재미나 보였다는 것이다. 비록 유년의 자아
는 용돈을 받지 못하게 되는 아쉬움을 드러내고 있지만 유년의 자아를 그려나
가는 서술자아, 즉 성인으로서의 시적 자아는 외할아버지를 비롯한 기억 속의
순박하고 다정했던 친인들에 대해 그리워하고 있다. 그 점에서 이 시는 뿌리
와 관련된 핏줄의 탐사이자 원체험의 되새김을 통한 현재적 삶의 결핍에 대한
반성이라 할 수 있다. 즉 과거 순수했던 공간과 시간을 반추함으로써 현재적
삶의 불모성을 치유하고 보다 나은 인간적인 삶의 모습을 탐색해 나가고 있는
것이다.

형식적인 측면에서 살펴보면 이 시는 크게 1연, 2연으로 나누어져 있지만
사실은 전대절(前大節), 후소절(後小節)의 형식을 취하고 있다. 즉 이는 경기체
가를 비롯한 우리 전통 시가의 주요한 형식이다. 전대절에서는 다양한 삶의
모습을 구성진 가락을 통해 펼쳐보이다가, 후소절에서는 이를 상징적인 내용
으로 집약한다. 신명과 압축이 함께 작용하고 있는 것이다. 이는 다음 시를 보
면 보다 확연히 알 수 있다.

물 한 방울 묻히지 않고 소금쟁이 한 세상 사네 물 위에 둥둥 떠서 물에서 사
네 조그맣고 동그랗게 동심원을 그리며 소금쟁이 사네 내 사는 세상은 오직 여
기 뿐 물 한 방울 묻히지 않고 물 위에 사네 우리 동네 웅덩이 소금쟁이 사네 소
금같이 빛나는 소금같이 소금쟁이 사네

소금쟁이 사네 우리 동네 소금쟁이 사네 쉬어서도 안 된다고 녹아서도 안 된
다고 소금쟁이 사네 한 됫박에 천원 소금쟁이 사네 유행을 타서는 안 된다고
녹이 슬어도 안 된다고 소금발을 키우며 사네 누가 뭐래도 이 세상의 소금 아
니냐고 간수에 절은 고의적삼 소금발 키우며 사네 한 번도 밑간 적 없다고 소
금발 키우며 사네.

하루 한 됫박의 소금을 만드는 일은
하루 삼천 배의 경배를 올리는 일
우리가 세우는 탑
내 몸에 세우는 소금발
미륵부처.

—「청학재(淸鶴齋)시편―소금쟁이」 전문

이 시에서 1연과 2연은 앞의 시 전대절의 형식에 해당한다. 3연이 후소절이
된다. 1연과 2연의 내용은 상호 대칭적이다. 1연은 물 위에 사는 소금쟁이를
반복과 대구 형식의 구성진 가락으로 노래하고 있다. 여기에서 신명이 자연
스레 발생한다. 2연은 1연의 소금쟁이처럼 우리 동네 사는 소금쟁이, 즉 소금
장수 이야기를 소금쟁이에 빗대어 보여 주고 있다. 그런데 여기서 보이는 소
금장수는 소금쟁이처럼 외롭고 보잘 것 없지만 늘 외길 인생으로 일에 충실함
으로써 성스러운 존재가 되고 있다. 그 점이 시적 주제로서 3연의 응축적 형
상화, 즉 응결을 불러오게 된다. 소금의 상징적 의미를 생각할 때 그것은 "내
몸에 세우는 소금발" 내지 "탑"으로 '미륵부처'가 된다. 일상 속에 깃들어 삶

의 의미를 다함없이 실천하는 소금장수는 바로 '미륵부처'와 다름없는 존재
란 인식이다. 그 점에서 성선경은 초월이나 신성이 결코 일상을 벗어난 곳에
서 이루어지는 것이 아니라 일상 속에, 일상을 통해서 이룩될 수 있음을 직시
하고 있는 것이다.

　그것은 앞에서 보았던 생의 양면적 진실을 본질적인 측면에서 터득하고 있
다고나 해야 할까? 그러한 직관적 인식은 결국 이 우주와 내가 한 몸으로 이어
져 있다는 순환론적이고 풍요로운 세계인식에 이르게 한다. 다음 시가 그것
을 잘 보여 준다.

　　　어머니는 웃음 한 번으로 어떻게
　　　수천 두락의 논뙈기를 만들 수 있는지요
　　　삿갓배미, 치마배미, 짚신배미
　　　조각보처럼 박음질한
　　　다랭이논 쫄래쫄래 따라오고요

　　　하늘을 오르는 계단이
　　　저렇게 주름졌나요

　　　일렁거리는 벼이삭들도
　　　수수수수수
　　　손주처럼 간지럼을 탑니다

　　　굴참나무는 굴참나무끼리
　　　너도밤나무는 너도밤나무끼리
　　　제 그림자에 넋을 놓고 자마졌을 때
　　　개 꼬랑지에 휘휘 감기는 저 구름들
　　　무슨 생각 저렇게 물들었나요

어머니 땀 좀 닦으셔요

수건을 건네자 일렁거리는 하늘

세상이 참 환해집니다.

—「달 따러 가는 저녁」 전문

　아름답고 정겨운 시다. 이 시는 세계와 자아 사이에 분리나 거리가 없는 상호 평등과 교감의 비전을 보여 주고 있다. 특히 '달'이라는 소재를 대상으로 해서 인간의 풍요로움과 평화를 간절히 추구하고 있다. 그런데 이 시는 신화적으로 읽힌다. 달은 어머니와 동일시되면서 어머니의 따뜻함, 어머니의 강인함, 어머니의 다산을 이어받고, 어머니는 달과 동일시되면서 달의 원만함, 달의 밝음, 달의 영원함을 공유한다. 시에서 보이는 '어머니의 웃음'은 바로 이 세상을 밝게 정화하는 달빛으로서 삶의 무의미함과 속됨을 씻어 내고 있다. 모든 사물과 생명이 '하늘을 오르는 계단'에 들어서 있다는 인식은 이 세계와의 합일을 통한 삶의 진경으로 나아감을 의미한다. 곧 존재의 성화(聖化)인 것이다. 그것은 영혼의 구원이라는 단 하나의 주제에 집중하는 것이라고나 할까.

　결국 그의 시에서 신명은 넋의 헤맴으로 나타나고, 그 헤맴은 삶의 무의미함과 고단함을 벗어나기 위한 몸부림이었다는 것을 알게 된다. 그렇지만 성선경 시의 심처는 그러한 신명의 자유로움에 있기보다 자유로운 영혼의 한 국면을 예리하게 붙잡는 데에 있다. 즉 혼의 포착과 정련에 해당하는 응결의 시학이 그의 시적 지향으로 정립되고 있는 것이다. 신명은 필연적으로 의미의 집약으로서 응결의 매듭을 동반한다. 성선경 시에 응결은 삶의 매듭 내지 옹이, 아니면 삶의 한 새로운 출구로서 점차 성숙해가는 인간을 표상한다. 그리고 그에게 시는 놀랍게도 바로 이 응결의 요소로 작용한다. 때문에 이번 시에서 보이는 '소금' 같이 단단하고 영원한 존재로 그의 시와 삶이 응결되어 갈

때 그가 그렇게 갈구해 마지않는 '미륵부처' 가 자신과 이 세계 안에 출현하게
됨을 보게 될 것이다. 독자로서 나 또한 그러한 꿈을 꾸고 있으므로 그의 염원
이 끝내 이루어지길 기원한다.

해양시의 양상과 그 의미

— 김성식의 시

1. 김성식 시의 문학사적 위치

김성식 시를 논할 때 '바다'를 빼고 말할 수는 없다. 그 까닭은 그가 선장 시인이었다는 사실에 있다기보다, 그의 시가 바다의 특성과 그 바다의 특성을 통해 삶을 영위하는 선원의 의식과 정서를 구체적으로 보여 주고 있다는 점에 있다. 즉 바다를 둘러싼 시적 형상화의 진실과 관련하여 김성식 시의 '해양성'을 주목하여야 한다는 말이다.

이를 이미 일찍부터 여러 사람이 간파한 바 있다. 전봉건은 김성식의 첫 시집 『淸津港』(수문서관, 1977)의 서문을 쓰는 자리에서 김성식의 바다는 "바다를 생활의 터전으로 하고 있느니만큼 그의 피와 정신이 섞여 있는 현실의 바다요 바라보는 바다가 아니라 그가 이미 그 안에 있는 바다인 것이다."라고 말하면서, "최남선의 「海에게서 少年에게」가 신시의 효시가 되었던 것처럼 성식의 〈바다의 시〉는 우리에게 없었던 본격적 해양문학(해양시)의 효시가 될 가능성이 크다."라고 평가하였다. 이수익도 시집 『淸津港』의 발문에서 "김성식의 시의 본령은 〈바다〉에 있다. 바다 위의 일상과 바다 그 자체, 또는 그가 하선했던 세계의 여러 나라에서 보고 느낀 에스프리……이 모두가 그의 시를

〈씌어지게〉 만들고 있는 것이다."라고 말하면서 김성식 시의 '바다성', 즉 '해양성'을 주목한 뒤, '바다의 현장에 있는 김성식의 시는, 지금까지 있었다고 해도 퍽 막연했고 애매해서 독자로 하여금 바다의 진실에까지는 접근치 못했던 몇몇 바다에 관한 작품의 결점들을 보완하고 확충함으로써 우리 시의 수용범위를 더 한층 넓혀 주게 될 것이다."라고 김성식 시의 가치에 대해서 평가하고 있다.

이런 점을 고려하면 김성식 시의 특징을 우리는 '해양성'과 결부 짓지 않고서는 제대로 말할 수 없다는 결론에 이르게 된다. 때문에 이제 우리가 김성식 시에 주목해야 할 점은 그의 시에 나타난 해양성이 어떤 형태로 드러나고 있는가 하는 점을 살펴보는 데에 있다. 그 점에서 김성식 시의 특징을 바다와 관련하여 구체적으로 살펴볼 필요성이 제기된다.

2. 해양체험의 구체화와 강렬한 남성적 어조

김성식 시에서 가장 우선적으로 살펴보아야 할 사항은 역시 바다 체험의 구체성이다. 이는 이수익이 지적한 바 있듯이 '바다의 진실'을 제대로 보여 준다는 점에서, 즉 다시 말해 해양문학성을 확보하는 한 중요 요소로서의 '리얼리티'를 핍진하게 드러내 보여 주고 있다는 점에서 김성식 시의 초점이 된다. 우선 그것은 첫 시집부터 그의 마지막 네 번째 시집까지 일관되게 나타난 바다와 바다를 생활공간으로 하는 선원의 삶의 모습에서 드러난다.

　　가) 앵커를 올려라 닻을 감아
　　　　五六島 너머 水平線을
　　　　불끈 들어 일어서는
　　　　太陽쪽으로
　　　　윈드라스 레바를 힘껏 눌러 눌러

무거운 닻줄 감아

떠나자 船首를 돌려 떠나

(…중략…)

에메랄드 삶아 뿌려 논

카리브

전설이 녹아 소금이 된

地中海

달이 흘린 눈물로

파르르 떨고 있는

赤道를 향해

청동빛 팔뚝을 걷어

꿈틀대는 푸른 힘줄을

햇빛에 구워 또 구워

힘의 大洋을 힘을 내세워

펄펄 살아 뛰는

바다를 잡으러

풀무질 쳐 뜨거워진

가슴의 근육

狂風에 내 맡기러

메인 마스트에 소리치던

出港旗가 부풀기 전에

닻을 감아라 앵커를 올려

물살 헤쳐

돋아나는 太陽을 향해

윈드라스 레바를

힘차게 잡아

잡아 당겨라

— 「出港 Ⅱ」 부분(『청진항』, 1977)

나) 항로를 찾아 줄을 긋는다

망망한 대해 한 복판에

삼각자를 이리저리 돌려가며

푸른 살점 묻어나는 바다 속까지

줄을 긋는다

가장 빠른 길

암초가 없는 길

바람 덜 부는 길을 골라

콤파스로 거리를 잴 때마다

서서히 밀려오는 물결이

내 손을 잡아 당겨

하얗게 익어 간

얼음 한 점 쥐어주곤

뼈로 빚은 소금 몇 알까지 쥐어주곤

항해일지 첫장 열어

길게 드러눕지만

어느 틈엔가 다시 일어나

뱃길을 뭉기며 물어뜯는

파도의 잇빨에

나는 언제나 부서지는 바다가 되어

오늘도 일지 위에 피(血)로 남는다.

— 「겨울·항해일지—베링해를 지나며」 전문(『바다는 언제 잠드는가』, 1986)

다) 바다가 조금 잔잔해지면

　　우리들은 부식된 철판을 찾아

　　마스트 아래거나

　　구석진 창고틈 또는

　　선창 둘레를 돌아

　　뎃크의 이음매 사이를

　　치핑 · 함머로 내리 꽂는다

　　썩는 것에 대한 분노로

　　치를 떨며

　　연거푸 찍는다

　　양날 선 함머로 두들길 때마다

　　파란 불꽃이 튀어

　　스스로 몸을 굴려 멀쩡한 장소까지

　　은밀하게 잠식하며 번져가던

　　녹슨 철판이

　　완강한 저항을 끝내고

　　부서져 가루로 남아 사라지고 나면

　　손바닥 가득 물집이 생겨

　　터진 상처를

　　수평선 너머 일몰의 구름에다 비비어

　　하루의 피곤한 일과를 끝낸다 우리들은

　　　　　　　　—「甲板을 정비하며」 부분(『누이야 청진의 누이야』, 1991)

라) —오늘 세계 표준시 24시

　　파고 9미터 서북풍 65놋트

　　항해하는 전 선박은 경계하라—

제법 우람스런 저기압 하나가

꽃배암 기듯 한냉전선의 기다란 꼬리로

바람에다 점점 갈기를 세우고

곤두세운 갈기 끝에 성난 도끼를 매달아

바다를 난도질 칠 때마다

작은 잎새 속을 기어들던 나는

초겨울 까치밥 옆에 겨우 앉은 감잎 모양

이승과 저승 사이를 넘나들다가

끝내는 그냥 주저앉지 못하고

한자락 바람으로 날아 강풍으로 날아

이파리 한 잎 만큼의 파도가 되고

폭풍과 뒹군 자리만큼의 파도가 되어

찢겨가는 항로 숨가삐 끌어모아

내, 뼈를 갈아 만든 바늘로

개 같은 항해를 바느질하지만

어느 틈엔가

남풍의 깊숙한 속살 사이로

새롭게 솟아나는 노란 새순이

들끓는 바다를 불끈 들어

유채꽃 유채밭에 던져버리고

—오늘 세계 표준시 00시 현재

파고 2미터 남동풍 25놋트

경계 경보를 해제한다.—

—「황천 항해」 전문(『이 세상 가장 높은 곳에 바다가 있네』, 1999)

이 시들은 각 시집 안에서 해상체험을 드러내는 것을 한 편씩 뽑아낸 것들이다. 모두 다 선원의 삶을 시적 대상으로 형상화하고 있다는 점에서 해양시의 하위 유형으로서 '본격적 선원시'라 부를 수 있는 것들이다. 우선 가)의 시는 초기 작품인 만큼 바다를 대하는 태도가 다소 낭만적임을 볼 수 있다. 출항의 희망과 기대가 먼 바다의 전설과 어우러져 바다의 삶이 낙관과 긍정으로 물들여 있음을 보게 된다. 이는 이후 약간의 현실성이 가미돼도 크게 변하지 않는 내용이다. 그만큼 김성식에게 바다는 인간의 삶에 희망과 생명의 공간으로 인식됨을 보여 준다. 어조와 가락도 매우 힘차고 박진감 있게 전개돼 바다 사나이들의 힘과 출항의 역동성이 잘 살아나고 있다.

나)의 시는 바다의 생활에 꽤 익숙한 선장의 심리를 표현하고 있다. '항해일지'로 집약된 상징 속에서 바다의 생활이 순탄하다가도 폭풍우에 휩쓸려 버리게 되는 '바다의 일상성'을 시적 화자인 '선장'은 담담히 서술하고 있다. 이러한 「항해일지」란 제목으로 연작을 쓰고, 더 나아가 「선원수첩항구」란 제목으로 연작시를 씀으로 해서 해상 생활의 리얼리티를 최대한 살리고 있는 점은 김성식 시의 특장이 어디에 있는가를 알게 해주는 부분이다. 이는 시인의 실제 삶에서 우러나는 시적 형상화야말로 가치 있다는 점을 깨우쳐 주는 한 사례이기도 한 셈이다.

다)의 시는 바다의 삶에 대한 반성적 인식이 배어들어간 작품이다. '썩는 것'으로 표상된 안주의 나날에 대한 반성적 시선을 느낄 수 있다. 그리고 무엇보다 선상의 작업도 계급적 인식을 가지고 근대적 노동의 연장선상에 있음을 알게 해주는 작품이다.

구모룡이 「부산지역 해양문학의 문화론」(『한국문학논총』37집, 세종출판사, 2004)에서 김성식의 이 시를 두고 이 시가 보여 주는 노동의 소외의식은 선원들의 사회적 환경과 내륙으로부터 떨어진 해양이라는 여건으로 인해 발생한다고 한 뒤, 선원들의 노동은 일정부분 하위문화로서 저항성을 지니게 되는데, 이 시는 갑판의 녹을 제거하는 행위로 그것을 상징화해 내고 있고, 더 나아가 그것을 통해 자기 정화의 의지까지 나아가고 있다고 피력함으로써 선원들의 동류의식과 계급의식을 잘 분석해 내고 있다. 구모룡의 분석은 이 시에 보인 해상 체험의 구체적 형상으로서 노동이 갖는 근대적 의미를 잘 설명해 주고 있는 것으로 보인다. 선상 노동에 동원된 도구와 그 이름의 사실성, 그리고 그 도구를 통한 노동의 구체적 행위의 묘사는 해양시가 보여야 할 전형으로 삼을 만큼 이 시는 내용과 문체 면에서 훌륭한 면모를 보여 주고 있다. 그리고 이 시는 무엇보다 고된 갑판 일을 하는 남성의 거친 행동과 목소리를 형상화함으로써 역시 강한 남성적 톤을 보여 주고 있다는 점에서 해양시의 전범을 보여 주고 있다.

라)는 항해 체험 중 삶과 죽음이 갈리는 순간의 긴박감을 형상화하고 있다. 바다 위의 삶이란 죽음과 삶의 갈피 사이를 헤쳐 나가는 것이란 진실을 드러내고 있는 이 시는 기상 통보와 해상 정보를 앞뒤로 달아 바다 속의 삶의 실감을 더해 주고 있다.

이상으로 볼 때 김성식의 시는 바다 생활의 구체성을 행위와 도구, 노동의 핍진성 등으로 잘 살려내고 있고, 그러면서 바다 선원들이 갖는 힘과 거침, 불안감, 저항심 등을 잘 드러냄으로 본격적 해양시의 면모를 갖추고 있다. 특히 바다 사나이들이 갖는 도전과 저항의 정신은 가령 다음과 같은 작품, "나 장보고는/육척 장검 하나로/온 바다를 칼질하여/姓名 삼자가/颱風보다 무서웠고 海溢보다 두려운/存在로/長安 뙤놈/奈良 왜놈들에게/하늘같이 군림하여/支那海는 물론 南海, 東海, 日本까지/내 고함소리 한번으로/거칠던 바닷물 목을 움츠리곤/울던 아이 잠자듯 잔잔해졌었다네"의 「장보고」라든지, "제에길/마음놓고 껄껄껄 웃어봐!/허리 풀어/말술 벌컥벌컥 마신 후/커다란 게트림이나 끄르륵 해 볼까 싶어/어느날/白骨이 웃음 짓는 검은 旗 를 앞세우고/앙상하게 갈비 밴 帆船을 잡아/카리비안 바다로 빠져 나갔지"의 「海賊의 죽음」이라는 시편 등에서 남성적 어조와 웅장한 공간을 배경으로 하여 형상화됨으로써 김종직, 남이, 이육사 등의 시에서 볼 수 있는 대륙적 분위기와 대비되는 차원에서 호방한 해양적 분위기의 창조라는 성과를 얻고 있다.

3. 물의 상상력과 힘의 바다, 그리고 혼의 비상(飛翔)

김성식의 해양적 면모는 본질적으로 '물의 상상력'이라 이름 붙일 수 있는 상상력으로 발현된다. 바다의 본질은 물이다. 물의 물질적 속성은 흘러넘침, 즉 '유동성(流動性)'이다. 이 물의 움직임으로 인해 바다의 특성은 오세영이 「한국문학에 나타난 바다」(『해양문학과 국어국문학』, 형설출판사, 1993)에서 지적했듯이 '반규율적'이다. 즉 모험과 도전이 충일된 세계가 바다인 것이다. 그 점 김성식도 분명히 느끼고 있다. 다음 시편들을 보면 그것을 알 수 있다.

> 마) 바다는 깊숙이 가라앉은 言語群
> 쉴 새 없이
> 움직이며 분노하고 咆哮하는 것은
> 바다의 뜻이 아니다
> 바다는 抵抗의 核을 안고 있는 反亂軍
> 하늘을 향해
> 꼿꼿이 머리를 들어 게거품
> 흘리는 것은
> 바다의 뜻이 아니다
>
> (…중략…)
>
> 깊이 일만 척의 물덩어리가
> 한꺼번에
> 터지면서 소리치며 뒤엉키고
> 怒하는 것은 결코 바다의 뜻이 아니다
>
> (…중략…)

언젠가는

물의 뜻이 하늘 끝까지 치달아

屈從의 굴레를 벗어난

떳떳한 바다가 되고파

수천 년을 수억 년을 앞으로 또 수십억 년을

싸우며 부서지고 넘어지고

이를 갈아

도도히 흐르면서

抗拒의 아우성을 계속하고 있는 거다.

— 「바다의 抗拒」 부분(『淸津港』)

바) 바다는 항상 반란군들을 실어 날랐다.

(…중략…)

당차게 행진하며

거리를 휩쓸 반란군들의

고함 소리를 들으려

모두들 갯가에 귀를 기울이고 있었다

오늘 밤, 오늘 밤,

달이 지면 올 것이다 올 것이다 라고

파도 구비를 훔쳐보는

水草들의 소망에도 불구하고

바다는 항상

진압당할 반란군들을 실어 날랐다

아침이면 햇살과 함께

사라질 물거품 같은 군대를

한겹, 푸른 옷만 입혀

끈질기게 상륙시키고 있었다.

　　　　—「반란의 바다—중남미 풍경」 부분(『바다는 언제 잠드는가』)

　두 편의 시에서 우리는 공통되는 점을 찾아볼 수 있다. 그것은 바로 바다의 속성이 바로 '반란성'으로 나타난다는 점이다. 이 반란은 마)시 내용을 통해 보면 진정한 자유, 즉 "언젠가는/물의 뜻이 하늘 끝까지 치달아/屈從의 굴레를 벗어난/떳떳한 바다가 되고파"에서 볼 수 있듯 자유와 정의가 살아 있는 세계를 추구하는 상징으로 나타난다. 중남미 풍경이라 부제가 달린 바)의 시도 '水草'들로 상징화된 민중들의 염원을 반란군은 달성시키려 한다. 그것이 비록 실패로 돌아가도 바다는 언제나, 끈질기게 민중의 염원인 자유를 향한 몸짓을 포기하지 않는다. 그것은 곧 김성식에게 바다는 자유를 향한 몸부림이란 사실을 말해 준다. 장보고의 호방함을 묘사하는 가운데 "내가 곧 革命이요/바다의 法律이었다네/썩은 法보다는 革命이 나았지 나았다네"(「장보고」)는 언명도 바로 바다의 혁명적 힘의 분출을 김성식이 본능적으로 받아들이고 있음을 보여 주는 표지다.

　그 점에서 김성식의 물의 상상력은 일차적으로 분노하는 물, 일어서는 물의 상징성에 놓여 있음을 볼 수 있다. 바슐라르가 『물과 꿈』(이가림 역, 문예출판사, 1970)에서 말한 표현을 빌면 "싸우려는 의지로 가득 찬 난폭한 물"의 이미지인 것이다. 이는 물의 생명력이 자연스럽게 미학적 윤리적 가치로 발전하면서 역동적 이미지로 형상화되어 인간 사회의 억압적 질서와 대비되는 의미를 주고 있다. 그리고 이렇게 역동화된 물의 이미지는 독자의 상상력에도 작용하여 바슐라르가 주장하고 있는 "공명하는 혼 속에 상상의 체조, 즉 분기하는 심리적 실재"를 만들어 내는 것이다.

　그런 점에서 이러한 물의 이미지는 김성식 시인이 추구하는 이념적 지향을 상징한다. 다음과 같은 시가 바로 그것을 보여 준다.

사) 엄청나게 큰 파도

물거품이 풍하(風下)로 흐르며

물보라 날리고 부서져 시정이 악화됨.

지구의 축이 꺾어져

한 쪽으로 급히 쏠리는 듯

미쳐가는 바다는

일만 척 깊숙이 가라앉힌 가슴앓이를

뒤집어

버선목 뒤집듯 뒤집어

스스로 썩은 곳을 도려내

내게 던질 때

제9의 바다, 또는

성식이의 바다라 부르지만

바다는 언제나 되돌아서서

영(零)의 바다로 거듭 태어나

새로운 살갗 키우는 걸

되풀이 하고 있었다

해면은 거울과 같음.

— 「바다의 변화」 부분(『바다는 언제 잠드는가』)

바다의 변하는 모습을 통해 제9의 바다를 상정하고 있다. 시의 생략된 부분에 따르면 윤선도의 어부사시사의 바다를 제1바다라 한다면, 처용이 머리를 내미는 곳을 제3의 바다, 효녀 심청이가 인당수에 뛰어들던 곳을 제5의 바다, 풍파에 놀란 사공이 배를 팔아 말을 사겠다고 울먹이던 곳을 제7의 바다라 할 수 있고, 이제 온 바다가 스스로 제 속을 뒤집는 궁극적 지점을 제9의 바다라 할 수 있는 것이다. 이 9의 바다는 무엇보다 "일만척 깊숙이 가라앉힌 가슴앓

이를/뒤집어/버선목 뒤집듯 뒤집어/스스로 썩은 곳을 도려내"는 데에 그 의미가 있다. 즉 반란과 자정(自淨)을 동시에 갖는 어떤 절정의 상태, 그것이 바로 제9의 바다다. 그것이 김성식 시인이 추구하는 "성식이의 바다"인 것이다. 이 바다는 물의 역동성이 가장 고조된 순간이며, 그러므로 곧바로 '영의 바다'로 거듭 태어날 수 있는 역설적 순간과 공간이기에 성스러운 바다인 것이다. 그 점에서 힘의 끓어오름이 갖는 상징성은 곧 영혼의 비등(沸騰)과 같은 의미를 지닌다. 속박과 비리로 얽매인 지상적 한계를 끊어 버리고 순수 절대 세계로의 비상(飛翔)이 이 제9의 바다의 상징성인 것이다. 그 점에서 제9의 바다는 절대 자유를 추구하는 영적 바다다.

따라서 김성식에게 항해는 곧 영혼의 비상이다. 그 점을 잘 보여 주는 것이 다음 작품이다.

> 아) 썰물에 쓸려가는 잔 파도에
>
> 비스듬히 누워 있는
>
> 머리가 무거워지네
>
> 잠들고 싶네
>
> 잠이 들어
>
> 저 니케아의 황금빛 뱃길을
>
> 더듬고 싶네
>
> 이제 이 몸은
>
> 사방으로 찢겨져
>
> 용광로 시뻘건 쇳물로 변하겠지만
>
> 그래도 푸른 바다 위에
>
> 내 혼을 훨훨 날리고 싶다네
>
> 먼 바다로
>
> 한없이 항해하고 싶다네.
>
> ―「폐선의 꿈」 부분(『누이야 청진의 누이야』)

폐선의 꿈은 다시 먼 바다의 항해에 있다면, 시적 화자의 꿈은 푸른 바다 위를 훨훨 나는 데에 있다. 그것은 바다의 생명성과 순수성으로 인해 얻어지는 영혼의 고양이다. 그 점에서 항해는 곧 혼의 비상인 것이다. 그리하여 김성식에게 다음과 같은 역설적인 시도 자연스러운 것이다.

> 자) 이 세상 가장 낮은 곳에
> 　　바다가 있네
> 　　낮은 곳 낮은 곳으로 내려가는
> 　　모든 하수구 아래
> 　　바다가 있네
>
> 　　(…중략…)
>
> 　　끝내는
> 　　제 살을 태우면서
> 　　금강석보다 더 단단한 소금 만들어
> 　　바람에 말리고 있었네
>
> 　　이 세상 가장 낮은 곳에 엎드려
> 　　거듭 일어나는 바다를
> 　　오늘도 나는
> 　　조심스레 지나고 있네.
>
> — 「이 세상 가장 높은 곳에 바다가 있네」 부분
>
> (『이 세상 가장 높은 곳에 바다가 있네』)

바다의 상상력이 '바다'의 상징성을 아주 지고한 가치로 붙잡고 있는 모습을 보여 준다. 바다가 갖는 가장 낮음의 성질이 실상은 모든 것을 감싸고 포용함으로써 한계를 설정하지 않는다는, 즉 초월의 상징성을 내면화한다는 진실을 '이 세상 가장 높은 곳에 바다가 있네' 라는 감탄으로 드러내고 있다. 바다의 포용성과 순수성이 바로 영적 추구의 대상이 된다는 뜻이다. 이런 시에 와서 김성식의 바다의 상상력은 미학적 가치뿐 아니라 지고한 윤리적 가치마저 획득하고 있는 것이다.

4. 세계사적 관점에서 바라본 민중의 애환과 서사지향성

김성식의 해양적 상상력은 바다에 접경된 항구의 이야기로도 표출된다. 하선하여 그곳에서 본 풍광과 우연히 만난 사람들의 사연은 세계의 각국을 누비며 돌아다니는 선원들의 독특한 체험양상이 분명하다. 특히 세계문명사적 관점에서 이국의 풍경과 사연을 노래했을 때 이는 해양인적 사고방식을 드러내는 매개체가 되기도 한다. 다음과 같은 시들이 그런 경우일 것이다.

차) 2
썸머 타임이 시작되던 날
미스 슈텐의 눈동자는
히말라야 설벽의 얼음을 캐내
자꾸 내게 던지고
얼음 조각에 얻어맞은 가슴팍이
새빨갛게 터질 때까지
갓 잡은 조기 비늘보다
더 빗살 진 빙벽을 허물어
나를
가누어 버리자
안개는 우리들 둘레를

너울너울 춤추며

신비한 나라 티베트 高原 위로

끌어가 버렸어

3

미스 슈텐이

다섯 살 되던 해

중공군의 무차별 학살을 피해

수도 랏샤로부터 히말라야를 넘어

소왕국 시킴의 광토로 가는 길

— 「Miss Tsu ten」 부분(『청진항』)

이 작품은 세계의 변방에서 만나는 주변인의 아픔을 주목하고 있다. 중공군에 점령된 티베트 여인 미스 슈텐의 사연을 이야기 형식으로 풀어감으로써 소외된 주변부 인간들의 애환을 형상화하고 있는 것이다. 이러한 시적 형상화는 비교적 긴 장시로 발표하고 있는데, 이 시 말고도 「이스마일리아」란 작품에서 중동 지역의 전쟁으로 남편을 잃고 술집 여인으로 떠도는 '세니어'란 여인의 한 맺힌 사연을 역시 이야기 형식으로 풀어나가고 있고, 「테호江」란 작품에서 자기 조국 앙골라 내전으로 떠돌이 신세가 된 댄싱 걸 미린다의 사연도 마찬가지 이야기형식으로 제시하고 있다.

이들 작품은 세계사적 시각에서 민중의 한과 꿈을 노래함으로써 문제의 핵심이 어디에서 오는지를 세계사적 관점에서 찾게 한다. 그것은 한 나라 안에서 모순의 실체와 제도적 한계를 찾던 기존 리얼리즘시와는 달리 근대 세계가 직면하고 있는 모순의 실체를 전지구적 차원에서 감지하게끔 한다. 특히 「아메리카의 꿈—루비·엘레이지」란 장시에서 '루비'라는 양공주가 미국 병사를 따라 미국으로 갔다가 버림받고 타코마라는 작은 항구에서 비참하게 늙어가는 모습을 아주 세밀하게 묘사해 냄으로써 우리 민족의 한이 단순히 자국(自國) 내에서 그치는 것이 아니라 세계사적 움직임 속에서 발생하고 연장되고 있음을 알게 해 준다. 그러한 폭넓은 시각과 체험의 공시성은 해양이라는 거시적 관점 내지 상상력이 작용했기 때문에 가능한 것이라 보여진다.

그리고 이러한 세계사적 관점에서 민중의 애환을 노래할 경우, 그들의 한의 진정한 사연을 드러내기 위해서는 일정한 사건의 경과가 소개될 필요성을 느낌으로 인해서 서사적 구조를 취하고 있는데, 이는 바다를 직접 다루는 시와는 달리 그들 사연의 아픔을 생생하게 전달하려는 의지가 작동하여 발생하는 것으로 보인다. 서사지향성은 민중의 아픈 사연을 담아내는 형식으로 적절한 것임을 우리는 일제 하 카프시의 서사지향성 양상에서 살펴본 바 있다. 그 점에서 김성식도 일정 부분 현실의 부당성에 대한 비판적 시선을 견지하고 있는 리얼리즘 시인의 면모를 보인다.

5. 분단의 한(恨)과 고향의 의미

세계사적 관점에서 바라본 민중의 애환은 곧바로 김성식 시인의 자신의 삶과 연결된다. 첫 시집부터 마지막 시집까지 빠뜨리지 않는 것이 있다면 '바다'와 대등할 정도로 북녘에 두고 온 '고향' 이야기거나 고향에 대한 그리움이다. 그에게 고향은 항해 끝에 닿아야 할 마지막 지점과 같은 것이다. 그런 점에서 등단작품이기도 한 신춘문예 당선 작품 「淸津港」의 "배를 타다 싫증나면/까짓것/淸津港 導船士가 되는 거야"란 구절도 북녘에 두고 온 고향에 대한 그리움을 표현한 것으로 보인다. 그런 연장선상에서 다음과 같은 작품들도 생산된 것이다.

타) 아직도
    큰누이 중섬이는

남쪽 하늘을 바라보며

문설주에 기대고 있을까

(…중략…)

네 고운 뺨

지금은 무너져 할머니가 되었어도

남쪽으로 이어진

동생들 생각에

아직도 돌로 서서

파랗게 떨고 있겠다 누이야

북에 두고 온

큰 누이야.

—「청진의 누이야」 부분(『누이야 청진의 누이야』)

카) 이제는 한 번쯤 숨을 고르고 되돌아보자

돌아보다 북의 산하가 눈에 걸리거든

따뜻한 주춧돌로 한 개 한 개 쌓아보자

가깝고도 너무 먼 땅, 슬퍼서 눈물까지 마른 땅에

우리들 반쪽 형제들을 찾아내기 위하여

되돌아 우리 얼굴을 잠시 거울에 비춰보자

—「통일로 가는 바다」 부분(『이 세상 가장 높은 곳에 바다가 있네』)

타)는 북녘에 두고 온 큰 누이를 그리워하는 내용이다. 그의 시에 자주 보이
는 "고향주소로 온몸이 타들 듯 조여드는 이 맛/함경남도 이원군 동면 이개리
17번지/북의 땅 저 너머/두고 온 유년의 뒤안길"(「또 한번 속은들 어떠랴」)처
럼 고향은 머리를 떠나지 않는 낙인(烙印)과 같은 것이다. 그리고 그 고향을 지

키고 있으리라 여겨지는 남겨진 가족은 시적 화자에게 언제나 "목젖에 가시로 박히는 아픔"(「500원짜리 통일」)으로 남아있다. 그리하여 김성식 시인의 상상력은 고향으로 고향으로 배를 몰아가는 것이다. 그것이 처음 시 「淸津港」이었고, 마지막 시집의 「통일로 가는 바다」가 되는 것이다.

고향으로의 회복과 염원도 바다를 매개체로 하여 이루어진다는 점에서 그의 시는 온통 바다의 상상력이 그 바탕이 되고 있다. 그것은 바다의 상징성이 고향으로의 회귀성과 맞닿아 있는 것임을 보여 주고 있는 셈이다. 바다가 모든 생명체의 어머니이듯이 고향은 그에게 존재의 모태가 됨을 묘하게 바다의 상상력으로 그려 보여 주고 있는 것이다. 그런 점에서 김성식 시인에게 바다는 고향이었고 고향은 언제나 바다의 얼굴이었다. 따라서 이러한 바다와 고향을 그리워하는 시 쓰기는 바로 존재의 어머니를 예찬하는 헌시이자 존재의 근원으로 돌아가고자 하는 간절한 염원임을 알게 된다.

6. 마무리—본격적 해양시의 도약대

이상으로 볼 때 김성식의 해양시는 해양체험의 구체화와 남성적 강렬성, 물의 역동적 상상력의 발현, 또 그것을 통한 자유와 영혼의 비상을 표현함으로써 시적 깊이를 가지고 있고, 문화사적 맥락에서는 세계적 민중의 애환을 이야기시 형태로 형상화하고 있고, 자신과 관련된 분단 민족의 아픔을 드러냄으로써 민족적 모순까지 담아내는 시적 진정성과 역사성까지 간직하고 있다. 이러한 내용들을 통해 볼 때 김성식의 시는 무엇보다 해양의 리얼리티를 확보함으로써 해양시의 구체성과 현실성을 담보해 내고 있고, 또 남성적 호방함과 강건한 문체를 지님으로 인해 우리 민족의 또 하나의 흐름인 유장함과 강건함을 계승하고 있어 해양시의 위상을 높이고 있다.

이러한 점을 인정한다고 해서 김성식의 시를 두고 해양시의 완성이라고 볼 수는 없다. 기존에 개척하지 않은 해양성의 면모를 시에 도입한 공로가 크다는 것이지, 그의 시가 해양시의 전범이 되어야 할 이유는 없는 것이다. 그의 공로는 선장으로서 본격적 해양체험을 시로 들여와 해양시의 본격적 도약대를 마련했다는 데에 있을 것이다. 그 점에서 그의 시적 의의는 본격적 해양시의 전개를 위한 길을 열었다는 데에 있다고 하겠다.